Beth Miller

Wort für Wort zurück ins Leben

Roman

Aus dem Englischen
von Susanne Just

dtv

MIX
Papier aus verantwortungsvollen Quellen
FSC® C019821

Deutsche Erstausgabe 2024

Titel der englischen Originalausgabe:
›The Woman Who Came Back to Life‹
(Storyfire Ltd trading as Bookouture, London 2022)

Lektorat: Anne Rudelt
Umschlaggestaltung: zero-media.net, München
Umschlagmotive: FinePic®, München
Satz: C.H.Beck.Media.Solutions, Nördlingen
Gesetzt aus der Sabon
Druck und Bindung: Druckerei C.H.Beck, Nördlingen
Printed in Germany · ISBN 978-3-423-21882-5

Für Liz und Jacq
und diese alte, große Magie

Prolog

Das letzte Mal habe ich Dad vor achtundzwanzig Jahren gesehen, im Jahr 1990. Wobei, das stimmt so nicht wirklich. Um ganz genau zu sein, habe ich ihn 1990 nur *fast* gesehen.

Ich hatte mir damals den Tag im Friseursalon freigenommen und bin in einen Zug nach London gestiegen, dann in einen anderen Richtung Küste und schließlich in einen dritten bis Rye.

Ich hatte meinen Vater beinahe acht Jahre lang nicht mehr gesehen. Mein Plan war, ihm den Brief zu zeigen, den er mir geschrieben hatte; ihn zu zwingen, sich seine eigenen Worte anzusehen:

Liebe Pearl, bitte komm nicht, es ist ungünstig. Francis.

Nicht ›Dad‹, sondern Francis.

Rückblickend kann ich kaum glauben, dass ich damals tatsächlich losgezogen und überhaupt so weit gekommen war. Für jemanden, der Konfrontationen gewöhnlich eher vermied, war mein Verhalten sehr gewagt. Sicherlich hätte Dr. Haywood etwas Aufschlussreiches dazu gesagt, hätte ich mich je dazu entschließen können, ihm davon zu erzählen.

Damals kaufte ich in der Bahnhofsbuchhandlung eine Straßenkarte von der Gegend und folgte der Hauptstraße durch die Stadt. Das Zentrum von Rye war malerisch: mit seinen Kopfsteinpflasterstraßen, den vielen Fachwerkbauten und verschiedenen Tea Rooms, aus denen, wo ich auch hinsah, Touristen strömten.

Als ich losging, war ich noch zuversichtlich, aber als ich an den Geschäften vorbei und zu den Ausläufern der Stadt kam, konnte ich spüren, wie mein berechtigter Zorn, der mich bis hierher gebracht hatte, langsam verflog.

Die hübschen Straßen gingen in ein eher unscheinbares Wohngebiet über, und je näher ich zu Dads Straße kam, desto langsamer und unentschlossener wurde ich. Dennoch schaffte ich es schließlich zur Pendlebury Avenue und letztendlich sogar bis zu Dads Haus. Doch plötzlich hatte mich meine Streitlust komplett verlassen, und ich konnte mich nicht dazu überwinden, die Verandastufen hinaufzugehen und an die Haustür zu klopfen. Mein Herz hämmerte in meiner Brust und das Atmen fiel mir zunehmend schwerer. Meine Beine fühlten sich so schwach an, dass ich mich auf den Gehsteig setzen und um Luft ringen musste.

Ein paar Passanten gingen vorbei, aber es war mir zu peinlich, jemanden um Hilfe zu bitten. Doch dann beugte sich ein junger Mann in ungefähr meinem Alter, Anfang zwanzig, mit Irokesenhaarschnitt und einem Nasenpiercing, zu mir herunter und teilte mir, nach ein paar kurzen Fragen, behutsam mit, dass ich gerade eine Panikattacke hatte. Es war meine erste. Ich wusste also noch nicht, dass man sich dabei immer so fühlt, als würde man sterben. Also sagte ich ihm, er müsse sich irren: Das sei definitiv ein Herzinfarkt. Schließlich gab ich nach und ließ mich von ihm ins örtliche Krankenhaus fahren, obwohl es mir, als wir bei der Notaufnahme ankamen, natürlich wieder gut ging. Aber die Krankenschwester meinte, es wäre bestimmt keine schlechte Idee, sich einmal durchchecken zu lassen. Der junge Mann – an seinen Namen erinnere ich mich nicht mehr – wartete mit mir und erzählte von den Panikattacken, die er selbst in der Schule erlebt hatte. Nachdem mir ein einwandfreies Gesundheitszeugnis ausgehändigt worden war, setzte er mich am Bahnhof ab. Ich bedankte mich bei ihm und wir verabschiedeten uns. Freundlichkeit zwischen einander fremden Menschen.

Ich dachte an diesem Tag nicht einmal daran, noch mal zu Dads Haus zurückzukehren. Stattdessen verstand ich die Panikattacke als ein wenig subtiles Zeichen und machte mich auf meinen langen Rückweg durch das Land nach Hause. Damals hörte ich auf, ihm zu schreiben, und nach ein paar harten Jahren, in denen ich um den Vater trauerte, den ich geliebt hatte, dachte ich mehr oder weniger fast gar nicht mehr an ihn.

1

Pearl

Ich ging durch den Wald und achtete auf die Rufe der Vögel. In meinen Ohren klangen französische Vögel anders als englische. Als ich ein Gezwitscher hörte, das vielleicht von einer Singdrossel kommen könnte, blieb ich stehen und hob meinen Feldstecher. Sein vertrautes Gewicht schmiegte sich an die Vertiefungen meiner Augenhöhlen.

Gerade als ich den Hals reckte, um hinaufzusehen, begann das Handy in meiner Tasche zu klingeln und durchbrach den Frieden des Waldes. Ein ungewohntes Geräusch: Mein Handy klingelte nur selten. Ich bekam nie einen von diesen unzähligen Enkeltrick-Anrufen, von denen Leute mit Smartphones geplagt wurden. Und das Bedürfnis, das Internet in der Hosentasche mit mir herumzutragen, hatte ich noch nie gehabt.

Ich klappte mein antikes Mobiltelefon auf, doch als ich den Namen des Anrufers sah, machte ich es beinah gleich wieder zu. Mein Bruder und ich hatten schon seit über einem Jahr, vielleicht sogar zwei, nicht mehr miteinander gesprochen. Unsere Kommunikation beschränkte sich auf gelegentliche E-Mails. Ich wusste, dass er einen dringenden Grund für den Anruf haben musste, und vermutete, dass es keine guten Nachrichten waren.

»Hi, Greg«, sagte ich und ein schwaches »Hi, Greg« echote zu mir zurück. Handys waren für echte Telefonate hoffnungslos ungeeignet. Ich dachte an das plumpe graue

Festnetztelefon aus meiner Kindheit zurück, dessen Hörer mir mein Dad immer hingehalten hatte, wenn eine Freundin anrief. Damit hatte man kristallklare Unterhaltungen führen können.

»Pearl. Gott sei Dank. Ich war mir nicht sicher, ob du rangehen würdest.« Gregs Stimme, blechern und widerhallend, ließ mich wieder zu der jüngeren, weniger selbstsicheren Version meiner selbst werden. »Passt es dir gerade?«

Würde es mir jemals passen, mit ihm zu reden? »Ja, klar ... Ist alles in Ordnung?«

»Nicht wirklich. Tut mir leid, Pearl. Es geht um Dad. Er ist im Krankenhaus.«

Ich spürte, wie mir ein Schauer über den Rücken lief.

»Woher weißt du das?«

»Eine Krankenschwester hat mich angerufen.« Er zögerte, dann fügte er hinzu, vermutlich um meine nächste Frage vorwegzunehmen: »Ich nehme an, dass Dad sie darum gebeten hat.«

»Ernsthaft? Warum?« Dad hatte seit über dreißig Jahren keinen von uns sehen oder sprechen wollen. Ich ging weiter, das Telefon fest ans Ohr gepresst. »Woher um alles in der Welt hatte er deine Nummer?« Meine hatte er nämlich todsicher nicht.

»Keine Ahnung. Spielt das denn eine Rolle? Die Krankenschwester hat gesagt, dass er sehr krank ist und es wahrscheinlich heute, spätestens morgen so weit ist.«

»Was fehlt ihm denn, hat sie das auch gesagt?«

»Irgendwas am Herzen, glaube ich.«

Wie ironisch: Lange hatte ich angenommen, Dad hätte gar kein Herz.

»Egal«, fuhr Greg fort, »ich wollte nur, dass du Bescheid weißt.« Beim letzten Wort stockte seine Stimme.

Ich kam in der Mitte des Waldes an, meinem Lieblingsplatz, wo die Bäume eng genug beieinander standen, um hoch oben ein Blätterdach zu bilden, das aber immer noch Sonnenlicht hindurchließ. Ich saß gerne hier, mit dem Rücken an den glatten Stamm einer Birke gelehnt, und fing mit Kreide oder Malfarben die Bewegungen des Lichts ein, das durch die Blätter fiel. Es war sehr friedlich. Andere Leute fühlten sich wahrscheinlich beim Meditieren so, aber mit diesem Mindfulness-Kram hatte ich noch nie viel anfangen können. Mein Kopf war nie leer. Viel ruhiger als mit meinem Zeichenblock im Wald wurde ich eigentlich nie.

»Geht's dir gut, Greg?«

»Nicht wirklich.«

Ich ließ mich an meinem Baum hinabrutschen, saß auf seinen knorrigen Wurzeln und beobachtete die Flecken aus Sonnenlicht, die schimmernd über meine Jeans tanzten.

»Jetzt kann nichts mehr geklärt werden, oder? Alles, was nie ausgesprochen wurde. Jetzt ist es zu spät.« Gregs letzte Worte waren kaum mehr hörbar. Ich konnte mich nicht daran erinnern, wann ich ihn zuletzt weinen gehört hatte.

»Aber Greg, den Kontakt zu uns hat er schon vor einer Million Jahren abgebrochen. Er hat sich nicht für uns interessiert, das hat er immer wieder unmissverständlich klargemacht.«

»Trotzdem trifft es einen, oder?« Er schniefte. »Ich muss noch Benjy anrufen, also lass uns Schluss machen.«

Ein Hase schoss genau vor mir aus dem Gebüsch, ließ mich hochschrecken und verschwand dann sofort wieder im Unterholz.

»Versuchst du, ihn noch zu sehen?« Ich wusste nicht, was mich dazu gebracht hatte, das zu fragen. Warum um alles in der Welt sollte Greg das, nach all den Jahren des Schweigens? Aber mein Instinkt trog mich nicht.

»Ich … ich glaub schon.«

»Grundgütiger! Wirklich?« Etwas regte sich in mir – Verärgerung vielleicht –, weil Greg es zuließ, sich in Dads finales Drama hineinziehen zu lassen.

»Letzte Chance, oder? Ich fänd's wahnsinnig schlimm, später zurückzublicken und, du weißt schon … Ich würde es bereuen, nicht da gewesen zu sein.«

Ich kam auf die Beine, zu hibbelig, um still zu sitzen. »Na, dann viel Glück. Grüß Ben von mir.« Ich klappte das Handy zu, ohne Tschüss zu sagen, und ging schnell den Pfad zurück. Verdammter Greg! Da platzte er einfach mitten in meinen ruhigen Tag und zog mich wieder in all das hinein, das ich mit so viel Kraft hinter mir gelassen hatte. Auch wenn ich wusste, dass es nur ein paar Minuten sein konnten, kam es mir wie Stunden vor, bis der vertraute Anblick unseres Cottages in Sicht kam, das, umgeben von einem niedrigen weißen Holzzaun, mitten auf einer kleinen Lichtung stand.

Als wir planten, hierherzuziehen, hatten alle auf die Fotos vom Cottage ähnlich reagiert. Alle bis auf meine Schwägerin Eleanor. Im Friseursalon sagte mein Team zu mir: *Du hast aber Glück. Das ist so idyllisch. Könnten wir nur auch dort wohnen* und so weiter. Sogar meine Brüder waren voller Begeisterung. Benjy teilte mir mit, wann er zu Besuch kommen würde, und Greg meinte, es sehe sehr friedlich und hübsch aus.

Nicht so aber Eleanor. Sie scrollte durch meine Bilder und hielt bei einem Foto inne, auf das ich besonders stolz war: Der Wald hinter dem Cottage wirkte darauf dunkelgrün und einladend.

»Sieht aus wie das Haus in diesem Märchen«, sagte sie.

»Oh, danke!«, erwiderte ich. »Schon, oder? Wie das Häuschen der sieben Zwerge bei *Schneewittchen*?«

»Nein«, widersprach sie mit einem ironischen Lächeln, das der Antwort kaum die Schärfe nahm. »Ich meine das aus Lebkuchen in *Hänsel und Gretel*.«

Denny war gerade in seiner Werkstatt, die sich bei uns dort befand, wo in einem normalen Haus das Esszimmer wäre. Er sägte an etwas herum, hielt aber inne, als er mich reinkommen hörte.

»Das ging aber schnell!« Er drehte sich um, die Kreissäge in der Hand, und nahm seine Schutzbrille ab. Mit seinem karierten, am Kragen offen stehenden Hemd, der grünen Chinohose und den dunklen, von Silberfäden durchzogenen Haaren sah mein Mann aus, als ob er einer ›Aktivbleiben mit-Mitte-fünfzig‹-Werbung für eine Werkbank oder vielleicht auch für eine Hämorrhoiden-Creme entsprungen wäre. »Du bist doch erst vor zwanzig Minuten los.«

»Greg hat angerufen. Anscheinend liegt mein Vater im Sterben.«

»Oh! Woher weiß Greg das denn?« Denny legte die Kreissäge weg.

»Genau das hab ich ihn auch gefragt!« Ich ging zum Fenster und blickte hinaus auf die Bäume.

»Geht's dir gut?« Denny kam zu mir herüber und legte einen Arm um mich. »Das muss dich verstört haben. Ich meine, nicht nur der Zustand deines Dads, sondern überhaupt von Greg gehört zu haben – das letzte Mal ist ja inzwischen auch schon länger her.«

»Greg redet sogar davon, Dad zu besuchen, kannst du dir das vorstellen?«

»Na ja, ich glaube, dass solche Situationen die Leute auf seltsame Art und Weise berühren. Und im Vergleich zu dir schien es Greg auch mehr ausgemacht zu haben, dass ihr Geschwister keinen Kontakt mehr zu eurem Vater hattet.«

Schockiert machte ich mich von Denny los und drehte mich zu ihm um. »Mir soll es nichts ausgemacht haben? Was soll das denn heißen?«

»Nichts ausgemacht ist vielleicht nicht der richtige Ausdruck, entschuldige. Ich meine bloß, dass du akzeptiert hast, wie es ist.«

»Das ist genau dasselbe! Ich habe es nie akzeptiert! Die Tatsache, dass ich es niedergerungen und aus meinen Gedanken verbannt habe, bedeutet nicht, dass es mir gleichgültig war.«

Denny hob entschuldigend die Hände. »Tut mir leid. Ich hab komplett das Falsche gesagt. Kann ich dir irgendwas bringen? Einen Kaffee? Ich hab gerade einen aufgesetzt.«

Ich bemühte mich, wieder ruhiger zu atmen. »Ja, bitte«, sagte ich in einer etwas höheren Stimmlage als sonst.

Als Denny den Raum verlassen hatte, fischte ich mein Handy aus der Tasche und drückte schnell auf eine Nummer, damit ich ja keine Zeit hatte, darüber nachzudenken, was ich da gleich tun würde. *Damit abgefunden.* Also ehrlich!

»Ich komme mit«, verkündete ich, und meine Stimme echote quiekend zu mir zurück.

Es folgte ein kurzes Schweigen.

»*Was* hast du gesagt?«, fragte Greg.

»Ich werde den nächsten Flug nehmen.«

»Aber du hasst ihn doch! Du hast immer gesagt, dass du ihn hasst!«

»Ich weiß.«

»Pearl.« Ich hörte, wie Greg in den Modus ›geduldiger großer Bruder‹ schaltete. Das nervte mich immer noch genauso wie damals, als ich zehn war. »Du kannst gerade nicht klar denken. Du kannst nicht …«

»Doch, das kann ich. Und das will ich auch.« Warum wollte ich das? Was zur Hölle war hier eigentlich gerade los? Mein letzter Versuch, Dad zu besuchen, lag nun beinahe dreißig Jahre zurück und hatte mit einer Panikattacke geendet. Nun gut – über den ›warum‹-Teil würde ich mir später Gedanken machen.

»Du bist in Südfrankreich!«

»Dessen bin ich mir durchaus bewusst.« Ich drehte mich wieder zum Fenster und sah einem Vogel dabei zu, wie er von einem Ast aus hoch in den Himmel flog.

»Du wirst also einfach in ein Flugzeug steigen und anschließend in das Krankenhauszimmer eines Mannes hineinspazieren, mit dem du seit Jahrzehnten nicht mehr gesprochen hast?«

»Schreib mir die Krankenhausdetails. Wir sehen uns dann dort.«

»Aber Pearl …«

Mit einem Klack klappte ich das Handy zu, genau in dem Moment, als Denny wieder hereinkam.

»Den, ich weiß, das klingt völlig verrückt, aber ich will den nächsten Flug nehmen.«

»Was? Wohin?« Denny, mit zwei Kaffeetassen in der Hand, sah verwirrt aus. Das war verständlich, denn außer sonntags, wenn wir im dreißig Kilometer entfernten Millau zu Mittag aßen, ging mein Radius nie weiter als bis zu unserem nächsten Städtchen.

»Aus irgendeinem Grund hab ich das Gefühl, hinfliegen zu müssen …«

Denny blinzelte langsam. »Du willst nach England fliegen? Jetzt? Um … deinen Vater zu sehen?«

Ich nickte und ging in Gedanken durch, was ich brauchte. Wechselkleidung, ein Buch, meinen Laptop. Wo war mein Pass? Den hatte ich schon länger nicht mehr gebraucht. Ach, warum sollte ich lügen? Ich wusste ganz genau, wann wir das letzte Mal in England gewesen waren: vor fünf Jahren und einem Monat.

»Sollen wir uns vielleicht einfach mal für einen Moment hinsetzen?«

»Das geht nicht, Denny, ich muss in die Gänge kommen …«

Doch Denny nahm sanft meine Hand und führte mich zu dem mit Sägespänen übersäten Sofa. »Nur eine Minute. Damit ich das alles richtig verstehen kann.«

»Okay, aber nur kurz.« Der Großteil meines Gehirns wusste, dass ich irrational handelte. Der Rest ratterte gerade durch die logistische Umsetzung meines Vorhabens.

Denny reichte mir einen Kaffee. »Hat Greg verlangt, dass du kommst?«

»Nein. Er war eher schockiert, dass ich kommen will.«

Denny sah mir in die Augen. »Schatz, ich weiß, wie er sich fühlt.«

»Ich bin ja selbst schockiert. Aber ich will hinfliegen.«

»Warum?« Seine Stimme war sanft, beruhigend. »Deine Familie … Du hast so hart daran gearbeitet, dich zu distanzieren. Und was deinen *Vater* angeht … ich könnte Greg an die Gurgel gehen, dass er dich damit belastet.«

Denny war immer sehr beschützend. Normalerweise mochte ich das. Aber manchmal hörte er deswegen nicht, was ich sagte.

»Das ist nicht seine Schuld, er hat mir nur Bescheid gesagt.«

»Bist du denn *traurig*?« Denny warf mir einen verstohlenen Blick zu und versuchte einzuschätzen, was ich fühlte. Für ihn wäre der Gedanke, dass ich über den bevorstehenden Tod meines schrecklichen Vaters traurig sein könnte, merkwürdig. Aber nein, es war nicht fair, alles auf Denny zu schieben. Für mich wäre es auch merkwürdig.

»Ich bin nicht wirklich traurig«, erklärte ich. »Es hat mich nur aus der Bahn geworfen, dass Greg hinfahren und ihn besuchen will. Das ist alles.« Dieses bizarre, verfrühte Gefühl der Trauer wollte ich mir nicht eingestehen. Ich hatte geglaubt, dass ich schon vor langer Zeit ausreichend um meinen Vater getrauert hätte, aber in meinem Bauch spürte ich einen seltsamen, wenngleich auch irgendwie vertrauten Schmerz, der von dem Moment an da gewesen war, als ich Gregs Stimme gehört hatte.

Denny umarmte mich. »Du Arme.«

Ich ließ mich kurz von ihm trösten, löste mich dann aber aus der Umarmung. »Gut. Ich sollte jetzt lieber loslegen. Kannst du für mich nach Flügen schauen, während ich meine Tasche packe?«

»Klar. Und falls du es dir, äh, anders überlegst, ist das auch in Ordnung.«

Ich nickte abgelenkt und versuchte, mich daran zu erinnern, wo meine kleine Reisetasche war. Ich ging ins Obergeschoss und entdeckte sie schließlich ganz eingestaubt auf dem Schrank. Erleichtert stellte ich fest, dass mein Pass noch immer im vorderen Reißverschlussfach steckte. Eine Schrecksekunde lang dachte ich, der Pass könnte abgelaufen sein, doch Gott sei Dank war er noch achtzehn Monate gültig. Ich packte etwas Kleidung und meinen Kulturbeutel zusammen und ging dann wieder nach unten.

Denny saß immer noch in seiner Werkstatt, genauso wie ich ihn zurückgelassen hatte.

»Was hast du zu den Flügen herausgefunden?«, fragte ich.

»Du weißt, dass du dich nicht unter Druck setzen lassen musst, oder?«

»Was meinst du?« Ich ließ meine Tasche auf den Boden fallen und setzte mich neben ihn. »Niemand setzt mich unter Druck. Ich will hinfliegen.«

»Es ist wegen Eleanor, oder?«, mutmaßte Denny. »Ihr konntest du noch nie etwas abschlagen.«

»Ich hab nicht mal mit ihr geredet!« Ich legte ihm die Hand auf den Arm. »Hast du die ganze Zeit hier rumgesessen und dich in etwas reingesteigert?«

»Sie wird außer sich sein vor Freude, dass du kommst. Sie wird alle möglichen Gründe finden, damit du nicht mehr zurückkehrst.«

»Denny, das ist doch kompletter Unsinn. Denkst du etwa, dass ich gar kein Rückgrat habe? Ich werde meinen Vater besuchen, bevor er den Löffel abgibt, und dann zurückkommen. Das ist alles.«

»Sie werden dich zum Bleiben überreden wollen. Die hören dir doch gar nicht zu.«

»Da sind sie nicht die Einzigen!« Frustriert warf ich die Hände in die Luft. »Du weißt doch, dass sie mich schon hundert Mal eingeladen haben, seitdem wir hierhergezogen sind! Immer veranstalten sie irgendwelche Geburtstagspartys oder Weihnachtsessen oder weiß Gott was … Osterpicknicks, Sonntagsbrunchs und Taufen, und bisher habe ich zu alle Nein gesagt.«

»Na ja … du hast nicht wirklich Nein gesagt, oder? Du hast einfach nicht geantwortet.«

»Was war letztes Jahr mit Eleanors 45. Geburtstag?« Ich stand auf. Meine Stimme kam mir lauter vor als sonst. »Sie hat mir gesagt, dass ich die einzige Person sei, die sie wirklich sehen wolle, weißt du noch? Und trotzdem bin ich nicht hingegangen. Nicht dorthin und auch sonst nirgendwohin. Und das seit …« Und da an diesem Morgen sowieso schon alles drunter und drüber ging und ich ziemlich übermütig war, sprach ich es aus: »Gracies Taufe.«

Wir starrten uns an und ich konnte die Furcht in Dennys Augen sehen. Die Furcht davor, was es bedeuten könnte, in genau dieses Wespennest zu stechen.

Einen Augenblick später sah er weg. Ich wusste, dass er nicht darauf eingehen würde.

»Was ist mit der Arbeit? Deinen Kunden …«

»Die kann ich leicht verschieben. Denny, mein Vater stirbt!«

»Aber du hast ihn doch jahrelang kaum erwähnt!«

»Und nur weil ich ihn nicht erwähnt habe, dachtest du, dass mich das nicht mitnehmen würde?«

»Na ja … ja.«

»Das dachte ich auch.« Ich setzte mich wieder hin. »Aber ich will wirklich hinfliegen.«

Es folgte ein kurzes Schweigen.

»Gut.« Denny setzte sein entschiedenes Gesicht auf. Ich mochte diesen Ausdruck an ihm. »Wenn du so fest entschlossen bist, komme ich eben mit.«

»Das musst du nicht.«

»Doch. Ich bin alles, was noch zwischen dir und deiner Familie steht.« Er holte sein Handy heraus. »Ich buche uns jetzt die Flüge.«

8. Januar 2018

Roberta sagte, sie hätte noch um ein paar Details gebeten, aber es sähe vielversprechend aus. Ich fragte, wie lange das dauern würde, obwohl ich wusste, dass sie mir das nicht beantworten konnte; sie konnte lediglich die Informationen weitergeben. Ich bin wohl der Einzige, dem es äußerst dringend war. Ich sagte, sie solle sie bitte unbedingt wissen lassen, wie leid es mir tut. Dass das überhaupt nicht das wäre, was ich wollte. Ich habe mir immer gewünscht, dass alles anders wäre. Manchmal bin ich fassungslos, was für einen Schlamassel ich angerichtet habe. Die arme Roberta, die mir zuhören musste! Sie war sehr geduldig. Hat mir immer wieder gesagt: Francis, mach dir keine Sorgen, ich werde mein Bestes für dich tun.
Ich gab ihr die Adresse der Kirche und sagte ihr, es wäre notwendig, alles geheim zu halten. Ihre Stimme war so freundlich. Wie gerne wollte ich ihr sagen: Roberta, ich habe so viel vor meiner Frau verheimlicht. Schon allein daran zu denken, fühle sich wie Untreue an. Ich weiß, dass ich ohne sie verloren wäre.
Roberta sagte, sie würde sich bald wieder melden, und dabei musste ich es dann belassen. Ich eilte nach Hause und dachte die ganze Zeit über diesen Menschen nach, den ich nie kennengelernt habe. Trotz all meiner Versäumnisse hoffe ich wirklich, dass sie und du einen Weg finden werdet, um die verlorene Zeit wieder aufzuholen.

2

Pearl

Die Fahrt mit dem Van nach Rodez war hektisch. Wir wussten, dass es knapp werden würde, und tatsächlich verpassten wir den Flug ärgerlicherweise um eine Viertelstunde. Wir buchten also um und mussten drei Stunden warten. In England hatten dann auch noch die Züge nach Hastings Verspätung. Aber das war letztlich eigentlich auch egal: Wir schafften es nicht rechtzeitig.

Als Denny und ich in der Dämmerung endlich aus dem Taxi sprangen, wartete Greg schon vor dem Conquest Hospital. Zu dritt standen wir auf dem Vorplatz und blinzelten uns im grellen Halogenlicht an, das aus dem Inneren kam. Greg schüttelte den Kopf, sein Gesicht sagte alles.

»Geh nicht«, hielt er mich zurück, als ich zur Tür stürzen wollte. »Jeanie und Andrea sind gerade drin.«

Natürlich. Wie im Leben, so im Tod: Dads zweite Familie war die, die bei ihm sein durfte.

»Wann ist er …?«, fragte ich.

»Vor ungefähr einer Stunde. Tut mir echt leid.«

»Warst du dort? Bei ihm?« Ich würde nicht weinen. Es wäre dumm und würdelos, so vor dem Krankenhauseingang zu stehen, wo Leute kamen und gingen, Patienten im Schlafanzug wie Schlote rauchten und Krankenwagen an- und abfuhren. Ich hatte mir so große Mühe gegeben, hierherzukommen, ohne wirklich zu verstehen, warum ich das tat, um dann an einer Stunde zu scheitern – das erschien mir schrecklich ungerecht. Denny legte seinen Arm um meine Schultern.

»Jeanie war in seinen letzten Momenten bei ihm. Ich konnte ihn heute früh noch sehen. Er hat geschlafen.« In einer entschuldigenden Geste breitete Greg die Arme aus. »Ich wünschte, ich hätte dir früher Bescheid gesagt, Pearlie.«

»Wir hätten es schaffen können«, haderte ich und löste mich von Denny, »wenn wir nicht so lange rumgetrödelt hätten, ehe wir zum Flughafen gefahren sind.« Noch während ich es aussprach, wusste ich, dass ich nicht auf Denny, sondern auf mich selbst wütend war. *Warum zur Hölle* war ich hergekommen und hatte mich diesen Gefühlen geöffnet? Gefühle, die schon längst hinter mir liegen sollten?

»Das hätte keine Rolle gespielt«, erwiderte mein Bruder und versuchte auf seine Greg-Art, die Situation etwas besser zu machen. »Du hättest nicht mit ihm reden können.«

»Es tut mir leid«, sagte Denny.

»Mir auch.« Ich lehnte mich an ihn und er legte seinen Arm wieder um mich. »Und … was jetzt?«

»Das Hotel, in dem ich wohne, hat noch Zimmer frei«, meinte Greg. »Bleibt doch für heute Nacht, dann können wir entscheiden, was du bis zur Beerdigung machen willst.«

»Beerdigung?« Oh mein Gott. Mein Vater war tatsächlich tot.

So viele Jahre war er nicht mehr Teil meines Bewusstseins gewesen. Jetzt war er es und ich konnte ihn trotzdem nicht sehen. Er war so unerreichbar, wie er es immer gewesen war. Ich wollte schon fragen, ob ich schnell reingehen und ihn sehen konnte, aber das fühlte sich einfach zu bizarr an, um es auszusprechen.

»Du bleibst doch sicher bis zur Beerdigung, oder?«, fragte Greg nach.

»Daran habe ich nicht gedacht«, antwortete ich genau in dem Moment, als Denny Nein sagte.

Greg und ich sahen ihn an, woraufhin er erklärte: »Wir haben nur Sachen für eine Nacht dabei. Und morgen geht unser Rückflug. Wir können nicht wochenlang hierbleiben, oder wie lang auch immer das dauern wird …«

»Na ja, ich werde mal mit Jeanie reden und schauen, was sie dazu meint.« Greg dirigierte uns in Richtung Parkplatz. »Vielleicht ist sie ja dazu bereit, die Beerdigung schnell abzuhalten.«

»Oh, aber bitte nicht wegen uns«, wiegelte Denny ab.

»Seit wann hast du denn so ein freundschaftliches Verhältnis zu Jeanie?«, wollte ich wissen.

»Da wären wir«, stellte Greg fest und sperrte seinen riesigen Wagen auf. *Natürlich* hatte er ein Auto für eine ganze Großfamilie: Er und Eleanor hatten ja so viele Kinder in die Welt gesetzt. »Ich würde es kein *freundschaftliches* Verhältnis nennen. Wir haben uns ein-, zweimal gesehen, seit Dad krank war.«

Denny und ich saßen zusammen auf der Rückbank, er hielt meine Hand, was, angesichts meines kleinen Ausbruchs, nett von ihm war. Die manische Energie, die mich hierher getrieben hatte, verflüchtigte sich, und ich saß nun da, stumm und betäubt. So war es Denny und Greg überlassen, das Gespräch mannhaft am Laufen zu halten. Sie machten Small Talk über unsere Reise (anstrengend, aber schnell, wobei nicht schnell genug), das Wetter in Frankreich (schöner als hier, *quelle surprise*), Dennys jüngsten Auftrag (eine neue Treppe für eine Kapelle in Rodez, die bisher herausforderndste Konstruktion seines Arbeitslebens) und was Eleanor dieser Tage so trieb (natürlich war sie damit beschäftigt, eine berufstätige Mutter zu sein). Denny fing sogar ein paar Fragen für mich ab, wobei einige von seinen Antworten nicht dem entsprachen, was ich geantwortet hätte.

»Du arbeitest also immer noch als Friseurin, Pearl?«, fragte Greg.

»Mhm.«

»Ja«, bestätigte Denny. »Sie hat viel Stammkundschaft. Die lieben sie. Du machst auch Hausbesuche bei ihnen, nicht wahr, Pearl?«

»Mhm.«

»Aber der Salon fehlt dir trotzdem, oder?«

»Nein«, widersprach Denny. »Sie war bereit für eine Veränderung. Außerdem hat sie so mehr Zeit für ihre Kunst. In letzter Zeit hat sie ein paar wunderschöne Naturbilder gemalt.«

Ich fand es toll, wie stolz Denny auf meine Kritzeleien war. Aber Greg interessierte sich weniger dafür.

»Ellie geht natürlich immer noch zum Salon. Sagt aber, dass es ohne dich nicht mehr das Gleiche ist. Peaches macht ihr jetzt die Haare. Sie ist sehr gut anscheinend.«

Natürlich war sie das! *Ich hab ihr schließlich alles beigebracht,* wollte ich schreien. *Sag ihm das, Denny!* Aber wir fuhren bereits vor dem Hotel vor. Ich war überrascht, dass Greg sich für ein süßes, altmodisch aussehendes Gästehaus entschieden hatte, wo er doch normalerweise das modernste Businesshotel wählte.

»Der Premier Inn war schon ausgebucht. Wegen eines Zauberwürfel-Wettbewerbs, könnt ihr euch das vorstellen?«, erklärte er, was einige meiner Fragen beantwortete, allerdings wiederum andere aufwarf, die vermutlich nicht beantwortet werden konnten. Als ich aus dem Auto stieg und Greg erlaubte, Denny und mir ein Zimmer zu buchen, war ich um Jahre gealtert. Es fühlte sich wahnsinnig seltsam an, wieder hier zu sein. Obwohl ich die ersten sechsundvierzig Jahre meines Lebens in England verbracht hatte, passte ich laut Denny viel besser in mein Leben in Frankreich.

»Dann sehen wir uns in einer halben Stunde im Restaurant«, verabschiedete sich Greg, als sich unsere Wege trennten. Und das war keine Frage.

Denny und ich machten die Tür unseres kitschigen Zimmers hinter uns zu und ließen uns genau gleichzeitig rücklings aufs Bett fallen.

»Oh. Mein. Gott«, stieß ich hervor.

»Es tut mir wirklich leid.«

»Was tut dir leid?« Ich rollte mich auf die Seite, damit ich Dennys Gesicht sehen konnte. »Du hast nichts getan. Das war allein ich. Ich bin durchgedreht. Ich habe keine Ahnung, was in aller Welt wir hier tun.«

»Es tut mir leid, dass dein Dad tot ist, es tut mir leid, dass Greg so Greg-mäßig ist, und vor allem tut es mir leid, dass wir nicht rechtzeitig hier waren.«

»Nichts davon ist deine Schuld«, beschwichtigte ich ihn und meinte es auch so. Ich setzte mich auf und lehnte mich gegen das Kopfteil. »Warum war es mir auf einmal so wichtig hierherzukommen, wo ich doch jahrelang kaum an Dad gedacht habe?«

»Sag du's mir, Schatz.«

»Ich weiß es nicht!« Ich konnte meine Gefühle von heute Morgen nicht mehr nachvollziehen. »Ich war mir so sicher, dass ich hier sein müsste, dass ein paar letzte Worte der Vergebung fallen würden oder es einen verständnisvollen Blick oder so etwas geben würde. Ich bin so blöd.«

Ich stand auf und ging ins Badezimmer, jeder Schritt der langen, vergeblichen Reise klebte mir auf der Haut. Ich schälte mich aus meiner Kleidung und drehte die Dusche auf. Es war eine von diesen Wasserfallduschen, die besser aussehen, als sie eigentlich sind. Aber ich war in der Stimmung, mich komplett durchweichen zu lassen. Ich drehte die Temperatur des Wassers so hoch, dass es fast unerträglich war, und hoffte, mir damit wieder etwas Verstand einzubrennen.

Als ich mir gerade die Haare wusch, kam Denny herein und rief mir über das Rauschen des Wassers hinweg zu: »Um zwei Uhr morgens gibt es einen Rückflug. Wenn wir in der nächsten Stunde aufbrechen, könnten wir es schaffen.«

Ich lehnte mich aus der Dusche, Shampoo lief mir übers Gesicht. »Es fühlt sich nicht richtig an, sofort wieder abzuhauen.«

»Aber was können wir hier tun? Du willst doch bestimmt nicht bis zur Beerdigung bleiben, oder?«

Ich konnte kaum einen klaren Gedanken fassen. »Ich glaube nicht. Aber was ist mit Greg? Er erwartet uns zum Abendessen.«

»Er wird es verstehen«, meinte Denny. »Und wenn nicht, ist mir das auch ziemlich egal.«

Ich drehte mich wieder zurück unter die Dusche. »Ich kann dich nicht richtig hören. Warte, bis ich fertig bin.«

Ich ließ mir Zeit im Bad. Als ich ins Zimmer zurückkam, meine Haare in ein großes weißes Handtuch gewickelt, klingelte mein Handy. Das Geräusch wurde mir langsam vertrauter, als mir lieb war. Greg natürlich.

»Ich bin schon unten im Restaurant«, sagte er. »Ich war am Verhungern. Dann also bis gleich? Es gibt Bouillabaisse.«

»Na ja, ich bin – oh!« Ich schaute Denny an. »Er hat aufgelegt.«

»Oh Gott.« Denny vergrub das Gesicht in den Händen. »Der Fluchtweg schließt sich langsam.«

»Er glaubt, wir würden uns freuen, dass hier französische Gerichte in einer Sussex-Version angeboten werden«, erklärte ich Denny. »Du musst nicht mitkommen, du kannst dir was beim Zimmerservice bestellen, aber ich werde runtergehen …«

»Glaubst du wirklich, dass ich dich mit Greg allein lasse? Nur Gott weiß, worauf du dich am Ende alles einlässt! Er wird dich noch als Sargträgerin einspannen oder so.«

***

Greg aß bereits, als wir ins Restaurant kamen. Ich bestellte einen kleinen Nizzasalat und ein großes Glas Weißwein.

»Schlimmer Tag, was?«, kommentierte Greg und wischte sich den Mund ab. »Für uns alle.«

Das war meine erste Gelegenheit, ihn ein Mal richtig zu mustern. Seit ich ihn das letzte Mal gesehen hatte, waren fünf Jahre vergangen und so sah er auch aus. Er war groß und staatsmännisch, mit breiten Schultern – und ehrlich gesagt: Alles war breit an ihm. Auch seine Haare brauchten dringend einen neuen Schnitt. Wenn er in meinem Friseurstuhl säße, würde ich ihm zuerst einmal die Seiten kürzen – sie kringelten sich schon wie kleine Schmachtlöckchen – und auch das Grau würde ich ausdünnen.

Ich fragte mich, wie ich wohl für ihn aussah. Das letzte Mal, als wir uns gesehen hatten, war ich Mitte vierzig gewesen, aber inzwischen hatte ich die fünfzig überschritten und musste feststellen, wie viel diese wenigen Jahre auf dem Gesicht einer Frau ausmachten. Es ging nicht nur um neue Runzeln und Fältchen, obwohl diese sicherlich mehr geworden waren. Auch meine blauen Augen, die immer schon mein Markenzeichen gewesen waren, wirkten irgendwie trüber. Ich brauchte jetzt viel Make-up, um ihre frühere Wirkung hervorzubringen; Make-up, das ich gerade nicht trug.

Als ob Greg meine Gedanken gelesen hätte, sagte er: »Trotz der Umstände ist es schön, dich zu sehen. Du siehst genauso aus wie früher.«

»Du Charmeur. Ich bin alt.«

»In diesem Fall bin ich Methusalem. Ich werde immer älter sein als du.«

»Als Kind hat es dir immer gefallen, der Ältere zu sein.« Ich berührte ihn am Arm. »Es tut mir leid, dass du nicht mehr mit Dad sprechen konntest, nach all deinen Bemühungen.«

»Ach, hab ich das gar nicht gesagt? Ich war schon letzte Woche hier, als er noch ein bisschen klarer war. Wir haben uns ein wenig unterhalten.«

»*Wirklich?* Bestimmt seltsam, nach so langer Zeit wieder mit ihm zu sprechen.« Eigentlich hatte ich gedacht, Greg wüsste erst seit heute Morgen, dass Dad im Krankenhaus war, nachdem ihn eine Krankenschwester angerufen hatte. Aber ich war zu müde und durcheinander, um jetzt nachzuhaken.

»Er war ziemlich verwirrt. Ich glaube nicht, dass er wusste, wer ich war.« Greg trank einen Schluck Wein. »Also, zur Beerdigung.«

»Wir fliegen morgen wieder nach Hause«, warf Denny schnell dazwischen. »Wir können dann aber wiederkommen, wenn Pearl will …«

»Auf keinen Fall.« Greg stellte sein Glas ab. »Sie wird bestimmt kein zweites Mal hierherkommen. Ich konnte ja schon kaum fassen, dass du heute gekommen bist. Ich lasse euch also auf gar keinen Fall wieder zurückfliegen.«

»Jetzt aber mal halblang«, empörte sich Denny.

»Denny, ich weiß, dass ihr beide Reisemuffel seid«, fuhr Greg fort, »und dass es nicht gerade optimal für euch ist, hier zu sein. Aber ist es wirklich zu viel verlangt, ein paar Tage zu bleiben? Ihr wart kein einziges Mal mehr hier seit ...«

Der Kellner stellte einen Teller mit Essen vor Denny ab und unterbrach Greg damit glücklicherweise. Wir warteten alle, bis er wieder weg war. Dann antwortete Denny: »Bis zur Beerdigung dauert es vielleicht zwei Wochen, vielleicht auch länger. Wir können nicht einfach hierbleiben und nichts tun.«

»Wir sollten aber dabei sein, Pearl.« Greg wandte sich an mich. »Du, ich, Ben. Dads erste Familie. Ich werde mit Jeanie reden und sie davon überzeugen, die Beerdigung schnell zu organisieren.«

Ich lachte. »Du bist dir immer so sicher, dass die Leute tun, was du willst, Greg.«

»Ich bin bloß optimistisch.« Er lächelte und stieß mit mir an.

»Du bist optimistisch ...«, zitierte ich den alten Spruch unserer Mutter. »Ich bin pessimistisch ...«

»... und Benjy ist realistisch«, vollendete Greg. »Aber eigentlich ist er zynisch, findest du nicht?«

»Wir müssen beide arbeiten«, gab Denny zu bedenken und setzte sein ›Ich bin ein geduldiger Mann, aber ihr bringt mich an meine Grenzen‹-Gesicht auf. »Wir haben nicht mal passende Kleidung für die Beerdigung dabei.«

»Ich schon«, widersprach ich.

Es folgte ein kurzes, angespanntes Schweigen. Das erschien mir als gute Gelegenheit, den Rest meines Weins auszutrinken, und zwar schnell.

»Du hast was dafür eingepackt?«, fragte Denny und starrte mich an. »Ich habe nur die Kleidung dabei, die ich gerade trage.«

»Ich hab noch mein schwarzes Kleid mitgenommen, nur für den Fall.«

Greg machte ein komisches Geräusch und wir beide schauten ihn an. Er weinte.

»Tschuldigung. Tschuldigung. Ich glaube, ich hab's erst jetzt wirklich kapiert. Gott. Ich kann's nicht glauben, dass er wirklich tot ist.« Er fuhr sich mit einer Hand über die Wange und versuchte, wieder einen normalen Gesichtsausdruck aufzusetzen. »Und ich kann's kaum glauben, dass du hier bist, Pearl. Ich hab dich so vermisst. Ellie und ich, wir haben dich beide wirklich so vermisst.«

»Ach, Greg.« Ich legte ihm den Arm um die Schultern und er lehnte sich an mich.

Der Denny, den ich liebte, die freundliche Version, die vorübergehend verschwunden war, tauchte wieder auf. »Greg. Es tut mir leid. Du versuchst, alles zu arrangieren, und wir sitzen hier und kabbeln uns.« Er rief den Kellner zu sich und bestellte drei Brandy.

»Pearl«, sagte Greg – oder lallte es vielmehr. Ich fragte mich, wie viel er wohl schon getrunken hatte, bevor wir gekommen waren. »Ich hab einen Anruf von Dads Anwalt bekommen.«

»Ach ja?«

»Anscheinend hat Dad dir was vermacht.«

»Bitte was?«

Der Kellner brachte die Brandys, und ich klammerte mich an mein Glas, als wäre es ein Rettungsring.

Greg nickte. »Seltsam, oder?«

»Was genau hat der Anwalt denn gesagt?«, wollte Denny wissen.

»Er sagte, dass es ein Vermächtnis für Pearl gebe und sie es bei der Beerdigung entgegennehmen müsse.«

»Ein Vermächtnis für *mich*? Da hat jemand offensichtlich einen Fehler gemacht.«

»Nein, er hat dir wirklich etwas hinterlassen.«

»Und dir und Benjy auch?«

»Nur dir, Pearl.« Greg hob sein Glas und ließ den Brandy darin kreisen.

»Und wenn ich nicht zur Beerdigung komme?«

»Dann bekommst du dein Vermächtnis nicht. Anscheinend wird es dann vernichtet.«

»*Was zum Teufel?*«, stieß Denny hervor und schüttelte den Kopf. »So was hab ich ja noch nie gehört.«

»Das klingt wirklich ziemlich verrückt«, gab ich zu. »Bist du sicher, dass du das richtig verstanden hast? Dad war es schon zu viel, ans Telefon zu gehen, er hat sich also bestimmt nicht die Mühe gemacht, ein Vermächtnis für mich vorzubereiten.«

»Sollen wir den dann mal trinken?« Greg hob sein Brandyglas erneut, und wir tranken auf uns, weil niemand von uns es ertragen konnte, auf die, die fehlten, anzustoßen. Denn seltsamerweise schien mein Vater, jetzt, wo er verstorben war, weniger zu fehlen als während der letzten dreißig Jahre zuvor.

3

Carrie

Als ich den Brief zurück in den dicken cremefarbenen Umschlag schob, kam mir das Wort *Velin* in den Sinn. Velinpapier. Ein schweres, irgendwie gewichtiges Wort. Eine perfekte Beschreibung für das Gefühl, das mich beim Lesen des Briefes überkommen hatte.

Ich warf einen Blick ins Kinderzimmer, aber Emmie schlief immer noch tief und fest. Wahrscheinlich würde sie für eine weitere halbe Stunde nichts brauchen. Genug Zeit, um Mum anzurufen.

»Hallo, Liebling.« Sie klang müde, aber aufmerksam. Ich stellte mir vor, wie sie sich im Bett aufsetzte, und mein ganzer Ärger schmolz dahin.

»Stör ich dich gerade, Mum?«

»Du störst nie, mein Liebling.«

»Aber müssen sie gerade irgendwas bei dir machen?«

»Das können sie ja, während ich mit dir rede.« Ich hörte, wie sie zu jemandem etwas sagte und dann lachte. »Ling, die eine reizende Schwester, sagt gerade, sie wird jetzt meinen Puls und meinen Blutdruck messen, aber ich werde nicht mal merken, dass sie da ist.«

»Ich komm dich später besuchen«, erinnerte ich sie.

»Ich weiß! Ich kann's kaum erwarten.«

»Aber ich hab gerade einen äußerst ungewöhnlichen Brief bekommen und dachte, du könntest vielleicht gleich etwas Licht ins Dunkel bringen.«

»Ach, wirklich?«

»Der Brief ist von einem Anwalt ... dein Name wird erwähnt ...«

Sie sog scharf die Luft ein. »Verdammt, ich wollte es dir sagen, aber ich habe es immer wieder aufgeschoben, und dann kam da so dieses und jenes dazwischen ...«

»Du weißt also tatsächlich, worum es geht.« Ich verlagerte mein Gewicht, um eine gemütlichere Sitzposition zu finden. »Es ist also kein seltsamer Fehler oder irgendein Betrügerschreiben.«

»Liebling, bitte sei nicht böse. Ich weiß, ich hätte dich zuerst fragen sollen, aber ich hatte Angst, dass du Nein sagen würdest.«

»Da hattest du auch recht.«

»Es tut mir leid. Aber ich dachte, da die Umstände so sind, wie sie sind ... au!«

»Was ›au‹? Geht's dir gut?«

»Alles gut, ich wusste nicht, dass sie Blut abnehmen würde. Böse Ling!« Mum lachte. »Und schon ist sie fertig. Sie sind so fleißig hier.«

»Ich will nicht stören, wenn sie dich untersuchen müssen, Mum. Ich bring den Brief einfach später mit, dann kannst du dich persönlich dafür entschuldigen, dass du dich eingemischt hast.«

»Sei nicht böse, Liebling. Du weißt, ich will nur das Beste für dich. Warum liest du mir den Brief nicht vor? Ich hör zu, das wird mich ablenken. Und vielleicht kann ich schon ein paar Fragen beantworten, bevor du herkommst.«

»Na gut, aber du bist wirklich in Ungnade gefallen, Mutter, glaub ja nicht, ich werde dir so schnell verzeihen.« Das sagte ich in meiner unbeschwertesten Stimme, damit wir beide wussten, dass ich bloß Spaß machte. Nur dass ich das streng genommen gar nicht tat. Ich nahm den Brief heraus. »Was ist eigentlich ›Velin‹?«

»Steht da ›Velin‹ in dem Brief?«

»Nein, ich musste bloß an das Wort denken, als ich den Umschlag aufgemacht hab.«

»Du bist ja witzig! Ich weiß nicht. Ist das nicht eine Art Pergament?«

Ich strich den Brief glatt und las ihn laut vor, wobei mein Herz genauso schnell schlug wie beim ersten Mal.

Sehr geehrte Ms Haskett,

ich schreibe Ihnen als Anwalt des am 17. April verstorbenen Mr Francis Nichols. Kurz nach einer Unterhaltung mit Ihrer Mutter Linda gab er mir am Telefon die Anweisung, Sie um Ihre Anwesenheit bei seiner Beerdigung zu ersuchen. Er bat mich zu betonen, dass dies sein letzter Wunsch sei und er inständig hoffe, dass sie ihm nachkommen werden.
Die Beerdigung findet am Dienstag, den 24. April, um 15 Uhr in der St. Augustine's Church in Rye statt.

Mit freundlichen Grüßen und meinem Beileid zu diesem Anlass.

Martin M. Claymore

Am anderen Ende der Leitung herrschte Stille. »Mum? Bist du noch dran?«

Ein langer Seufzer. »Ja. Er ist also gestorben. Meine Güte, die Beerdigung ist ja schon nächste Woche. Das haben sie aber schnell organisiert. Weißt du, wer er war?«

»Ich habe es mittlerweile herausgefunden. Mum, was ist da los? Ich werde sicher nicht zu der Beerdigung eines komplett fremden Mannes gehen.«

»Okay, wir können ja später darüber reden.«

»Du kannst dir bestimmt vorstellen, wie ich mich fühle.«

»Das kann ich, meine Süße. Aber weißt du, in Anbetracht der ganzen Situation will ich nur, dass du die Möglichkeit hast, falls ...«

»Nein!«, rief ich, denn das war genau das, was ich nicht hören wollte. Sofort hörte ich ein Weinen aus dem anderen Zimmer. »Verdammt, ich hab Emmie aufgeweckt.«

»Geh zu ihr, Liebling. Wir reden später weiter.«

»Gut.« Ich versuchte, die Unterhaltung mit etwas Versöhnlichem zu beenden. »Ich habe nur das Gefühl, dass mich der Ärger von innen auffrisst.«

Mum ließ sich auf meinen Wink ein. »Das tut mir leid. Lass mich mal sehen, ob ich eine Ärgerektomie durchführen kann.« Sie machte ein paar komische Geräusche, die wohl wie bei einer Operation klingen sollten –, auch wenn ich diese Nummer aus meiner Kindheit nie im Detail hinterfragt hatte. »So. Dein Ärger konnte erfolgreich entfernt werden.«

»Danke, Mum. Bis heute Nachmittag.«

»Kann's kaum erwarten.«

Wir legten auf, dann eilte ich in Emmies Zimmer und presste mein kaltes Gesicht gegen ihr warmes, feuchtes. Sie hörte sofort auf zu weinen. Ich trug sie in die Küche und setzte sie in ihren Hochstuhl. Sie war eine richtige kleine Frohnatur und schon darüber hinweg, eben so abrupt aufgeweckt worden zu sein. Mit ihrem Löffel schlug sie auf das Tischchen, bis die Mikrowelle *bingte*, da lachte sie.

»Du magst dieses Gourmet-Bing-Geräusch, was?« Ich

gab ihr das Milchfläschchen und sah ihr bewundernd dabei zu, wie sie daran schon ganz gekonnt trank. »Deine Großmutter kann ganz schön nervig sein, weißt du das, Emmie?«

Sie nahm ihr Fläschchen aus dem Mund und sagte: »Babbel babbel.«

»Ja, genau. Du hast es auf den Punkt gebracht. *Das* werde ich ihr sagen.«

Ich nahm den Teekessel, um ihn aufzufüllen, und betrachtete mein verzerrtes Gesicht in seiner silbrigen Oberfläche. Zu meinem Spiegelbild sagte ich: »Auf gar keinen Fall werde ich zu dieser blöden Beerdigung gehen.« Mums Einwand, warum ich dorthin gehen sollte, war schrecklich, und das würde ich ihr auch sagen.

Da es mir vor dem langen, mühsamen Anstieg zu Ians Wohnung schon gegraust hatte, war ich freudig überrascht, als er draußen auf dem Gehweg bereits auf uns wartete. Er kam rüber zum Auto und Emmie fing aufgeregt an zu brabbeln.

»Oh mein Gott, sie sagt ›Dada‹!«, rief er.

»Das ist bloß Zufall«, gab ich zurück. »Ich hab gelesen, dass es für Babys am leichtesten ist, d-Laute auszusprechen.«

»Jaja.« Er beugte sich über den Rücksitz und schnallte sie ab. »Du weißt, wer ich bin, was? Stimmt's? Ja, das weißt du! Ich bin dein Papa! Genau, dein Papa!«

Ich fand Ians Babystimme ziemlich unangenehm, verbarg meine Gefühle aber erfolgreich hinter einem so lauten Zähneknirschen, dass es quietschte.

»Hier ist ihre Tasche. Windeln, Milch, alles.«

Ian nahm Emmie hoch auf den Arm. So hoch oben gefiel

es ihr natürlich ganz gut, und so lachte sie und spielte an seiner Baseballkappe herum. »Tatsächlich hab ich ein paar Windeln gekauft.«

»Echt?« Das war mir neu. Ians einzige Zugeständnisse an sein Baby hatten sich bis jetzt immer auf einen kleinen monatlichen Scheck und einen ebenso kleinen monatlichen Besuch beschränkt.

»Kein Grund, das so zu sagen. Ich weiß, dass ich bisher nicht sonderlich hilfreich gewesen bin.«

Ich lachte. »Du warst bisher genauso hilfreich, wie ich es erwartet habe.«

»Das wird sich jetzt aber ändern.«

»Ach ja? Und warum?«

»Ist sie nicht toll? Unsere Tochter. Ich will mehr an ihrem Leben teilhaben.«

»Aha. Na ja, super.« Ich wusste, dass es einen Grund – vermutlich einen unerfreulichen – für sein neu erwachtes Interesse an Emmie geben musste, aber ich hatte nicht nur keine Zeit und keine Lust dazu, dem Ganzen nachzugehen, mir war es auch schlichtweg egal. Ian gehörte einfach zum Leben dazu wie Kakerlaken oder Durchfall, und das würde auch immer so bleiben, weil ich dämlich genug gewesen war, ihn als Vater meines Babys zu erwählen. Als ich schwanger wurde, dachte ich natürlich nicht so von ihm. Damals war ich verliebt und hatte eine rosarote Brille auf. Wie dumm von mir.

»Ich muss jetzt los, Ian. Die Besuchszeit ist ziemlich knapp.«

»Richte deiner Mum alles Liebe von mir aus. Und wir zwei werden jetzt richtig viel Spaß haben, nicht wahr, Em?«

Ich öffnete den Kofferraum, um den Buggy rauszuholen,

aber Ian kam mir zuvor: »Den brauch ich nicht. Hab einen gekauft. Maclaren.«

»Du machst doch Witze.«

»Wenn ich sie öfter haben will, werd ich schließlich auch die ganze Ausrüstung hier brauchen, oder?«

»Du meinst es also wirklich ernst?« Ich gab Emmie einen Kuss auf die warme Wange, aber sie bemerkte mich kaum, so beschäftigt war sie damit, Ian seine Kappe vom Kopf zu nehmen und sie ihm dann ganz schief wieder aufzusetzen.

»Das würde mich freuen. Wenn es für dich okay ist. Wobei ich mir sicher bin, dass es für Emmie-Wemmie okay ist, gell? Ja, das ist es!«

»Sicher doch«, gab ich zurück und knirschte erneut mit den Zähnen, bis mir der Kiefer wehtat.

* * *

Als ich Mums Zimmer betrat, dachte ich, sie würde schlafen, doch während ich mich neben sie ans Bett setzte, schlug sie die Augen auf.

»Ach, Liebling!« Sie streckte die Hand nach mir aus und ich küsste sie.

»Wie geht's dir, Mum?« Sie sah blass aus und hatte dunkle Ringe unter den Augen.

»Ach, du weißt schon.« Sie machte eine Handbewegung, welche die Schläuche, die aus ihr herausschauten, die Maschine neben ihrem Bett und all die Technik mit einschloss, die sie am Leben hielt. »Ich bin bereit für den Ball im Palais heute Abend.«

»Ich komme auch mit. Was ziehst du an?«

»Wieso, was stimmt denn mit meinem Nachthemd nicht?« Sie warf sich in Pose. »Das ist doch so glamourös.«

Sie zog eine Hollywood-Schnute, ruinierte den Effekt aber dann durch einen so starken Hustenanfall, dass ich ihr helfen musste, sich im Bett aufzusetzen. Ich gab ihr ein bisschen Wasser aus einem Schnabelbecher, der sich gar nicht groß von Emmies Becher unterschied, aus dem sie vorher noch ihre Milch getrunken hatte. Unsere Blicke trafen sich über dem Rand, in stillschweigender Übereinkunft darüber, wie sehr wir das beide hassten.

Nachdem sich Mum wieder erholt hatte, lehnte sie sich nach vorne. »Keine Emmie?«

»Ich bring sie das nächste Mal wieder mit. Rede mit mir.«

»Hast du sie in die Kinderkrippe in der Arbeit gebracht?« Mum hatte sich immer noch nicht an den aufregenden Luxus gewöhnt, dass ich einen Job an der Universität mit einem günstigen Kinderkrippenplatz auf dem Campus hatte. Einen Traum nannte sie das.

»Sie ist bei Ian.«

»Wirklich?« Mum setzte sich aufrecht hin. »Das ist ja vielversprechend.«

»Ja«, sagte ich nachdenklich. »Es ist vielversprechend, dass er mehr mit ihr zu tun haben will.«

»Und vielleicht auch noch vielversprechend für etwas anderes?« Mum lächelte. »Wollt ihr vielleicht sogar mehr wie eine richtige Familie sein?«

»Mum, hör auf damit, Ian und mich wieder zusammenbringen zu wollen. Der Zug ist abgefahren. Egal«, ich lehnte mich in meinem Stuhl zurück, »ich nehme an, du willst mich nur vom eigentlichen Gesprächsthema ablenken, weil du weißt, dass du etwas getan hast, das du nicht hättest tun sollen.«

»Ich bin sehr krank«, erwiderte Mum, immer noch lächelnd, »du musst also nett zu mir sein.«

»Jetzt spielst du also die Krebs-Karte aus, ja?«

»Das ist die einzige, die mir noch bleibt.« Ihr Gesicht wurde ernst. »Entschuldige, Liebling. Ich weiß, dass ich vielleicht übers Ziel hinausgeschossen bin, aber was dieses bestimmte Thema angeht, sehe ich alles ganz anders als du.«

»Wie ist es überhaupt dazu gekommen?«

»Das ist eine lange Geschichte.« Mum überlegte einen Augenblick, wo sie anfangen sollte. »Erinnerst du dich noch, dass wir vor vielen Jahren unsere Kontaktdaten dort hinterlassen haben?«

»Dunkel. Wie lang ist das her?«

»Ungefähr zwanzig Jahre. Du warst damals fünfzehn. In deiner rebellischen Phase.«

Wir grinsten uns an. Meine rebellische Phase war kurz und ist ziemlich klischeehaft verlaufen: eine Lederjacke, ein wenig Türenknallen, ein paar Züge an der Zigarette einer Freundin und, zu meiner Schande, eine ziemlich schroffe (aber sehr kurze) Ablehnung meiner herzensguten, liebenden Eltern.

»Na ja, ich erwarte nicht von dir, dass du dich an diesen Teil erinnerst, aber wir haben ihnen unsere Kontaktdaten gegeben, nicht deine, weil du noch unter achtzehn warst. Und dann, vor ein paar Monaten, hat mich Francis kontaktiert, über eine Vermittlerin.«

»Das hast du mir nie erzählt!«

»Deinen Standpunkt dazu kannte ich ja. Von dieser süßen Teenagerphase einmal abgesehen, hast du immer sehr deutlich gemacht, dass du kein Interesse daran hattest, dass du nichts darüber wissen wolltest. Aber ich dachte, ich antworte einfach mal, um die Lage auszukundschaften.«

»Und?«

Mum nahm einen Schluck Wasser. »Ich habe ein paarmal mit ihm telefoniert. Er schlug sich so durch, war beinahe schon achtzig und bei schlechter Gesundheit. Er schien mir ein Mensch mit vielen Problemen zu sein. Er deutete ein tiefes Zerwürfnis zwischen sich und seinen Kindern an – tatsächlich zwischen ihm und so ungefähr jedem.«

»Dann wird es auf der Beerdigung also ziemlich ruhig zugehen.«

»Na na, Fräulein Carrie. Das ist aber nicht sehr respektvoll.«

»Entschuldige. Erzähl weiter.«

»Er hatte sicherlich seine Gründe dafür, sich mit mir zu diesem späten Zeitpunkt in Verbindung zu setzen. Ein Gefühl, etwas wiedergutmachen zu wollen, bevor es zu spät ist. Und ich muss sagen, dass ...«

»Nein, bitte nicht ...«

»Ich muss sagen«, wiederholte Mum mit deutlichem Nachdruck, »dass ich weiß, wie er sich gefühlt haben muss.«

»Das ist *nicht* das Gleiche. Dir wird's wieder besser gehen.«

Mum lächelte. »Dein positives Denken hat mir schon immer gefallen.« Sie nahm meine Hand und drückte sie an ihre Lippen. »Wenn ich dir gestehen würde – und ich zögere damit, weil es sich schrecklich nach emotionaler Erpressung anhört –, dass es mir aber ein echter Trost wäre, wenn du auf diese Beerdigung gingest, was würdest du dann sagen?«

»Dass sich das schrecklich nach emotionaler Erpressung anhört?«

»Ich weiß schon, dass ich immer für eine Überraschung gut bin. Aber schau, Carrie, Liebes, ich sag ja nicht mal, dass du mit irgendwem reden sollst. Nur ein paar Gesichter sehen, das ist alles. Es geht nur darum, die Idee nicht gleich zu verwerfen.«

»Die werden sich fragen, wer zum Teufel ich bin.«

»Das werden sie nicht. Halt dich im Hintergrund, nenn einen falschen Namen, sag, wie leid es dir tut. Auf jeder Beerdigung gibt es immer mindestens eine Person, die keiner kennt, und erst sehr viel später hört man dann immer: ›Ach, ich dachte, das wäre *dein* Freund gewesen.‹ Weißt du noch, auf Papas Beerdigung?«

Wir lächelten uns an und dachten an Dads Beerdigung vor ein paar Jahren zurück, auf der ein gebrechlicher alter Kerl ganz hinten in der Kirche gesessen und die Lieder so laut und falsch mitgesungen hatte, dass sich alle nach ihm umgedreht hatten. »LOBEDENHERRN, MEI-NESEE-EELE.« Das war das einzig Lustige an dem sonst so schrecklichen Tag. Ich hatte angenommen, er wäre irgendein Onkel, Mum dachte hingegen, er wäre einer von Dads Kollegen, aber beim Leichenschmaus wurde uns dann klar, dass ihn niemand kannte.

»Darüber werde ich erst einmal nachdenken müssen.«

»Absolut. Das liegt ganz bei dir. Ich hab meinen Teil gesagt.« Sie hielt inne. »Aber stell dir doch bloß mal vor, wie toll wir dann über alle tratschen können, falls du hingehst.«

Eine große, lächelnde Schwester kam herein. »Zeit für ein paar Untersuchungen, Linda.«

»Dann lass ich dich mal allein«, verabschiedete ich mich und gab Mum einen Kuss auf die trockene Wange. »Bis bald.«

Mum flüsterte: »Denk darüber nach, ja?«

»Versprochen.«

Auf dem Heimweg vom Krankenhaus hielt ich mein Versprechen: Ich konnte an nichts anderes denken. Mum hatte wohl nicht mehr alle Tassen im Schrank, wenn sie annahm, dass ich an diesem Mann, Francis, Interesse hatte, oder daran, auf seine Beerdigung zu gehen. Ich hatte diesen Menschen nie kennengelernt und würde ihn jetzt auch nie mehr kennenlernen. Seine ganze Familie würde dort sein, und ehrlich gesagt wusste ich, dass ich mir das einfach nicht zutraute.

Ians Wohnung war ungewöhnlich aufgeräumt und sauber, und ich fragte mich, ob das denselben Grund hatte wie die Tatsache, dass er sich auf einmal auch mehr für Emmie interessierte: dass es da eine neue Frau zu beeindrucken gab.

»Wir hatten viel Spaß zusammen«, erzählte er mir, während er Emmies Sachen einsammelte. »Wir haben zu Musik getanzt und mit DUPLO gespielt, sind in Geschäfte gegangen und haben ein Picknick im Park gemacht.«

»Meine Güte, das ist aber viel für so ein paar Stunden, gut gemacht. Hat es deiner neuen Freundin gefallen, mit Emmie rumzuhängen?«

»Wovon redest du?«

»Du verlässt dich auf Emmies Schweigen«, fuhr ich fort, »aber du weißt schon, dass sie mir bald verraten kann, wen ihr getroffen habt, oder?«

»Du spinnst doch. Ich hab keine neue Freundin.«

Ich nahm Emmie auf den Arm. »Sag Tschüss zu diesem Mann, Emmie. Ich kann dir wirklich nicht sagen, wer das ist, aber er scheint dich zu kennen.«

»Haha, sehr witzig. Du bist doch bloß eifersüchtig, dass sie Dada und nicht Mummy sagt.«

»Tschüss, Ian.«

Emmie hätte eigentlich reif sein müssen für ein Nickerchen, aber nach der Zeit mit Ian war sie eindeutig überdreht. Da sie auf dem Nachhauseweg nicht schlief, legte ich sie noch mal in den Buggy und machte mit ihr den zweiten Ausflug in den Park an diesem Tag.

Und damit war ich nicht die Einzige, die versuchte, ein energiegeladenes Kind auszupowern. Henry, mein Nachbar vom Haus nebenan, sah seiner Tochter Numa auf dem Spielplatz beim ununterbrochenen Rutschen zu. Ich versuchte, Emmies Interesse an der Babyschaukel zu wecken, damit ich still dastehen und sie anschubsen konnte, aber sie watschelte erstaunlich schnell in die andere Richtung davon. Sie wusste, dass die Enten bloß ein paar Meter weit entfernt waren.

»Das sag ich zwar jedes Mal«, bemerkte Henry, als ich ihr abgekämpft nachtrottete, »aber wir müssen wirklich rausfinden, wo sie ihren Aus-Schalter haben.«

»Oder wir stecken sie in ein Hamsterrad, damit sie wenigstens Strom oder irgendwas anderes Nützliches produzieren können«, gab ich über die Schulter hinweg zurück. Ich schaffte es, Emmie am Spielplatztor einzuholen, und nahm sie fest an die Hand.

Während wir zum Teich spazierten, ging mir unablässig die Beerdigung im Kopf herum. Ich gab Mum keine Schuld, aber ich wünschte, sie hätte mich nicht darum gebeten hinzugehen. Sogar zu den besten Zeiten konnte ich ihr nie etwas absprechen. Sie wusste, dass ich fünfunddreißig Jahre lang problemlos ohne diese Leute ausgekommen war. Die kannten mich nicht und hatten sich ganz klar nie Gedanken um mich gemacht. Das würde vieles aufwühlen, zu einem Zeitpunkt in meinem Leben, an dem ich keinen Kopf dafür hatte. Emmie, Mum und die Arbeit waren meine

Prioritäten, und zwar genau in dieser Reihenfolge und mit einer großen Lücke zwischen dem zweiten und dem dritten Punkt.

Emmie zog aufgeregt an meiner Hand, als der Teich in Sicht kam. Sie ging immer gern nah an die Enten heran, ganz ohne Gefühl für Gefahr. »Eindeutig dein Kind«, kommentierte Mum diesen Charakterzug immer. Anscheinend war ich genauso gewesen. Unerschrocken. Tatsächlich war Emmie sogar bereits ein bisschen in den Teich hineingelaufen, bevor ich bemerkte, dass ihre neuen blauen Lauflernschuhe schon ganz nass waren. Ich überlegte, ob sie die Grenze zwischen Land und Wasser nicht sehen konnte, vielleicht war sie deshalb so mutig.

Emmie: Babbel babbel babbel!

Ich: Oh, da stimm ich dir voll und ganz zu, Emmie. Die grüne Ente ist wirklich *besonders* charmant.

Emmie [lacht]: Babbel babbel babbel!

Ich: Gutes Argument. Ich weiß gar nichts über Enten. Du bist die Expertin. Aber mal was anderes, was hältst du von dieser blöden Beerdigungs-Angelegenheit?

Emmie: Babbel babbel.

Ich: Du hast total recht, wie immer, mein Schatz. Das ist *wirklich* ein Haufen voller Niemande, was? Für mich sind das Niemande. Aber Oma will, dass ich auf die Beerdigung gehe. Meinst du, wir sollten hingehen?

Emmie: Jaargh.

Ich: Wie bitte?

Emmie: Jaargh.

Ich: Das klang wie Ja, Emmie.

Emmie: Babbel babbel.

Das war ein verdammt interessanter Zeitpunkt, um zum ersten Mal Ja zu sagen. Außer, ich suchte nach einem Zeichen und sie hatte schon vorher ›jaargh‹ gesagt, ohne dass ich es mitbekommen hatte. Mum würde jetzt jedenfalls zweifelsohne anmerken: Wenn ich schon nach einem Zeichen Ausschau hielt, suchte ich vermutlich auch nach einem Grund, um hinzugehen.

4

Pearl

Das Taxameter lief munter weiter. Wir hatten den Taxifahrer bereits zwei Extrarunden drehen lassen, während ich versuchte, mich zusammenzureißen.

Denny hatte recht. Das hier war ein großer Fehler.

»Immer noch nicht bereit?«, wollte der Fahrer wissen.

»Noch nicht ganz«, antwortete ich. »Können Sie bitte noch eine Runde drehen?«

Er seufzte, was mich ärgerte. Schließlich bezahlten wir ihn dafür. Denny drückte meine Hand. Er war zu nett, um mich daran zu erinnern, dass er mich die ganze letzte Woche dazu überreden wollte, nach Hause zu fliegen, damit ich nicht in diese dämliche Vermächtnissache mit hineingezogen würde.

Erneut kamen wir vor der Kirche an, genau in dem Moment, als ein paar fremde Leute das Gebäude betraten.

»Beerdigung, oder?«, fragte der Taxifahrer.

»Ja«, bestätigte ich.

»Jemand, der Ihnen nahestand?«

So ein neugieriger Kerl. »Beide Eltern«, antwortete ich. »Schreckliche Fabrikexplosion. Hat auch meine Schwestern und Brüder in den Tod gerissen. Ihre Beerdigungen sind nächste Woche.« Das war die Handlung einer Romanreihe, die ich gerade las.

Denny starrte mich mit weit aufgerissenen Augen an. Irgendetwas – Dads Tod oder die Tatsache, wieder zurück in

England zu sein – hatte die seit Langem in mir schlummernde böse Seite wieder geweckt. Gleichzeitig war damit nun endlich auch meine Trägheit gebrochen und ich griff hektisch nach der Tür.

»Großer Gott, das tut mir aber leid, meine Liebe.« Der Fahrer nahm das Geld von Denny entgegen, ohne es zu zählen, wehrte all seine Versuche ab, noch ein wenig Trinkgeld draufzulegen, und fuhr davon. Ich fühlte mich schlecht, aber nicht so schlecht, wie ich sollte.

Nun standen wir an der Straße zum Friedhofseingang. »Soll ich das einfach zu der immer länger werdenden ›Meine Frau hat kurzzeitig den Verstand verloren‹-Liste hinzufügen?«, erkundigte sich Denny.

»Woher wissen wir, dass das nur kurzzeitig ist?«

Er setzte sich eine Sonnenbrille auf und fuhr mit dem Finger zwischen seinem Hals und dem Kragen seines neuen steifen weißen Hemds entlang, das er zusammen mit einem billigen Anzug beim gestrigen Shoppingausflug in Eastbourne gekauft hatte. Armer Denny! Er war dazu gezwungen, seine bissige Frau auf einem einwöchigen Trip nach England zu begleiten, nachdem sie sich fünf Jahre lang geschworen hatten, nie mehr auch nur einen Fuß auf diese gottverlassene Insel zu setzen. Der heutige Tag war für ihn vermutlich eine noch größere Tortur als für mich. Das letzte Mal, als Denny und ich meine Familie getroffen hatten – und das ausgerechnet in einer Kirche –, war er derjenige gewesen, der eine Szene gemacht hatte. Ich nahm seine Hand, und wir betraten den Friedhof, mit angemessen düsterem Gesichtsausdruck, den wir aber vermutlich aus den falschen Gründen trugen.

Ein paar Leute, die ich nicht erkannte, standen draußen herum. Hätte ich jemals darüber nachgedacht, hätte ich vermutlich angenommen, dass Dad nach seinem Verschwinden aus unseren Leben auch keine neuen Leute mehr kennengelernt oder neue Freundschaften geschlossen hatte. Aber natürlich hatte er jahrzehntelang Zeit gehabt, andere Beziehungen zu knüpfen, und ohne Zweifel war er in der Kirche aktiv geblieben – vermutlich in genau dieser Kirche. Diese Leute mussten seine Freunde oder die Freunde und Familie seiner Frau Jeanie sein.

Mein Griff um Dennys Hand wurde fester für den Fall, dass einer von uns einen Fluchtversuch starten wollte, und ich studierte panisch die anwesenden Gesichter. Mir fiel auf, dass ich doch zwei von ihnen kannte: meine älteste Nichte Gina – Benjys einziges Kind –, die so erwachsen aussah, dass ich sie nicht sofort erkannt hatte, und Barbara, ihre Großmutter – Benjys Ex-Schwiegermutter. Barbara hatte eine Hand auf Ginas Schulter gelegt, in der anderen hielt sie eine Zigarette. Sie war wie eine schwarze Witwe gekleidet und trug tatsächlich einen Schleier, der von ihrem Hut herabhing. Sie drehte den Kopf, um den Rauch von Gina wegzublasen, erblickte mich dabei und winkte mir fröhlich zu.

Barbara war gewissermaßen ein Überbleibsel von Benjys Scheidung. Nicht nur ich fragte mich, ob sich Benjy und Alice vielleicht deswegen getrennt hatten, weil sie zu dritt in dieser Ehe gewesen waren, um Prinzessin Diana zu zitieren.

»Pearl, Schatz!«, rief Barb und machte so abrupt einen Schritt nach vorne, dass sie auf ihren hochhackigen Schuhen ins Straucheln geriet und sich an Ginas Arm festklammern musste, um nicht hinzufallen.

Benjy und Alice hatten sehr jung geheiratet und waren nach der Hochzeit bei Barbara eingezogen. Als Alice schließlich genug davon hatte, Benjys Frau zu sein, war sie es, die auszog, und Benjy, der blieb. Benjy und Barbara waren seit Langem eine Quelle der Erheiterung für Denny, Eleanor, Greg und mich gewesen. Wenn wir in der richtigen Stimmung waren, heute also vermutlich eher nicht, tranken wir jedes Mal einen imaginären Schnaps, wenn Benjy Barb erwähnte. Dabei glaube ich aber nicht, dass es eine echte Harold-und-Maude-Situation war. Wahrscheinlich wollte sich Benjy vielmehr in seinem Leben so viele Elternfiguren wie nur irgend möglich zusammensuchen.

»Du bist ja so tapfer«, bemerkte Barb, als sie zu uns herüberstakste. »Dein Vater war ein *absolutes* Schwein.« Sie kannte Dad gar nicht, weshalb sich dieser Kommentar auf das bezog, was Benjy ihr über ihn erzählt haben musste. Gina lächelte mich unsicher an. Na gut – meine Nichten und Neffen hatten auch allen Grund dazu, in meinem Beisein unsicher zu sein. Früher hatte ich jedoch noch eine gute Beziehung zu Gina gehabt und sie hätte sich in meine Arme gestürzt. Aber warum sollte sie das nun tun? In letzter Zeit war ich nicht wirklich in ihrem Leben vorgekommen.

»Gina, wie schön, dich zu sehen«, begrüßte ich sie und biss mir auf die Lippen, um nicht den klischeehaften Tanten-Kommentar abzugeben, wie erwachsen sie doch schon war. Ich gab ihr einen Kuss auf die teilsnahmslos hingehaltene Wange, wobei mir ein Hauch von teurem Parfüm entgegenschlug. Sie war jetzt fünfundzwanzig und arbeitete als Sozialarbeiterin. Das letzte Mal, als ich sie gesehen hatte, war sie neunzehn gewesen. Ich hatte das Ende ihrer Jugend verpasst; die war nun bereits vorbei. Eine Welle der Traurigkeit erfasste mich. Wie hatte sie mir bloß so entgleiten können?

»Hallo, Tante Pearl«, erwiderte sie, ganz formell und zugeknöpft.

»Benjy wird ganz begeistert sein, euch zu sehen. Euch *beide* zu sehen!«, plapperte Barbara drauflos und berührte Denny am Arm. »Begeistert vielleicht nicht«, korrigierte sie sich sofort, »heute ist kein Tag, um *begeistert* zu sein, was? Aber er wird dankbar sein, dass ihr gekommen seid.«

Ich gab Barbara einen Kuss auf ihre dargebotene Wange und bekam einen Mund voll steifer schwarzer Nylonspitze ab. Das Wort *dankbar* blieb bei mir hängen. Vermutlich ging es hier weniger darum, dass ich die Familie mit meiner Anwesenheit beehrte, sondern eher darum, dass ich erscheinen musste, um das mysteriöse Vermächtnis freizugeben. In Barbaras übergierigem Lächeln sah ich die Erwartung, dass es a) sicherlich ein kleines Vermögen sein würde und b) meine Schuldgefühle mich dazu bringen würden, es mit meinen leer ausgegangenen Brüdern zu teilen. Ich fragte mich, ob Barbara bereits ihre Konditionen für eine Trennung von Benjy festgelegt hatte.

Den Großteil der letzten Woche hatte ich damit verbracht, über dieses Vermächtnis zu spekulieren, sowohl laut mit Denny als auch stumm mit mir selbst. Allerdings war ich der Erkenntnis, warum mir Dad irgendetwas hätte hinterlassen sollen, keinen Schritt nähergekommen. Warum mir und nicht meinen Brüdern? Manchmal blickte ich dem Ganzen positiv entgegen: Vielleicht war es ja etwas Symbolisches, von dem er gewollt hatte, dass ich es bekäme, damit ich es gelegentlich anschauen und im Guten an ihn denken konnte. Andere Male ärgerte es mich einfach nur, dass er vielleicht angenommen hatte, irgendein lausiger Gegenstand könnte wiedergutmachen, dass er ein hoffnungsloser Vater gewesen war, zu feige, um sich für die

Versäumnisse in seinem Leben zu entschuldigen, und mir so die ganze emotionale Arbeit überließ. Als ich Denny meine Sorgen anvertraute, dass es sich vielleicht doch um Geld handelte, das ich nur garniert mit schweren Schuldgefühlen entgegennehmen könnte, merkte er an, dass wir es ja für einen wohltätigen Zweck spenden könnten. Eine Einrichtung, die sich um Kinder mit abwesenden Vätern kümmere, wäre vielleicht besonders passend.

Denny sagte zu Barbara, sie sehe gut aus, und sie gab das Kompliment zurück, und nachdem dieser faszinierende Wortwechsel erledigt war, drückte Barbara ihre Zigarette unter der Schuhsohle aus und wir gingen zu viert in die Kirche. Eigentlich wollte ich neben Gina gehen, aber Denny hielt mich so fest am Arm, als wäre ich eine tatterige alte Dame. Als wir jedoch die kalte Kirche betraten, war ich dankbar für seinen festen Griff, denn genau vor mir hatte sich ein ›Who is Who‹ all der Personen versammelt, die ich in den letzten fünf Jahren gemieden hatte. Die Leute, die in den hinteren Reihen standen, schauten sich nach uns um, und diejenigen, die bereits saßen, drehten sich auf ihren Sitzen herum, was mir insgeheim das Gefühl gab, als wäre ein Scheinwerfer auf mich gerichtet. Es war dermaßen surreal, dass mich schon fast der Impuls überkam, mir den Mantel vom Körper zu reißen, mir ein Mikro zu schnappen, das mir von der Seite aus zugeworfen wurde, und laut *If My Friends Could See Me Now* zu singen.

In der Hoffnung auf einen beruhigenden Blick schaute ich zu Denny hinüber, doch der trug – in schlechtester Promi-Manier – immer noch seine Sonnenbrille. Ich setzte ein breites, unbestimmtes Lächeln auf und starrte entschlossen geradeaus zum Altar, auf den abgedeckten Sarg, damit ich niemandem ins Gesicht schauen musste. Aus dem

Augenwinkel sah ich aber Greg und seine Frau Eleanor. In ihrem olivfarbenen Kleid sah sie sehr schick aus und keinen Tag älter, als ich sie zuletzt gesehen hatte. Ihr kastanienbraunes Haar hatte sie zu einem ordentlichen Knoten hochgesteckt, genau wie ich es ihr beigebracht hatte. Als sie mich erblickte, stand sie auf, lächelte und winkte mir zu; bedeutete mir, mich zu ihr zu setzen. Sie wirkte nicht im Geringsten beleidigt darüber, dass ich auf ihre Textnachrichten und E-Mails von letzter Woche nicht geantwortet hatte. Ich atmete tief durch und schaute zu den Sitzplätzen neben ihr, aber die Kinder waren nicht da.

Ein eher ungeübter Organist stimmte das erste Lied an, und mit einer entschuldigenden Grimasse in Richtung Eleanor ließ ich es zu, dass Barb Denny und mich mit zu ihrer Reihe schleifte. In Wahrheit wehrte ich mich nicht allzu sehr dagegen. Es kam nicht oft vor, dass sich ein Sitzplatz neben Benjy so anfühlte, als wäre ich gerade eben noch mal mit einem blauen Auge davongekommen. Für Eleanor war ich einfach noch nicht bereit. Ich wusste, dass sie schon vor langer Zeit alles vergeben und vergessen hatte. Aber mir fiel es nicht so leicht, an sie zu denken, ohne mich auch daran zu erinnern, wie schwer damals alles für mich gewesen war und welche Rolle sie gespielt hatte – obwohl das nicht ihre Schuld gewesen war.

Ich setzte mich auf die harte Holzbank und drehte mich lächelnd zu Benjy. Anstatt eines Anzugs trug er ein schwarzes T-Shirt und schwarze Jeans. Es tat gut zu sehen, dass er unserem alten Herrn wie immer eins reinwürgte.

»Da hast du aber einen ganz schönen Auftritt hingelegt, Fräulein *Pill*«, murmelte er und klopfte mit den Fingern gegen seine Armbanduhr.

»Ich freue mich auch, dich zu sehen.«

Der Pfarrer trat ans Rednerpult und alle verstummten. »Wir haben uns heute hier versammelt, um des verstorbenen Francis Nichols zu gedenken, eines hochgeschätzten und schmerzlich vermissten Mitglieds dieser Gemeinde.«

Barb reichte mir ein Heftchen mit dem Ablauf des Gottesdienstes. Auf der Vorderseite war ein Foto von Dad zu sehen sowie sein Geburts- und Sterbedatum: 1939 bis 2018. Ich erkannte ihn kaum wieder, ein alter Mann Mitte siebzig. Das Foto sah aus, als wäre es in einem Urlaub entstanden, denn er saß auf einem Balkon, das Meer hinter sich. Er trug einen Panamahut, schaute ernst und blinzelte in die Sonne. Auf dem Tisch neben ihm stand eine Vase mit gelben, bauschigen Blumen, die man wunderbar malen könnte. Mimosen, vermutete ich.

»Wir werden nun eines seiner Lieblingslieder singen, *Bleib bei mir, Herr*, Nummer 488.«

Denny blätterte rasch durch die Seiten eines Gesangbuches und hielt es mir dann aufgeschlagen hin, damit ich den Text mitlesen konnte. Das war aber nicht notwendig, denn ich kannte das Lied tatsächlich auswendig. Als ich ein Kind war, ging Dad nämlich jede Woche in die Kirche, und für gewöhnlich begleitete ich ihn. Diese ruhige Zeit zu zweit mochte ich sehr, wie wir auf dem Hin- und Rückweg über alles Mögliche redeten. Heute interessierte ich mich nicht mehr für das Christentum oder für irgendeine andere Religion, schon seit Jahrzehnten nicht mehr, doch diese Gesänge waren ein Teil meiner DNA. Automatisch begann ich zu singen, die Augen fromm auf den verschleierten Sarg gerichtet, bis mir klar wurde – überraschend spät an diesem Tag –, dass dort drin mein Vater lag. Der nächste Ton blieb mir im Halse stecken. Ich schaute weg und konzentrierte mich stattdessen auf ein buntes Glasfenster, auf dem der junge Jesus fromm die Ältesten im Tempel lehrte. Indem ich darüber nachdachte, wie die Ältesten das wohl gefunden hatten, schaffte ich es, mich lange genug vom Sarg abzulenken und das Lied zu überstehen.

Der Gesang brach nach und nach ab, und der Pfarrer verkündete, dass wir jetzt eine Lesung aus dem Buch Hiob hören würden, die Dad selbst ausgewählt hatte.

»Ach, dass meine Reden aufgeschrieben würden! Ach, dass sie aufgezeichnet würden …«, begann die Stelle, und ich überlegte, was Dad wohl zu dem wenig inspirierenden Tonfall des Pfarrers gesagt hätte. Obwohl Dad ein überzeugter Christ war, sprach er immer ohne Umschweife über die Unzulänglichkeiten der verschiedenen Pfarrer und Priester, denen er begegnete. Ich bin mir sicher, dass es ihm Spaß gemacht hätte, sich über diesen Pfarrer hier zu beschweren, wenn er nicht auf seine alten Tage noch weich geworden ist. Hatte er jemals dort gesessen, wo ich jetzt saß? Hatte Jeanie ihn begleitet? Schließlich hatten sie sich damals in einer Kirche kennengelernt, in unserer Familienkirche in Chelmsford.

Apropos, wo *war* Jeanie eigentlich? Natürlich wusste ich nicht, wie sie jetzt aussah. Ich hatte sie seit knapp vierzig Jahren nicht mehr gesehen. Für mich war sie die aus der Zeit gefallene, für immer gereizte, knochendürre Frau – ungefähr wie Wallis Simpson – mit dunklem, dauergewelltem Haar, das von einer grauen Strähne durchzogen wurde. Eingehend betrachtete ich die Trauergäste in den vordersten Kirchenbänken. Sie müsste jetzt Anfang siebzig sein und könnte gut und gerne diese weißhaarige Frau mit dem gebeugten Kopf sein. Sie saß neben einer Frau mittleren Alters, die sogar von hier hinten einen eleganten Eindruck machte. Das war sicherlich Jeanies Tochter Andrea. Ausgesprochen An-drei-ah.

Das letzte Mal, als ich Jeanie und Andrea gesehen hatte, war ich fünfzehn gewesen, Andrea erst sieben oder acht. Ich hatte diese unverwüstliche Erinnerung an sie, wie sie auf dem Bett saß und ein Buch wie einen Schild vor sich hielt. Ebenjenes Buch – und ich weiß nicht, warum mir ausgerechnet dieses Detail im Gedächtnis geblieben ist, während so viele, weitaus wichtigere Dinge verblasst waren – war ein langweiliger, ein Mal im Jahr erscheinender Mädchencomic namens *Penny* gewesen. Ich schob die Erinnerung daran beiseite und hörte wieder dem Pfarrer zu, der weiter darüber schwadronierte, was für ein treuer Anhänger Dad doch gewesen war.

»Immer bereit, sich für das Wohl der Gemeinde die Ärmel hochzukrempeln. Er arbeitete ehrenamtlich für die Kirchentafel, im Jugendclub, fungierte als inoffizieller Stellvertreter für unseren Kirchenvorsteher, war der Assistent des Schatzmeisters, organisierte das gemeinschaftliche Weihnachtsmahl für unsere obdachlosen Glaubensbrüder …«

Glaubensbrüder – ein Wort, das nur in religiösem Zusammenhang fiel, wenn man keine echten *Brüder* hatte. Seltsames Wort. Inzwischen eigentlich veraltet. Im Plural verwendet stand es für eine ganze Gemeinde. Ich hatte also Glaubensbrüder. Tatsächlich aber auch echte Brüder, mit denen ich gerade hier in der Kirche saß, womit es mir nicht allzu gut ging. Mein Herz schlug viel schneller, als es sollte, und ich konnte eine prickelnde Hitze entlang meines Haaransatzes spüren. Wenn man während einer Beerdigung starb, was machten die dann mit einem? Den Sarg öffnen und einen gleich mit hineinkippen?

Denny flüsterte »Pearl?« in seiner ›Oh-mein-Gott-dirgeht's-nicht-gut‹-Stimme, was mich aus meinen Träumereien riss und mir bewusst machte, dass mir gerade buchstäblich das Wasser übers Gesicht lief. Das waren keine Tränen, sondern kleine Rinnsale aus Schweiß. Ich war an unerwartete Schweißausbrüche gewöhnt – schließlich war ich eine Frau in ihren Fünfzigern –, doch das war echter Angstschweiß. Jeanie saß dort drüben! Neben ihrer Tochter! Zwei Reihen dahinter Eleanor und Greg und irgendwo hier waren auch noch ihre drei Kinder. *Gott im Himmel!*

Mir ging der Atem aus. Mir blieben bloß noch ein paar Züge. Gerade als meine Hand, ganz außer Kontrolle, nach Denny griff, wandte er sich zu mir, um mir ein Taschentuch zu geben. Erschrocken riss ich den Arm nach oben und fegte ihm mit der Hand die Sonnenbrille vom Gesicht, die ihm auf den Schoß fiel und mir einen Blick in seine panischen Augen eröffnete.

Ich stand auf. »Entschuldige bitte«, flüsterte ich Benjy zu.

»Was zur Hölle?«, zischte der. »Wo willst du denn hin?« Doch da bemerkte er meinen Gesichtsausdruck und machte mir sofort mit den Knien Platz. Obwohl ich mich so leise wie möglich bewegte, spürte ich alle Blicke auf mir, und sogar der Pfarrer zögerte in seinem Sermon, bevor er mit »... und Jeanies ergebener Ehemann sowie ein hingebungsvoller Hundebesitzer für ihren Spaniel Snoopy ...« den Faden wieder aufnahm.

Als ich an Eleanors Reihe vorbeieilte, fing ich ihren Blick auf. Sie schaute mich so mitleidig an, dass ich wünschte, ich könnte mir ihre Hand schnappen, sie mit mir ziehen und ihr erlauben, mich aufzuheitern, so wie sie es früher immer getan hatte. Aber ich stürzte allein weiter, rang mit der schweren Tür und schaffte es schließlich, aus der klammen, beengenden Kirche herauszukommen.

Ich trat hinaus, dankbar für die frische Luft, und lehnte mich an die Wand. Dort schloss ich die Augen. Die Stille hämmerte in meinem Kopf. Warum nur hatte ich gedacht, ich könnte das schaffen? Hierherkommen, mit diesen Leuten zusammen sein. Wie dumm konnte man eigentlich sein?

Ich hörte ein Geräusch und öffnete die Augen, da ich auch hier nicht vor Blicken sicher war. Eine braunhaarige Frau stand auf dem Friedhof und hielt ein schlafendes Baby auf dem Arm. Sie sah aus, als wollte sie gerade in die Kirche gehen, hätte aber bei meinem Anblick innegehalten. Unsicher lächelte sie mich an und ich versuchte zurückzulächeln. Meine Atmung kam allmählich wieder in Gang. Dann wurde die Kirchentür aufgerissen und Denny kam herausgestürzt. »Pearl! Pearl!«

»Ich bin hier. Mir geht's gut.« Ich streckte meine Hand nach ihm aus und er zog mich in eine Umarmung. Als ich ihm über die Schulter blickte, sah ich, dass die Frau verschwunden war.

Während Denny mich festhielt, wurde meine Atmung nach und nach ruhiger und mein Herz kehrte wieder zu seinem normalen Rhythmus zurück. Denny strich mir übers Haar: »Es tut mir leid, es tut mir leid.«

»Was tut dir leid?«, wollte ich wissen. »Du hast mir mehrmals geraten, heute nicht hierherzukommen.«

Aber er reagierte großherzig: »Du dachtest, du könntest es schaffen, und einen Versuch war es wert. Das war tapfer von dir.«

»Und was sollen wir jetzt tun?«, fragte ich, während ich mich von ihm löste. »Sie kommen bestimmt bald raus, und dann wird es den Leichenschmaus und dieses verdammte Vermächtnis geben, das ich nicht mal haben will.«

Eigentlich hatte ich erwartet, dass er etwas sagen würde

wie: »Lass uns verschwinden. In einen Zug springen und direkt nach Heathrow zurückfahren.« Doch stattdessen sagte er: »Na ja, jetzt, wo wir schon mal hier sind, können wir die Sache auch genauso gut ein für alle Mal abhaken.«

Ich war beeindruckt – und überrascht – davon, dass er jetzt einen auf harter Typ machte. Ich wusste, dass er eigentlich gerade überall lieber wäre als hier, denn das hatte er mir den Großteil der letzten Woche über gesagt hatte. Doch jetzt ergriff er meine Hand und drückte sie. »Wir haben es fast geschafft. Ein paar Stunden noch, dann sitzen wir schon im nächsten Flieger nach Hause.«

»Kann's kaum erwarten.« Das ruhige Cottage und unser geordnetes Leben in Frankreich fühlten sich in diesem Moment unsagbar kostbar an.

Erneut flog die Kirchentür auf und die ersten Leute strömten heraus. Wir gingen auf die Seite und ließen die neugierigen Blicke all der Menschen, die wir nicht kannten, über uns ergehen. Schließlich trat die weißhaarige alte Frau – definitiv Jeanie – ins Freie, die sich am Arm ihrer Tochter festhielt. Andrea war schlank und elegant gekleidet, in einem gut sitzenden dunkelblauen Anzug und passenden hohen Schuhen – höher, als Leute sie normalerweise im echten Leben trugen. Obwohl sie vornehm, ja beinahe majestätisch aussah, konnte ich trotzdem gerade noch so das verkniffen ängstliche Gesicht der jungen Andrea erkennen, über das sich ihr Erwachsenengesicht gelegt hatte.

Sie erblickten mich, und ich bemerkte, dass Jeanie zögerte. Es kostete mich jedes Quäntchen Mut, das ich besaß, um einen Schritt nach vorne zu machen.

»Jeanie, ich bin Pearl. Mein aufrichtiges Beileid zu deinem Verlust.«

»Ich weiß, wer du bist«, erwiderte Jeanie. In meinem

momentanen Zustand konnte ich nicht beurteilen, ob der Ton abweisend oder freundlich war. »Ich nehme an, du kommst zum Leichenschmaus?«, fragte sie, ohne hinzuzufügen: »um dein unverdientes Vermächtnis abzugreifen.« Diesen Zusatz konnte ich allerdings durch das windige Gerüst unserer Unterhaltung pfeifen hören.

Mit zittriger Stimme und einem auf den Boden gerichteten Blick – meinen Wagemut gegenüber dem Taxifahrer hatte ich schon lange vergessen – antwortete ich: »Ja, wenn das in Ordnung ist …«

Da tauchte Eleanor an meiner Seite auf. Ich roch ihren Duft, noch bevor ich ihre sanfte Hand auf meiner Schulter spürte. Ob das das Issey-Miyake-Parfüm war, das ich ihr zum letzten Geburtstag geschickt hatte? Wie seltsam, aber auch wie richtig, sie wieder neben mir zu haben.

»Im White Hart, oder, Jeanie?«, fragte sie nach. »Wir werden Pearl mitnehmen.«

»Fühl dich nicht verpflichtet«, gab Jeanie spitz zurück. »Das ist nicht nötig.«

Es war nicht eindeutig, ob sie meinte, dass es unnötig wäre, zu kommen, oder unnötig, mich mitzunehmen. Aber da kam irgendein Fremder herüber und fing an, Jeanie sein Beileid zu bekunden, woraufhin sie uns den Rücken zuwandte. Ich schaute Eleanor an und zog eine Augenbraue hoch – sogar unter diesen merkwürdigen Umständen war Jeanie unerwartet unhöflich gewesen.

»Erzähl ich dir später«, flüsterte Eleanor mir zu.

Denny und ich gingen mit ihr und Greg die Straße entlang zu ihrem Auto. »Wo sind die Kinder?«, fragte ich, die Worte zäh in meinem Mund. Ich konnte es nicht mehr ertragen, noch länger darüber nachgrübeln zu müssen, wann sie auftauchen würden. Nachdem ich es so erfolgreich geschafft hatte, sie in der Kirche nicht zu sehen, fühlte es sich fast so an, als hätte ich sie mit einem Zauberspruch unsichtbar gemacht.

»In der Schule«, antwortete Eleanor. »War nicht notwendig, dass sie zur Beerdigung von irgendeinem nutzlosen Sack von Großvater kommen, den sie nie kennengelernt haben.«

»Gracie ist *in der Schule*?« Die Worte waren heraus, bevor ich sie überhaupt zu Ende gedacht hatte.

»Ja, Liebes.« Eleanor legte mir die Hand auf den Arm. »Sie geht in die erste Klasse.«

Ich blieb stehen. Wie viele Schläge in die Magengrube würde ich heute noch aushalten müssen?

Greg, der nichts von alledem mitbekommen hatte, drehte sich um: »Was ist los?«

»Geht doch schon mal vor, ihr zwei«, antwortete Eleanor ausweichend.

Denny zögerte und blieb stehen, wo er war.

»Geh schon«, wiederholte sie, diesmal mit mehr Nachdruck, und wedelte mit der Hand. Dennys übervorsichtiges Verhalten mir gegenüber hatte sie noch nie wirklich toleriert.

»Geh ruhig«, sagte ich sanfter zu ihm. »Mir geht's gut.«

Er schaute mich zweifelnd an, drehte sich dann aber um und ging mit Greg voraus.

Eleanor wartete, bis die beiden außer Hörweite waren, und fragte dann: »Was willst du wissen?«

»Nichts. Mir geht's gut. Mir war nicht klar, dass Gracie jetzt schon fünf ist, aber natürlich ist sie das. Seit Februar. Ich hätte ein Geschenk schicken sollen, es tut mir leid.«

Eleanor wartete, bis ich die Neuigkeit verdaut hatte. In ihrem Gesicht lag nichts als Freundlichkeit. Was hatte ich auch gedacht? Dass Gracie ein Baby bleiben würde? Auf rationaler Ebene wusste ich, dass sie älter wurde, aber emotional war ich nicht darauf vorbereitet gewesen, dass sie jetzt schon alt genug für die Schule war. Für eine kleine Uniform. Einen kleinen Schulranzen.

»Du bist ja weiß wie die Wand«, stellte Eleanor besorgt fest. »Ich dachte schon, du würdest dich in der Kirche übergeben. Panikattacke?« Sie kannte mich gut.

»Eine kleine. Ich weiß nicht, warum mich das überrascht. Ich dachte, ich wäre vorbereitet gewesen – die letzten sechs seltsamen Tage haben wir nur im Hotel verbracht, um uns einzugewöhnen –, aber ich bin immer noch leicht überwältigt davon, hier zu sein.«

»Du warst immer schon eine Meisterin der Untertreibung, meine Liebe«, entgegnete Eleanor. »Ich habe diese letzten Tage so oft darüber nachgedacht, ob ich euch in Hastings besuchen kommen soll. Du hast dich so verlockend nah angefühlt. Kein Meer zwischen uns! Aber du hast nicht auf meine Nachrichten geantwortet, deshalb wusste ich nicht, ob ich willkommen gewesen wäre.«

Diese Bemerkung umging ich. »Es war eine seltsame kleine Mini-Auszeit. Wir sind viel spazieren gegangen. Wie gut, dass Greg die Beerdigung so schnell organisiert hat.«

»Das hat er nur wegen dir gemacht, Liebes. Er wollte unbedingt auf Nummer sicher gehen, dass du auch dabei bist, dass dich das Warten nicht fertigmacht und du frühzeitig wieder nach Frankreich davonlaufen würdest.«

»Das hätten wir mehrmals fast getan.«

Plötzlich stand Eleanor mit ausgebreiteten Armen vor mir, und ich ließ mich hineinfallen, ließ mich von ihr umfangen. Ihr Duft, ihre Wärme waren so vertraut, hatten mir so gefehlt.

»Ich weiß, dass das verdammt hart ist, Pearl, aber ich bin so froh, dass du da bist. Ich hab so viel über dich nachgedacht …«

»Eleanor! Pill!« Wir stoben auseinander, drehten uns um und erblickten Benjy, der unpassenderweise genau jetzt auf uns zugerannt kam.

»Ach du liebe Güte«, stöhnte Eleanor. Ich bin mir sicher, dass sie genauso versucht war wie ich, schnell in die entgegengesetzte Richtung davonzumarschieren, aber natürlich warteten wir höflich.

Japsend kam er bei uns an. »Habt ihr das mit Jeanie mitbekommen?«

»Sie ist eine kleine, alte Dame, Ben«, sagte Eleanor.

»Ja, genau. Eine alte Dame, die mich angesehen hat, als hätte ich jemanden ermordet, weil ich das Pech hatte, neben diesem seltsamen lauten Vogel hier zu sitzen.« Damit meinte er mich. »Habt ihr nicht gesehen, wie sie sich umgedreht hat? Ich schwöre bei Gott, dass sich ihr Kopf *um 180 Grad* gedreht und Laserstrahlen auf Pill abgeschossen hat. Leider Gottes hat sich die Zielscheibe Pill zu schnell bewegt, weshalb ich den größten Schaden abbekommen habe und Barbara den Rest.«

»Wo ist Barbara überhaupt?«, fragte Eleanor, um mich aus der Schusslinie zu manövrieren.

»Sie setzt Gina am Bahnhof ab. Wir fanden, dass Gee-Gee nicht unbedingt mit zum Leichenschmaus kommen muss – schlimm genug, dass sie wegen diesem Scheiß hier nicht in der Arbeit war. Barb wird danach wieder dazustoßen, für die labbrigen Sandwiches und das aufregende drohende Vermächtnis. Wo ist denn deine Riesenlimousine, Eleanor?«

»Gleich hier«, erwiderte Eleanor emotionslos – ein nützlicher Charakterzug, wenn man mit Ben umgehen musste. »Haben keinen näheren Parkplatz gefunden.«

Ich fragte mich, warum Benjy nicht selbst fuhr, aber dann fiel mir wieder ein, dass er ja seit ein paar Jahren keinen Führerschein mehr hatte. Ich war ernsthaft versucht, so zu tun, als hätte ich das vergessen, und ihn nach seinem Auto zu fragen, nur, um es ihm heimzuzahlen, dass er mich bei meinem verhassten Kindheitsspitznamen »Pill« rief. Doch dann erinnerte ich mich standhaft daran, dass ich eine zweiundfünfzigjährige Frau und kein neunjähriges Kind mehr war.

Als Greg ihr Familienschiff auf die Straße lenkte, sagte Eleanor zu mir: »Nachdem Jeanie so komisch darauf reagiert hat, dass du zum Leichenschmaus kommst, meinte ich doch, dass ich dir später was erzählen würde.«

»Ach ja, stimmt. Was hatte es damit auf sich?«

Sie drehte sich auf dem Beifahrersitz nach hinten, um mich anzusehen: »Sie ist wirklich unglaublich. Stell dir vor, sie hat Andrea, Verzeihung, ich meine natürlich An-drei-ah, dazu gebracht, Greg gestern Abend anzurufen …«

»Eleanor«, warnte Greg.

»Jesus, Maria und Joseph!« Eleanor schlug mit der flachen Hand auf das Armaturenbrett. »Hier gibt es schon genug Bullshit, wer was wissen darf und wer nicht, ohne dass wir noch etwas dazu beisteuern, Greg. Pearl ist tagelang hiergeblieben, um dabeizusein, weil du sie damit genervt hast. Das Mindeste, was wir jetzt tun können, ist …«

»Na gut, na gut.« Greg erhob in einer ergebenen Geste die Hand. Ich konnte spüren, wie Denny neben mir versuchte, im Sitz zu versinken.

»Das würde ich auch meinen«, befand Eleanor. »Also, An-drei-ah ruft an und heult Greg die Ohren mit deinem berüchtigten Vermächtnis voll. Sie meinte, der Anwalt würde Jeanie nicht sagen, was es ist, bis du es nicht erfahren hast. Anscheinend stand das in einer vom Testament unabhängigen Notiz, und Jeanie verliert ihren gottverdammten Verstand darüber, dass du ein geheimes Vermögen oder ihr Haus oder was auch immer erben könntest.«

»Aber Jeanie wohnt doch bestimmt noch dort?«, antwortete ich. »Und überhaupt, wenn sie sowieso weiß, was im Testament steht, warum macht sie sich dann überhaupt Sorgen?«

»Vielleicht glaubt sie, dass das Vermächtnis über dem Testament steht?«, gab Eleanor mit vor lauter Drama glühenden Augen zurück.

»Warum sollte Dad mir ihr gemeinsames Haus vermachen?«, fragte ich. »Das ergibt doch keinen Sinn.«

»Gar nichts von alledem ergibt einen Sinn«, warf Benjy ein. »Warum kriegst *du* die ganze Kohle? Dad mochte dich auch nicht mehr als mich.«

»Das werden wir noch früh genug erfahren«, erwiderte Greg, »weil Jeanie nämlich darauf bestanden hat, dass der Anwalt die Details während des Leichenschmauses verliest.«

»Oh, wunderbar«, gab ich zurück.

»Weißt du was?«, wandte sich Eleanor mit einem spitzbübischen Blick an Greg. »Lass uns vorbeifahren.«

»Was? Wo?«

»Na, an dem Haus, natürlich!«

»Eleanor …«

»Komm schon, Greg, wir sind doch ganz in der Nähe, oder?«

»Woher weißt du, wo sie wohnen?«, wollte Benjy wissen. »Du warst doch nie dort, dachte ich?«

»Nein«, sagte Greg, aber etwas daran, wie schnell er geantwortet hatte, brachte Ben und mich dazu, uns einen seltenen Geschwister-Komplizen-Blick zuzuwerfen.

Eleanor erklärte entschiedener: »Aus guter alter Neugierde haben wir es uns auf Google Earth angeschaut. Ziemlich nett, Pearl. Eine schöne Größe. Ich glaube nicht, dass du darin wohnen wollen würdest, aber es würde einen guten Preis erzielen. Verkauf's wieder an Jeanie zurück. Das wäre doch lustig.«

Ich fand nichts von alledem besonders lustig. Stattdessen musste ich immer noch meinen Atem anhalten, weil ich in demselben Auto und in allernächster Nähe zu meinen *Glaubensbrüdern* und vor allem zu Eleanor saß, die einmal meine engste Freundin gewesen war. Nur so konnte ich sichergehen, dass ich normal weiteratmete.

Da Ellie hartnäckig darauf bestand, folgte Greg dem Navi zu Dads Straße. Natürlich erzählte ich ihnen nicht, dass ich schon einmal hier gewesen war, im Jahre 1990. Niemand wusste davon.

Sowohl Haus- als auch Straßenname hatten sich in meine Erinnerung eingebrannt. Haus der Hoffnung, Pendlebury Avenue. Eigentlich eingebrannt in die jeweilige Erinnerung von uns drei Geschwistern, weil wir alle, irgendwann über die Jahre hinweg, immer wieder armselige Postkarten und Briefe an Dad geschrieben hatten, die generell unbeantwortet blieben. Benjy sagte immer, der Name des Hauses stünde für »die Hoffnung, dass diese Familie besser ist als die alte«.

Greg blieb vor der gegenüberliegenden unscheinbaren, wenngleich großen Doppelhaushälfte stehen. Ich konnte mich gerade noch so an sie erinnern, um ein leises Echo der damaligen Angst in mir aufsteigen zu spüren, die ich hatte, als ich auf diesem Gehweg saß, unfähig, einen Schritt vor oder zurück zu machen.

»Seltsam, oder?«, meinte Benjy. »Dad kannte dieses Haus vermutlich so gut wie seine Westentasche.«

Tatsächlich war Dad dieses Haus wahrscheinlich sogar vertrauter als das, in dem wir Kinder aufgewachsen waren. Das hier war für mehr als dreißig Jahre sein Zuhause gewesen, hier hatte er beinahe sein gesamtes Eheleben mit Jeanie verbracht. Eine bizarre Vorstellung, dass er vor einer Woche noch hier am Leben war. Kurz schalt ich mich dafür, dass ich so dumm gewesen war, nicht hierherzukommen, bevor es zu spät war, bevor er tot war, doch dann fiel mir wieder ein, dass nicht ich es gewesen war, die sich das so ausgesucht hatte.

»Lieber Dad«, fingen meine Briefe immer unverändert an, »ich komme dich gerne besuchen, wann immer es dir passt.« Neun von zehn Mal hatte er nicht darauf geantwortet, doch dann, eines Tages, war ein Brief angekommen, den ich – als ich Dads Handschrift erkannt hatte – so gierig öffnen wollte, dass ich ihn regelrecht aufriss.

Liebe Pearl, bitte komm nicht, es ist ungünstig. Francis.

Wie fuchsteufelswild ich in diesem Moment war, wie mutig. Doch natürlich fiel das alles in sich zusammen, genau hier, auf diesem Weg. Ich fragte mich, ob sich der nette Junge, der mich damals gerettet hat, noch an unser Aufeinandertreffen erinnerte.

»In Gottes Namen, lasst uns endlich weiterfahren«, stieß ich hervor, und vielleicht lag etwas von diesem letzten Besuch in meiner Stimme, denn Greg startete sofort den Motor und wir fuhren mit quietschenden Reifen davon. Denny legte mir die Hand auf den Arm. Ich warf ihm ein schwaches Lächeln zu und flüsterte: »Ich liebe dich.« Er flüsterte mir dasselbe zurück und zum ersten Mal an diesem schrecklichen Tag atmete ich vollständig und tief ein.

15. Dezember 1981

Wie hatte ich alles bloß so schnell vermasseln können? Ich bin ein solcher Idiot. J ist ein Schatz, meine wahre Liebe. Als wir endlich zusammenkommen konnten, war das einer der glücklichsten Tage meines Lebens, und ich kann es kaum erwarten, dass sie meine Frau wird. Ich fühle mich schrecklich, weil ich sie so verärgert habe. Ich habe Blumen gekauft, aber die hat sie weggelegt. Sie sagte, du wirst deinen Kindern sagen müssen, dass sich die Pläne geändert haben. Wir müssen die Dinge als Paar besprechen, du kannst keine großen Entscheidungen mehr treffen, ohne mit mir zu reden. Natürlich hatte sie recht. Es war extrem gedankenlos, die Kinder einzuladen, ohne vorher mit ihr darüber zu sprechen.
Um sie nicht noch mehr zu verärgern, rief ich von einer Telefonzelle aus in Gs Wohnheim an. Aber er streute nur noch Salz in die Wunde. Sagte: Dad, tolle Neuigkeiten, ich kann länger bei dir bleiben, mein Semester fängt nicht vor dem 10. Januar an. Hab ihm sofort gesagt, dass es mir leidtäte, aber es hätte eine Planänderung gegeben und wir müssten den Weihnachtsbesuch verschieben. Ich sagte, es wäre meine Schuld; dass ich mich nicht mit J abgesprochen hätte, als ich euch Kinder eingeladen habe, dass wir uns aber nun einig geworden seien, dass es ein bisschen früh für einen langen Besuch ist. Okay, sagte G, dann eben ein kurzer Besuch, ein paar Tage. Ich sagte, so-

gar ein kurzer Besuch wäre verstörend für A … Da hatte ich natürlich das Falsche gesagt. Das wusste ich schon, als die Worte meinen Mund verlassen hatten. G sagte, verstörend für A? Ach, das ginge natürlich nicht, klar. Ich sagte, es täte mir leid, anscheinend könne ich es nicht allen recht machen. Er sagte: Bin bloß froh, dass nicht ich PP und B sagen muss, dass alles abgeblasen wird. Schweigend blieben wir am Telefon. Schließlich sagte ich, dass wir im Hinterkopf behalten müssten, dass es für alle von uns noch ziemlich früh sei; wir müssten uns erst noch an die vielen Veränderungen gewöhnen. Wir könnten uns im neuen Jahr sehen. Er sagte, ihm mache das nichts aus, er wäre ja nicht zu Hause, aber PP, die momentan alles für Mum mache, habe sich darauf verlassen, ein paar Tage rauszukommen. Ich riefe sie gleich an, sagte ich, und er legte auf, ohne Tschüss zu sagen. Eine Weile blieb ich in der Telefonzelle stehen. Es regnete, weshalb zum Glück niemand draußen wartete. Ich konnte es nicht über mich bringen, am selben Tag noch eine andere Person zu verärgern. Wie soll man das erklären? PP und B sind noch Kinder, natürlich nicht so jung wie A, aber …

J war erfreut darüber, dass ich abgesagt hatte. Sie küsste mich, sagte, es wäre richtig so, wir müssten uns erst noch zurechtfinden. Sie sagte, starke Paare redeten über alles, was natürlich stimmt. Ich darf nicht traurig sein, dass ich die Kinder zu Weihnachten nicht sehe, ich werde sie in meine Gebete einschließen und einen guten Moment finden, um ihren Besuch im neuen Jahr anzusprechen.

5

Pearl

Das White Hart war ein vernachlässigt wirkendes Hotel, die Art von Unterkunft, die man nur auswählte, wenn man keine andere Option hatte. Der Rezeptionist führte uns mit viel ›Mein-Beileid-zu-Ihrem-Verlust‹-Kopfnicken zum Oak Room, wo sich Leute mit Tassen und Tellern um ein Büfett scharten. Ich sehnte mich nach einem heißen Getränk und fragte mich, ob sich dort vielleicht ein Pfefferminzteebeutel auftreiben ließe, aber wir waren noch nicht mal richtig angekommen, da eilte auch schon Andrea mit angespannter Miene auf uns zu.

»Endlich! Mum möchte, dass wir uns für die Beileidsbekundungen in einer Reihe aufstellen.«

»Ach Gottchen«, flüsterte mir Benjy ins Ohr.

Wir folgten Andrea nach hinten in den Raum, wo Jeanie wartete und – wenn das überhaupt möglich war – noch unfreundlicher aussah als vorher.

Aus strategischen Gründen stand ich links von Benjy, was bedeutete, dass Greg auf der anderen Seite von ihm einen Puffer zwischen alter und neuer Familie darstellte. Wenn ich nicht so nervös gewesen wäre, hätte ich die Symbolik dessen mehr zu schätzen gewusst.

Leute kamen auf uns zu, froh, mehr zu tun zu haben als unappetitliche Platten voller Blätterteig-Pasteten zu umkreisen.

»Schlimme Sache, tut mir sehr leid«, sagte ein älterer

Herr und fasste mit feuchten Händen nach meinen. »Ich war der Trauzeuge deines Vaters, beim ersten Mal. Kindheitsfreund.« Seine milchigen Augen schwammen in Tränen. »Hab ihn seit vielen Jahren nicht mehr gesehen, weißt du. Er wollte es nicht.«

»Das tut mir leid«, antwortete ich, unsicher, wofür ich mich da eigentlich entschuldigte. Doch dann tauchte plötzlich Andrea neben mir auf, die gerade noch mit Jeanie am anderen Ende der Reihe gestanden hatte.

»Mein Beileid zu deinem Verlust«, platzte es aus ihr heraus.

Ich wollte sagen: »Na ja, mein Verlust war das ja wohl kaum, oder? Ich habe ihn schon vor Jahren verloren.« Stattdessen murmelte ich: »Ebenso.« Ihr Verlust war viel größer als meiner. Dad war schließlich *wirklich* in ihrem Leben gewesen. Äußerlich sah sie jetzt genau wie ihre Mutter in meiner Erinnerung aus, sodass ich mir immer wieder ins Gedächtnis rufen musste, dass sie die Tochter war. Wie Jeanie damals war Andrea heute dünn, verspannt und hatte die gleiche graue Cruella-De-Vil-Strähne im dunklen Haar.

»*Weird*«, raunte sie mir aus dem Mundwinkel zu.

»Entschuldige, was?«

»*Weird*. Merkwürdig. Diese Sache mit dem Vermächtnis.« Sie lächelte dünn. »Wie in einem viktorianischen Roman.«

Sie wandte sich einer ältere Dame zu, die ihre Hand nahm und beteuerte, wie leid es ihr täte. »Danke, Tante Jo.«

Als die Frau weiterging, verschwand Andreas Lächeln aus ihrem Gesicht und sie flüsterte: »Es ist bloß so, dass Mum am Boden zerstört ist.«

Ich wollte sagen: »Na ja, sicher, ihr Mann ist ja auch gerade gestorben.« Aber es brachte nichts, sich dumm zu stellen. Und überhaupt: Die erwachsene Andrea jagte mir heute mindestens genauso viel Angst ein wie ich damals der kleinen Andrea.

Allerdings blieb es mir erspart, irgendetwas zu erwidern, da Jeanie vom anderen Ende der Reihe »Andrea!« herunterzischte.

»Wir reden später«, beendete die sofort unseren Wortwechsel und eilte zurück zu ihrer Mutter.

Denny, den Eleanor dazu eingespannt hatte, Teetassen auszugeben, entfloh seinen Pflichten, um sich neben mich zu stellen.

»Geht's dir gut?«, fragte er. »Was wollte Andrea? Muss ich ein Wörtchen mit ihr reden?«

»Nein! Sei nicht lächerlich. Es muss doch möglich sein, dass unsere Familie zusammenkommt, ohne dass wir streiten.« Er zuckte zurück, und mir wurde zu spät klar, dass er annehmen musste, ich hätte auf Gracies Taufe angespielt. »Oh, ich meinte damit nicht …«

»Pscht!«, machte Greg, während er irgendeiner Tante ein Küsschen gab. »Musst du denn genau hier rumstehen, Denny?«

»Ich unterstütze Pearl«, gab Denny zurück.

Noch mehr Verwandte von Jeanie und Kirchenfreunde von Dad kamen an uns vorbei. Einige von ihnen blieben stehen, um zu erklären, wer sie waren (»Als würde uns das interessieren«, murmelte Benjy), und uns neugierig zu beäugen: diese seltsame Außenseiterfamilie, die nicht die geringste Rolle im Leben des Mannes gespielt hatte, den sie kannten.

Da kam Barbara an die Reihe, eine unangezündete Zigarette in der Hand. »Schatz, es ist wirklich so tapfer von dir, dass du gekommen bist, hab ich das schon erwähnt?«

»Das hast du, Barb.« Ich konnte mich wohl langsam etwas entspannen, denn ihr dekadenter, aus der Zeit gefallener Stil brachte mich zum Lächeln. Ich spürte denselben leichten Übermut wie im Taxi und sagte: »Mit einem langen Zigarettenhalter würdest du fantastisch aussehen, wie ein Filmstar aus den Vierzigern.«

»Ist das ein Kompliment, Schatz, oder eine Anspielung auf mein hohes Alter?«

»Ein Kompliment natürlich.«

Sie zog die Augenbrauen hoch und ging dann weiter zu Benjy, was in vielen Küsschen und Überschwang ausartete, obwohl sie vor einer halben Stunde bereits in der Kirche nebeneinander gesessen hatten. Denny und ich grinsten uns an. Ich war froh, dass er sich von meinem gedankenlosen Kommentar vorher keinen klassischen Barb-Moment ruinieren ließ.

»Pearl.« Ein Mann Ende sechzig mit schlohweißem Haar nahm meine Hand. »Dein Vater hat immer so lieb von dir gesprochen.« Ich warf einen kurzen Blick zu Greg hinüber in der Annahme, dass er ihn mir vorstellen würde, doch er sah genauso ahnungslos aus wie ich.

»Ach ja?« Armer Kerl, er musste durcheinandergeraten sein. Wenn es eine Sache gab, bei der ich mir hundertprozentig sicher war, dann, dass mein Dad nicht lieb oder überhaupt von mir gesprochen hat.

»Ich bin Hugh Sargeant, der hiesige Kirchenvorsteher«, erklärte der Mann. »Ihr Vater nutzte unser kleines Büro, um darin zu schreiben, und so lernten wir uns ziemlich gut kennen.«

»Ich wusste nicht, dass er schrieb«, gestand ich. »Meinen Sie für das Gemeindemagazin?« Damals in Chelmsford steuerte Dad endlos viele Artikel zum Gemeindemagazin bei. Eine Zeit lang war er sogar der Herausgeber gewesen.

»Oh ja«, antwortete Hugh mit funkelnden Augen. »Unter anderem. Er war mehrmals die Woche hier.« Er ließ meine Hand los und fügte hinzu: »Ich werde ihn wirklich sehr vermissen. Mein Beileid Ihnen und Ihren Brüdern und Ihrer Stiefschwester.«

Daraufhin ging er weiter und ließ mich angesichts der Tatsache, dass Andrea meine Stiefschwester war, strauchelnd zurück. Na ja, theoretisch war sie das vermutlich, aber trotzdem, jetzt mal halblang!

Nachdem wir allen für ihre Anwesenheit gedankt hatten, lösten wir die Reihe auf, um ans Büfett zu gehen, wo wir peinlich berührt herumstanden und kleine Teller voll traurigem Partyessen in der Hand hielten. Denny aß eine gefüllte Kirschtomate und sah aus, als hätte er noch nie in seinem Leben etwas mehr bereut.

Greg kam rüber, begleitet von einem großen Mann in einem sehr angemessenen Beerdigungsanzug.

»Pearl, das ist Mr Claymore, Dads Anwalt.«

»Mein Beileid«, sagte er, und ich wollte schon antworten: »Ich weiß!«, schaffte es aber, ihm wie ein normaler Mensch zu danken. Im Raum schien es etwas ruhiger geworden zu sein, und als ich mich umsah, bemerkte ich, dass so ziemlich alle den Anwalt und mich mit unverhohlenem Interesse anstarrten.

»Woher wissen denn bitte alle von diesem Vermächtnis?«, fragte ich Greg.

»Benjy hat ein ziemlich loses Mundwerk«, bemerkte er und besaß dann aber doch den Anstand, etwas kleinlaut dreinzuschauen. »Vermutlich hab auch ich es gegenüber ein paar von unseren Leuten erwähnt. Und ich bin mir ziemlich sicher, dass auch Jeanie es auf ihrer Seite weitererzählt hat.«

Nun kam Jeanie selbst herüber, wobei sie sich schwer auf Andreas Arm abstützte. Sie war gebrechlicher und zugeknöpfter denn je und überließ Andrea das Sprechen. »Danke, dass Sie gekommen sind, Mr Claymore. Je schneller wir diese Angelegenheit klären, desto besser.«

»Ganz richtig!« Der Anwalt sprach Jeanie sein Beileid aus. Sie nickte ein Quäntchen freundlicher als ich, aber wir hatten es jetzt bereits zum hundertsten Mal gehört.

»Ich habe einen Raum für uns reserviert, damit wir über Mr Nichols' letzten Willen sprechen können«, erklärte Mr Claymore. »Die einzige Person, die tatsächlich bei der Verlesung des Vermächtnisses zwingend anwesend sein muss, ist seine Begünstigte, in diesem Fall Mrs Pearl Flowers. Wenn Sie wünschen, können wir danach den Rest der Familie für die ordentliche Testamentsverlesung dazuholen.«

»Zwingend anwesend?«, fragte Andrea und zog ihre Augenbrauen so hoch, dass sie auf ihren Haaransatz trafen. »Rechtlich gesehen vielleicht, doch moralisch gesehen sollte meine Mutter, als Witwe, sicher auch bei der Besprechung anwesend sein.«

»An sich ist das gar keine wirkliche Besprechung«, entgegnete Mr Claymore. Ich bewunderte, dass er sich nicht von Andrea einschüchtern ließ, obwohl ihr Blick lauter Dolche in sein Herz bohrte. »Das Testament selbst ist dahin gehend unmissverständlich, dass der Großteil seines Anwesens Jeanie vermacht wird. Das Vermächtnis von Mrs Flowers ist etwas Persönlicheres.«

»Gott sei Dank«, atmete Jeanie auf. Es sah so aus, als hätte Eleanor richtiggelegen: Jeanie hatte eindeutig befürchtet, dass das Vermächtnis den Inhalt des Testamentes, wie sie es kannte, anfechten würde. Auch mir war danach zumute, Gott zu danken – es wäre mehr als schrecklich gewesen, etwas so Gigantisches vererbt zu bekommen. Ich spürte, wie sich meine Schultern ein wenig senkten.

»Gibt es irgendeinen Grund, warum meine Mutter und ich nicht dabei sein können, um zu hören, was Pearl hinterlassen wird?«, fragte Andrea.

»Wenn Mrs Flowers damit einverstanden ist, ist es in Ordnung«, antwortete Mr Claymore, woraufhin sich mir drei Augenpaare zuwandten.

Wie gerne hätte ich »Damit bin ich ganz und gar nicht einverstanden« gesagt. Manchmal fragte ich mich ernsthaft, wie anders mein Leben wohl verlaufen wäre, wäre ich so ein Mensch, der solche Sachen sagen und sich dann einen feuchten Dreck darum scheren konnte. Doch dann dachte ich an den Taxifahrer, den ich angelogen hatte, und spürte, wie mich die Schuldgefühle überkamen.

»Natürlich«, sagte ich.

Mr Claymore führte meine Brüder, Jeanie, Andrea und mich in den privaten Raum und wir ließen uns um einen großen Tisch nieder. Benjy saß neben mir und flüsterte: »Hör zu, Patty-Schatz, du wirst doch sicher den großen Preis mit uns teilen, oder? Denk an deinen kleinen Lieblingsbruder, der ein bisschen pleite ist, ja?«

»Ich bin mir ziemlich sicher, dass das eher ein riesiger Reinfall wird, Ben.«

»Vielleicht. Aber hey, ich wollte dir noch was Komisches von Dad erzählen. Hab schon länger darüber nachgedacht, seit Gina …«

»Da wir alle anwesend sind, werde ich nun mit dem offiziellen Testament beginnen«, setzte Mr Claymore an und wir wandten unsere Aufmerksamkeit ihm zu. »Ich glaube, Jeanie kennt den Großteil des Inhalts bereits aus Gesprächen mit dem verstorbenen Mr Nichols.«

»Das hoffe ich zumindest«, entgegnete Jeanie schwach. Ich fragte mich, ob sie das Wort ›verstorben‹ irritierte, das hier im Zusammenhang mit Dad verwendet wurde. Mich irritierte es nämlich durchaus. Diese Testamentsverlesung, das Vermächtnis, das »verstorben« und Mr Claymores Totengräber-Anzug – das war alles so verdammt Dickens-mäßig. Warum war der Tod irgendwie im 19. Jahrhundert stecken geblieben? Sogar Mums Beerdigung – eine weltliche Trauerfeier, wie sie es sich gewünscht hatte – war mehr mit der Vergangenheit verbunden gewesen als mit der Gegenwart.

»Was meinen Sie mit ›dem Großteil‹?«, fragte Andrea alarmiert.

»Nun ja, tatsächlich gibt es einen kürzlich hinzugefügten Schlussvermerk«, fuhr Mr Claymore fort, »von Anfang des Jahres. Ich weiß nicht, ob Mr Nichols die Gelegenheit hatte, diesen mit Ihnen zu besprechen?«

»Was steht darin?« Jeanies erschrockenes Gesicht sprach Bände.

»Ich werde ihn in Kürze verlesen«, erwiderte der Anwalt, »doch im Kern besagt er, dass seine Kinder und Freunde eine Hinterlassenschaft bekommen sollen.«

Benjy schaute mich an und zog aufgeregt die Augenbrauen hoch. Das Wort ›Hinterlassenschaft‹ fand er noch spannender als ›Vermächtnis‹.

Mr Claymore nahm einige Unterlagen aus seiner Aktentasche, hüstelte betont theatralisch und begann mit der Verlesung. »Francis Nichols hinterlässt sein Haus und seine Habseligkeiten Jeanie Nichols, abzüglich des Geldes, welches gemäß den Nachträgen zu diesem Testament verteilt werden soll.«

Jeanie, die die Augen niedergeschlagen hatte, nickte und Andrea griff über den Tisch hinweg nach ihrer Hand. Sie mussten erleichtert sein, dass er mit dem Haus keine Faxen gemacht hatte.

»Andrea hinterlässt er seinen geliebten Hund und hofft, dass sie sich in ihrem eigenen Haus um ihn kümmern wird.«

Andreas Kopf schnellte ruckartig nach oben. »Aber Snoop wohnt doch bei Mum!«

»Francis' Wunsch besagt eindeutig, dass er zu Ihnen kommen soll«, sagte Mr Claymore.

»Ich nehme an, er hatte Angst, die Spaziergänge könnten dir zu viel werden, Mum«, mutmaßte Andrea.

Jeanie holte ihre Hand unter Andreas hervor und strich ihr übers Haar. »Schon in Ordnung.«

»Kann mir nicht vorstellen, dass Dad dermaßen an einem Hund gehangen hat, du?«, flüsterte Benjy, und ich schüttelte den Kopf. Fügen wir das einfach zu den Millionen anderen Sachen hinzu, die wir nicht über ihn wussten.

Mr Claymore fuhr fort: »Als Nächstes hinterlässt er jedem seiner Kinder Greg, Pearl, Benjy und Andrea jeweils fünftausend Pfund, zusammen mit seinem Segen.«

Benjy murmelte etwas Unverständliches und ließ sich in seinem Stuhl zurückfallen. Greg sah resigniert aus und Andrea, na ja, ich wusste nicht, wie man ihren Gesichtsausdruck deuten sollte. Ich wusste auch nicht, was ich für einen Gesichtsausdruck machte, denn auch wenn es fünftausend Pfund mehr waren, als ich erwartet hatte, tat mir Benjy doch leid, da er offensichtlich auf einen unerwarteten Geldsegen gehofft hatte.

»Außerdem hinterlässt er zwei Freunden jeweils

2500 Pfund«, fügte Mr Claymore hinzu. »Und nun kommen wir zu ...«

»Wer sind diese Freunde?«, fiel ihm Jeanie ins Wort. Ihre Wangen waren extrem gerötet.

Ich hatte das Gefühl, dass Mr Claymore nur widerwillig antwortete, doch seine berufliche Gelassenheit ließ ihn nur minimal zögern, bevor er erwiderte: »Hugh Sargeant und Caroline Haskett.«

Hugh war der Kirchenvorsteher, den ich gerade erst kennengelernt hatte, der, der meinte,»dein Vater hat immer so lieb von dir gesprochen«.

»Hugh kennen wir«, bestätigte Andrea. »Aber wer ist diese Caroline?«

»Mit dieser Information kann ich leider nicht dienen, fürchte ich«, entgegnete Mr Claymore zweideutig, womit er hübsch offenließ, ob er mehr wusste oder nicht.

»Geheime Geliebte?«, flüsterte Benjy mir zu.

»Und nun kommen wir zu dem Vermächtnis, das Mr Nichols in die Obhut seiner ältesten Tochter übergeben wollte, Pearl Flowers.«

Ich selbst hatte mich nie als die älteste Tochter gesehen, da ich nie eine Verbindung zu Andrea gespürt, sie nie als zweite Tochter angesehen hatte. Doch in meinen Teenager-Jahren hatte ich eine ungesunde Menge an Zeit damit verbracht, mich zu fragen, wie ihr Leben wohl aussah. Andrea war das Glückskind, das unseren Dad geklaut hatte; diejenige, die das Beste von ihm abbekam, nachdem er die Verbindung zu uns gekappt hatte. Es war nicht schwierig, sich die glücklichen Zeiten vorzustellen, die sie mit ihm durchlebt hatte, zusammen in einem schicken Restaurant, lachend, die Gläser zum Anstoßen erhoben, sie mit elegant hochgesteckten Haaren.

Jetzt, wo ich mit Andrea in ein und demselben Raum saß und dabei zusah, wie ihr Gesicht von Anspannung überschattet wurde, fragte ich mich allerdings, wie es tatsächlich für sie gewesen war.

Mr Claymore hob eine schwer aussehende Jutetasche hoch, der neben seinen Füßen auf dem Boden gestanden hatte, und stellte ihn auf den Tisch. Benjy setzte sich kerzengerade hin und drückte mein Knie. »Jetzt wird's ernst!«

»Mr Nichols hinterlässt Pearl seine Tagebücher, die er fast vierzig Jahre lang geführt hat.« Mr Claymore zog den Stoff auf der Seite der Tasche ein wenig herunter. Ein hoher Stapel an Büchern kam zum Vorschein, von dem er das oberste herunternahm. Es war ein gewöhnliches Notizbuch mit einem gelben Hardcover-Einband.

An mich gerichtet fuhr er fort: »Sie erstrecken sich über den Zeitraum von 1981 bis 2018. Ich glaube, der letzte Eintrag wurde nur ein paar Wochen vor seinem Tod verfasst.«

Ein Schauer lief mir den Rücken hinunter. Das Leben meines Vaters, vor mir ausgebreitet, den ganzen Zeitraum umfassend, in dem ich ihn nicht gekannt hatte.

Es entstand ein kurzes Schweigen, bevor alle auf einmal wild durcheinander redeten.

Benjy rief: »*Das* war's schon? Die ganze Zeit über eine solche Aufregung wegen ein paar beschissenen *Notizbüchern*? Das ist ein Witz, oder?«

In dem Versuch, Benjy zu beruhigen, legte Greg ihm eine Hand auf den Arm und bot an: »Wenn Pearl die Verantwortung dafür nicht übernehmen will, trag ich sie gerne.«

Jeanie wandte sich Andrea zu und fragte: »Wusstest du davon?«

Andrea antwortete: »Nein, hast *du* denn nichts davon gewusst?«

Benjy schüttelte Gregs Hand ab und lehnte sich in seinem Stuhl zurück. Leise murmelte er: »Wow, super gemacht, Dad, noch eine letzte verdammte Aktion von dir, die deinem Scheißleben die Krone aufsetzt.«

Jeanie griff nach dem Tagebuch in Mr Claymores Hand. »Die muss ich sehen.«

»Es tut mir leid, Mrs Nichols«, widersprach er. Ich glaube, das war das erste Mal, dass er sie mit ihrem Nachnamen ansprach und nicht Jeanie nannte. »Mr Nichols hat sehr deutlich gemacht, dass die Bücher einzig und allein für Pearl bestimmt sind.«

»Das ist doch ungeheuerlich!« Jeanie war nun deutlich lebhafter als die trauernde Witwe, die diesen Raum langsam am Arm ihrer Tochter betreten hatte. »Das kann doch nicht rechtens sein. Wo haben Sie die überhaupt her? Ich bin seine Frau! Die hätten bei uns zu Hause stehen sollen. Sie sind mein Eigentum.«

»Bis vor fünf Minuten wusstest du doch noch nicht mal, dass sie existieren«, mischte sich Benjy ein.

Greg und ich schlugen mit den Händen nach Benjy – Halt die Klappe! –, und Jeanie bedachte ihn mit einem hasserfüllten Blick, aber er grinste bloß dreckig zurück. Ich hatte vergessen, wie schnell seine Stimmung umschlagen konnte. Nun, da er erkannt hatte, dass die Notizbücher die Macht besaßen, Unfrieden zu stiften, war er über seinen enttäuschenden Anteil an Dads Bargeld hinweggetröstet. Andrea warf ihm einen eisigen Blick zu und schüttelte leicht den Kopf.

»Was ist denn, An-drei-ah?«, fragte Benjy, breitete die Arme aus und ergötzte sich an der falschen Aussprache ihres Namens. »Deine Mami ist doch bloß beleidigt, weil sich nun herausstellt, dass Papi doch nicht alles mit ihr geteilt hat.«

»Wie schrecklich, so etwas zu einer Hinterbliebenen zu sagen«, kommentierte Andrea.

Jeanie stand auf. »Du weißt genau, dass wir nichts anderes von so einem wie dem zu erwarten haben, Andrea.«

»Ach ja? Und was soll so einer wie ich sein?«

»Ein Nichtsnutz, ein Verlierer, ein Trottel.« Eiskalt sprach Jeanie jedes einzelne Wort aus. Das musste man ihr lassen: Mit Druck wusste sie umzugehen. »So einer bist du.« Nun war sie als die gereizte, scharfzüngige Frau wiederzuerkennen, die ich vor vierzig Jahren kennengelernt hatte und die mich ein ungezogenes, schlampiges Kind genannt hatte.

»In Gottes Namen, Benjamin«, fuhr Greg dazwischen, »musst du denn jeden auf die Palme bringen? Als ob das nicht alles schon nervenaufreibend genug wäre. Jeanie, bitte, geh nicht darauf ein und bitte beleidige ihn nicht. Das ist nicht nötig.«

»Jetzt mischt sich der große Bruder ein, Jeanie«, feixte Benjy. »Pass besser auf, sonst schickt er uns beide noch in die stille Ecke.«

Mr Claymore schlug mit der flachen Hand auf den Tisch, was uns alle aufschrecken ließ.

»Ich darf doch sehr bitten. Ich bin mir bewusst, dass hier Emotionen hochkommen. Doch es gibt keinen Grund für persönliche Angriffe. Mrs Nichols, bitte setzen Sie sich. Ich verstehe, dass dies ein Schock ist, doch die Tagebücher sind rechtlich gesehen nicht Ihr Eigentum. Sie wurden nicht im Haus aufbewahrt. Francis bewahrte die Notizbücher vollständig in einem Büro in der Kirche auf …«

»Ach!«, entfuhr es Andrea, dann schlug sie sich die Hände vor den Mund.

Als wäre er gerade eben nicht unterbrochen worden,

fuhr Mr Claymore fort: »… zusammen mit der Anweisung, dass sie in meine Obhut übergehen sollen, bis Pearl in der Lage ist, sie entgegenzunehmen.«

Jeanie ließ sich schwerfällig auf ihrem Stuhl nieder und Andrea legte einen Arm um sie. Überrascht stellte ich fest, dass mir die beiden leidtaten.

»Nun ja.« Greg straffte die Schultern und Benjy stupste mich erneut an. Beide kannten wir Gregs Großer-verantwortlicher-Bruder-Gehabe zu Genüge. »Was, wenn Pearl sie nicht haben will?«

»Dann lautet meine Anweisung, sie zu zerstören«, erwiderte Mr Claymore.

Angesichts all des Dramas konnte ich nicht anders, als ein wenig zu erschaudern.

»Aber Pearl könnte sie entgegennehmen und die Verantwortung dann an jemand anderen abgeben«, meinte Greg. »Ich übernehme sie gerne, wirklich.«

Es nervte, dass er das immer wieder sagte, ohne mich vorher zu fragen.

»Würde dann damit ein Freudenfeuer entzündet werden, oder wie?«, wollte Benjy wissen.

»Könnte ich mir eines der Notizbücher einmal ansehen?«, bat ich Mr Claymore. Er reichte mir das, das er herausgenommen hatte.

»Oder würden sie einfach geschreddert werden?«, sinnierte Benjy weiter. »Das würde ja ewig dauern.«

»Wissen Sie, warum er sie Pearl vermacht hat?«, erkundigte sich Greg, was natürlich die offensichtlichste Frage war. Warum mir?

»Ich glaube, wenn Pearl es aufschlägt, werden wir zumindest einen Teil der Antwort haben.« Mr Claymore lächelte. Er schien das hier ausgesprochen zu genießen. Vielleicht unterschied es sich von den sonstigen langweiligen Testamentsverlesungen, bei denen alle das bekamen, was sie erwartet hatten.

Meine Hände zitterten leicht, als ich das Notizbuch auf der ersten Seite aufschlug. Sie war vollgeschrieben, doch ich erkannte Dads Handschrift darin nicht gleich wieder, weil es …

»Was zur Hölle?«, entfuhr es Benjy, der sich zu mir hinübergelehnt hatte, um mit hineinzusehen. »Das ist ja bloß ein Haufen Gekritzel.«

»Das ist Stenografie«, erklärte ich, und da dämmerte es mir. Es war jetzt vierzig Jahre her, dass ich zuletzt Steno verwendet hatte, doch die Kurzschrift hatte sich derart in mein Gedächtnis eingebrannt, dass ich aus dem Stand eine Zeile des ersten Absatzes lesen konnte. Sie lautete: *Das ist überhaupt nicht das, was ich wollte.*

»Dad konnte Steno?«, fragte Andrea, und aus diesen drei Wörtern hörte ich ihren schweren Verlust heraus. Dieses Gefühl, wenn man feststellt, dass man jemanden doch nicht so gut gekannt hatte wie gedacht. Das Gefühl gewichtiger Geheimnisse.

»Ja, als Teenager war er nicht besonders gut in der Schule gewesen«, sagte ich, »weil er vieles wegen Krankheit verpasst hatte.« Es klang wie etwas aus viktorianischen Zeiten, doch Dad hatte nach einer Masernerkrankung unter Komplikationen gelitten und war mit seinen Unterrichtsstunden in Rückstand geraten. »Seine Lehrer empfahlen ihm damals, er solle das letzte Jahr weglassen und auf die Sekretariatsschule gehen.«

Jeanie streckte die Hand nach dem Notizbuch aus, doch ich tat so, als bemerkte ich das nicht.

»Für einen Mann war das zu der damaligen Zeit aber

eher ungewöhnlich, nicht wahr?«, erkundigte sich Mr Claymore interessiert.

»Ich glaube schon«, gab ich zurück, doch dann wurde mir klar, dass ich nicht viel von dieser Geschichte wusste. Als Kind hatte ich das einfach als gegebene Tatsache hingenommen. Hätten wir als Erwachsene noch eine Beziehung zueinander gehabt, hätte ich ihn mehr danach gefragt. »Er wurde schließlich Büroangestellter und nach mehreren Beförderungen konnte er ein Hochschulstudium bezahlen und seinen Abschluss als Lehrer machen.« Dad hatte sich selbst immer als Autodidakt gesehen. Jemand, der in der Schule ausgebremst worden war, sich aber neu erfunden und schließlich eine Karriere als wohl angesehener Schulleiter hingelegt hatte.

Jeanie hielt mir immer noch ihre ausgestreckte Hand hin, und ich tat immer noch so, als sähe ich sie nicht.

»Das ist, wie ich es verstehe, ein Grund, warum die Tagebücher Mrs Flowers vermacht wurden«, erläuterte Mr Claymore. »Weil sie sie entziffern kann.«

Unerwarteterweise füllten sich meine Augen mit Tränen. Dad hatte mein frühes Interesse an Worten immer geliebt und gefördert. Wir unterhielten uns auf Französisch und sprachen über die grundlegenden Prinzipien des Esperanto. Er hatte mir gezeigt, wie man kryptische Kreuzworträtsel entschlüsselte, und er brachte mir, als ich noch ziemlich klein, nicht älter als sieben Jahre alt war, Stenografie bei. Nicht die altmodische Pitman-Kurzschrift, die er als junger Beamter noch gelernt hatte und für die man einen Füllfederhalter benötigte, um die dicken und dünnen Linien richtigerweise zu differenzieren, sondern eine modernere Variante namens Teeline. Diese hatte er Anfang der 1970er-Jahre in einer Abendschule aufgeschnappt. Ich konnte mich vage daran erinnern, dass er sich zum Journalisten umschulen lassen wollte. Doch abgesehen von den Artikeln, die er für das Gemeindemagazin schrieb, hat er diesen Plan nicht umgesetzt. Irgendwann in den späten 1970er-Jahren wurde er dann Schulleiter, was das Lehrerdasein für ihn vermutlich wieder interessanter machte.

Eine Zeit lang kommunizierten er und ich immer in Teeline, unserer Geheimsprache. Ich weiß noch genau, wie aufregend es war, etwas lesen zu können, das keiner meiner Brüder verstehen konnte. Bis zu meinem fünfzehnten Geburtstag, dem Jahr, in dem Dad mir den Feldstecher schenkte – ein paar Wochen, bevor er uns verließ –, steckte er immer eine Nachricht in Steno in meine Geburtstagskarte. Heute wusste ich nicht mehr, was darin gestanden hatte, aber ich erinnerte mich noch daran, sie gelesen zu haben. Die Glückwunschkarte zu meinem sechzehnten Geburtstag war die erste gewesen, die per Post gekommen war und nicht auf dem Küchentisch auf mich gewartet hatte, und auch die erste ohne geheime Nachricht.

»Was steht da?«, fragte Jeanie und verrenkte sich den Hals in dem Versuch, einen Blick auf die Seiten zu erhaschen.

»Ich weiß nicht genau«, log ich. »Ich müsste meine Stenokenntnisse erst ein wenig auffrischen. Es ist so lange her.«

»Das ist doch lächerlich«, keifte sie. »Sie kann die Bücher ja nicht einmal lesen. Es gibt also keinen Grund, warum Pearl sie haben sollte. Ich kann sie einfach von jemandem übersetzen lassen.«

Benjy deutete auf die Seite und sagte: »Heißt diese Zeile nicht: ›Wow, meine zweite Frau ist so eine dumme Kuh?‹« Und damit war das Ende der Höflichkeiten erreicht.

»Mr Claymore, sehen Sie, womit wir uns hier herumschlagen müssen?« Jeanies Gesicht war rot vor Wut. »Ich verlange von Ihnen, dass Sie einschreiten. Diese Notizbücher könnten Informationen enthalten, die die ehemaligen Kinder meines Ehemannes eventuell ausnutzen könnten.«

»*Ehemalige* Kinder?«, wiederholte Benjy lachend.

Ich schielte erneut auf die Seite und las: ... *es wäre notwendig, das hier geheim zu halten* ... dann kamen einige Zeichen, die ich nicht lesen konnte, gefolgt von: *Ich habe so viel vor meiner Frau verheimlicht.* Was zum Geier stand in diesen Tagebüchern?

Andrea, die Benjy wütend anstarrte, sprang ihrer Mutter bei: »Mr Claymore, meine Mutter ist verständlicherweise besorgt. Sicherlich ist es unangemessen, dass die privaten Tagebücher meines Vaters in anderen Händen als den Ihren sind?«

»Es tut mir leid«, entgegnete Mr Claymore, ohne so zu klingen. »Francis' Anweisungen waren sehr deutlich. Sie sollen an ...«

»Gib das her.« Jeanie schnappte sich das Notizbuch, das vor mir auf dem Tisch lag. Automatisch griff ich danach, bekam eine Ecke davon zu fassen und für einen kurzen Augenblick zogen wir beide daran, wie Kleinkinder, die sich um ein Spielzeug streiten. Plötzlich fragte ich mich, was ich hier eigentlich tat. Dad war fort, zum zweiten Mal in meinem Leben, und als Zugabe hatte er diesmal einen vergifteten Kelch über mir ausgeschüttet. Ich hatte Jahre damit verschwendet herauszufinden, was in seinem Kopf vorging. Was würde es bringen, jetzt wieder an diesen Punkt zurückzukehren? Würden in diesen Tagebüchern wirklich die Antworten auf mich warten, auf die ich so gebrannt hatte? Oder würden mich nur noch mehr Unsicherheit und

Schmerz erwarten? Ich ließ das Notizbuch los und Jeanie nahm es, ziemlich überrascht, an sich.

»Mrs Nichols, das ist inakzeptabel!«, donnerte Mr Claymore und stand auf. Plötzlich war er von einem farblosen Zeitgenossen am Rande unserer Familienangelegenheiten zu einem streng dreinblickenden Richter des Obersten Gerichtshof geworden.

»Du kannst es nicht einfach nehmen, Jeanie«, pflichtete Greg ihm bei, wie immer darum bemüht, die Stimme der Vernunft im Angesicht der größten Unvernunft zu sein.

Jeanie blickte Mr Claymore unverhohlen ins Gesicht und riss das Notizbuch mit überraschender Kraft entzwei – ein Mal in der Mitte durch. Die Seiten, die sich von der verbogenen Heftklammer gelöst hatten, segelten auf den Tisch hinab.

»Oh, wirklich *sehr* gut gemacht, Jeanie!«, provozierte Benjy, lehnte sich zurück und grinste über beide Ohren. »Du handhabst die Sache wirklich wie eine reife Erwachsene.«

Mit zwei langen Schritten war Mr Claymore neben Jeanie. Er nahm ihr das zerfetzte Notizbuch aus der Hand und sammelte rasch die losen Seiten ein. »Eine Schande«, murmelte er vor sich hin, wobei ihm vor Ärger Spucketröpfchen aus dem Mund flogen.

Es sah ganz so aus, als müsste Jeanie sich einen neuen Familienanwalt suchen. Sie sank auf ihrem Stuhl zusammen und Benjy beugte sich mit gespielter Ernsthaftigkeit zu ihr nach vorne.

»Na los, Jeanie. Uns kannst du's ja verraten, wir sind schließlich alle eine Familie: Welche schmutzigen, dunklen Geheimnisse plaudert Dad in diesen Büchern denn aus?«

»*Familie?*«, wiederholte Jeanie. »Du weißt nicht einmal,

was dieses Wort bedeutet, du abscheulicher kleiner Mann. Komm, Andrea. Wir müssen nicht hier sitzen und uns beleidigen lassen.«

»Stimmt«, setzte Benjy nach. »Wir können euch auch genauso gut im Stehen beleidigen.«

Andrea eilte um den Tisch herum zu ihrer Mutter und half ihr auf. Ich fand, dass sie beschämt aussah, obwohl ich sie nicht gut genug kannte, um mir sicher zu sein. Jeanie sah nun wieder alt und gebrechlich aus und hatte nicht mehr das Geringste mit der Frau gemein, die das Tagebuch zerrissen hatte.

Sie gingen hinaus und Greg und ich starrten uns an.

»Was bin ich froh, dass ich extra dafür hiergeblieben bin«, sagte ich todernst.

Doch er war mit den Gedanken woanders. »Das hatte ich ganz vergessen, dass du und Dad immer in Steno geschrieben habt und so was«, stellte er mit feuchten Augen fest. »Weißt du noch, wie ihr immer Kreuzworträtsel zusammen gemacht habt? Die schwierigen im *Guardian*?«

»Die mach ich jetzt immer noch«, gab ich zurück, woraufhin wir beide ganz kurz einen Moment teilten. Wir, die älteren Geschwister, die stumm anerkannten, dass es, irgendwann früher, eine Zeit gegeben hatte, in der unser Dad einfach nur unser Dad gewesen war: lustig, interessant und voller Liebe. Keine Quelle von verletzten Gefühlen und gebrochenen Herzen. Als Dad uns verließ, war Benjy zu jung, als dass er sich gut an ihn hätte erinnern könnte, und überhaupt, er war nicht der sentimentale Typ.

»Ihr zwei seid so süß, da möchte man euch gleich einen Schmatzer verpassen. Ihr bringt mich zum Kotzen«, kommentierte Benjy und fuhr mir wild durch die Haare.

Im Gegensatz zu Andrea und Jeanie waren Greg und ich

so an diesen Strom von Sticheleien gewöhnt, dass wir sie beinahe nicht wahrnahmen. Am Anfang unserer Beziehung wunderte sich Denny durchgehend über Benjys Benehmen, bis ich ihm einmal erklärte, dass Benjy nie wirklich aus der Rolle des zur Weißglut treibenden kleinen Bruders herausgewachsen war. Ich hätte gerne geglaubt, dass er sich seinen Ehefrauen gegenüber besser benommen hatte, doch seine Scheidungsakte verriet das Gegenteil.

Allerdings war Greg, der sich damit brüstete, niemals auf Benjys Spott einzugehen, jetzt wirklich sauer und riss Benjys Hand aus meinen Haaren. »Als ob dieser Tag nicht schon schlimm genug wäre. Du führst dich auf wie ein richtiges Arschloch, Ben.«

»Dein Yogalates hat sich wirklich bezahlt gemacht, du harter Kerl«, provozierte Benjy und versuchte, sein Handgelenk wegzuziehen, doch Greg war stark und hielt es fest. Benjy wollte mit der anderen Hand nach ihm greifen, doch Greg schnappte sich auch dieses Handgelenk.

Mr Claymore hüstelte, um uns daran zu erinnern, dass wir bei unserer peinlichen Geschwisterzankerei einen Zuschauer hatten.

»Ich glaube nicht, dass das sonderlich hilfreich ist, Greg«, merkte ich an.

»Ihr reagiert total über«, meinte Benjy. »Ich hab euch doch nur ein bisschen aufgezogen.«

»Diese spindeldürren Ärmchen kann ich auch den ganzen Tag noch festhalten, wenn's sein muss«, gab Greg zurück.

Ich musste zugeben, dass mir diese Version von ihm irgendwie gefiel.

»Ich könnte mich schon befreien, wenn ich wollte, alter Mann«, entgegnete Benjy, »aber das will ich gar nicht.«

Inzwischen hatte Mr Claymore geschäftig die losen Seiten wieder an den richtigen Stellen im Notizbuch platziert und schob es mir nun über den Tisch hinweg zu. Vorsichtig schlug ich es auf der ersten Seite auf und las: *Trotz all meiner Versäumnisse hoffe ich wirklich, dass sie und du …* mehr konnte ich nicht mehr lesen. Wer war »sie« hier? Jeanie? Andrea? Wer war »du«?

»Hörst du jetzt endlich auf damit?« Greg hatte seine Autoritätsstimme aus Kindheitstagen gegenüber Benji erhoben – und die funktionierte immer noch.

»Gut, okay, 'tschuldigung«, gab er auf, woraufhin Greg ihn losließ. Benjy rieb sich übertrieben theatralisch die Handgelenke und formte mit den Lippen ein sehr beleidigendes Schimpfwort, was Greg zum Glück aber nicht sah, zumindest glaube ich das.

»Also, was wissen Sie darüber?«, wandte sich Benjy nun an Mr Claymore, in dem Versuch zu zeigen, dass Greg nicht die Oberhand über ihn gewonnen hatte. »Hat Dad Pearl die Tagebücher vermacht, um Jeanie eins auszuwischen? Denn so verstehe ich das.«

»Ich fürchte, das weiß ich nicht.« Mr Claymore drehte sich zu mir um. Er wollte uns eindeutig loswerden. »Wünschen Sie, die Notizbücher jetzt gleich an sich zu nehmen, oder soll ich sie zu Ihnen nach Hause schicken lassen?«

»Ich nehme sie gleich mit«, beschloss ich.

Er reichte mir die Jutetasche, die ich mir über die Schulter warf. Sie war schwer, eine buchstäbliche Bürde. Danke, Dad!

»Das beschädigte Notizbuch werde ich reparieren und Ihnen gesondert zukommen lassen«, erklärte Mr Claymore und streckte die Hand danach aus. Ich reichte es ihm und er ließ es in seiner Aktentasche verschwinden. Ihm zu sagen, er solle sich keine Umstände machen, ich könnte es einfach mit ein bisschen Tesafilm kleben, schien ein Ding der Unmöglichkeit.

Außerhalb des Raums ging das normale Leben weiter, insofern ein Leichenschmaus denn das normale Leben war. Denny unterhielt sich mit Barb, also war er wenigstens beschäftigt. Als er mich sah, blickte er mich ängstlich an und formte mit den Lippen die Worte: »Alles gut?«

Langsam ging ich auf ihn zu, doch nein – Andrea fing mich ab und schob sich mir wie ein Geist in den Weg. »Können wir kurz in Ruhe reden?«

Würde dieser Tag jemals enden? »Finde, wir haben alle genug gesagt, um ehrlich zu sein.« Ich verschränkte die Arme und hielt die Tasche fest umklammert, für den Fall, dass sie versuchen würde, sie sich zu schnappen und damit in einem Fluchtauto abzuhauen.

»*Bitte*, Pearl.« Sie sah so erschöpft aus, dass ich ergeben nickte und ihr zu einem Tisch in einer Ecke folgte. Als wir uns hinsetzten, fiel mir auf, dass sich alle im Raum neugierig nach uns umsahen, obwohl sie bestimmt noch gar nicht von dem jüngsten Drama wissen konnten. Eleanor, Greg, Benjy und Denny sahen alle gleich besorgt zu uns herüber. Das brachte mich fast zum Lächeln.

»Wir scheinen eine große Faszination auszuüben«, kommentierte ich das, in der Hoffnung, die Stimmung zwischen uns etwas aufzulockern.

»Ich habe keine Ahnung, was du meinst«, erwiderte Andrea.

Auch wenn Dad gewollt hätte, dass seine neue Familie mit seiner alten zu tun hat, war die Vorstellung, dass Andrea und ich uns hätten nahestehen können, einfach absurd. Natürlich hätte ich sehr gerne eine Schwester gehabt, da ich das einzige Mädchen zwischen zwei Brüdern war. Doch ihre Härte wäre vermutlich trotzdem ein unüberwindbares Hindernis gewesen.

»Dad war nicht mehr ganz bei Verstand, du weißt schon, als es zu Ende ging«, fing sie an, ohne lange um den heißen Brei herumzureden. »Wir glauben, dass er dement war. Wir könnten das Vermächtnis also anfechten.« Sie hüstelte. Vielleicht war es *weird* für sie, das auszusprechen. »Also rechtlich.«

Ich ließ mir nichts anmerken. »Ja, das könntet ihr natürlich.«

»Oh.« Sie sah überrascht aus.

»Andrea, ich habe Dad fünfunddreißig Jahre lang nicht mehr gesehen.« Ich starrte auf meinen Schoß hinunter, damit ich nicht diese grausame graue Haarsträhne anschauen musste. »Jetzt herauszufinden, dass er in seinen letzten paar Monaten an mich gedacht hat, ist schon ein ziemlicher Brocken, das kann ich dir gegenüber gerne zugeben. Mir war nicht klar, dass er überhaupt jemals an mich gedacht hat.«

»Das verstehe ich«, sagte sie. »Ich will bloß meine Mum beschützen.«

»Wovor willst du sie denn beschützen?«, fragte ich leise. »Was war denn los bei ihnen?«

»Sie waren sehr glücklich, bis zum Schluss«, antwortete sie, »aber ihre Ehe war ihre Privatangelegenheit.« Sie ergriff meine Hand. Ihre war trocken und knochig. »Ich mein's ernst. Stell dir nur mal vor, wie Mum sich fühlt, wo sie weiß, dass andere Leute die privaten Details ihres Lebens erfahren könnten. Dad war nicht mehr ganz klar im Kopf, als er die Bücher irgendwem anders und nicht ihr überlassen hat.«

Jeanie saß neben der Tür, das Gesicht in den Händen vergraben. Ein paar Verwandte hatten einen Arm um sie gelegt und redeten ihr vermutlich gut zu. Ich dachte daran, wie schrecklich es wäre, wenn jemand, den ich kaum kannte, Dennys geheime Tagebücher bekommen würde – nicht, dass er welche führte. Oder vielleicht doch? Wüsste ich das denn, wenn es geheim wäre? Jeanie hatte schließlich auch nichts von Dads Tagebüchern gewusst.

»Wenn du mir die Tagebücher gibst, werden wir nicht nur die rechtliche Klage fallen lassen …«

»Du redest ja so, als ob ihr sie schon eingeleitet hättet!« Ich musste lachen. »Kannst du mich loslassen? Ich laufe schon nicht weg.«

Sie nahm ihre Hand weg. »… sondern ich verspreche dir auch, dass ich alle deine Fragen zu Francis vollständig und wahrheitsgemäß beantworten werde.«

»Woher weißt du, dass ich Fragen zu Dad habe?«

»Du musst doch welche haben. Du hast ihn all die Jahre über nicht gesehen. Willst du denn gar nicht wissen, was er während dieser Zeit gemacht hat, wie er so war?«

Ich war erstaunt. »Das würdest du tun? Wirklich?«

»Harte Zeiten, Pearl.« Sie schielte hinüber zu ihrer Mutter. »Von mir wirst du viel mehr von der Wahrheit erfahren als aus diesen Tagebüchern. Die sind wahrscheinlich voller Ausreden, Rechtfertigungen – vielleicht sogar Lügen.«

So viele Jahre hatte ich durchlebt, ohne zu wissen, was zur Hölle in meinem Vater vorging, warum es ihm so leicht gefallen war, uns zu verlassen. Und nun kamen an ein und demselben Tag zwei mögliche Wege daher, an Antworten zu gelangen. Sollte ich mich durch Dads undurchsichtige, kodierte Version ackern, die zweifelsohne voller Rechtfertigungen wäre? Oder sollte ich mich mit einem lebenden Archiv zu einem Gespräch hinsetzen, das mir alles beantworten konnte? Eigentlich war die Entscheidung klar.

Es gab da nur einen Haken, und zwar, dass Andrea, die ordentliche und mustergültige neue Tochter, vierzig Jahre lang genau das Leben verkörpert hatte, das ich nie gehabt hatte. Jetzt lehnte sie sich bereits so zu mir herüber, als hätte sie vor, mir die Jutetasche von der Schulter zu nehmen. Den Anspruch, den sie erhob, die Gewissheit, dass ich ihr zustimmen würde, dass sie wieder einmal das bekommen würde, was von Rechts wegen mir gehörte, ließen mich aus der leichten Trance, in die ich verfallen war, erwachen.

Da tauchte Denny neben mir auf, und als er sich hinsetzte, schlüpfte meine Hand in seine. So viele Leute hatten heute meine Hand gehalten, doch seine war die einzige, die ich tatsächlich halten wollte. Er drückte sie tröstend. Er wusste, was mich diese Unterhaltung, dieser Tag kosteten. Ich konnte die schlimmen Kopfschmerzen schon regelrecht spüren, die ich bekomme würde, sobald ich die Tagebücher aufschlug und mich durch die Trümmer eines Menschenlebens las; eines Menschen, der mein eigenes Leben auf den Kopf gestellt hatte. Eines Menschen, der aus meinem Leben verschwunden war, als ich fünfzehn war, der sich unfassbarerweise von mir, meinen Brüdern, seinen eigenen Freunden und Verwandten losgesagt hatte.

Und zu all dem Bizarren und Unfassbaren, was Dad mir je angetan hatte, kam nun jüngst noch hinzu, dass er mir diese Tagebücher hinterlassen hatte. Wenn ich sie weggab, würde ich mir damit eine Menge Ärger ersparen. Doch es gäbe dann auch ein weiteres Geheimnis, das ich nie erfahren würde.

Dennys Griff verlieh mir Mut und ich schaute Andrea in die Augen. »Viele Jahre lang gab es nur diese eine Sache, die ich über Dad wissen wollte: warum er sich von seinen Kindern losgesagt und nie mehr mit uns gesprochen hat.« Ich stand auf. »Ich kann es also kaum erwarten, seine Version von allem zu lesen.«

»Das letzte Wort ist noch nicht gesprochen.« Andrea schaute zu mir hoch. »Sie gehören nicht dir.«

»Doch, das tun sie«, widersprach Denny und stand ebenfalls auf, »und das war das letzte Wort.«

Danach blieben wir nicht mehr lange. Ich sah, dass Andrea und Jeanie immer wieder zu mir herüberschauten, sie starteten jedoch keinen weiteren Versuch mehr, auf mich zuzugehen. Benjy prahlte damit herum, dass er und Barbara jetzt zum Abendessen ausgehen und etwas von seiner Hinterlassenschaft verprassen würden.

»Die hast du aber doch noch gar nicht«, erinnerte ihn Greg.

»Wie immer sterbenslangweilig, großer Brudi«, erwiderte Benjy, der ein Glas in der Hand hielt und leicht torkelte. »Es war scheiße, dich gesehen zu haben, und dich auch, Papas Liebling, Hüterin der pikanten Geheimnisse des Vaterlandes.« Er gab mir einen Kuss auf die Wange, eine Zärtlichkeit, die in krassem Kontrast zu seinen Worten stand, und schlängelte sich durch den Raum hindurch auf den Ausgang zu.

»Charmant«, kommentierte Greg. »Völlig klar, warum er bei den Ladys so gut ankommt.« Doch dann flüsterte er mir ernst zu: »Hör zu, es ist doch Wahnsinn, dass du dir die Bücher auch noch aufhalsen willst. Als ob du noch nicht genug andere Sorgen hättest.«

»Welche denn zum Beispiel?«

»Na ja, du weißt schon ...« Diesen darauffolgenden bestimmten Gesichtsausdruck konnte bloß eine Schwester interpretieren. Steno in Form von Mimik. Er meinte, *deine unsäglichen psychischen Gesundheitsprobleme*.

»Pearl, lass mich sie nehmen, es wäre mir eine Freude, dich davon zu befreien ...«

Da erschien Eleanor, betrachtete mein Gesicht und verpasste ihm einen ehelichen Rüffel. »Lass sie in Ruhe, du Idiot.« Sie legte mir einen Arm um die Schultern. »Du hast das heute toll gemacht. Es tut mir nur leid, dass es so ein Blutbad war. Wie sehen deine Pläne aus? Wirst du mit uns zurückfahren? Ich hab das Gästebett bezogen. Wir könnten uns was zum Essen bestellen und zusammen ein Postmortem-Beerdigungs-Abendmahl abhalten, wenn das keine zu makabre Beschreibung ist.«

Ich brauchte Denny gar nicht erst anzusehen, um zu wissen, dass er sein Bestes tat, um einen neutralen Gesichtsausdruck beizubehalten, damit ich entscheiden konnte. Aber es wäre ihm ein absoluter Gräuel, nach all den Jahren zum ersten Mal wieder mit zu ihnen nach Hause zu fahren. Wenn ich allein gewesen wäre, hätte ich es vielleicht gemacht. Ich hatte heute so vielen Ängsten ins Auge gesehen, warum also nicht noch einer? Doch jetzt war Denny meine Priorität.

»Es tut mir leid, Ellie. Ein andermal«, lehnte ich ab. »Wir machen uns jetzt auf den Rückweg nach Heathrow.«

»Es war so *schön*, dich zu sehen. Das letzte Mal war so lang her«, flüsterte sie mit großen Augen. »Aber du bist immer noch nicht bereit für mich, stimmt's?«

Ich drückte sie, unfähig zu antworten, und kämpfte angesichts ihrer Nähe gegen die Tränen an.

Dann waren wir, Gott sei Dank, endlich auf und davon und saßen in einem Taxi, das schnell vor meinem alten Leben davonfuhr: Es gab bloß noch Denny, mich und, in einer schmuddeligen Jutetasche auf dem Rücksitz zwischen uns, die ungefilterten geistigen Ergüsse meines verstorbenen, zu einem Fremden gewordenen Vaters.

6

Carrie

Mum sah heute definitiv besser aus. Ihre Wangen hatten mehr Farbe, und sie griff so kräftig nach meiner Hand, dass ich mir sicher war, sie würde wieder stärker werden.

»Wie schön, dich zu sehen«, begrüßte sie mich, als ob es Monate her wäre und nicht erst ein paar Tage. Ihre Augen huschten über Emmie, die tief und fest und mit der Hand unter ihrer Wange im Buggy schlief.

»Ahhhh!«, nahm Mum ihren Anblick tief in sich auf. »Was für eine Schönheit. Sie sieht genauso aus wie du, als du noch ein Baby warst.«

»Das sagst du, aber ich kann das nicht sehen.«

Mum rutschte in eine etwas aufrechtere Position. »Und? Erzähl! Vor lauter Warten hat es mich vor Spannung schon fast vom Hocker gehauen.«

»Hat es dich schon fast aus dem Bett gehauen, meinst du wohl. Naja. Da gibt es gar nicht so viel zu erzählen.«

»Wirklich? Aber du hast doch gesagt, du wärst hingegangen?«

»Bin ich auch. Ich hab's bis zur Kirche geschafft, dann bin ich wieder umgekehrt.«

»Ach, Liebling.« Mum griff nach meiner Hand. »Es tut mir leid, dass ich dich genötigt habe hinzugehen, wenn es so schwer für dich war. Du hast die Reise also umsonst gemacht.«

»Nein, hab ich nicht. Ich stand draußen vor der Kirche –

ich war spät dran, hat ewig gedauert, nach Rye zu kommen –, aber ich hatte mir fest vorgenommen, mich still und leise hinten reinzuschleichen. Aber dann kam sie rausgerannt.«

»Du meine Güte!«

»Wir wären fast zusammengestoßen.«

»Allmächtiger! Warum ist sie denn rausgerannt?«

»Überfordert, nehm ich an? Sie sah aus, als hätte sie Atemprobleme.«

»Arme Frau. Woher wusstest du, dass sie es war?«

»Ihr Mann, glaube ich, ist ihr nachgelaufen und hat ihren Namen gerufen. Aber um ehrlich zu sein, wusste ich irgendwie schon, dass sie es war.«

Emmie regte sich. Ich liebte es, wie sie aufwachte: erst langsam und dann ganz plötzlich.

»Hast du sie gut sehen können?«, fragte Mum. »Wie sah sie aus?«

»Kurzes dunkelbraunes Haar, nettes Lächeln, aber dünn und nervös. Sie sah traurig aus.«

»Oh nein, wirklich? Aber sie hat bestimmt auch geweint, es war ja schließlich eine Beerdigung.«

»Ich hatte den Eindruck, dass sie immer traurig aussieht.«

Mum tätschelte mir die Hand. »Pass auf, dass du nicht nur das siehst, was du sehen willst, Liebes.«

»Egal, danach hat mich mein Mut verlassen.«

»Du hast also nicht mit ihr gesprochen?«

»Nein. Das hat mir gereicht für einen Tag.«

Emmie war jetzt richtig wach. Ich schnallte sie ab und zog sie auf meinen Schoß.

»Schau mal, Kleine, da ist Oma!«

Emmie streckte ihre Händchen nach Mum aus, aber mit den ganzen Kabeln war das gar nicht so leicht. Ich rutschte mit dem Stuhl näher an das Bett heran, damit sie sie besser erreichen konnte.

»Nun ja, das ist immerhin ein guter Anfang«, befand Mum.

»Ein gutes Ende.«

»Ach komm, Carrie …«

»Nein. Das war's jetzt. Fertig. Das war deine Idee, weißt du noch, nicht meine. Es ist jetzt genug.«

Emmie drückte ihr Ärmchen auf Mums Gesicht, und Mum blinzelte mit den Wimpern dagegen, was Emmie kitzelte und sie zum Kichern brachte. Das hatte Mum bei mir auch immer gemacht, als ich noch klein war – Schmetterlingsküsse nannte sie das immer.

Eine Schwester kam herein, um die Werte auf den Maschinen zu kontrollieren. Sie lächelte Emmie an und sagte zu ihr: »Gut sieht die Oma aus, nicht?«

»Sie sieht wirklich besser aus heute«, entgegnete ich. »Mehr Farbe im Gesicht.«

»Das wird das Rouge sein«, erwiderte Mum. »Paula, die andere Schwester, hat mich dazu überredet, ein bisschen aufzutragen, bevor du kommst. Sie sagte, ich sei so blass, dass du sonst nur erschrecken würdest.«

»Ach, Mum! Du musst dich doch für mich nicht zurechtmachen.« Verdammt, ich hatte wirklich geglaubt, sie sähe besser aus.

Als die Schwester ging, begann Mum von Neuem: »Ich weiß, dass ich ziemlich darauf herumreite, Liebling …«

»Ja, das tust du wirklich!« Ich versuchte, einen unbeschwerten Tonfall beizubehalten, aber ich wünschte, sie würde es einfach sein lassen.

»Ich wäre so erleichtert, wenn ich wüsste, dass du Kontakt aufgenommen hast.«

Ich seufzte. »Na gut. Wenn du dich dann besser fühlst, können wir in einem halben Jahr noch mal darüber reden.«

»In einem halben Jahr werde ich nicht mehr da sein, Carrie.«

»Sag das nicht! Natürlich wirst du da sein …«

»Ich bin so müde, Liebling. Es tut mir leid.« Mum sank zurück auf das Kopfkissen und sah sehr viel erschöpfter aus als zuvor. Ich gab ihr einen Kuss und nahm Emmie auf den Arm. Wir waren noch nicht mal aus der Tür hinaus, da schlief Mum schon.

Eine Krankenschwester hielt mich am Empfang kurz auf. »Dr. Shah hat gefragt, ob er kurz mit Ihnen sprechen könnte, bevor sie gehen. Haben Sie eine Minute Zeit?«

»Sicher.« Das klang ja geheimnisvoll. Sie brachte mich in einen kleinen Untersuchungsraum mit einer praktischen Kiste mit Spielsachen, die Emmie gleich einmal ›durchsah‹, was bedeutete, dass sie alles herausnahm und auf dem Boden verteilte.

Nach ungefähr zehn Minuten kam der Arzt herein. Er sah gehetzt aus und entschuldigte sich, dass er mich hatte warten lassen. Er sagte ein paar Worte zu Emmie und fragte sie nach dem Spielzeug, das sie in der Hand hielt. Er konnte gut mit ihr umgehen, schnitt Grimassen und lachte, aber als er dann zu mir hochsah, wurde er ernst.

»Keine guten Neuigkeiten, fürchte ich.«

Mein Herzschlag setzte aus. »Aber Sie hatten doch gesagt, nach der letzten Runde Chemo hätten wir es geschafft. Anscheinend also doch nicht?«

Er setzte sich mir gegenüber hin. »Sie hat nicht so angeschlagen, wie wir gehofft hatten. Und jetzt …«

»Was werden Sie als Nächstes versuchen?«

»Das ist es ja gerade, Carrie. Wir glauben nicht, dass es

noch etwas gibt, das einen ausschlaggebenden Einfluss auf den Krankheitsverlauf haben würde.«

»Was meinen Sie damit? Das war's? Man kann nichts mehr tun?«

»Es tut mir sehr leid.«

Ein kurzes Schweigen entstand. Ich schaute Emmie an, die auf dem Boden saß und vor sich hin brabbelte. *Bald gibt's nur noch dich und mich, Süße.*

»Also …«, fuhr ich schließlich fort.

»Wir glauben, dass ihr die Pflege in einem Hospiz guttun würde.«

»Ein Hospiz?« Wie hatte das so schnell gehen können? Vor weniger als einem Jahr hatte Mum noch gearbeitet, ihren eigenen Haushalt geführt und sich um mein Baby gekümmert, damit ich immer mal abends kleine Auszeiten haben konnte.

»Wir haben ein paar Häuser herausgesucht, die sie aufnehmen könnten, und wir können Vorkehrungen dafür treffen, dass sie schnell verlegt wird, aber dazu brauchen wir Ihre Zustimmung. Und die Ihrer Mutter natürlich auch.«

»Kann sie wirklich nicht hierbleiben?«

»Wir können hier nichts mehr für sie tun und …« Er machte eine ausladende Bewegung mit dem Arm, von der ich wusste, dass sie bedeutete: »Sie blockiert ein Bett, das jemand anderes besser gebrauchen könnte.«

»Bei mir zu Hause könnte ich sie nicht aufnehmen? Sie selbst pflegen?«

»Sind Sie denn eine ausgebildete Pflegerin?«

Trotz allem lachte ich. »Ich arbeite in der IT-Branche.«

»Dann glaube ich, dass das sehr schwierig wäre und sie sehr viel besser an einem Ort aufgehoben wäre, wo man sich auch auf die Verabreichung von Schmerzmitteln versteht.«

»Okay.« Ich schluckte. »Wenn es für sie in Ordnung ist, ist es das für mich auch.« In Ordnung, wie dumm das klang. Wie könnte es jemals in Ordnung sein, das Lebensende meiner Mum zu planen, dieser unerschütterlichen Frau, die mir immer noch, obwohl ich erwachsen war, die ganze Welt bedeutete?

Auf dem Heimweg fuhr ich wie auf Autopilot. Emmie brabbelte fröhlich neben der Musik her, die ich für sie angemacht hatte, ein unpassend vergnügter Hintergrund für den Schock, unter dem ich stand. Ich war so zuversichtlich gewesen, dass es Mum wieder besser gehen würde, doch jetzt schien es, als wäre das bloßes Wunschdenken gewesen. Mums verhangener Blick hatte es mir bereits mehrmals verraten, doch ich hatte es einfach nicht wahrhaben wollen.

Was sollte ich nur ohne sie machen? Sie war mein sicherer Hafen, mein Zuhause. Wie würde es sein, das auf einmal alles zu verlieren? Ganz plötzlich hatte ich das Gefühl, das Auto nicht mehr sicher steuern zu können, deswegen hielt ich mit zitternden Händen an der erstbesten Bushaltestelle an. Es war so ungerecht. Mum war gerade erst Mitte sechzig. Sie würde keine Gelegenheit mehr bekommen, Emmie über das Babyalter hinaus kennenzulernen. Mir entfuhr ein Laut, ein unfreiwilliger Schluchzer, und Emmie, die gerade eine zweite Stimme zu *Alle meine Entchen* improvisiert hatte, verstummte abrupt. Ich drehte mich auf dem Sitz um, damit ich sie ansehen konnte. Sie starrte mich an und für einen kurzen, verrückten Moment wäre ich nicht überrascht gewesen, wenn sie gesagt hätte: »Sei nicht traurig, Mum.« Doch dann fing sie wieder mit ihrem Gebrabbel an.

Das reichte aus, um mich aus meinem Selbstmitleid zu

reißen, und ich fuhr den restlichen Weg nach Hause. Ich holte Emmie aus dem Auto und ging schwankend den Gehweg mit ihr entlang, mir ihres ganzen Gewichts auf meinem Arm seltsam bewusst. Ich bemerkte gar nicht, dass Henry von nebenan draußen vor seinem Haus stand und auf Numa aufpasste, die auf einem kleinen Roller fuhr, bis ich fast in ihn hineinlief.

»Oh Gott, entschuldige!«

»Macht nichts, ich habe schließlich im Weg rumgestanden.«

Ich sah Numa dabei zu, wie sie auf ihrem Roller bis zum Straßenende – nur ungefähr fünfzig Meter – und wieder zurück fuhr.

»Das macht sie ja schon super«, bemerkte ich. Für mich war es unvorstellbar, dass Emmie das jemals können würde. Numa, die beinahe drei war, wirkte unendlich viel älter, obwohl auch ich wusste, wie schnell Kinder von einer Phase in die nächste springen.

»Ich pass bloß auf, dass sie auch wirklich auf dem Gehsteig bleibt, aber sie hat den Bogen definitiv schon raus.« Er schaute mich noch mal an. »Alles gut bei dir? Du siehst schrecklich aus.«

»Oh, danke. Das hört doch jede Frau gerne. Ich habe schlechte Neuigkeiten bekommen wegen Mum.« Bei dem Wort ›Mum‹ brach meine Stimme und ich ließ es in einem Husten untergehen.

Henry schaute mich besorgt an. »Oh Gott, das tut mir leid. Willst du reden? Ich kann Numa auch reinbringen.«

»Nein, vielleicht ein andermal. Erst mal muss ich diese kleine Maus hier versorgen.«

»Sag Bescheid, falls du je Hilfe mit Emmie brauchst, um Dinge für deine Mum zu erledigen«, bot er an.

»Danke, das mach ich.«

»Ich mein's ernst. Hey, Numa. Geh sofort vom Randstein da weg.« Eine Kombination aus Numas Wagemut und einem Van, der zu schnell fuhr, ließ Henry die Straße hinuntersprinten, aber es war alles in Ordnung, ihr Vorderrad berührte kaum den Bordsteinrand.

Ich winkte, ging ins Haus, und erst nachdem ich Emmie ins Bett gebracht hatte, erlaubte ich mir zu weinen.

11. März 1997

Habe B angerufen, um zu fragen, ob ich übers Wochenende bleiben kann. Wusste, dass es nicht einfach sein würde, hab ihn ja so lange nicht mehr gesehen, aber A und C haben alle Hände voll zu tun mit dem Baby, also wollte ich sie nicht stören. G beschäftigt. Konnte nicht den Mut dazu aufbringen, dich zu fragen. Ich wusste, dass ich auch in einem Hotel übernachten könnte, aber das vermittelt mir zu sehr das Gefühl von Einsamkeit, und ich sehne mich danach, ein freundliches Gesicht zu sehen. Hatte aber auch andere Gründe, die ich jedoch nicht aufschreiben will.
Hab's mehrmals versucht, bis er endlich rangegangen ist. Aber er hat nicht verstanden, was ich brauchte, sagte, dieses Wochenende könnte ich nicht kommen, da sie Besuch hätten, der über Nacht bliebe, aber nächstes Wochenende würde passen. Ich versuchte zu erklären, dass es dieses Wochenende sein musste.
Er wurde sauer, fluchte. Sagte: Seit Jahren meldest du dich nicht, das hier kommt ohne Vorwarnung. Ich bin kein Hotel, du kannst nicht einfach auftauchen, wenn es dir passt. Habe versucht, die Sache mit Js Fünfzigsten zu erklären, aber er hat es nicht verstanden, wie sollte er auch?
Musste schnell aufhören zu telefonieren, hab also nicht wirklich Tschüss gesagt, das wird es auch nicht besser

gemacht haben. Hab letztendlich ein Hotel gebucht. Dumm von mir zu glauben, es wäre eine Gelegenheit, etwas zu ändern.

7

Pearl

Unser Cottage war Dennys ganzer Stolz, die zweitgrößte Errungenschaft seines Lebens (mich zu heiraten, war natürlich die erstgrößte). Schon lange bevor wir uns kennenlernten, hatte er angefangen es zu bauen, damals sollte es ein Ferienhaus werden. Er hatte eigentlich nie geplant, dauerhaft darin zu wohnen.

Doch obwohl er mich noch nicht kannte, als er den Grundriss plante, gab es oben auf der Vorderseite des Hauses ein Zimmer, das genau für mich entworfen worden zu sein schien. Wir nannten es mein Arbeitszimmer, obwohl ich zu Hause nicht wirklich etwas zu arbeiten hatte, außer wenn ich Französisch lernte. Dort saß ich, wenn ich meine Ruhe haben, zeichnen oder lesen wollte. Das große Fenster bot natürlich einen Blick über den gesamten Wald – wie alle unsere Fenster –, und die dunkelgrünen Wände bewirkten, dass sich der Raum beinah wie ein Teil des Waldes anfühlte. Die Regale waren voll mit meinen Büchern über Kunst, Natur und die französische Sprache, und das Fensterbrett war übersät mit Farben, Pinseln und Stiften in Marmeladengläsern. Ich liebte es, wie die Sonne durch diese Gläser schien, in Farben gespalten und als Regenbogen an die Wand geworfen.

Mit den Tagebüchern darin fühlte sich mein Arbeitszimmer jedoch viel weniger wie ein Zufluchtsort an. Die Jutetasche kauerte in der Ecke wie eine Kröte und forderte mich jedes Mal heraus, wenn ich reinkam. Ich konnte mich allerdings nicht ganz überwinden, sie zu öffnen. Tatsächlich fiel es mir schwer, mich überhaupt auf irgendwas zu konzentrieren. Ich saß da mit einem Buch oder Kreuzworträtsel, nahm aber nichts davon auf. Alles fühlte sich irgendwie verquer an. Ich wusste, dass ich nach einem zweistündigen Flug keinen Jetlag hatte, doch genau dieses Gefühl hatte ich: wirr, aus dem Tritt geraten.

Die Welt da draußen kam langsam hier hereingekrochen. Neben den Tagebüchern in der Ecke gab es da auch noch die mehr oder weniger regelmäßigen Nachrichten von Eleanor. Meine Reise nach England hatte diesen Kanal wieder geöffnet – den Ärmelkanal, wie Denny ihn mit finsterem Blick nannte. Doch die am wenigsten willkommenen Störungen waren die täglichen Nachrichten auf der Mailbox von meiner neuen besten Freundin, Andrea. Als Denny und ich wieder aus England zurückgekehrt waren, hatte ich bereits fünf vorgefunden, alles Varianten desselben Themas: *Pearl, hier ist Andrea. Ich muss mit dir reden. Bitte ruf zurück.*

Beim Löschen bewunderte ich deren Kürze. Doch am nächsten Tag waren schon wieder zwei neue drauf; und am Tag danach auch.

Wir verfielen in eine gewisse Gewohnheit: Nachricht, löschen, Nachricht, löschen. Denny riet mir, mein Handy auf stumm geschaltet zu lassen, was es leichter machte, die Anrufe zu ignorieren.

Doch nach fünf Tagen, als wir gerade nach dem Mittagessen im Garten saßen und mein Handy erneut zu vibrieren anfing, griff Denny danach.

»Geh nicht ran!«, rief ich.

»Mir reicht's jetzt. Sie belästigt dich.«

»Warte! Was willst du ihr sagen?«

»Dass sie sich verziehen soll, natürlich.« Er drückte auf Annehmen. »Hallo? Hier ist Pearls Privatsekretär.«

Ich grinste. Denny im Bodyguard-Modus gefiel mir ziemlich gut.

»Ach, hallo, Andrea, was für eine Überraschung«, sagte er und verdrehte die Augen. »Nein, ich fürchte, sie ist gerade unterwegs. Sie lässt ihr Handy eigentlich meistens hier.« Darauf folgte ein langes Schweigen, während dessen er alle möglichen gequälten Gesichtsausdrücke annahm. Dann: »Ich fürchte, das wird nicht möglich sein, aber ich werde ihr ausrichten, dass du angerufen hast.« Er legte auf, während sie anscheinend noch weiterredete, und gab mir das Handy zurück. Ihre Stimme nachahmend, tief und ziemlich außer Atem, sagte er: »Es ist *zwingend notwendig*, dass sie mit dir spricht. Anscheinend *dringend*.«

»Ach ja? Und was, fürchtest du, wird nicht möglich sein?«

»Dass du sie heute zurückrufst.«

»Woher hat sie überhaupt meine Nummer? Weißt du noch, in den guten alten Zeiten, als dich die Leute nicht immer, wann sie wollten, erreichen konnten? Wenn sie auf dem Festnetz angerufen haben und man nicht zu Hause war, war's das. Das fehlt mir.« Ich schob mein Handy zu ihm rüber. »Warum steckst du das nicht für mich ein?«

»Wirklich?«

»Ehrlich, für den Moment hab ich genug von *Leuten*.«

»Okay, wenn du dir sicher bist«, entgegnete er. Nachdem er mein Handy an sich genommen hatte, fühlte ich mich leichter, freier.

Nach dem Mittagessen trug ich ein wenig Make-up auf, zog ein sonnengelbes Kleid an und band mir ein passendes Halstuch in dunklerem Gelb um. Das Wetter Ende April war hier deutlich wärmer als in England, deshalb hielt ich mich nicht mit einer Jacke auf. Zum ersten Mal seit unserer Rückkehr fühlte ich mich bereit, einen kurzen Ausflug in die Stadt zu wagen. Denny sah erleichtert aus, mich in Arbeitslaune anzutreffen, und mit meiner annähernd normalen Energie gab ich ihm einen Abschiedskuss.

Ich musste zu dem verschobenen Termin mit Madame Remard, meiner treuesten Stammkundin. Als ich von England aus angerufen hatte, gab sie ihr Bestes, um verständnisvoll zu klingen, beendete die Unterhaltung jedoch mit dem Satz: »Ist schon in Ordnung, meine Liebe, ich werde das Haus einfach nicht ohne Hut verlassen.«

Ich nahm meinen Friseurkoffer und ging nach draußen. Des Waldes wurde ich nie überdrüssig. Ich war immer froh, ihn direkt vor der Haustür zu haben. Von unserem Eingangstor aus führten neben zahlreichen überwucherten Pfaden drei befestigte Wege hinein. Der mittlere war meine normale Route, mein Lieblingsweg. Der rechte Weg führte in den offenen Teil des Waldes, wo es nur ein paar frei stehende Bäume gab. Wenn es ein öffentlicher Wald wäre, wäre das der Ort, an dem Tagesausflügler ihre Decken auf dèn vereinzelten Grasflächen ausbreiten, aus ihren Picknickkörben schmausen und ihre Kinder wild herumtollen lassen würden.

Heute nahm ich den linken Weg, der gerade und ebenerdig war und direkt zum Waldrand und zu dem führte, was Denny scherzhaft die »sogenannte Zivilisation« nannte: unser Städtchen, Sévérac-le-Château.

Unser Tor hatte ich nach zehn Minuten passiert, aber

Madame Remard wohnte auf der anderen Seite der Stadt, zu Fuß noch eine halbe Stunde entfernt. Auf dem Weg dorthin schien ich alle zu treffen, die ich kannte, und alle blieben stehen, um mir zu sagen, wie leid es ihnen täte, von der Sache mit meinem Vater zu hören. Madame Remard konnte sich bloß selbst die Schuld dafür geben, wenn ich deswegen zu spät käme, weil es sicherlich sie gewesen war, die es allen erzählt hatte. Sie war eine verdienstvolle Bürgerin der Stadt, ein selbst verliehener Titel.

Das erste Mal hatte ich sie bei der Post getroffen, kurz nachdem wir hierhergezogen waren. Während einer ihrer Vernehmungen, denen man unmöglich entgehen kann – in einem früheren Leben hätte sie bei der Spanischen Inquisition groß rauskommen können –, entlockte sie mir, dass ich früher einen Schönheitssalon geführt hatte. Ich tat mein Bestes, um ihr zu erklären, dass ich für keinerlei Haar- oder Schönheitsbehandlungen zur Verfügung stand, dass ich hier war, um mich auszuruhen und zu erholen. Doch sie gab vor, mein zögerliches Französisch nicht zu verstehen, und bis ich dann flüssiger sprechen konnte, war es schon zu spät. Die Verpflichtung, ihren Haaransatz nachzufärben, stand jede Woche, bei Regen oder Sonnenschein, und da würde ich vermutlich auch nicht mehr rauskommen, bis eine von uns beiden starb.

Ich klingelte bei ihr, einem riesigen und eleganten Zuhause mit grünen Dachziegeln und Fensterläden aus Holz, das dem Bürgermeisterstatus ihres verstorbenen Ehemannes alle Ehre machte. Von Kindern hatte ich nie etwas gehört, und obwohl ich wusste, dass sie in der Vergangenheit mehrere Untermieter gehabt hatte, war da jetzt nur Vivienne, die den *tabac* in der Stadt führte. Die zwei mussten sich da drinnen ja regelrecht verlieren. Vivienne hatte ein ganzes Stockwerk für sich allein.

Mit der Energie und Freude eines Kindes riss Madame Remard die Tür auf.

»Madame Fleur! Gott sei Dank! Meine Haare sind eine Katastrophe!«

Ich folgte ihr den Flur entlang ins Wohnzimmer, der zu unserem Stylingraum ernannt worden war. Sie war eine kleine, gut gepolsterte Frau Ende siebzig, die genau wie jede andere ältere Dame aussehen würde, wenn diese lebhafte dunkelviolette Haarfarbe nicht gewesen wäre. Ich war zur Gänze mit in diesen Wahnsinn verwickelt, da natürlich ich es war, die dabei half, den besonderen Farbton von ›Cassis‹ aufrechtzuerhalten. Während ich meine Utensilien ausbreitete, spürte ich, wie sich der restliche Beerdigungsstress endlich löste. Ich freute mich sogar, die *bichon au citron*-Kekse zu entdecken, die Madame Remard immer für mich hinstellte. Das erste Mal, als sie sie mir angeboten hatte, hatte ich den Fehler begangen, zu sagen, dass sie köstlich seien, und jetzt war es bereits viel zu spät, um ihr zu beichten, dass ich Zitronencreme eigentlich hasste.

Sie saß auf ihrem Stuhl vor dem alten Spiegel mit dem schweren Goldrahmen, der schon ganz verblichen und abgeblättert war, und ich entschuldigte mich für den Ausfall unserer letzten Sitzung. Der Ansatz fiel bereits ziemlich auf, und ich wusste, wie sehr sie das hasste.

»Pff. Ich habe Glück, dass meine Haare so schnell wachsen. Und außerdem habe ich den hier getragen«, erklärte sie und zeigte auf einen absolut schockierenden Hut, der auf einer schweren Mahagoni-Kommode lag. »Ach, Madame Fleur, die Komplimente, die ich bekommen habe!«

Als ich fertig war, drückte sie mir die üblichen zwanzig

Euro in die Hand. Da meine Brüder und ich Mums Haus und den Salon verkauft hatten, brauchte ich das Geld eigentlich nicht, doch ich hatte mein ganzes Leben gearbeitet, und es war schön, etwas zu verdienen. Danach ging ich durch die Stadt zurück zum *tabac*.

Genau wie Madame Remard war auch ihre Untermieterin Vivienne besonders einzigartig. Mit vierunddreißig war sie jung genug, um meine Tochter zu sein, doch sie stylte sich ziemlich vintagemäßig. Mit ihren Haaren, die sie mit einem blauen Tuch hochgebunden hatte, und ihrer Jeans-Latzhose sah sie aus wie *Rosie the Riveter* auf den ›We can do it!‹-Postern vom Zweiten Weltkrieg. Als ich hereinkam, bediente sie gerade zwei alte Männer mit Schirmmützen, wandte sich aber von ihnen ab und stürzte auf mich zu. »Ach, die Weltenbummlerin ist wieder da!«, rief sie aus und drückte mir einen Schmatzer auf beide Wangen. »Setz dich, setz dich, ich bring ihn dir schon.«

Ich setzte mich an einen der hinteren Tische und sah ihr dabei zu, wie sie ähnlich einer Akkordeonspielerin an der Kaffeemaschine einige Knöpfe drückte und Hebelchen betätigte und die Maschine auf ihre Befehle hin zischte und spuckte. Vivienne sprach kaum Englisch, doch in ihrer Gesellschaft tat ich gerne so, als wäre ich Französin, und versuchte mich an meinem Vokabular. Außerdem mochte ich die Version meiner Selbst, die ich ihr gegenüber an den Tag legte: weltoffener und witziger als die sonst so zugeknöpfte Engländerin mittleren Alters. Sie kam mit unseren Kaffees herüber und fragte mich nach meinem unerwarteten Englandaufenthalt. Ich umriss ihn ihr ganz kurz. Unsere Freundschaft war oberflächlich und leicht, und ich wollte ihr nicht alles erzählen – nicht von dem Streit mit Denny, den wir in Hastings gehabt hatten, als ich ihm sagte, dass ich bis zur Beerdigung bleiben wollte; nicht von dem Stress, den mir all die Gesichter aus der Vergangenheit bereitet hatten; und auch nicht von den schrecklichen Szenen mit Jeanie und Andrea. Ich schaffte es, aus der Testamentsverlesung und den Tagebüchern eine komische Geschichte zu machen, doch sie wirkte trotzdem sprachlos.

»Das ist aber ganz schön viel auf einmal«, befand sie schließlich. »Du weißt bestimmt nicht, was du von alldem halten sollst.«

»Ich gebe zu, dass ich ziemlich durch den Wind bin.«

»Was steht in den Tagebüchern?«

»Ich hab sie noch nicht gelesen.«

Sie zog die Augenbrauen hoch. »Ich würde es nicht auch nur eine Sekunde aushalten. Stell dir doch mal vor!« In einer Gruselstimme sagte sie: »Eine Nachricht aus dem Jenseits.«

»Das ist unheimlich!«

»Ich mach bloß Spaß. Die Toten können uns nichts anhaben.«

Ich wollte ihr nicht erklären, dass ich wusste, dass mein Vater das sehr wohl konnte. Es fühlte sich so an, als ob sich das wirklich effektive Pflaster, das so viele Jahre lang mehr oder weniger über der Wunde geklebt hatte, die er mir mit seinem Verschwinden zugefügt hatte, langsam abzuschälen begann. Lange Zeit war er einfach ein komplett unbeschriebenes Blatt gewesen, sein Verhalten unerklärlich, seine Gründe unbekannt. Jetzt herauszufinden, nach all dieser Zeit, was er wirklich gedacht hatte, könnte unerträglich sein.

»Du solltest die Tagebücher also lesen, oder nicht?« Vivienne nahm einen Schluck von ihrem Kaffee. »Die werden dir sicher dabei helfen, die Seite umzublättern.«

Tourner la page. »Was für eine Seite?«

»Ach, das ist nur so eine Metapher. Es bedeutet, dass man nach vorne schaut, die Vergangenheit hinter sich lässt.«

»Ach, du meinst ›etwas abschließen?‹«, fragte ich in meiner Muttersprache.

»Abschließen?« Sie sprach es ›ab-schlie-zen‹ aus.

»Wie wenn man eine Tür schließt«, erklärte ich und machte es ihr pantomimisch vor.

Die Türglocke schrillte und ein Kunde kam herein, ein älterer Herr in einem dreiteiligen Anzug mit auffälligem Karomuster. Sein Timing brachte uns beide zum Lachen. »Oder wie wenn man eine Tür öffnet«, entgegnete sie und stand auf. »Tür zu, Seite umblättern.«

Abschließen! Ich hasste das ganze Konzept und das Wort ebenso. Eine Seite umblättern klang da etwas besser.

Nach dem Kaffee machte ich einen kleinen Abstecher in die *boulangerie*, in die Metzgerei und zum Gemüsehändler, bedankte mich bei allen für die netten Beileidsbekundungen – diese Madame Remard, ehrlich mal! –, holte bei Jean auf der Post die Briefe ab und machte mich dann, unter dem Gewicht der ganzen Taschen, auf den Rückweg in den Wald mit dem Gefühl – wie so oft nach einem Besuch im Ort –, dass ich nun genug Sozialkontakte für einen Monat gehabt hatte.

Ich war schon auf halbem Weg zum Cottage, als ich das Handy klingeln hörte. Mit klopfendem Herzen – das letzte Mal, als mein Handy im Wald geklingelt hatte, war es nicht so gut gelaufen – durchwühlte ich meine Tasche. Aber ich konnte das Handy nicht finden. Ich tastete mich ab, während es weiter klingelte. Ich fing an, die Einkaufstüten zu durchsuchen. Vielleicht hatte ich es geistesabwesend in eine davon gesteckt? Doch ärgerlicherweise fiel mir dabei ein

Käse aus dem Papier direkt auf den Boden – ausgerechnet Dennys Lieblingskäse –, aber mein Handy tauchte nicht auf. Genau in dem Moment, als es zu klingeln aufhörte, fiel mir wieder ein, dass ich mein Telefon gar nicht dabei hatte – ich hatte es bei Denny zu Hause gelassen.

Ich setzte mich ins Gras am Wegesrand, umgeben von meinen verstreuten Sachen, und fragte mich, ob ich jetzt komplett den Verstand verlor. Doch dann ging ein Mann an mir vorbei. Er beachtete mich gar nicht. Er war ungefähr Mitte vierzig, dick und hatte einen Bart. Sein Gesicht war von Falten durchzogen und wettergegerbt. Über einer Schulter trug er einen Rucksack und über der anderen einen Ledergurt. Ich brauchte einen Moment, um etwas herauszubringen, weil ich vorher noch nie einen Fremden hier im Wald angetroffen hatte und mein Gehirn gerade noch damit beschäftigt war, seine Existenz zu verarbeiten.

Eindringlinge waren Dennys Albtraum. Nachdem wir hier rausgezogen waren, war sein erstes großes Projekt gewesen, einen Zaun um den gesamten Wald zu bauen. Er war nicht wirklich zur Ruhe gekommen, bis er damit fertig war. Der einzige Eingang war ein nach Verbot aussehendes schmiedeeisernes Tor, das er anfänglich durchgehend abschließen wollte, doch ich überzeugte ihn davon, dass das nicht nötig war. Ich wusste, dass ich sonst das Gefühl hätte, gefangen zu sein, wenn wir auch noch tatsächlich im Wald eingesperrt wären. Als Kompromiss war das Tor mit ›Eintritt verboten‹-Schildern zugepflastert, und soweit ich wusste, hatte diese bisher niemand ignoriert. Bis jetzt.

»Hey!«, rief ich, und der Mann blieb widerwillig stehen.

»Ja?«

»War das Ihr Handy, das da gerade geklingelt hat?«

»Jep.«

»Und Sie sind nicht rangegangen?«

»Wer sind Sie denn, verdammt noch mal? Meine Frau?« Seine Worte, die eigentlich unhöflich rüberkommen sollten, klangen in seinem Pariser Akzent eher witzig.

»Ich dachte, es wäre mein Handy gewesen. Es hat denselben Klingelton.«

»Wow, dann passen wir ja toll zusammen.«

Ich stand auf. »Was machen Sie hier?«

»*Wie* bitte?«

Ich erinnerte mich selbst daran, dass ich Konfrontationen nicht mochte. Was tat ich da eigentlich? Aber es war zu spät, so zu tun, als hätte ich nichts gesagt. Leicht stotternd sagte ich: »Dieser Wald ist privat. Haben Sie denn die Schilder nicht gesehen?«

»Diese Schilder sind Bullshit. Ich gehe, wohin ich will.« Sein belustigter Gesichtsausdruck stand in ziemlichem Kontrast zu seinen Worten. »*Arrache-toi*, die Dame.« Scher dich fort.

»Sie sind derjenige, der hier unbefugt eindringt, nicht ich.«

Er lachte. »Gut, ich wollte sowieso gerade gehen.« Er drehte sich um und ging auf demselben Weg wieder zurück, auf dem er gekommen war, stadteinwärts. Als er um die Ecke bog, sah ich, dass der Ledergurt über seiner Schulter meinen Feldstecher trug. Das gab mir den letzten Rest und ich setzte mich wieder an den Rand des Wegs. Den Feldstecher hatte ich seit dem Tag, an dem mich Greg angerufen hatte, nicht mehr gesehen. Vor lauter Aufregung musste ich ihn im Wald verloren haben.

Er war das letzte Geschenk, das ich von Dad bekommen hatte, bevor er uns verließ – das Geschenk zu meinem fünfzehnten Geburtstag. Ich erinnerte mich noch gut daran, wie sehr ich mich nach dem Auspacken darüber gefreut hatte. Es war ein kleiner Feldstecher, genau die richtige Größe für eine Hosentasche, sauber und scharf wie ein Vergrößerungsglas. Ich nannte ihn »Babyfernglas«, was Dad witzig fand. Nicht zum ersten Mal fragte ich mich, ob er gehofft hatte, mit einem so wertvollen Geschenk den Schock seines Verschwindens abmildern zu können.

»Das nennt man einen Feldstecher«, erklärte er mir, und ich liebte diesen Ausdruck, liebte es, dass er mein Geschenk wie ein wissenschaftliches Instrument klingen ließ. Wenn man Vögel durch ein Fernglas beobachtete, war man ein Hobby-Vogelbeobachter, ein Amateur. Aber jemand, der einen Feldstecher benutzte, der war ein Profi. Es hätte mir gefallen, einem Beruf nachzugehen, der mit der Natur zu tun hat. In der Schule hatte ich viele Möglichkeiten. Ich hätte in Biologie, Französisch und Kunst Abitur gemacht, damals, als ich noch geglaubt hatte, dass ich überhaupt Abitur machen würde.

Gerade war alles so verwirrend und unzusammenhängend, und dieser Fremde, der irgendwie zu meinem Feldstecher gekommen war, war ein Teil des Ganzen.

Rasch sammelte ich meine Einkäufe wieder ein, packte sie zurück in die Taschen und überließ den unbrauchbaren Käse den Baummardern. Zum Glück war Denny gerade nicht da, als ich nach Hause kam, weil er ein paar Vorbereitungsarbeiten an der Kapelle in Rodez zu erledigen hatte, was bedeutete, dass ich mich von meinem Schrecken ein wenig erholen konnte, ohne dass er fragen würde, was los war. Ich beruhigte meine Nerven mit einem Pfefferminztee und schaute mit Bedauern an den Haken, an dem mein Feldstecher normalerweise hing. Dann, mit Viviennes

Stimme im Kopf (›ab-schlie-zen‹), ging ich hinauf und betrachtete mit Widerwillen die Jutetasche.

»Also dann«, sagte ich laut. Ich hob sie hoch, drehte sie um und ließ die Tagebücher auf den Boden fallen. Die meisten sahen so ähnlich aus wie das, welches Jeanie zerrissen hatte, gelb und dünn, mit einem festen Einband. Andere waren blau marmorierte Notizhefte wie die, die ich damals in der Schule benutzt hatte.

Ich setzte mich auf den Boden und zählte sie. Neunzehn. Die meisten mussten mehr als ein Jahr umfassen, wurde mir klar, weil neunzehn nicht genug war, um eines pro Jahr zu ergeben. Ich nahm ein beliebiges in die Hand. Der erste Eintrag war auf März 1997 datiert. Gerade wollte ich einen Vermerk mit dem Datum auf dem Einband machen, als mir ein paar Wörter ins Auge stachen, die mein Sinn für Steno automatisch übersetzte: *Habe B angerufen, um zu fragen, ob ich übers Wochenende bleiben kann.*

Ich brauchte fast eine Stunde und musste den kurzen Eintrag vier Mal lesen, bis ich jedes Wort davon verstand. In diesem Tempo würde ich mit hundert noch dasitzen und die Tagebücher übersetzen. Tatsächlich verstand ich auch nicht jedes Wort. Ich war ziemlich eingerostet, und Dads Gekritzel war nicht leicht zu entziffern, sodass ich manches nur auf dem Kontext basierend raten konnte. Und um es noch schwieriger zu machen, war von allen bloß mit ihren Anfangsbuchstaben die Rede. Er wollte offenbar wirklich nicht, dass irgendwer wusste, worüber er hier schrieb. Dad hatte dieses Tagebuch so sicher gemacht wie Fort Knox und es an einem geheimen Ort außerhalb des Hauses aufbewahrt. Und sogar dann hielt er nicht alles auf Papier fest. *Hatte aber auch andere Gründe, die ich jedoch nicht aufschreiben will.* Was in aller Welt wollte er verbergen? Eine

Langzeitaffäre vielleicht? So eine hatte er ja auch zuvor schon gehabt: Jeanie war zwei Jahre lang die andere Frau in der Ehe meiner Eltern gewesen, bis alles herauskam. Ich erinnerte mich, dass Dad meine Brüder und mich ein paar Monate nach seinem Auszug besucht und Greg – unter der Annahme, ich würde gerade nicht zuhören – erklärt hatte, dass er keine andere Wahl gehabt hätte, dass er sich hoffnungslos in Jeanie verliebt hätte. Seitdem klang *hoffnungslos verliebt* in meinen Ohren immer unerfreulich. Ganz in Dantes Sinn: »Ihr, die ihr hier eintretet, lasst alle Hoffnung fahren.«

Dieser Eintrag war eine verblüffende Nacherzählung des Versuchs, über Jeanies fünfzigsten Geburtstag irgendwohin zu fahren, angenommen, ›J‹ war Jeanie. Doch es musste so sein, und ›A‹ musste für Andrea stehen.

Egal, das waren alles Kleinigkeiten neben der echten Frage, die lautete: Warum versuchte Dad, bei Benjy (der sicherlich das B sein musste, von dem hier die Rede war) zu übernachten, weil seine Frau Geburtstag hatte? Da gab es so vieles herauszufinden. Erstens hatte ich keine Ahnung gehabt, dass er zu dieser Zeit überhaupt mit Benjy in Kontakt war. Zweitens, was war das Problem mit Jeanies Geburtstag – warum wollte er da nicht dabei sein? Und drittens, diese paar achtlos niedergeschriebenen Wörter: *G war beschäftigt.* Greg, ohne Zweifel, aber woher wusste Dad überhaupt, dass er beschäftigt war? Das war 1997, Jahre nachdem Dad aus unseren Leben verschwunden war.

Ich hatte keine Ahnung, was ich mit diesen Gedanken anfangen sollte, also wandte ich meine übliche Strategie an, um mich mit Schwierigkeiten auseinanderzusetzen, und schob sie ganz weit nach hinten, wo sie auf einen späteren, unbestimmten Zeitpunkt warteten, an dem ich die mentale Kapazität dazu haben würde, mich mit ihnen zu beschäftigen. Stattdessen beschloss ich, die Bücher chronologisch zu sortieren, was den ganzen restlichen Tag dauerte und kompliziert genug war, um mich davon abzuhalten, zu sehr an etwas anderes zu denken. Ich versah jedes Buch mit den jeweiligen Daten und fand dabei heraus, dass beinahe jedes zwei Jahre umfasste, abgesehen von den letzten dreien, 2015, 2016 und 2017, die jeweils ihr eigenes Buch hatten. Zwei fehlten: das 2018er-Buch, was gerade repariert wurde, und das von 1987 bis 1988.

Ich versuchte, während des Durchblätterns nichts zu lesen, ab und zu stach mir jedoch immer wieder etwas gegen meinen Willen ins Auge. Im ersten Tagebuch, von 1981 bis 1982, stand zum Beispiel dieser fröhliche Eintrag vom Januar 1982, ein paar Monate, nachdem er uns verlassen hatte:

Ein brandneues Jahr für mich, und ich hoffe, dass es für meine ganze Familie gut wird.

Na ja, für deine *ganze* Familie war es sicher nicht so gut, Dad.

Aus dem Notizheft von 2017:

Es ist Zeit zu handeln, tatsächlich ist das schon lange überfällig, aber sogar jetzt scheue ich noch davor zurück, Claymore zu kontaktieren.

Eine Sichtung des gestrengen Mr Claymore! Es dauerte ziemlich lange, bis ich ›scheue ich noch davor zurück‹ entziffert hatte, hauptsächlich, weil es so eine unwahrscheinlich formelle Formulierung war, als dass es jemand in seinem Tagebuch verwenden würde. Ich überlegte, ob mein erwachsenes Ich Dad hochgestochen gefunden hätte. Hier gab er dem Anwalt also Anweisungen für etwas. Vielleicht für die zukünftigen Vermächtnisse für Greg, Benjy und mich?

Dann sprang mich im Jahr 2001 das hier an:

Tut mir unendlich leid zu hören, dass deine Verlobung aufgelöst wurde, PP.

Was zum *Geier*? Mit zitternden Händen legte ich das Tagebuch weg. Es konnte keinen Zweifel daran geben, dass hier von mir und meiner Verlobung mit Kim die Rede war, meinem Langzeitfreund vor Denny. Der Monat und das Jahr passten.

Deine Verlobung. Was bedeutete das? Sprach er etwa … direkt mich an?

21. Dezember 2003

Wie immer habe ich nach dir gefragt, PP, und wie ich höre, ist alles gut, du triffst jemanden, einen älteren Mann, den du im Französischkurs kennengelernt hast. Du warst immer schon gut in Sprachen, das weiß ich noch. Der Freund baut in Frankreich ein Haus, wie schön.

8. Mai 2005

Freue mich sehr zu hören, dass die Hochzeit mit dem Mann aus deinem Französischkurs gestern gut verlaufen ist. Klingt nach einem wundervollen Tag, und in Hellgrau sahst du bestimmt bezaubernd aus.

8

Pearl

Tut mir unendlich leid zu hören, dass deine Verlobung aufgelöst wurde, PP.

Ich war also ›PP‹. Putzige Pearl? Peinliche Pearl? Pubertierende Pearl?

Aber lassen wir das. Was hatte es mit diesem ›du‹ auf sich? Ich nahm das Tagebuch von 1997 zur Hand und schaute mir den Eintrag noch mal an, in dem er Benjy kontaktiert hatte, um bei ihm zu übernachten. Meine beiden Brüder wurden erwähnt – und dann:

Konnte nicht den Mut dazu aufbringen, dich zu fragen.

War ich ›dich‹? Langsam sah es ganz danach aus.

Aber lassen wir auch *das*, denn woher zur *Hölle* wusste Dad von meiner Verlobung mit Kim? Wer hatte ihm das erzählt? Ein Schauer lief mir den Rücken runter, und ich musste an Mum denken, die dabei immer gesagt hatte, das hieße, dass jemand über dein Grab gehe. Mum … sie kann es nicht gewesen sein, die hinter meinem Rücken heimlich mit Dad gesprochen hat, oder? Nein, das war unmöglich. Nachdem er uns verlassen hatte, hatten sie überhaupt keinen Kontakt mehr zueinander. Sie hat zwar nie schlecht über ihn geredet, ist aber auch nie ganz über seinen Weggang hinweggekommen, weshalb sie kaum von ihm gesprochen hat. Sie konnte es nicht gewesen sein.

Aber trotzdem ... *irgendjemand* muss es ihm ja gesagt haben.

Fast vierzig Jahre war Dad absolut kein Teil meines Lebens. Es gab lange Zeitabschnitte – Monate, sogar Jahre –, während derer ich kaum an ihn dachte. Doch er schien an mich gedacht zu haben. Und jetzt wollte er, dass ich wusste, dass er an mich gedacht hatte.

Ich besah mir erneut den Eintrag von 2001: »deine Verlobung«. Dad sprach hier eindeutig mich an, das konnte niemand anders sein. War das der Grund, warum er mir die Tagebücher hinterlassen hatte? Hatte er sie womöglich – waren sie wirklich – *für* mich geschrieben?

Wie versteinert saß ich da, hin und her gerissenzwischen dem Bedürfnis, mehr zu erfahren und all dies für immer von mir zu schieben. Ich weiß nicht, wie lange ich noch so verharrt wäre, hätte Denny nicht die Tür geöffnet.

»Warum sitzt du denn im Dunkeln rum?«, fragte er, und erstaunt stellte ich fest, dass es bereits früher Abend war. Er knipste die Schreibtischlampe an und betrachtete die Szene vor ihm: ich, auf dem Boden zwischen all den verstreuten Notizbüchern sitzend und vom Licht geblendet.

»Du liest sie also?«

»Nein, ich führe gerade ein Experiment zu einem neuen Bodenbelag durch.« Ich blinzelte zu ihm hinauf. »Wie lief's in der Kapelle?«

»Gut, danke. Ziemlich großer Auftrag, das wird Monate dauern, aber die Leute sind sehr nett. Danke, dass du die Post mitgenommen hast. Der hier ist für dich.« Er reichte mir einen offiziell aussehenden Brief aus England. Es war ein Brief von Mr Claymore, der mich nicht mehr rechtzeitig vor der Beerdigung erreicht hatte. Hauptsächlich enthielt er Informationen, die ich bereits kannte: dass mein Vater darum gebeten hatte, zur Beerdigung zu kommen, um das Vermächtnis entgegenzunehmen, und praktische Details zu Zeit und Ort. Die letzte Zeile am Ende war jedoch verwirrend:

Ihr Vater bat mich darum, Ihnen diese Telefonnummer weiterzugeben, nur für den Fall.

Dort stand eine Telefonnummer aus England mit dem Vermerk: »Roberta, PAC-UK.«

Für welchen Fall? Wer war Roberta? Oh Gott. Noch so ein ermüdendes Teil aus Dads Puzzle, das keinen Sinn ergab. Ich stopfte den Brief zurück in den Umschlag.

»Soll ich Abendessen machen?«, fragte Denny.

»Ist es wirklich schon so spät?« Ich stand auf, meine Knie knacksten. »Ich komme schon.«

»Lass mich das ruhig machen«, bot er an. »Du siehst erschöpft aus.«

Auf gar keinen Fall würde ich ihm recht geben, ihm sagen, dass mir der Kopf schwirrte. Ich wollte nicht, dass er wusste, dass die Tagebücher mich schmerzten. »Nein, es wird gut sein, etwas anderes zu tun.«

Ich ließ das ganze Durcheinander von Notizbüchern einfach auf dem Boden liegen und ging hinunter in die Küche. Normalerweise machte mir das Kochen Spaß, aber heute Abend verfehlte es seine gewöhnliche Wirkung. Ich ließ eine Tüte Mehl auf den Boden fallen, wie eine Pantomimendarstellerin, und nachdem ich diesen Schaden beseitigt hatte, stellte ich fest, dass kein Öl in der Pfanne war, die ich zum Vorwärmen auf den Herd gestellt hatte, sodass ihre Innenseite nun angebrannt war. Ich öffnete die Hintertür, um ein wenig frische Luft hereinzulassen, ließ mich dann auf einen Stuhl sinken und stützte den Kopf auf die Arme. Gerade war mir alles ein bisschen zu viel.

Als Denny hereinkam, warf er einen Blick auf die verwüstete Küche und seine bemitleidenswerte Frau und entschied dann: »Lass uns Essen gehen.«

Nachdem die letzte Woche so seltsam verlaufen war, fühlte es sich erfreulich normal an, in unserem Lieblingsrestaurant, La Bicyclette Jaune, zu sitzen und die vertrauten Speisekarten vor uns liegen zu haben. Nicht, dass wir die gebraucht hätten, denn wir bestellten immer dasselbe: Lachs mit schwarzem Reis für mich und ein Steak mit Pommes frites für Denny. Der Oberkellner, Gabriel, der uns mit Namen begrüßte, versuchte uns oft zu überreden, das Tagesgericht zu bestellen, aber wir waren Gewohnheitstiere.

»Also … wie geht's dir?«, fragte ich Denny, nachdem wir bestellt hatten. Es war gut – aufbauend –, woanders als nur in meinem eigenen Kopf zu sein. Einen Weißwein in einem Raum mit anderen Leuten zu trinken.

»Gut …«, antwortete er und sah mich misstrauisch an. »Warum fragst du?« Normalerweise erkundigten wir uns nicht so förmlich danach, wie es dem anderen ging.

»Ich hab mich bloß gefragt, na ja, du weißt schon, wie es für dich war, wieder zurück gewesen zu sein. In England. Du hast nicht viel dazu gesagt.«

»Ach so! Na ja, für dich war es viel schwieriger als für mich.«

»Nicht wirklich. Du bist eine Woche lang dort festgesessen und musstest dann meiner ganzen Familie in einem Schwung gegenübertreten.«

»Die sind schon so ein Haufen, oder?« Er lächelte und hob das Glas, um mir zuzuprosten. »Aber eigentlich hat niemand irgendwas … Schwieriges oder Peinliches gesagt.« Sein Lächeln verschwand, aber er fuhr rasch fort: »Ich bin einfach nur froh, wieder zu Hause zu sein, unter uns. Kein Drama. Außer Andreas leichter Belästigung am Telefon.«

Gott sei Dank war das das einzige Drama, von dem er wusste. Der Mann im Wald, die Enthüllungen in den Tagebüchern … das würde ich vorerst für mich behalten. Der arme Denny hatte schon genug durchgemacht. Deshalb fing ich mit einem anderen Thema an: »Du hast mir noch gar nicht wirklich erzählt, was du gemacht hast, während ich bei der Testamentsverlesung war. Du meintest bloß, dass du dich mit Barbara unterhalten hast.«

»Gott, na ja, du warst ja auch gefühlt stundenlang da drin und wir konnten das Geschrei hören.«

»Das hat man wirklich gehört?«

»Und wie. Dann kamen Jeanie und Andrea rausgestürmt, mit vor Wut rauchenden Köpfen, und setzten sich in eine Ecke, wo sie sich dann gestritten haben, und wir haben alle so getan, als würden wir nichts mitbekommen.« Denny schenkte uns beiden Wein nach. »Sich mit Barbara zu unterhalten, war wie immer erfrischend. Sie hegt definitiv die Hoffnung, die dritte Mrs Benjy zu werden.«

»Die vierte, glaube ich«, korrigierte ich und zählte Benjys Ehefrauen im Geiste nach. »Ich nehme mal an, Barbara ist nicht wahnsinnig viel älter als er.«

»Ja, Alice war ja eigentlich auch eine Kinderbraut, oder? Egal, Barb hat eine halbe Stunde lang darüber spekuliert, ob Benjy noch mal heiraten wird, und die unterschwellige Botschaft dahinter war so auffällig, dass ich eine Migräne davon bekommen habe.«

Gabriel brachte unser Essen und Denny lächelte dankbar auf sein Steak hinunter.

»Arme alte Barb«, bemitleidete ich sie. »Warum sollte sie ihn überhaupt heiraten wollen?«

»Anscheinend bringt er sie zum Lachen.«

»Er bringt mich auch zum Lachen, allerdings auf keine gute Art.« Ich kaute auf ein wenig Reis herum. »Hat Andrea eigentlich noch mal bei mir angerufen?«

»Ich glaube nicht, aber ich hab dein Handy auch weggelegt, damit ich es nicht sehen muss.«

»Vermutlich hat sie aufgegeben.«

»Hab ich dir doch gesagt. Wenn du diese Leute ignorierst, gehen sie irgendwann weg.«

»Du hast recht.« Schnell fragte ich ihn: »Denny, kann ich dir verraten, was ich mit den Tagebüchern vorhabe?«

Er beschäftigte sich mit einem Bissen Steak. »Na ja, besser wäre es vielleicht, weil dein einziges Ventil sonst darin besteht, Mehl in der ganzen Küche zu verteilen und Pfannen anbrennen zu lassen.«

Ich wusste, dass es ihm lieber wäre, ich würde die Tagebücher wegräumen und nie mehr erwähnen. Das mit uns, unsere ganze Ehe, drehte sich immer darum, ein friedliches Gleichgewicht zu finden. Vor ein paar Jahren, vor unserem Umzug hierher, waren wir etwas vom Kurs abgekommen, aber seitdem hatten wir unsere Stabilität wieder neu aufgebaut. Nun hatten die Beerdigung und die Tagebücher unsere Ruhe wieder aufgewühlt.

»Okay. Also ich hab sie jetzt fast alle in eine chronologische Reihenfolge gebracht, sodass es einfach sein wird, sie von Anfang an zu übersetzen, wenn ich dazu bereit bin.«

»Du weißt aber schon, dass du das nicht musst, oder? Nur weil Greg oder sonst wer das gerne hätte. Du kannst die blöden Tagebücher auch einfach in den Kamin schmeißen und sie mit einem Streichholz anzünden. Oder wir hauen sie in deine Pfanne.«

»Sehr witzig. Da lässt man ein Mal eine Pfanne anbrennen … ich glaube, dass Greg tatsächlich gar nicht will, dass ich sie mir vornehme. Er hat mir immer wieder angeboten, sie selbst zu nehmen.«

»Pearl, ich will nicht, dass du verletzt wirst.« Er zerknüllte seine Serviette und warf sie auf den Tisch. »Du weißt nicht, was in diesen Tagebüchern steht. Es könnte schrecklich und beleidigend sein.«

Ich beschloss, dass jetzt nicht der richtige Moment war, um ihm zu verraten, dass jemand aus meiner Familie Dad über die wichtigsten Ereignisse in meinem Leben auf dem Laufenden gehalten hatte. »Ich weiß. Wenn das ein Film wäre, würde ich einfach nach Montpellier fahren und die Tasche ins Meer werfen.«

»Wenn das so ist«, seufzte Denny, »wünschte ich, dass das hier ein Film wäre.«

Es war erst kurz nach neun, als wir nach Hause kamen, und ich war nicht mehr müde. Die zwei Gläser Wein hatten mir neue Kräfte verliehen.

»Ich räum noch kurz die Tagebücher weg«, sagte ich. »Dann kann ich sie vorerst ein bisschen vergessen.« Ich ging hinauf in mein Arbeitszimmer und schloss die Tür, was sich irgendwie verboten anfühlte. Ich nahm das nächste Notizbuch in die Hand, das von 2003–2004. Ich hatte wirklich nicht vor, noch etwas zu lesen, aber meine vom Wein vernebelten Sinne scheuten davor zurück, wie Dad gesagt hätte, vernünftig zu sein, und ich fing damit an, die Seiten auf der Suche nach ›PP‹ zu überfliegen. Meine Augen hatten sich zwar immer noch nicht so ganz an die Stenografie gewöhnt, aber nach diesen zwei kleinen Zeichen Ausschau zu halten, war nicht allzu schwierig. Es dauerte nicht lange, bis ich die ersten fand.

… du triffst jemanden, einen älteren Mann, den du im Französischkurs kennengelernt hast.

Fast ließ ich das Buch fallen. Dad hatte also sogar von Denny gewusst! Oh mein Gott, das war mehr als merkwürdig. *Wie immer habe ich nach dir gefragt, PP.* Wen hat er nach mir gefragt? Jemanden aus unserer weiteren Familie? Aber wen? Niemand, nicht einmal die entferntesten Cousins, hatten je erwähnt, mit Dad Kontakt zu haben. Der allgemeine Wissensstand war, dass er die Verbindungen zu allen gekappt hatte.

Es kam mir komisch vor, als ob alles, was ich wusste, falsch war. Ich hatte immer geglaubt, dass niemand von uns seit Mitte der Achtziger mehr mit Dad Kontakt hatte. Doch jetzt wusste ich, dass Dad zehn Jahre später zumindest Benjy angerufen und gefragt hatte, ob er bei ihm übernachten konnte. Hätte Benjy die ganzen Jahre über heimlich mit ihm in Verbindung stehen können? Das war so bizarr, dass es schon wieder zu ihm passen würde. Gleichzeitig fiel es mir schwer zu glauben, dass sein kaum verhohlener Ärger und Schmerz wegen Dad nicht echt gewesen sein sollten.

Oder was war mit Greg? Als wir an Dads und Jeanies Haus vorbeifuhren, hatte er seltsam reagiert. Benjy fragte: »Du warst doch noch nie hier, dachte ich?« Er hatte gewusst, dass Dad im Krankenhaus war, und hatte eine ausreichende Beziehung zu Jeanie, um sie zu einer schnellen Beerdigung zu überreden. Aber warum zur Hölle hätte er mir das alles nicht erzählen sollen?

Es gab hier so viel, was ich nicht verstand – und über nichts davon wollte ich mir gerne den Kopf zerbrechen.

Das nächste Tagebuch von 2005–2006 erwähnte unglaublicherweise meine und Dennys Hochzeit! *Klingt nach einem wundervollen Tag, und in Hellgrau sahst du bestimmt bezaubernd aus.*

Und da es bloß eine Handvoll Gäste gegeben hatte, wurde die Auswahl dadurch definitiv eingegrenzt.

Ich war siebenunddreißig, als ich Denny kennenlernte, und mühte mich damit ab, Mum zu pflegen, während ich nebenher ihren Salon im Stadtzentrum von Chelmsford weiterführte. Ich hatte die Vorstellung aufgegeben, noch jemanden kennenzulernen. Partner waren gekommen und wieder gegangen und niemand war gewillt gewesen, sich zusammen mit mir auch Mum aufzuhalsen – nicht einmal Kim, mit dem ich sechs Jahre lang zusammen war. Ich gab ihm keine Schuld, als er unsere Verlobung schließlich löste. Er hat zwar nicht direkt gesagt: »Entweder du oder deine Mutter«, aber im Kern ging es darum. Er wollte, dass wir zusammen verreisten, dass wir zusammenlebten, und, am verständlichsten von allem, wollte er auf meiner Prioritätenliste weiter oben stehen als Mum. Ich glaube, alles hätte vielleicht anders kommen können, wenn wir Glück mit einem Baby gehabt hätten, doch es stellte sich heraus, dass ich darin am schlechtesten von allem war.

Mum und mich gab es nur im Doppelpack, und ich war der einzige Mensch, von dem sie sich pflegen ließ. Eleanor weigerte sich natürlich, das zu akzeptieren. Einmal hat sie mich zu sich ins Auto gesetzt, ohne mir zu sagen, wo wir hinfuhren. Ich bin mir ziemlich sicher, dass Kim von dieser Aktion wusste. Sie fuhr mich zum Seabrook Home, einem hübschen, alten Herrenhaus, das so umgebaut worden war, dass nun dreißig Bewohner hier Platz fanden. Eher ein Ort für Kranke als für Alte. Ein seltener Platz war frei geworden, und er gehörte mir – Mum –, wenn ich ihn wollte.

»Die Frage stellt sich doch gar nicht, Pearl«, redete Eleanor auf dem Nachhauseweg auf mich ein, woran ich mich erinnere, weil es das erste Mal war, dass ich diesen Spruch hörte. Aber Mum wollte sich die Broschüre nicht ansehen und noch viel weniger einen Ausflug zu dem Ort machen, um ihn sich anzusehen, also drängte ich sie auch nicht dazu. Es war leicht für mich, diese Gelegenheit ziehen zu lassen. Mich um Mum zu kümmern war schlicht mein Job seit dem Tag, an dem Dad uns verlassen hatte, bis zu ihrem Tod, so einfach war das.

Am Morgen von Benjys schicksalhafter erster Hochzeit hörte ich zufällig, wie Mum im Salon mit einer Freundin telefonierte. Damals war er neunzehn. »Alle verlassen mich«, klagte sie. Sie wusste nicht, dass ich sie gehört hatte. Greg war natürlich schon vor Jahren weggegangen und Benjy jetzt auch. Und vor den beiden hatte Dad sie verlassen, an einem kalten Novembertag, und war nie mehr zurückgekehrt.

Und da schwor ich mir selbst, *ich werde dich nicht verlassen*. Und das tat ich auch nicht. Und ich war stolz darauf.

Jahrelang hatte ich dieselbe Routine. Um sechs Uhr morgens aufstehen, mich für die Arbeit fertig machen, Mum wecken und sie ins Bad bringen. Während sie da drin war, machte ich ihr Frühstück und half ihr dann wieder aus dem Bad raus. Ich ließ sie sich dann alleine anziehen und ging zu Ivory Hair & Beauty. Meine Arbeitstage waren anstrengend: Ich beaufsichtigte die Angestellten, betreute Kunden, hetzte nach Hause, um Mum Mittagessen zu machen und mir selbst ein Sandwich zu holen, dann zurück zur Arbeit und wieder nach Hause zum Abendessen. Außer zu lesen und fernzusehen, machte Mum den ganzen Tag über fast nichts, doch am Abend sahen wir immer zusammen fern. Diese wenigen Stunden bedeuteten mir viel. Wir suchten uns immer abwechselnd einen Film oder ein Fernsehprogramm aus, und ich liebte es, sie lachen zu hören oder zu sehen, wie sie in die Handlung eines Films eintauchte. Ihr Lieblingsfilm war *Heimweh nach St. Louis* und gegen Ende ihres Lebens schaute sie ihn sich ein Mal pro Woche an, weil sie ihn so tröstlich fand. Ich könnte zur Not immer noch jedes Wort des Trolley Song mitsingen, obwohl ich nicht genau wusste, welcher Notfall das sein sollte.

Ich wusste, dass das kein wirkliches Leben war. Meine Brüder sagten mir oft genug, dass ich zu viel opferte. Allerdings bot auch keiner von beiden je Hilfe an, und so sah ich keine Lösung, die Mum nicht unglücklich gemacht hätte. Donnerstagabends war die einzige Zeit, zu der ich guten Gewissens ausgehen konnte, weil unsere Nachbarin von nebenan rüberkam und sich zu Mum setzte. Nachdem Kim und ich uns getrennt hatten, nutzte ich die Zeit, um Abendkurse zu besuchen, hauptsächlich Kunst: Porträtzeichnen, Landschaftsmalerei, Pflanzenaquarelle. Das liebte ich. Dann belegte ich zur Abwechslung mal einen Französischkurs und dort lernte ich dann Denny kennen. Er nahm diese Stunden sehr ernst. Er wollte flüssiger sprechen können, weil er vor Jahren ein verfallenes Cottage und ein Waldgrundstück von seiner französischen Großmutter mütterlicherseits geerbt hatte. Sein lang gehegter Traum war es, das Cottage wiederaufzubauen. Wir fingen an, uns in den

Pausen zu unterhalten, weil wir uns beide vor dem grauen Instantkaffee drückten, der angeboten wurde. Mir gefielen die feinen Fältchen um seine Augen ziemlich gut, wenn er lächelte, und die Schmetterlinge in meinem Bauch, wenn er mich ansah, gefielen mir noch viel mehr. Ich hatte das Gefühl, dass er mich wirklich wahrnahm. Er sah nicht Pearl, die Friseurin, oder Pearl, die Pflegerin, sondern Pearl, den Menschen.

Am Ende der ersten Stunde, sobald sich die Lehrerin bis zur nächsten Woche von uns verabschiedet hatte, stürzten wir beide nach draußen. Ich sagte hastig: »Muss wieder zurück zu meiner Mum«, genau als Denny ebenfalls sagte: »Muss wieder zurück zu meinem Dad.« Wir saßen beide im selben Boot – er musste seinen Dad pflegen, der MS hatte. Wir fingen an, uns vor den Stunden auf einen guten Kaffee zu treffen, und während wir uns besser kennenlernten, entdeckten wir, dass wir noch viel mehr Gemeinsamkeiten hatten als nur den Wunsch, unser Französisch zu verbessern. Genau wie ich hatte er eine Langzeitbeziehung Mitte zwanzig hinter sich, die wegen seiner Pflegeaufgaben im Sande verlaufen war. Als er mich sechs Monate nach unserem Kennenlernen fragte, ob ich seine Frau werden wollte, fühlte es sich einfach richtig an. Ich glaubte, ihn hätte der Himmel geschickt. Sein Dad war sehr krank, weswegen wir uns darauf einigten, ein bisschen zu warten, allerdings waren wir beide uns mehr als einig, sofort zu versuchen, ein Kind zu bekommen, doch es passierte nicht. Zwei Monate, nachdem Dennys Dad verstorben war, feierten wir eine sehr kleine, schlichte Hochzeit. Alle weinten wir an diesem Tag: Greg, als er mich den Mittelgang in der Kirche entlangführte; Denny, als er sein Ehegelübde leistete; ich, als Denny beim Mittagessen eine emotionale Rede hielt.

Denny verkaufte das Haus seines Dads und zog bei Mum und mir ein. Damals war sie Mitte siebzig und von der Demenz geschwächt, an der sie zwei Jahre später starb. Sie hat sich nie ganz daran gewöhnt, dass Denny auch da war, was ich verstand – jahrelang hatte es nur sie und mich im Haus gegeben. Aber Denny war sowieso selten da, weil er nicht wollte, dass Mum sich unwohl fühlte. Hauptsächlich war er in Frankreich und werkelte an seinem Cottage herum. Wir dachten beide, dass wir es als Ferienwohnung nutzen würden, vielleicht unsere Rente dort verbringen würden. Doch vor ein paar Jahren, nach Gracies Taufe, wurde mir bewusst, wie viel Glück wir hatten, einen Ort zu haben, an den wir fliehen konnten.

Auf unserer Hochzeit waren zehn Gäste anwesend gewesen, und es war einfach, die meisten als Maulwurf auszuschließen, einfach deswegen, weil sie Dad nie kennengelernt hatten. Die Einzigen, bei denen ich mir sicher war, dass sie ihn kannten, waren Mum, Greg und Benjy. Ich begann, eine wütende Mail an meine Brüder zu schreiben, löschte sie dann aber wieder. Stattdessen bestellte ich für elf Euro ein Buch mit dem Titel *Steno aufgefrischt: Praxisübungen für Fortgeschrittene*. Ich musste überlegt an die Sache rangehen und mich nicht kopfüber in irgendetwas hineinstürzen. Auf der Beerdigung hatten wir eine Art geschwisterlichen Frieden erreicht – ich musste jedes Mal lächeln, wenn ich daran dachte, wie Greg Benjys Handgelenke festgehalten hatte – und nur eine sehr dumme Frau würde dies leichtfertig zunichtemachen. Vielleicht war das schon immer Dads Plan mit den Tagebüchern gewesen: noch mehr Samen der Zwietracht zu säen, als er es in seinem verdammten Leben ohnehin schon geschafft hatte.

Ich war so in die Vergangenheit vertieft, in Gedanken an meine Hochzeit, an Dad, der davon gewusst hatte, dass mich das Klopfen an der Haustür zu Tode erschreckte. Vermutlich hatte es Denny genauso erschreckt, seinem erschrockenen Ausruf zufolge, der über die Treppe bis oben zu hören war. Es war nicht nur sehr spät, sondern wir bekamen auch nie unerwarteten Besuch. Erwarteten Besuch bekamen wir genauso wenig, wenn wir schon dabei sind. Wir waren nicht direkt das geselligste Paar.

Nervös ging ich nach unten. Im Eingang blickten Denny und ich uns fragend an. Durch das Fenster in der Tür war eine verschwommene Gestalt zu erkennen.

»Wer in aller Welt ist *das* denn?«, flüsterte er.

Der mit Abstand wahrscheinlichste Besucher, wie ich wusste, war der bärtige Mann, den ich früher am Tag im Wald getroffen hatte, und mein Herz, das bereits wild schlug, fing an zu rasen. Er hatte mich bis hierher verfolgt. Bis auf den Einbruch der Dunkelheit gewartet. Uns dabei beobachtet, wie wir den Wald verlassen hatten, um zum Restaurant in Millau zu fahren. Er war also nicht eingebrochen, während wir weg waren, weil er wollte, dass wir zu Hause waren. Er würde uns kaltblütig ermorden.

Oder, keine Ahnung, vielleicht wollte er mir auch einfach nur meinen Feldstecher zurückgeben.

Ich ging auf die Tür zu, doch Denny schob sich sofort vor mich.

»Bleib hinter mir, ich geh schon.« Er schnappte sich sein Gewehr aus dem Wandschrank. Wirklich abgefeuert hatte er das Ding noch nie, er besaß es bloß für den Fall, dass es Wildschweine gab, auch wenn wir in unserem Wald noch nie welche gesehen hatten. Es erschien mir ein bisschen übertrieben, damit in der Hand die Tür aufzumachen, aber auch nicht der richtige Moment, um ihn darauf hinzuweisen. Er ging auf die Tür zu und ich duckte mich hinter ihn. Unser Besucher klopfte erneut, was uns nochmals vor Schreck zusammenfahren ließ.

»Okay!«, rief Denny. Er riss die Tür auf, und dort stand, mit einem Rucksack, in einem unpassend schicken Anzug und Absatzschuhen, die schwach lächelnde Tochter der Ehefrau meines Vaters.

An-drei-ah.

9

Carrie

Alles war so schnell gegangen: Zwischen Dr. Shahs Rat, Mum sei in einem Hospiz besser aufgehoben, und dem Moment, als sie sie tatsächlich dort hinbrachten, lagen kaum mehr als zwei Tage. Mum war seltsam optimistisch, was den Umzug anging, doch Dr. Shah meinte, dass sie jetzt, wo der Krebs sein schreckliches Werk fortsetzte und die Schmerzmittel höher dosiert wurden, immer verwirrter wäre, deshalb hatte sie vielleicht nicht wirklich verinnerlicht, wohin sie umzog.

Ich unterrichtete gerade, als sie gleich heute Morgen verlegt wurde, ging aber am Nachmittag, sobald mein letzter Kurs vorbei war, gleich zu ihr. Das Hospiz war von zu Hause aus näher als das Krankenhaus, und diesen positiven Aspekt rief ich mir auf dem Weg dorthin immer wieder in Erinnerung. Eindeutig hielt ich nach Lichtblicken Ausschau. Und sobald ich einmal da war, fand ich noch mehrere: Hübsche Bäume säumten die Auffahrt; lächelnde Angestellte begrüßten mich herzlich und wirkten weniger gehetzt als die Schwestern im Krankenhaus; und Mum hatte ihr eigenes Zimmer, einen hellen und luftigen Raum mit Bildern an den Wänden.

Sie lag auf dem Rücken im Bett, war aber wach.

»Hallo, meine Süße«, begrüßte sie mich. »Willkommen an der Ziellinie.«

Okay. Sie wusste also, wo sie war.

»Ich liebe Galgenhumor.« Ich setzte mich und gab ihr meine nutzlosen Geschenke: Süßigkeiten, Obst, Zeitschriften – das Übliche. Sie schob sie zur Seite, vollkommen über derlei Dinge hinweg.

»Emmie gar nicht dabei?«

»Nein, sie ist bei Ian.«

»Schon wieder!«

»Ja, wie durch ein Wunder! Ich weiß gar nicht, was ich mit meiner ganzen Freizeit anfangen soll.« Ich nahm Mums Hand, die mir dünner vorkam als zuvor, beinahe durchsichtig. »Ich war mir nicht sicher, ob ich sie mit hierher nehmen soll. Ich konnte mir das hier noch nicht so richtig vorstellen. Aber es ist überraschend nett, oder?«

»Dachtest wohl, hier würden Kadaver rumlaufen, was?« Mum lächelte. »Hab ich selbst gedacht. Ich hab den ganzen Weg hierher geweint.«

»Oh Mum, das tut mir leid. Ich hätte bei dir sein müssen.«

»Ich war froh, dass du es nicht warst.« Mum versuchte, an ihr Wasserglas zu kommen, das nur eine Armlänge entfernt von ihr stand, aber sie schaffte es nicht, also gab ich es ihr. »Danke, Liebes. Das ist ja *sehr* vielversprechend, das mit Ian.«

»Ach ja?«

»Ich hab oft gedacht, dass der junge Mann einfach ein bisschen Zeit braucht.«

Vor meinem geistigen Auge konnte ich Mums Vision meiner Zukunft sehen. Eine, in der sie nicht mehr da war, aber es mir ihrer Meinung nach gut gehen würde, weil ich bei Ian wäre, eine richtige Familie mit Emmie. Mum war eine Träumerin, eine Romantikerin. Manchmal wünschte ich, ich könnte mehr wie sie und weniger pragmatisch sein.

»Man kann nie wissen«, sagte ich.

»Also … hast du noch mal über das nachgedacht, worüber wir gesprochen haben?«

»Du fällst ja gleich mit der Tür ins Haus.« Mein Hals fühlte sich trocken an. Ich hatte gehofft, dieses Thema zu vermeiden. Ich holte ein kleines Fläschchen Nagellack aus meiner Tasche. »Soll ich dir die Fingernägel lackieren?«

»Nein, sollst du nicht. Hör zu, Caroline.«

»Ohh, sie benutzt meinen vollständigen Namen. Das ist definitiv Alarmstufe rot.«

»Ich will nicht herumblödeln, ich will ernsthaft mit dir reden.«

»Tut mir leid.« Ich ließ meine Hand wieder in ihre gleiten. »Aber, Mum, ich habe kein Interesse. Du kennst meine Gefühle dazu.«

»Deine Gefühle …« Sie schloss die Augen, und ihr Schweigen hielt so lange an, dass ich dachte, sie hätte den Faden verloren oder wäre sogar eingeschlafen. Doch dann sagte sie unvermittelt: »Deine Gefühle sind gerade nicht so wichtig wie meine.«

»Wow!« Ich strich ihr das Haar aus der feuchten Stirn. »Was bringen sie euch hier eigentlich in der Hospiz-Schule bei? Durchsetzungsfähigkeit?«

»Wenn man vor dem Abgrund steht, sieht man die Dinge etwas anders.« Mum sah so traurig aus, dass ich wünschte, wir könnten noch mal von vorne anfangen. »Ich verteidige bloß meine Meinung, mehr nicht.«

»Das gefällt mir. Und wenn es nicht gegen mich ginge, würde es mir noch viel besser gefallen.«

»Wirst du bitte Kontakt aufnehmen? Ich weiß, dass du es tun wirst, wenn du Ja sagst. Ich vertraue dir.« Sie drückte meine Hand – zumindest glaubte ich, dass sie das versuchen wollte, aber sie hatte so wenig Kraft, dass es sich wie ein Schmetterlingskuss anfühlte. Doch etwas von der Intensität ihrer Gefühle übertrug sich durch diese winzige Bewegung auf mich und erinnerte mich daran – nicht dass ich eine Erinnerung daran gebraucht hätte –, wie stark unsere Verbindung war.

»Ich weiß nur nicht, ob ich es ertrage, wenn …«

»Wenn was, Liebling?«

»Wenn es schlimm ist? Wenn ich etwas höre, von dem ich mir dann wünsche, es nicht gehört zu haben.«

»Ich verstehe. Ich glaube, du solltest zuerst Roberta anrufen. Sie ist an solche Situationen gewöhnt. Und ich werde da sein und mir anhören, was du erzählst, deine Hand halten.« Mum lächelte. »Wirst du es tun? Wirst du anrufen?«

»Ich habe die Nummer nicht.«

»Aber ich.«

Oh Gott. Sie würde es nie auf sich beruhen lassen. »*What you really, really want*? Willst du das wirklich, wirklich, Mum?«

»Wirklich, wirklich, ja.«

So krank war sie also – dass sie nicht mal anfing, das Lied von den Spice Girls zu singen. Es gab einmal eine Zeit, in der sie keine zehn Pferde davon hätten abhalten können.

»Okay. Ich werde anrufen. Versprochen.«

»Liebling.« Ihre Augen füllten sich mit Tränen. »Danke. Mein Ärger … fühlt sich heute sehr gu…« Das bekam sie fast nicht mehr heraus, ihre Stimme brach schon bei »Ärger«.

»Du bist mir eine aufdringliche alte Frau«, erwiderte ich mit ähnlich feuchten Augen. »Aber zum Glück bist du auch die beste Mum der Welt.«

»Ach, hör auf«, winkte sie ab und lächelte. Es war wunderbar, ein scheinbar unbekümmertes Lächeln zu sehen.

War mein einfaches Versprechen eines Anrufs wirklich genug gewesen, um ihr die Sorgen zu nehmen? In dem Fall war ich froh darüber, obwohl ich das wirklich, wirklich nicht wollte. »Ich bin so stolz auf dich, das weißt du.«

»Oh, ich werd ja ganz rot.«

»Du hast so viel Tolles erreicht, Carrie. Unterrichtest Programmieren auf dem höchsten Niveau, hast eine schillernde Karriere mit allen Vorzügen.«

»Diese subventionierte Kinderkrippe liebst du wirklich, oder?«

»Bist verantwortlich dafür, dass mehr Studentinnen in deine Abteilung kommen als je zuvor.«

»Na ja, sich von einer auf zwei zu verbessern war nicht so schwer ...«

»Ich war immer stolz auf dich. Von dem Moment an, in dem ich dich gesehen habe, wusste ich, dass du mir die größte Freude im Leben sein würdest, und das warst du.«

»Ach, Mum ...«

Dann, als ob ein Schalter umgelegt worden wäre, schlief sie ein. Im einen Moment lobte sie mich noch und lächelte, und im nächsten lag sie still da, mit geschlossenen Augen. Das versetzte mir einen furchtbaren Schrecken, weil ich dachte ... na ja, ist ja klar, was ich dachte. Doch dann sah ich, wie sich ihre Brust hob und senkte, und ich stieß die Luft in einem langen und erleichterten Zug aus. Zweifelsohne hatten die Emotionen und die Anspannung sie ausgelaugt, mich dazu zu bewegen, ihrer Bitte nachzukommen.

Eine Krankenschwester – waren das in Hospizen überhaupt Krankenschwestern? – hielt mich auf, als ich aus dem Raum schlich. »Ich bin so froh, dass Sie gekommen sind«, sagte sie mit einem breiten Lächeln.

»Na ja, natürlich bin ich hier! Ich habe Mum im Krankenhaus fast jeden Tag besucht.«

»Ah ja, sehr gut. Ich meine damit nur, dass sie sehr krank ist.«

Ich hob die Augenbrauen und dachte: Überraschung, Schwester – alle hier sind sehr krank. Stattdessen erwiderte ich: »Sie ist ja aber gerade erst angekommen.«

»Das Krankenhaus hat sie ziemlich lange behalten, viel länger, als ich gedacht hätte. Ich nehme an, sie haben dort bis zuletzt geglaubt, dass sie doch noch auf eine Therapie ansprechen würde.«

Sie erschien mir sehr offenherzig. Das gab mir das Gefühl, selbst direkte Fragen stellen zu können. »Wie lange, glauben Sie …«

»Das weiß ich nicht.« Oh. Dann vielleicht doch nicht so offenherzig. Sie lächelte wieder. »Werden Sie morgen wiederkommen?«

Na ja, jetzt auf jeden Fall, Schwester Sensenmann. Das Sonnenlicht draußen war mir gerade zu viel, brachte mich durcheinander, deswegen saß ich ein paar Minuten in meinem Auto und starrte einfach nur abwesend die Windschutzscheibe an. Ich dachte über meine Zustimmung nach. Meinetwillen würde das nicht geschehen. Jegliche Neugier, die ich verspürt hatte, war verflogen. Ich würde das nur für Mum tun.

In Ians Wohnung malten er und Emmie gerade mit den Zehen auf einer endlos langen Papierrolle herum, die mit Malerkrepp am Boden festgeklebt war.

»Ich muss schon sagen, Ian, du erstaunst mich wirklich«, kommentierte ich das Geschehen. »Ich hatte ja keine Ahnung, dass unter dem coolen Äußeren ein Entertainer für Kinder steckt und bloß darauf wartet hervorzubrechen.«

Emmie kam auf wackeligen Beinchen zu mir gerannt und ihre Füße hinterließen rote und lila Abdrücke auf dem Holzboden. Ich zog sie in meine Arme, und sie schaffte es sofort, Farbe auf meine Jeans zu bekommen.

»Es ist was anderes, wenn es dein eigenes ist, oder?«, meinte Ian, stand auf und stellte sich vorsichtig auf ein Blatt Papier. »Ich hätte nie gedacht, dass mir so was Spaß machen würde, aber mit ihr ist einfach alles lustig.«

Seine Hosen waren bis zu den Knien hochgekrempelt, und er hatte Farbe an seinen Händen und im Gesicht, aber nichtsdestotrotz fand ich ihn zum ersten Mal seit ungefähr acht Monaten wieder wirklich attraktiv. Mums Theorie lautete, dass alles eine Frage des Timings sei; dass Ian und ich wieder zusammenkommen würden. Beknackt, oder? Ich hatte vieles geändert, seit wir uns getrennt hatten.

»Tasse Tee?«, fragte er, und dieser vertraute Satz, der schon so lange in meinem Leben fehlte, weil Emmie noch zu jung war, um einen Wasserkessel zu benutzen, machte mich sentimental.

»Also gut.«

Er schnappte sich einen Stapel DIN-A4-Papier und legte ein Blatt nach dem anderen vor sich auf den Boden, damit er sich einen Weg zur Küche bahnen konnte, ohne den Boden mit Farbe vollzuschmieren. Das war zwar leicht überflüssig, da Emmie jetzt herumstampfte und überall kleine, süße Kleckse hinterließ, aber es brachte mich zum Lachen.

»War's denn sehr düster dort?«, erkundigte er sich, während er den Kessel auffüllte.

»Tatsächlich war es ganz nett. Alle lächeln recht viel.« Ich setzte mich an den Tisch. Wir hatten ihn damals zusammen bei IKEA ausgesucht, aber jetzt war es seiner.

»Tut mir trotzdem leid. Viel los momentan bei dir.«

Ich verspürte den Drang, ihm von Mums Bitte zu erzählen, aber inzwischen war ich schon so daran gewöhnt, Dinge nicht mehr mit ihm zu teilen, dass ich es bleiben ließ. Das Schweigen zwischen uns dehnte sich seltsam aus. Er wirkte, als wollte er etwas sagen, doch dann machte er stattdessen mit dem Tee weiter. Emmie kam angetapst und ich zog sie hoch auf meinen Schoß. Es war praktisch, sie als Puffer zu haben.

»Dada!«, sagte sie.

»Laut und deutlich.« Ian grinste triumphierend. »Das hat sie heute oft gesagt.«

»Gestern war es aber nonstop ›Mama‹«, log ich. »Außerdem hat sie gesagt, dass sie Quantenphysik studieren will, wenn sie groß ist.«

»Wie geht's denn unserm Haus? Es fehlt mir, weißt du. Der ganze Platz und der Garten.«

Meine armen, alten knirschenden Zähne. Würden sie diese Unterhaltung überleben? Ich versuchte, sie weniger zusammenzubeißen, und antwortete in einem Ton so neutral, wie ich nur konnte: »Na ja, wenn ich mich richtig daran erinnere, warst du derjenige, der entschieden hat auszuziehen.«

»Auch die netten Nachbarn«, fuhr er fort, als ob ich nichts gesagt hätte. »Vermutlich haben du und Henry es ziemlich krachen lassen, so wie in *Drei Mädchen und drei Jungen*.«

»Können es denn sechs Kinder sein, wenn jeder nur eines hat? *Drei Mädchen und drei Jungen 2.0*, gesponsert vom Verband für Familienplanung.«

Ians leichte Eifersucht auf Henry hatte ich ganz vergessen. In einer Straße voller Singlemütter war er als gut aussehender Singlevater sehr beliebt. Allerdings schien er es nicht eilig zu haben, mit irgendjemandem eine romantische Verbindung einzugehen. Ich vermutete, dass ihm das Ende der Beziehung zu Numas Mutter immer noch zu schaffen machte, für die das Mutterdasein nichts gewesen war und die dann mit einer Frau nach Schottland gezogen war, als Numa noch ganz klein war. Er und ich »ließen es also nicht krachen wie in *Drei Mädchen und drei Jungen*« – da müsste ich mich hinten anstellen –, aber tatsächlich hatten wir ein paar sehr nützliche Babysitter-/Paketannahme-/Einkaufs-Arrangements getroffen, auf die wir uns beide verließen.

»Ich könnte ja ab und zu vorbeikommen und mit Emmie zu Hause abhängen, wenn du nicht da bist«, schlug Ian vor. »Damit sie nicht immer hierhergeschleppt werden muss.«

»Also geschleppt habe ich sie nun wirklich nicht«, gab ich zurück, »aber klar, wenn du willst.« Vielleicht hatte Mum doch recht, und er versuchte, auf seine ungeschickte Art alles wiedergutzumachen.

Mein Handy klingelte und ich starrte ungläubig auf den Anrufer.

»Oh Gott. Das ist das Hospiz.«

Ich ging ran, mit bereits schwitzigen Fingern. Mit der anderen Hand hielt ich mich an Emmie fest, als mir eine Frau mit freundlicher Stimme mitteilte, dass Mum gerade verstorben war.

Ich brauchte einen langen, Übelkeit erregenden Moment, ehe ich überhaupt antworten konnte: »Aber … ich war doch erst vor einer Stunde noch da«, widersprach ich, als ob das irgendeinen Unterschied machen würde. »Sie ist doch erst heute Morgen angekommen.«

»Es war sehr friedlich. Es wirkte, als ob sie darauf gewartet hätte, dass Sie kommen, und dann konnte sie loslassen.«

Die Frau redete weiter, und ich hörte auch, was sie sagte, ich konnte sogar auf die Sachen, die sie wegen Vorbereitungen und Ärzten und so weiter auflistete, antworten. Doch nachdem sie mir ihr Beileid ausgesprochen, sich verabschiedet und aufgelegt hatte, hielt ich mir das Handy weiterhin ans Ohr, lauschte dem Nichts und wartete darauf, dass sie mir mitteilte, ihnen sei ein Fehler unterlaufen; dass es jemand anderes war, die Mum eines anderen; dass es meiner gut ging, sie nicht einmal wirklich in einem Hospiz sein müsste.

»Carrie?« Ians Stimme kam von irgendwo weit her.

»Ich glaube, sie ist nicht mehr da.«

»Die Frau, die angerufen hat?«

»Nein, meine Mum.« Ich lachte, obwohl es überhaupt nicht nach meinem normalen Lachen klang. »Und die Frau auch. Aber auf zwei verschiedene Arten nicht mehr da.«

»Ach, Carrie.« Ian nahm mir das Handy aus der Hand und hob Emmie sanft von meinem Schoß. Ihre Haare oben am Kopf waren ganz nass von meinen Tränen, was seltsam war, weil ich mich nicht mal daran erinnern konnte, geweint zu haben.

»Was ist passiert?«, fragte ich und sah Ian komplett verwirrt an. »Ist Mum wirklich gerade gestorben, eine Stunde, nachdem ich sie gesehen habe?«

»Gott, das tut mir so leid.«

»Ich war nicht da. Ich hab sie alleingelassen, warum hab ich sie alleingelassen? Sie ist allein gestorben.«

Ian setzte Emmie in die Babywippe, die er ihr gekauft hatte. Er legte den Arm um mich und tröstete mich: »Carrie. Sie war nicht alleine. Es waren Leute da, die das schon oft miterlebt haben. Sie wussten, was zu tun war.«

»Sie kannten sie aber nicht! Sie ist doch erst heute Morgen angekommen!«

Wenn ich nicht gegangen wäre, wäre sie sicher nicht gestorben. Oh mein Gott, ich war so eine Idiotin! Ich hätte bloß bei ihr bleiben müssen, dann wäre sie nicht gestorben. »Ich kann's nicht glauben. Warum haben sie sie überhaupt verlegt? Warum hat sie …« Ich driftete ab, als mir klar wurde, dass sie still und leise gehen konnte, nachdem sie es geschafft hatte, mir das Versprechen mit dem Telefonanruf abzunehmen. Sie hatte sich festgeklammert, bis ich zugestimmt hatte.

Da wünschte ich mir aus mehr als nur einem Grund, dass ich ihr dieses Versprechen nicht gegeben hätte.

21. Februar 1982

Katastrophaler erster Besuch von PP. Ich weiß wirklich nicht, was passiert ist. Ich habe mich so auf die Semesterferien gefreut, weil G meinte, er würde sie auf den verschobenen Weihnachtsbesuch mitnehmen. J fand das immer noch zu früh, aber ich sagte zu ihr, das ist mein neues Leben, und ich will, dass meine Kinder ein Teil davon sind. Aber vielleicht hatte sie recht. Unangenehm, von dem Moment an, in dem G und PP ankamen. A hat sich in ihrem Zimmer versteckt. J hat PP mit hinauf genommen, aber keine Viertelstunde später kamen sie wieder runter, und J sagte, PP hätte A zum Weinen gebracht.

Ich versuchte herauszufinden, was passiert war, aber PP sagte, sie wollte gehen. Ich sagte, warum bleibst du nicht, sie hatte ihre Übernachtungstasche dabei, aber es hatte keinen Sinn. Sie stand bei der Tür und wartete darauf, dass G sie mitnahm. Als sie weg waren, hat J mich in den Arm genommen und gesagt, es tue ihr leid, aber es sei eindeutig zu früh gewesen, um zu erwarten, dass sich die beiden Familien vereinten, ich sollte mich darauf einstellen, dass das nur langsam gehen würde. Damit hat sie sicher recht.

10

Pearl

Denny und ich standen in der offenen Tür und starrten Andrea an.

»Hi«, sagte sie und machte eine unbeholfene Bewegung mit der Hand, was wie ein kurzes Winken aussah. *Weird.*

»Was. Zur. Hölle?«, entfuhr es Denny alles andere als leise.

»Na ja, wenn der Berg nicht zum Propheten kommt …« Andreas Stimme wurde eine Oktave höher, als sie mit einem zitternden Zeigefinger auf Denny deutete: »Ist das Gewehr da *echt*?«

Denny und ich schauten beide das Gewehr in seiner Hand an, als würden wir uns fragen, wie es dahin gekommen war.

»Es ist nicht geladen«, erklärte ich.

»Ach so, na dann ist ja alles in Ordnung.« Andrea wartete auf eine Antwort von uns, doch als wir weiter schwiegen, fuhr sie fort: »Äh, das ist nicht wirklich in Ordnung, könntet ihr vielleicht …?«

»Ja, natürlich«, entgegnete Denny und stellte es zurück in den Wandschrank.

»Nun?«, fragte ich und verschränkte die Arme vor der Brust.

»Na ja, du hast meine Anrufe nicht beantwortet, also dachte ich …«

»Um Himmels willen, Andrea! Du kannst doch nicht einfach so unangekündigt auftauchen.«

»Ich weiß. Tut mir leid.«

»Gut«, erwiderte Denny. »Also dann, tschüss.«

»Könnte ich bitte einen Augenblick reinkommen?«, bat Andrea. »Das war eine ziemliche Reise. Ich will dich nur eine Sache fragen, dann verspreche ich, dich in Ruhe zu lassen.«

»Du solltest uns jetzt schon in Ruhe lassen«, gab Denny zurück. »Wenn du auch nur die geringste Vorstellung davon hättest, was Pearl durchgemacht hat …«

»Denny.« Ich legte ihm die Hand auf die Schulter, aber ich konnte seinen Ärger nachvollziehen. Dieses Haus war unser Zufluchtsort, unsere Privatsphäre, in die niemand je eindringen sollte. Die Tatsache, dass sich ausgerechnet Andrea irgendwie hierher verirrt hatte, musste sich wie ein Angriff auf seine ganze Existenz anfühlen.

»… die ganzen Jahre über, den Scheiß, den sie sich hat anhören dürfen, wenn du auch nur die geringste Ahnung davon hättest«, seine Stimme war nun lauter, »würdest du es nicht wagen, uneingeladen mit deiner Tasche auf dem Rücken hier aufzutauchen, sie armselig anzubetteln, sie …« Er verstummte, weil Andrea weinte.

»Es tut mir leid«, schluchzte sie. »Wirklich.«

Ich fühlte mich schrecklich, sie da draußen im Dunkeln stehen zu lassen, mit tränenüberströmtem, verheultem Gesicht. Wie lange war sie unterwegs gewesen, um bis hierher zu kommen? Wie hatte sie uns überhaupt gefunden? Unser Haus war nur schwer zu finden, weil wir nicht gefunden werden wollten. Unsere inoffizielle Adresse lautete ›Mitten im Nirgendwo‹.

»Komm schon«, sagte ich so sanft ich konnte, zu Denny.

»Wir können sie nicht wegschicken, ohne ihr wenigstens einen Kaffee anzubieten.«

»Danke«, brachte Andrea zwischen zwei Schluchzern hervor.

»Das ist eine ganz, ganz schlechte Idee«, murmelte Denny, doch er machte trotzdem Platz und ging widerwillig nach oben. »Ich lasse die Tür offen. Ruf mich, wenn du mich brauchst.«

Sobald er außer Hörweite war, flüsterte ich: »Also, Andrea, wenn du hier bist, um mir einen Wisch vom Anwalt unter die Nase zu knallen wie im Fernsehen und die komplette ›Ich-verklag-dich‹-Nummer abzuziehen, dann kannst du gleich wieder umdrehen.« Ich wollte nicht, dass Denny von Andreas rechtlicher Drohung wusste, die sie auf der Beerdigung ausgesprochen hatte. Das war genau so eine Sache, wegen der er es bereuen würde, das Gewehr weggelegt zu haben.

»Gott, nein. Ich glaube, so was machen wir in England doch gar nicht, oder?«

»Wir sind hier nicht in England«, stellte ich fest.

»Ich schwöre beim Leben meiner Mutter, dass ich nicht hier bin, um dir Papierkram vom Anwalt zu bringen.«

»Okay. Komm rein.«

Ich führte sie in die Küche und setzte Kaffee auf. Sie saß am Tisch und sah mir dabei zu, den Kopf auf die Hände gestützt wie ein müdes Kind. Es war so merkwürdig, so neuartig, dass jemand bei uns im Haus war. Ich fragte mich, wie es in ihren Augen wohl aussah.

»Die sind hübsch«, bemerkte sie, und ich dachte, sie würde auf unsere orangenen Terrakottafliesen anspielen. Dann fiel mir auf, dass sie meine kleinen gerahmten Bilder meinte, eine Serie von Vögeln und Bäumen, die ich die letzten Jahre über gemalt hatte. Jedes Mal, wenn ich eines fertig hatte, schreinerte Denny einen passgenauen Rahmen dafür, mit winzigen Schnitzereien im Holz.

»Ach, das sind nur meine Kritzeleien …«

»*Du* hast die gemalt? Die sind wunderschön.«

»Danke.« Ich holte zwei Tassen heraus. »Also … du meintest, du wolltest mich etwas fragen?«

»Stimmt. Kann ich vielleicht erst eure Toilette benutzen? Ich weiß nicht, wann ich das letzte Mal in der Nähe eines nicht-ekligen Klos war.«

Ich schickte sie hoch in den ersten Stock und machte ihr dann einen Teller mit Brot, Käse und einem übrig gebliebenen Salat. Dann sank ich auf einen Stuhl. Ohne sie im Raum brach all das Seltsame, das sie repräsentierte, wieder über mich herein. An-drei-ah, hier, in meinem Zuhause. Wie in aller Welt hatte das passieren können?

Zum ersten Mal sah ich sie im Jahr 1982, ein paar Monate, nachdem Dad ausgezogen war. Zumindest anfangs wollte er unbedingt, dass wir Kinder ein Teil seines Lebens waren. Regelmäßig schrieb er Briefe, schickte Karten und ermutigte uns, ihn anzurufen – so war die Wahrscheinlichkeit für ihn geringer, dass er mit Mum sprechen musste. Mum brach während dieser ersten paar Jahre leicht in Tränen aus, und wir spürten, auch ohne dass sie es uns sagte, dass sie nichts von unserem Kontakt zu ihm wissen wollte.

Greg war achtzehn oder neunzehn, als Dad uns verließ, und alt genug, um auch ohne Mum eine gute Beziehung zu ihm zu haben. Einmal bot er an, mich auch mitzunehmen. Wir erfanden die Ausrede, dass ich Greg in seinem Universitätswohnheim in Bristol besuchen würde. Benjy weinte stundenlang, weil er nicht mitkommen durfte – er fiel total auf den Vorwand rein –, aber Greg und ich wussten, dass er uns nur verraten würde. Damals war er erst zehn und ich fünfzehn, was Welten auseinanderlag.

Dad und Jeanie wohnten damals noch nicht in Rye, sondern in einer Mietwohnung in London, und Greg fuhr mit mir in seinem klapprigen VW Polo dorthin. Auf dem Weg gab er damit an, schon ein Mal dort gewesen zu sein. Außerdem habe ihn Dad schon zwei Mal in Bristol besucht, und er und Jeanie seien mit ihm ins Restaurant zum Abendessen gegangen. Ich hatte Angst, Dad mit seiner neuen Familie zu sehen, Angst, Andrea kennenzulernen. An-drei-ah, hatte Dad am Telefon erwähnt. Ich sagte mir den Namen immer wieder im Kopf vor, damit ich ihn später nicht verwechselte. Das tat ich auch nicht.

Dafür lief alles andere schief. Jeanie war unfreundlich, und wir saßen betreten schweigend im Wohnzimmer, während mein Blick immer wieder gegen meinen Willen von der grauen Haarsträhne angezogen wurde. Andrea war auf ihrem Zimmer, und nachdem man mir ein Glas Saft und ein klebriges Stück Walnusskuchen in die Hand gedrückt hatte, verkündete Jeanie, sie würde mit mir hochgehen, damit wir uns kennenlernen könnten. Ich weiß noch, dass sie direkt in Andreas Zimmer ging, was mich überraschte, weil meine Mum vorher immer erst anklopfte, sogar als ich noch sehr jung war.

Andrea war damals ein kleines Mädchen von ungefähr sieben Jahren mit verkniffenem Gesicht, das im Schneidersitz auf dem Bett saß und ein Buch las. Sie war sehr ordentlich angezogen, trug einen Rock und Pulli, die zusammengehörten, mit weißen Kniestrümpfen und flauschigen fliederfarbenen Hausschlappen, die ich sofort haben wollte. Ihr Haar glänzte, war sorgsam gekämmt und wurde im

Nacken von einer weißen Haarschleife zusammengehalten.

Jeanie ließ uns allein und ich stand unbeholfen da. Ich fragte Andrea, was sie da las. Obwohl sie erst halb so alt war wie ich, dachte ich, wir könnten wenigstens über Bücher reden. Schweigend hielt sie den Penny-Comic des damaligen Jahres hoch, den sie wohl zu Weihnachten bekommen hatte. Ich erzählte ihr, dass ich lieber die *Misty*-Comics mit den Geistergruselgeschichten las. Weil ich so viel älter war als sie, habe ich damit vermutlich ein bisschen angegeben. Ich saß neben ihr auf dem Bett und erzählte ihr eine der gruseligsten *Misty*-Geschichten detailgetreu nach, und als ich fertig war, sah sie ziemlich verängstigt aus. Vorübergehend von meiner Teenager-Prahlerei ermutigt, fragte ich: »Wie gefällt es dir denn, mit meinem Dad zusammenzuwohnen?«, und sie antwortete: »Meinen echten Daddy mochte ich lieber. Du kannst deinen jetzt wiederhaben.« Das verschlug mir die Sprache, denn das war natürlich mein sehnlichster Wunsch. Aber nur eine von uns war jung genug, zu glauben, dass das Wirklichkeit werden könnte. Meine prahlerische Laune verflog sofort und ich brach in Tränen aus.

Jeanie kam hereingestürzt (rückblickend wundere ich mich, ob sie an der Tür gelauscht hatte?) und fragte: »Was in aller Welt ist denn los?« Meine Miene verschloss sich, woraufhin sie mich am Arm packte und schüttelte. »Du kannst nicht einfach hierherkommen, grundlos Theater machen und alle verärgern. Es ist jetzt wohl besser, wenn du wieder nach Hause fährst, sag deinem Dad, dass du gehen willst. Das ist das Beste für alle.« Mich immer noch am Arm festhaltend, führte sie mich die Treppe hinunter und murmelte leise, dass ich ein ungezogenes und schlampiges Kind sei.

Der Besuch dauerte nicht sehr viel länger. Ich weiß, dass ich kein Wort mehr von mir gab, aus lauter Angst, etwas Falsches zu sagen, aber an den Abschied konnte ich mich nicht mehr erinnern; nur daran, dass ich im Auto zurück nach Bristol saß und Greg sauer war, weil es so aussah, als hätte ich alles verdorben. Nachdem ich geweint hatte, kaufte er mir zur Wiedergutmachung etwas bei McDonald's. Das war das erste Mal, dass ich etwas von dort aß, tatsächlich bekam ich aber gar nicht viel davon runter, weil ich solche Magenkrämpfe hatte.

Das war das einzige Mal, dass ich Andrea traf. Und auch im Grunde das letzte Mal, dass ich Dad richtig sah. Danach gab es noch zwei Besuche in Chelmsford im selben Jahr, um Benjy und mich zu sehen. Wir trafen uns im Stadtpark, damit er nicht nach Hause kommen musste. Und das war's dann.

Als die erwachsene Andrea auftauchte, wurde ich ruckartig zurück in die Gegenwart katapultiert. Obwohl ich wusste, dass sie hier war, verpasste mir ihr Anblick immer noch einen Schock, und ich hoffte, mein erstauntes »Oh!« ausreichend mit einem Hüsteln überspielt zu haben. Sie roch nach meiner Seife und ihr Gesicht sah nun viel sauberer aus als bei ihrer Ankunft.

»Ist der etwa für mich?« Sie deutete auf den Teller mit Essen, den ich für sie gerichtet hatte, und fing an, sich das Brot in den Mund zu stopfen. »Danke dir vielmals, ich hab seit Stunden nichts mehr gegessen.«

Ihre Hände und Handgelenke waren schlimm zerkratzt und der rechte Ärmel ihrer Jacke war schmutzverschmiert und zerrissen. Jetzt, wo sie ihr Gesicht gewaschen hatte, konnte ich sehen, dass auch das ganz zerkratzt war.

»Hast du dich im Wald verlaufen?«

Peinlich berührt zuckte sie zusammen. »Ich hab keine Ahnung, wie lange ich hier herumgeirrt bin. Schau, ich bin hingefallen.« Sie zeigte mir einen langen Kratzer an ihrem Schienbein. »Baumwurzel. Gott sei Dank bin ich dann dem Förster über den Weg gelaufen.«

»Dem Förster?«

»Dem bärtigen Typen, der im Wald lebt, der mit dem Fernglas? Ich dachte, er hätte Förster gesagt, aber mein Französisch ist ziemlich eingerostet.« Ich hatte gar keine Zeit, darüber nachzudenken, was das bedeutete, da legte Andrea schon das Brot weg und brach erneut in Tränen aus. »Er fehlt mir einfach so sehr.«

»Der *Förster*?«

»Dad!«, heulte sie. »Ich vermisse ihn jede Minute.«

»Natürlich.«

Ich drehte mich weg und schenkte uns geschäftig Kaffee ein. Das Kind in mir wollte schreien, dass er zuerst mein Dad gewesen war, dass er *immer noch* mein Dad wäre, wenn sie ihn mir nicht weggenommen hätte. Doktor Haywood wäre vermutlich erfreut darüber, wie leicht es mir fiel, mich wieder in mein Kindheits-Ich hineinzufühlen, da er das für eine wichtige Methode hielt, um mit dem Schmerz des Verlassenwerdens durch meinen Dad umzugehen, aber in solchen Momenten war das nicht gerade ideal. Ich musste eine erwachsenere Geisteshaltung annehmen, in der ich Andrea bemitleiden konnte, denn für die meiste Zeit unserer Leben war er viel mehr ihr Dad gewesen als meiner.

Es war, als ob sie meine Gedanken gelesen hätte, denn sie sagte kleinlaut: »Eigentlich bist du der letzte Mensch, dem gegenüber ich das erwähnen sollte. Dir hat er jahrelang gefehlt.«

Wie auf der Beerdigung, als sie gewusst hatte, dass ich vielleicht etwas von ihr über Dads Leben erfahren wollte, berührte mich ihr Mitgefühl. »Ja, na ja, aber das Gute daran ist, dass es mich jetzt nicht besonders mitnimmt.« Vorsichtig stellte ich ihr eine Tasse Kaffee hin, um meine Unverblümtheit wieder wettzumachen, und setzte mich dann hin. »Also, wie bist du überhaupt hierhergekommen?«

»Mit großen Schwierigkeiten. Ich nehme an, ihr bekommt nicht oft spontanen Besuch?«

»Du bist der erste.«

»Das glaub ich gern. Dabei war es am Anfang ganz leicht. Flug nach Rodez, Taxi nach Sévérac-le-Château …«

»Du hast ein *Taxi* vom Flughafen genommen? Wie viel hat das denn gekostet?«

Sie zuckte mit den Schultern. »Hundertfünfzig Euro.«

»Mein Gott, dafür hättest du das Taxi auch gleich behalten können. Der Bus kostet acht Euro.«

»Ich wollte einfach ankommen. Aber der Fahrer wollte nicht weiter als bis zum Waldrand fahren.«

»Er kann gar nicht weiter fahren, es gibt nämlich keine Straße.«

»Wie fahrt ihr dann hierher? Wie bekommt ihr Lieferungen? Briefe?«

»Überhaupt nicht.«

»Überhaupt nicht?« Sie sah sich in der Küche um, als ob sie eine Bestätigung dafür suchen müsste. »Vielleicht ist es aber auch ganz nett, so abgelegen zu leben.«

»Uns gefällt es. Also, erzähl weiter, das Taxi?«

»Der Fahrer meinte, ich könnte den Wald nicht betreten, weil er privat sei. Ich musste ihn davon überzeugen, dass ich dich kenne. Dann fragte er irgendeine Frau, die zufällig vorbeiging, und die sagte dann, sie glaubte, das Haus befände sich ziemlich in der Mitte, wenn es also einen Weg gäbe, sollte ich dem bis zu einer Gabelung folgen und dann die rechte Abzweigung nehmen. Oder die linke, keine Ahnung. Das war ungefähr so, als ob ich der scheiß Wegbeschreibung von *Alice im Wunderland* folgen sollte.«

»Und du hast dich verlaufen?« Ich fand den Wald eigentlich immer recht klein und überschaubar, aber vermutlich nur, weil ich ihn so gut kannte.

»Umgehend. Wahrscheinlich wäre ich jetzt immer noch da draußen, verängstigt und verblutend, wenn ich diesen Förster nicht getroffen hätte.«

»Wir haben eigentlich …« Ich verstummte. »Einen bärtigen Mann, sagst du?«

»Ja, ziemlich groß. Er trug viele Kleidungsstücke übereinander.«

»Pariser Akzent?«

»Woher soll ich das bitte wissen?«

»Und der hat dir gesagt, wo das Haus ist?«

»Ja, er hat mir eine Karte aufgemalt, schau.« Sie holte ein Taschenbuch aus ihrer Handtasche und auf der Innenseite des Covers war mit schwarzem Stift eine ordentliche, genaue Karte aufgezeichnet. Der Eindringling mit meinem Feldstecher wusste also, wo wir wohnten. Das brachte mich auf einen anderen Gedanken.

»Woher kanntest du überhaupt unsere Adresse? Und meine Handynummer?«

»Dad hatte die.«

Meine Tasse war schon auf halbem Weg zu meinem Mund gewesen, doch nun war ich so verdattert, dass ich falsch zielte und den Kaffee auf meinem Shirt verteilte. »Verdammt!« Ich sprang auf und holte einen Lappen. Noch mehr Dinge, die Dad irgendwie über mich herausgefunden hatte.

Denny kam die Treppe heruntergerannt. »Pearl! Du hast geschrien! Geht's dir gut?«

»Ja, alles gut. Hab bloß meinen Kaffee verschüttet.«

Er warf Andrea einen bösen Blick zu, als ob sie mir den Kaffee ins Gesicht geschüttet hätte, und ging zurück nach oben.

Ich wandte meine Aufmerksamkeit wieder ihr zu. »Na ja, das hast du gut gemacht, dass du uns aufgespürt hast, aber ich fürchte, deine Reise war umsonst. Ich habe schon angefangen, die Tagebücher zu übersetzen.«

»Und, schon weit gekommen?« Sie klang nicht ganz so beiläufig, wie sie es gerne gewollt hätte.

»Noch nicht. Also, wo übernachtest du, im Hotel in der Stadt?«

»Äh, na ja, es ist ja schon so spät. Ich dachte, ich könnte vielleicht hier übernachten …«

Allein die Vorstellung von ihr in unserem Gästezimmer! »Gott, Andrea, nein, das geht nicht. Ich werde dich zurück in die Stadt begleiten. Das Hotel ist recht nett, glaube ich. Ich rufe kurz dort an. Magst du noch einen Kaffee, bevor wir gehen?«

»Hast du irgendwas mit Kräutern? Ich hab heute schon so viel Kaffee getrunken, dass pures Koffein durch meine Adern fließt.«

»Frischen Pfefferminztee?«

»Perfekt. Danke dir.« Sie hob ihren Rucksack vom Boden auf. »Kann ich nur noch mal kurz die Toilette benutzen?«

»Klar. Deine Tasche kannst du hierlassen.«

»Ach, die brauche ich. Hygieneartikel, du weißt schon.«

Nachdem sie hochgegangen war, rief ich im Hotel an und reservierte ihr ein Zimmer. Dann ging ich in meinen Kräutergarten an der Hintertür und schnitt ein paar Stängel Minze ab. Einen Augenblick lang stand ich im Dunkeln und atmete den wunderbaren Duft der Kräuter ein, der in der Nacht immer intensiver war. Ich nahm die Minze mit in die Küche, wusch sie und füllte sie in einen Teebeutel. Es dauerte, bis das Wasser beinahe vollständig kochte, dass etwas in meinem Gehirn Klick machte, und ich sprintete die Treppe hoch, drei Stufen auf einmal nehmend. Die Badtür stand sperrangelweit offen, weil sie natürlich gar nicht da drin war – sondern in meinem Arbeitszimmer, wo sie, so schnell sie konnte, die Notizbücher in ihren Rucksack stopfte.

Als ich in den Raum stürzte, fuhr sie schuldbewusst herum. »Äh, ich hab das Bad nicht gefunden.«

»Das hast du schon benutzt, du blöde, verlogene Kuh.«

Ich schnappte mir ihren Rucksack und stülpte ihn um. In ein Bündel aus Kleidungsstücken eingewickelt fielen die Tagebücher heraus. Beide starrten wir sie einen Moment lang an, dann kam Denny herein, erfasste die Situation sofort, packte Andrea, »Verdammt nochmal« murmelnd, an den Schultern und führte sie aus dem Zimmer.

»Meine Tasche!«, rief sie.

Ich kontrollierte schnell, dass keine Tagebücher mehr darin waren, stopfte ihre Anziehsachen wieder hinein und folgte ihnen nach unten.

Denny öffnete die Haustür und sie trat hinaus. Ich drückte ihr den Rucksack in die Hand und machte dann einen Schritt zurück in den Eingang. Ich wollte nicht, dass sie sah, dass ich zitterte.

Doch auch sie zitterte. »Es tut mir so leid. Ich weiß nicht, was in mich gefahren ist.« Sie war weiß wie die Wand, ihre Augen weit aufgerissen vor Erstaunen über ihr eigenes Verhalten.

Einfach hier reinkommen, grundlos Theater machen und alle verärgern.

»Das sollte dir auch leidtun«, schäumte Denny. »Wir haben dich hereingelassen und du hast unser Vertrauen sofort missbraucht.«

»Ich bin so, so dumm. Ich hab dir nicht mal das gesagt, weswegen ich den ganzen Weg hierhergekommen bin.«

»Sieht aber ganz so aus, als hättest du das zu tun versucht, weswegen du den wirklich ganzen Weg hierhergekommen bist«, gab Denny zurück und deutete auf ihren Rucksack. »Du hast es versaut.« Er machte Anstalten, die Tür zu schließen.

Mit höherer Stimme als sonst kreischte sie: »Jesus, es ist doch fast schon Mitternacht, und ich weiß nicht, wie ich zurückkomme!«

»Das schaffst du schon. Hergefunden hast du schließlich auch«, erwiderte er.

»Denny, Pearl, bitte! Ich weiß, dass ich mich verlaufen werde. Ich hab's nur hierher geschafft mit der Hilfe des …«

Mir wurde klar, dass sie den sogenannten Förster erwähnen würde, den bärtigen Mann, und ich musste sie zum Schweigen bringen; verhindern, dass Denny herausfand, dass wir einen Eindringling im Wald hatten. Er hatte auch so schon genug, worum er sich Sorgen machte.

»Ich gehe mit dir zurück«, unterbrach ich sie mitten im Satz.

»Oh Gott, *danke.*«

»Nein, Pearl, lass sie gehen.« Denny schnappte sich meine Hand. »Sie hat deine Gutmütigkeit schon mehr als genug ausgenutzt …«

Ich wand mich aus seinem Griff. »In einer halben Stunde bin ich wieder da. Ich bring sie nur bis zum Hotel.« Ich nahm meine Taschenlampe vom Eingangstisch. »Sonst verläuft sie sich nur und wird wieder hier auftauchen. Oder von Wölfen gefressen und das will ich mir nicht aufs Gewissen laden.«

»Guter Gott!«, entfuhr es Andrea und sie sah sich hektisch nach Wölfen um.

Denny starrte mich an.

»Es ist das Richtige«, erklärte ich.

»Also gut«, fauchte er und knallte uns die Tür vor der Nase zu.

Andrea und ich sahen uns gegenseitig an. »Das tut mir echt leid«, sagte sie. »Jetzt ist er wegen mir sauer auf dich.«

»Du entschuldigst dich immer wieder, aber dann gehst du einem doch jedes Mal wieder auf den Sack.« Es war ziemlich befreiend, das loszuwerden. Ich schlug den linken Weg in den Wald ein und schimpfte vor mich hin, während sie neben mir hertrottete. »Andrea, du tauchst hier einfach auf, als ob wir irgendeine Art von Verhältnis zueinander hätten.« Wegen meines Stechschritts oder der überbordenden Emotionen war ich außer Atem. »Du erwartest, hereingelassen zu werden, du erwartest, übernachten zu dürfen, und dann versuchst du etwas zu stehlen, das mir gehört. Das ist schockierend, wirklich.«

»Sie gehören meiner Mum«, entgegnete sie ruhig.

»Das tun sie *nicht.*«

»Wie um alles in der Welt findest du hier im Dunkeln überhaupt den Weg?« Sie beeilte sich, in ihren albernen Schuhen hinterherzukommen.

Ich gab ihr keine Antwort und wir gingen schweigend weiter. Wie seltsam, diesen vertrauten Weg mit jemand anderem als Denny zurückzulegen. Die Schönheit des Waldes war in der Nacht verborgen. Außer den dunklen Umrissen der Bäume auf beiden Seiten von uns und dem kleinen Teil des Weges, der von meiner Taschenlampe erhellt wurde, konnte man nicht viel erkennen.

Endlich und vor Anstrengung wegen meines schnellen Marschs schwer schnaufend flehte Andrea: »Pearl, bitte glaub mir, es tut mir ehrlich leid. Ich wollte nicht, dass du jetzt meinst, ich wäre gekommen, um die Tagebücher zu stehlen.«

»Natürlich bist du deswegen gekommen.«

»Nein, wirklich nicht, das schwöre ich. Ich konnte ja nicht wissen, dass sie da einfach auf dem Boden rumliegen würden, oder? Es war wirklich bloß ein dummer Impuls, als ich sie dort gesehen habe. Ich bedauere das wirklich.«

Da ertönte ein Geräusch, wahrscheinlich der Ruf einer Schleiereule, und Andrea stieß einen Schrei aus.

»Oh mein Gott, das ist echt gruselig.« Sie ging so dicht hinter mir, dass ich den Stoff ihrer Jacke an meiner Hand spüren konnte. »Gefällt es dir, hier mitten im Nirgendwo zu wohnen? Vermisst du denn die Zivilisation nicht?«

»Am meisten liebe ich am Wald«, erklärte ich mit starker Betonung, »dass er normalerweise die Zivilisation von uns *fernhält.*«

»Ich habe keine Ahnung, wie euer Förster es erträgt, hier draußen zu leben. Ich würde sterben vor Angst.«

Ich rang mit mir selbst, da ich einerseits nichts verraten, andererseits aber auch wissen wollte, was zur Hölle es mit dem bärtigen Mann auf sich hatte. »Warum glaubst du, dass er im Wald lebt?«

»Na ja, er hat ein Zelt, eine Feuerstelle, das sind doch irgendwie Anzeichen dafür, oder? Deswegen hab ich ihn auch gefunden. Ich hab sein Zelt gesehen. Zuerst dachte ich, er wäre ein Obdachloser. Er sieht ziemlich wild aus. Ich hab mich vor ihm gefürchtet, aber nicht so sehr wie davor, mich hier zu verlaufen und von Wölfen aufgefressen zu werden.«

»Hier gibt es in Wirklichkeit gar keine Wölfe. Meistens kommen sie nur in höheren Lagen vor, im Osten, im Juragebirge.«

»Ach, dann bin ich ja beruhigt.«

»Er lebt nur zeitweise hier draußen, während die Wanderfalken nisten«, improvisierte ich. »Normalerweise wohnt er außerhalb unseres Grundstücks.« Ich würde ihn aufsuchen und unseres Grund und Bodens verweisen müssen, und zwar recht bald, bevor Denny davon Wind bekam. Andrea, die bei uns zu Hause auftauchte, und ein Fremder, der im Wald lebte – er würde an die Decke gehen. Ach was, er würde vor Wut gleich ganz explodieren. »Also, dann los, jetzt kannst du's mir genauso gut sagen. Weswegen bist du hergekommen, was wolltest du?«

»Um dir eine Bezahlung für die Tagebücher anzubieten.«

»Nein, danke. Wie ich schon mehrmals gesagt habe, werde ich sie behalten.«

»Nicht, um sie mir zu übergeben. Ich meine, ich werde dich dafür bezahlen, dass du eine exklusive Übersetzung für mich anfertigst.«

»Was soll das heißen?«

»Dass ich die einzige Übersetzung von ihnen habe und du sie nicht mit deinen Brüdern oder sonst wem teilen kannst, bis ich entschieden habe, welche Teile zu streichen sind.«

»Das ist doch Zensur!«

»Na ja, ich sehe das ein bisschen anders«, entgegnete Andrea. »Ich versuche bloß, meine Mum zu schützen.«

Gott sei Dank waren wir endlich am Tor. Hatte dieser Weg jemals so lange gedauert? »Hier sind wir.«

Andrea blieb stehen und legte mir die Hand auf den Arm. »Und?«

»Ich werde darüber nachdenken müssen.«

Sie machte einen Schritt auf mich zu, und ich konnte ihren Atem auf meinem Gesicht spüren, der unangenehm warm war. »Wenn du sie sowieso übersetzt, kannst du dir auch eine Stange Geld damit verdienen. Ich werde zahlen. Und zwar viel. Mehrere Tausend. Worüber musst du da noch nachdenken?«

In ihrem Ton erkannte ich dieselbe Sicherheit, mit der sie auch auf der Beerdigung mit mir gesprochen hatte; die Erwartung, dass ich leicht zu überrumpeln war. Ich fragte mich, woher diese Annahme überhaupt kam.

»Ich habe darüber nachgedacht und die Antwort lautet Nein. Wenn du geradeaus weitergehst, kommst du nach fünf Minuten auf die Hauptstraße.« Ich schob sie durch das Tor. »Das Hotel liegt in einer Seitenstraße, zweite links. Hôtel des Vignes.«

»Echt jetzt? Das war's? *Das Hotel ist da drüben?*« Sie starrte mich ungläubig an. »Wir kennen uns doch schon seit mehr als fünfunddreißig Jahren, Pearl.«

»Nein, wir *wissen* bloß seit mehr als fünfunddreißig Jahren voneinander. Das ist nicht dasselbe. Du kennst mich überhaupt nicht. Zum Beispiel weißt du nicht, dass Geld mich nicht im Geringsten reizt.«

»Kann ich denn gar nichts sagen, um dich zu überzeugen?«

»Du hättest vielleicht eine bessere Chance gehabt, wenn du nicht versucht hättest, die Tagebücher zu stehlen.«

»Wie kann ich etwas stehlen, das rechtmäßig meiner Mutter gehört?«

»Okay, Andrea, ein Mal noch für die billigen Plätze ganz

hinten. Dad. Hat. Sie. *Mir.* Vermacht.« Dies war das erste Mal, dass ich es wirklich laut ausgesprochen hatte, das erste Mal, dass ich das Gefühl hatte, dass er sie für mich geschrieben hatte. Meine Überzeugung kam anscheinend bei ihr an, weil sie unerwarteterweise nickte. Ihre übliche aufrechte Rammbock-Körperhaltung fiel in sich zusammen und ein nicht zu deutender Ausdruck trat auf ihr Gesicht.

»Du hast recht.« Ihre Stimme brach. »Tschüss, Pearl. Entschuldige, dass ich dich belästigt habe.« Sie drehte sich um und ging langsam die dunkle Straße hoch, während ich mich nicht wie erwartet triumphierend, sondern irgendwie schuldig fühlte. Ich überlegte, ob ich sie zurückrufen sollte, aber warum? Ich hatte meine Meinung nicht geändert.

Ich kehrte in den beruhigenden, schützenden Wald zurück. Wie konnte Andrea glauben, wir hätten uns all die Jahre über »gekannt«? Als ob das bloße Vergehen der Zeit dafür ausreichte, ohne jegliche Anstrengung auf beiden Seiten.

Ich war schon ein Stück des Weges gegangen, als der Schein meiner Taschenlampe eine schwach erleuchtete Form abseits des Weges streifte. Ich folgte einem Trampelpfad dorthin und stieg vorsichtig über die knorrigen Baumwurzeln, die auf dem Boden wucherten. Über meinem Kopf wurden die Äste immer dichter, doch als ich eine kleine Lichtung erreichte, wurde ich mit dem Anblick einer bescheidenen Heimstatt belohnt. Die Silhouette, die ich gesehen hatte, war eine dünne hellgraue Zeltplane. Jemand hatte sie über Äste geworfen, und sie wurde von Stöcken aufrecht gehalten, die ein provisorisches Zelt formten. Gleich daneben lag die glimmende Asche eines Feuers. Ich bewunderte Andrea dafür, es hierher geschafft zu haben, bis mir wieder einfiel, wie zerkratzt sie war. Dann erhellte der Lichtkegel meiner Taschenlampe den bärtigen Mann, der vor dem Zelt auf dem Boden in einem Schlafsack lag, und beinahe entfuhr mir ein Schrei. Aber zum Glück hatte er die Augen geschlossen. Vorsichtig trat ich noch einen Schritt näher, doch da stieß er ein grunzendes Schnarchen aus, das mich einen Satz zurück machen ließ. Was zur Hölle dachte ich mir dabei, mich um Mitternacht an einen unbekannten Mann mitten im Wald heranzuschleichen?

Ich drehte mich um und wollte bereits weggehen, als ich fast gegen meinen Feldstecher lief, der von einem Ast baumelte. Ich nahm die Schlinge ab, ließ ihn in meine Tasche gleiten und spürte sogleich sein tröstendes, vertrautes Gewicht. Doch ich verharrte kurz und hängte ihn schließlich wieder zurück an den Ast, obwohl ich nicht genau wusste, warum. Dann, ohne einen Blick zurückzuwerfen, eilte ich davon, zu meinem sicheren Cottage.

11

Carrie

Ich sperrte die Tür auf, betrat den kleinen Eingangsbereich und … blieb dann einfach stehen. Es war so still, dass ich die Uhr im Wohnzimmer ticken hören konnte. Seit Mum im Krankenhaus gewesen war, hatte ich ihre Wohnung schon einige Male betreten, ich wusste also, wie es sich anfühlte, wenn sie leer war. Doch diesmal war es eine andere Art von Leere und Stille. Es war das erste Mal, dass ich in dem Wissen herkam, dass sie nie mehr zurückkommen würde.

Ich wappnete mich und ging dann ins Wohnzimmer. Es war ordentlich, so wie sie es zurückgelassen hatte. Ein Monat Miete war noch übrig, dann würde jemand anderes einziehen. Ich hing nicht allzu sehr an der Wohnung. Schließlich war es nicht das Zuhause, in dem ich aufgewachsen war. Mum war nach Dads Tod hierhergezogen, da sie etwas Kleineres wollte, das leichter zu bewältigen war, obwohl ich glaube, es ging mehr darum, dass sie es ohne ihn im Haus nicht mehr aushielt. Ich wusste, wie sie sich gefühlt hatte – ich konnte es nämlich auch nicht aushalten, ohne sie hier zu sein. Die ganze Zeit rechnete ich damit, dass sie gleich den Kopf aus der Küche strecken würde, mit ihrem breiten Lächeln im Gesicht, und mich fragen würde, was ich essen wollte.

Da ich mir vorgenommen hatte, den schwierigsten Teil zuerst zu erledigen, packte ich ihre Kleidung weg. Sie roch immer noch nach ihr und ich weinte eigentlich die ganze Zeit über, während ich sie durchsah. Das meiste davon landete in Kisten für Wohltätigkeitsvereine. Mum war viel größer gewesen als ich, sowohl in der Länge als auch in der Breite, eine Tatsache, die sie immer gerne betonte: »In das Kleid hier würdest du zwei Mal reinpassen, Carrie!« Ein paar der schöneren Sachen legte ich für ihre Freundin Ruth von nebenan zur Seite, genau wie einen cremefarbenen Pulli für mich, den ich immer gerne gemocht hatte und der zu meinem Vorteil in der Wäsche eingegangen war. Auch ihre Seidenschals hob ich alle auf. Sie war verrückt nach ihnen gewesen und hatte eine recht ansehnliche Sammlung. Emmie könnten sie gefallen, wenn sie einmal älter war.

Nachdem ich damit fertig war und, wie ich dachte, die Tränen versiegt waren, ließ ich mich erschöpft auf den Sessel fallen, auf dem ich immer saß, und sah hinüber zum Sofa und auf ihren leeren Platz. Es stellte sich heraus, dass die Tränen doch noch nicht versiegt waren. Um mir nicht ihre Abwesenheit ansehen zu müssen, wechselte ich also zu einem Sitzplatz auf dem Sofa, und da fiel mir dann die blaue Pappmappe auf dem Couchtisch auf. In Mums vertrauter Handschrift stand mein Name darauf, zwei Mal unterstrichen. Darin fand ich verschiedene Dokumente von mir, die irgendwie in ihrem Besitz geblieben waren: Schulzeugnisse, mein alter Studentenvereinigungsausweis, ein paar Geburtstagskarten. Außerdem lag auch ein Umschlag dabei, auf dem stand: »Wichtig – bitte lesen, Carrie!« Darin lagen Mums Geburts- und Heiratsurkunden und zwei weitere Bögen Papier. Auf einem stand eine kurze Notiz, die ziemlich formell in derselben ordentlichen Schrift wie mein Name auf der Mappe geschrieben war. Darin stand, dass sie eingeäschert werden wollte. Dann listete sie detailgenau auf, wo sie ihre Asche verstreut haben wollte:

Bei Dads Grab.

Am Meer bei Severn Beach.

An einem außergewöhnlichen Ort, an dem ich vorher noch nie war.

In einer großen Stadt (größer als Bristol).

An einem Ort, der dir viel bedeutet, Carrie.

Tja, damit hatte sie mir eine ganz schöne Hausaufgabe hinterlassen. Und überhaupt nicht herzzerreißend, nein, gar nicht, einfach prima. Mit dem Zettel in der Hand saß ich ein paar Minuten da und überlegte, welcher Ort, außer dieser Wohnung, mir viel bedeutete, was definitiv besser war, als über Mums Asche nachzudenken. Dann fuhr ich mir über die Augen und wandte mich dem zweiten Blatt Papier zu. Darauf waren drei Telefonnummern aufgelistet, von Francis, Roberta und Pearl. Darunter hatte Mum drei Küsse gesetzt. Vielleicht für jeden von ihnen einen.

Normalerweise würde man annehmen, dass eine Notiz der eigenen Mutter dazu, wo sie ihre Asche verstreut haben möchte, der Gipfel quälender Emotionen wäre, die Notizen möglicherweise hervorrufen können. Doch der Zettel mit den Telefonnummern ließ die erste Notiz auf den zweiten Platz rutschen. Weil mir klar wurde, dass Mum sie für mich herausgelegt hatte, bevor sie ins Krankenhaus ging. Bevor wir uns über irgendetwas davon unterhalten hatten.

Sogar noch bevor Francis starb. Bereits als sie ihre Tasche gepackt und ins Krankenhaus gefahren war, hatte sie daran gedacht, dass sie vielleicht nicht mehr zurückkommen würde. Sie hatte ihre Angelegenheiten geregelt.

Wie betäubt schleppte ich mich durch die Tage nach Mums Tod. Aus dem Bett aufzustehen, fühlte sich bereits wie ein riesiger Erfolg an. Aber ich musste mich und Emmie anziehen, sie füttern, Leute anrufen, denen ich Bescheid sagen musste, vielen traurigen Leuten am Telefon zuhören, mit Emmie spielen, während ich im Geiste ganz woanders war, mehr Essen kochen, Kinderfernsehen lobpreisen, damit ich weinen konnte, ohne dass Emmie es mitbekam, noch mehr Essen kochen, Emmie baden, ihr eine Geschichte vorlesen und sie ins Bett bringen.

Am Sonntag nahm Ian Emmie zu sich, damit ich in Mums Wohnung weiter aufräumen konnte, aber während ich dort war, konnte ich bloß an Emmie denken und dass sie sich nicht an Mum würde erinnern können, wenn sie größer war. Dieser Gedanke bereitete mir körperliche Schmerzen. Wie sollte ich ihr erklären, wie Mum gewesen war? Egal, was ich sagte, wie gut ich sie beschrieb, wie viele Fotos oder Videos ich ihr von ihr zeigte, Mum würde immer jemand bleiben, von dem sie erzählt bekam, und nicht jemand, den sie kannte. Sie würde sich nicht einmal an die Schmetterlingsküsse erinnern. Außer mir hatte Emmie kaum wichtige Menschen in ihrem Leben. Ians Eltern lebten im Ausland. Und obwohl Ian jetzt gerade für sie da war, wer konnte schon wissen, wie lange seine momentan engagierte Laune anhalten würde?

Für Emmies Mangel an Großeltern gab es eine offensichtliche Lösung, doch ich konnte den Gedanken nicht ertragen. Er fühlte sich so grotesk an. »Ach, na ja, jetzt wo die eine weg ist, werd ich sie einfach durch die andere ersetzen.« Uff. Ich wusste, dass ich darüber reden sollte; versuchen sollte, meine Gefühle zu ordnen, dabei war das Problem nicht mal, dass es niemanden gegeben hätte, mit dem ich reden konnte. Ich hatte viele Freunde, gute Freunde, die sich immer wieder nach mir erkundigten. Henry klopfte jeden Tag freundlich lächelnd und mit einem kleinen Geschenk bei mir an: einem Milchkaffee aus der Bar, einer selbst gebackenen Zimtschnecke, einem Spielzeug für Emmie, für das Numa zu groß geworden war.

Doch ich konnte einfach niemandem von dem Versprechen erzählen, das ich Mum gegeben hatte. Um meine Herkunft hatte ich nie ein großes Geheimnis gemacht. Meine Freunde wussten alle, dass ich adoptiert war. Aber gleichzeitig wussten auch alle, dass ich niemals hatte etwas unternehmen wollen, um meine leibliche Familie ausfindig zu machen. Das würde ich jetzt nur Mum zuliebe tun, weil ich es ihr versprochen hatte. Und Emmie zuliebe, damit sie die – realistisch gesehen ziemlich geringe – Möglichkeit bekam, eine weitere erwachsene Bezugsperson für ihr Leben zu bekommen. Waren diese Gründe gut genug?

Manchmal hatte es für mich diesen Anschein, weshalb ich am Sonntagabend, nachdem ich Emmie ins Bett gebracht hatte, das Telefon nahm und die ersten paar Ziffern von Robertas Nummer wählte, sie dann aber wieder löschte. Überraschenderweise war es Ian, der in meine ungeordneten Gedanken einbrach. Ich nahm mir ein paar Tage Sonderurlaub, damit ich mit der Wohnung fertig werden und Vorbereitungen für die Beerdigung treffen konnte. Ihn schickte wirklich der Himmel, er brachte Emmie zur Krippe und holte sie auch wieder ab. Am Nachmittag des zweiten dieser Tage trafen wir uns im Park, damit ich Emmie zum Abendessen wieder mit nach Hause nehmen konnte, und obwohl ich vorgehabt hatte, sofort zu gehen, war ich so müde und Ians Augen waren so freundlich, dass ich mich stattdessen auf die Bank setzte und zum viermillionsten Mal in der Woche weinte. Emmie saß währenddessen selbstvergessen im Gras und spielte mit Ians Schlüsseln.

Er saß neben mir und machte beruhigende Geräusche. Und obwohl er mir nicht den Arm um die Schultern legte – uns gegenseitig zu berühren, war etwas unangenehm –, zeigte er doch die Bereitschaft zum Zuhören. Also erzählte ich ihm, worum Mum mich gebeten hatte, und von den drei Telefonnummern, die in der Wohnung auf mich gewartet hatten. Ich erzählte ihm sogar, dass ich schon versucht hatte, Roberta anzurufen, die Vermittlerin bei PAC-UK, ich dann aber die Nerven verloren hatte.

»Worüber denkst du dann noch lange nach?« Er zuckte mit den Schultern. »Du hast es deiner Mum versprochen. Also tu es auch.«

»Aber was soll ich denn sagen? Was will ich von denen?«

»Du willst gar nichts, Carrie-Cat. Ruf die Vermittlerdame an und frag nach der besten Herangehensweise. Sie weiß, dass deine Mum wollte, dass du Kontakt aufnimmst. Hör dir einfach mal an, was sie vorschlägt.«

Bei Ian war ich mir nie sicher, ob er an Probleme so wahnsinnig logisch heranging, weil er weitaus klüger oder weitaus dümmer war als ich. Manchmal, wenn wir uns gerade gut verstanden, war ich überzeugt davon, dass er ein Genie war, das den ganzen Lärm um uns herum ausblenden und direkt zum Kern der Sache vordringen konnte. Dann aber – besonders während der letzten Phase unserer Beziehung – wirkte es wieder so, als ob er nur deswegen so klar sehen konnte, weil er unfähig war, alle möglichen Konsequenzen einer Entscheidung zu bedenken.

Ich wusste immer noch nicht, ob er es wert war, dass man auf ihn hörte. Allerdings hatte sein Vorschlag den Vorteil, dass es immer besser war, etwas zu tun als gar nichts zu tun. Und er würde mir die Schuldgefühle deswegen abnehmen, mein letztes Versprechen Mum gegenüber noch nicht eingelöst zu haben.

Emmie gab Ian seine Schlüssel zurück, und er tat so, als hätte er sie verloren, indem er sie sich hinter den Rücken hielt und ein verwirrtes Gesicht machte. Sie lachte wie verrückt, der freudigste Klang auf der ganzen Welt.

Ich lächelte ihn dankbar an. »Ich wünschte, ich könnte die Dinge so klar sehen wie du.«

»Na ja, was ist das Schlimmste, das passieren kann?«, meinte er.

»Sie könnte schrecklich sein.«

»Die Vermittlerin?«

»Nein! Natürlich nicht. *Pearl.* Sie könnte gemein oder betrunken oder verrückt sein. Sie hat mich vielleicht ihr ganzes Leben lang gehasst. Ich könnte für die dunkelste Zeit in ihrem Lebens stehen, die sie durchgemacht hat. Ich könnte ein Produkt von Gewalt oder Missbrauch sein. Vielleicht will sie mich nicht kennenlernen.«

»Das stimmt«, entgegnete Ian sanft. Er gab vor, die Schlüssel zu finden und machte ein übertrieben überraschtes Gesicht, das Emmie sofort auf niedliche Weise nachahmte. »Sie könnte aber auch nett sein. Sie könnte sich immer Gedanken um dich gemacht haben.«

»Vielleicht.«

»Ich mach dir einen Vorschlag. Warum nehm ich Emmie nicht wieder mit zu mir fürs Abendessen? Dann kannst du dich ein paar Stunden lang ausruhen und vielleicht dort anrufen.«

»Wirklich? Das ist sehr nett von dir.«

»Kein Problem. Wenn du es nicht tust, wirst du dich immer damit quälen«, sagte er. »Und sieh es doch mal so. Du hast beide Eltern verloren. Aber jetzt hast du die Chance, nochmal welche zu bekommen. Die meisten Leute bekommen so eine Gelegenheit nicht.«

»Interessante Ansicht, Ian.«

Ich stand auf und beugte mich nach unten, um Emmie einen Kuss aufs Haar zu drücken. »Willst du wieder mit zu Dada gehen?«, fragte ich, woraufhin sie vergnügt brabbelte und ihre kleinen Fäustchen schwang, was wir beide als »Ja« deuteten.

Er lächelte. »An deiner Stelle würde ich es schnell hinter mich bringen, nicht mehr länger darüber nachgrübeln. Wie heißt es so schön in *Hamlet*: ›Gut wär's, man tät es eilig.‹«

»Das war in *Macbeth*. Ganz so tragisch wird es aber hoffentlich nicht.«

Während ich auf mein Auto zuging, wandte er seine Aufmerksamkeit wieder Emmie zu. Als ich zurückblickte, sah ich, wie er sie vorsichtig in ihren Buggy setzte. Zum ersten Mal seit einer Ewigkeit hatte ich wieder Zeit mit Ian verbracht, ohne dass meine Zähne vom Knirschen wehtaten.

12

Pearl

In dieser Nacht schlief ich unruhig und wachte mehrmals durchgeschwitzt auf. Wenn es keine verworrenen Bilder von Andrea waren, die mit einem Gewehr auf dem Rücken durchs Fenster hereinkletterte, dann war es Denny, der mich anschrie, weil ich Mehl verschüttet hatte, das zwischen den Seiten der Tagebücher gelandet war. Natürlich hatte er in Wirklichkeit überhaupt nicht geschrien, aber der Freundlichste war er auch nicht gerade gewesen, als ich gestern Nacht nach Hause kam, nachdem ich Andrea in den Ort begleitet hatte. *Diese Frau* über die Türschwelle gelassen zu haben, sei schon schlimm genug, erklärte er, aber mir Umstände gemacht zu haben, um sie sicher zum Hotel zu eskortieren, nachdem sie mich *bestohlen* hatte … na ja! Er fragte freundlich nach, ob ich den Verstand verloren hätte.

Ich wollte ihm sagen, dass sie mir leidtat, wusste aber, dass ihn ein solches Geständnis nur noch mehr um mein geistiges Wohlbefinden würde fürchten lassen. Ich entschuldigte mich bei ihm, und bis wir schließlich ins Bett gingen, vertrugen wir uns wieder.

Lange aufzubleiben war nichts für mich, und als das wässrige Licht der Morgendämmerung durch die Vorhänge hereinsickerte, fühlte ich mich unausgeschlafen und mürrisch. Denny, der immer mit dem ersten Hahnenschrei aufstand, war schon draußen, auf seinem allmorgendlichen

Spaziergang vor dem Frühstück. Ich kochte starken Kaffee, und als er zurückkam, schien er sich darüber zu freuen. Lang wach zu bleiben, war auch für ihn nichts.

»Weißt du was«, begann er, seine Tasse mit beiden Händen haltend und in einem unnatürlich fröhlichen Ton: »Ich finde, wir sollten heute beide besser hierbleiben, nur für den Fall, dass diese wahnsinnige Andrea noch mal auftaucht.«

Hatte er etwa auch geträumt, dass sie durchs Fenster hereinkletterte? Doch zu Hause zu bleiben, würde meine Pläne durchkreuzen, die ich mir während meiner vielen wachen Stunden in dieser Nacht für heute zurechtgelegt hatte.

»Eigentlich wollte ich ein bisschen draußen malen«, entgegnete ich. »Die Bäume grünen so schön. Und mein Handy hätte ich auch gerne wieder.« Heute Morgen wäre eine gute Gelegenheit, um meine Brüder anzurufen, sodass Denny nichts davon mitbekam, und sie dazu befragen, wer eine geheime Beziehung zu Dad unterhalten hatte. Wenn es zu stressig wurde, konnte ich immer noch so tun, als würde das Netz abreißen.

»Ich weiß nicht, ob das so eine gute Idee ist.« Denny stand auf und fing an, das Geschirr von gestern Abend extrem sorgfältig abzuspülen. Ich wusste, wie man so etwas eben weiß, wenn man verheiratet ist, dass er das nur tat, um mich nicht ansehen zu müssen. Über die Schulter hinweg sagte er zu mir: »Andrea hat gestern Nacht mehrmals angerufen, nachdem du sie weggebracht hattest.«

»Hast du etwa erwartet, dass sie so leicht aufgibt?«, antwortete ich. »Ich werd einfach nicht rangehen.«

»Das wirst du schon. Ich kenne dich doch. Du bist zu nett.«

»Denny, ich weiß, dass es dir Spaß gemacht hat, mein

Privatsekretär zu sein.« Ich streckte die Hand aus. »Aber jetzt ist es Zeit, mir mein Handy wieder zurückzugeben.«

»Mein Gott. Ich werde mich erst wieder entspannen können, wenn diese Frau zurück in England ist.« Er schüttelte den Kopf. »Ehrlich gesagt weiß ich gar nicht, wie du das schaffst, Pearlie!«

»Nenn mich nicht ›Pearlie‹. Aber gut. Okay.« Damit knallte ich meine Kaffeetasse auf den Tisch. »Ich gehe jetzt raus. Noch dringender als mein Handy brauch ich nämlich frische Luft.«

»Ich komme mit«, beschloss Denny und folgte mir in den Flur, während er seine Hände noch an einem Geschirrtuch abtrocknete. »Ich hab Lust auf einen Spaziergang.«

»Du hast doch gerade erst einen gemacht!« Ich starrte ihn an. »Was ist los? Andrea wird mir wohl kaum im Wald auflauern, oder? Sie ist selbst ganz durch den Wind, die Arme.«

»Okay, hör zu.« Mit todernstem Gesicht stand er vor der Tür. »Es geht nicht nur um sie. Bitte flipp jetzt nicht aus, aber im Wald campt irgendjemand.«

»Was?!«, kreischte ich. Zum Glück verstand Denny meinen Schrecken falsch.

»Ich weiß, ich kann's auch nicht glauben. Keine Angst, ich kümmere mich darum.«

»Warum meinst du, dass hier jemand campt?«

»Den Verdacht hab ich schon seit ein paar Tagen, und heute Morgen habe ich eine Feuerstelle gefunden, die noch warm war. Und ein paar Habseligkeiten, die herumlagen. Inklusive …« Er griff in die hintere Hosentasche seiner Jeans und zog meinen Feldstecher heraus.

»Oh!«

»Das ist doch dein Fernglas, oder nicht?«

»Sieht zumindest aus wie meines …« Ich nahm es und drehte es in der Hand. »Ich hab meines vor ein paar Wochen verloren.« Es war eine Erleichterung, die Wahrheit sagen zu können. »Die Person muss es gefunden und sich ausgeliehen haben.«

»Ausgeliehen?« Denny schüttelte den Kopf. »Seltsame Art, das zu verstehen. Ich nehme an, er oder sie ›leiht‹ sich unseren Wald auch bloß aus. Egal. Ich bin mir sicher, dass gerade niemand da ist, aber ich will nicht, dass du alleine rausgehst, bis wir ihn oder sie losgeworden sind.«

»Und wie willst du das anstellen?«

»Da hab ich schon ein paar Ideen. Zum einen werde ich heute Abend dieselbe Stelle noch mal aufsuchen, wenn er oder sie wahrscheinlich zum Feuer zurückkehrt, und eine freundliche Warnung aussprechen.«

»Mit deinem Gewehr.«

»Das werde ich nicht benutzen, Pearl. Nur um zu zeigen, dass ich es ernst meine, das ist alles.«

»Und was, wenn er oder sie bewaffnet ist? Oder es mehr als nur eine Person ist?«

»Kommt mir unwahrscheinlich vor, dass jemand, der ein Fernglas stiehlt, eine Pistole haben soll.«

»Das ist ein Feldstecher«, gab ich schärfer als beabsichtigt zurück, und Denny sah überrascht aus. Und wo er schon gerade aus dem Konzept war, sagte ich, als ob wir nicht gerade diese Unterhaltung geführt hätten: »Gut, ich bin dann mal weg.«

»Was zur Hölle? Hast du mich denn nicht gehört? Da draußen lauert ein mutmaßlicher Irrer!«

»Ich glaube eher, hier drin lauert ein mutmaßlicher Irrer.«

»Pearl!«

»Denny, du warst immer mein absoluter Fels in der Brandung. Warst immer für mich da, um mich bei dir anzulehnen. Aber ich versuche dir die ganze Zeit über schon klarzumachen: Ich bin jetzt stärker. Dank dir werde ich jeden Tag stärker. Ich bin stark genug, um irgendeinem armen, verängstigten, obdachlosen Menschen zu begegnen. Ich habe mich Andrea gestellt, bin zur Beerdigung meines Vaters gegangen und hab meine ganze Familie wiedergesehen, und da bin ich auch nicht auseinandergefallen.«

»Nicht die ganze. Die Kinder hast du nicht gesehen.«

Ich dachte an Gracie, die jetzt kein Baby mehr war, sondern ein Schulkind in Uniform, und schluckte. »Nein. Aber weißt du, was? Ich bin bereit dafür. Ich bin bereit dafür, Eleanor anzurufen und Gracie kennenzulernen, bevor es zu spät ist. Bevor ich sie verliere, wie ich Gina verloren habe und meine anderen Neffen und Nichten.«

»Auseinandergefallen bist du nicht, nein.« Denny nahm meine Hand. »Du hast das wirklich gut gemacht. Aber es war schwer.«

»Ja, verdammt, es war schwer! Es war schrecklich. Aber so ist das Leben nun mal. Das Leben ist nicht immer leicht. Ich muss wieder zurück nach draußen. Ich muss wieder etwas wagen. Ich ersticke langsam unter diesen ganzen Schichten aus Baumwolle.«

Wow. Mit so einer Rede hatte ich nicht gerechnet. Und Denny wohl auch nicht.

»Du meinst, *ich* ersticke dich.« Er lehnte sich an die Wand, jegliche Streitlust war verflogen.

»Ich will nicht mehr ständig so vorsichtig sein. Ich habe das Gefühl, aufzuwachen aus einer …«

»In Ordnung, Pearl.« Er schüttelte den Kopf. »Mir wäre es zwar lieber, du würdest nicht ohne mich nach draußen gehen, aber das liegt natürlich ganz bei dir. Tu, was du tun musst.«

Hatte er das jemals zuvor gesagt? »Tu, was du tun musst.« Sosehr es mich drängte rauszugehen und den »Förster« zu warnen, dass er verschwinden sollte, konnte ich es doch nicht ertragen, Denny beleidigt zurückzulassen. Seine Übervorsicht, mit der er mich beschützte, war zwar manchmal nervig, aber ich wusste auch, dass sie seiner Liebe zu mir entsprang. Ich lehnte mich an ihn und sagte: »Ich gehe nirgendwohin, bis ich nicht weiß, dass es dir gut geht.«

Er nahm mich in den Arm. »Mir geht's gut. Du bist für mich halt immer noch meine kleine, zarte Blume, aber ich weiß natürlich, dass das falsch ist.«

»Ohh.« Ich gab ihm einen Kuss auf die Wange. »Ich bin zäher, als du denkst.«

»Warte kurz.« Er ging in die Küche und kam einen Augenblick später mit meinem Handy wieder zurück. Es war so eiskalt, dass ich es beinahe fallen ließ.

»Was zur Hölle, Denny?« Ich warf es von einer Hand in die andere, um es etwas aufzuwärmen. »Hast du es etwa in den *Tiefkühler* gesteckt?«

»Ich konnte den Klingelton nicht mehr ertragen.«

»Du weißt aber schon, dass es einen voll funktionstüchtigen Ausschaltknopf gibt, oder?«

»Ich wollte es einfach nicht mehr sehen. Und dann ist mein Blick auf den Tiefkühler gefallen und ich dachte ...« Er blickte so schuldbewusst drein, dass ich zu lachen anfing.

Glücklicherweise wurde der Bildschirm trotz seines arktischen Aufenthalts gleich hell. »Also. Ich werde deine Nummer heraussuchen und es in der Hand behalten, damit ich sofort draufdrücken kann, wenn irgendwas passiert.«

»Okay. Nähere dich niemandem, sondern geh schnell weg. Aber lauf nicht.«

»Du tust ja gerade so, als wäre der Camper ein Bär. Die benutzen normalerweise aber keine Feldstecher.«

»Sei einfach bitte … vorsichtig.«

»Du auch. Leg nichts Wichtiges in den Tiefkühler, während ich weg bin.«

Ich küsste ihn nochmals, nahm der Glaubwürdigkeit halber die Tasche mit meiner Malausrüstung und ging hinaus. Sobald ich außer Sichtweite des Cottages war, begann ich beim Gedanken an den Förster, der in die Mündung von Dennys Gewehrlauf starrte, den mittleren Waldweg entlangzurennen, um ihn angemessen zu warnen. Aber von ihm fehlte jede Spur. Vielleicht hatte er Wind von Denny bekommen und sich schon verdrückt.

Daraufhin kehrte ich wieder um und nahm stattdessen den Weg zum Ort, während ich durch die Anrufe meines immer noch kühlen Handys scrollte, um Andreas Nummer herauszusuchen. Sie ging sofort ran.

»Oh, Gott sei Dank!«, rief sie. »Ich dachte schon, ich hätte es vermasselt und du würdest nie wieder mit mir reden.«

Im Vergleich zum langen Marsch von gestern Nacht kam ich im Nu am Tor an. »Also, hast du vor deinem Flug noch Zeit für ein kurzes Treffen?«

»Gott, ja.«

Ich erklärte ihr, wie sie zum *tabac* kam, und machte mich dann selbst auf den Weg dorthin. Vivienne sah auf, als ich die Tür aufdrückte, und lächelte breit.

»Da ist sie ja, unser wandelndes Mysterium.«

Ich ging zum Tresen. »Ach ja, bin ich das?«

»Du hast mir nie erzählt, dass du eine Schwester hast.«

»Guter Gott, sie ist nicht meine Schwester. Das weißt du. Ich habe zwei Brüder.«

»Sie nennt sich aber deine Schwester«, widersprach Vivienne, während sie mir meinen Kaffee machte. »Hier bei mir war sie zuerst drin und hat mir alles erzählt. Ich konnte kaum jedes zehnte Wort verstehen. Ich glaube, sie hat gesagt, dass sie versucht hat, etwas von dir zu stehlen, aber das kann nicht stimmen, oder? Ihr Französisch ist entsetzlich.«

Die Glocke über der Tür bimmelte und Andrea kam herein.

»Dann bekommst du jetzt noch mal eine Chance, sie falsch zu verstehen«, erwiderte ich.

»Wenn du zwei Mal nickst, werf ich sie raus«, entgegnete Vivienne und schob mir meine Tasse zu.

Ich bestellte einen Kaffee für Andrea und ließ mich auf einem Stuhl ihr gegenüber nieder.

»Vielen, vielen Dank, dass du dich noch mal mit mir triffst«, begann sie. Sie sah etwas weniger einschüchternd aus als gestern. Sie trug ihr Haar offen und nur wenig Make-up. »Entschuldige noch mal, dass ich unangekündigt einfach so aufgetaucht bin.«

»Und dass du versucht hast, die Tagebücher zu stehlen«, erinnerte ich sie.

»Dafür will ich mich eigentlich gar nicht entschuldigen.« Sie lächelte. »Spaß. Natürlich entschuldige ich mich dafür. Ich wollte dich nicht verärgern. Das war sehr untypisch für mich.«

»Ich nehm dich beim Wort. Also, wann geht's nach Hause?« Aus Dads Tagebucheintrag von 1997 wusste ich, dass der Name ihres Ehemanns oder Partners mit einem C anfängt. Dad hatte erwähnt, dass sie damals ein Baby bekommen hatten. Sie muss also ziemlich jung Mutter geworden sein. Das Kind wäre jetzt vermutlich Anfang zwanzig. »Ich nehme mal an, dein Ehemann wird dich wieder zurückhaben wollen?«

Sie sah verwirrt aus. »Mein Ehemann?«

»Entschuldige, ich kenne seinen Namen nicht. Fängt mit einem C an?«

Ihr Gesicht erhellte sich. »Ach, du meinst Colin? Wir haben uns vor mehr als fünfzehn Jahren scheiden lassen.«

»Oh. Entschuldige. Aber dein jetziger Ehemann oder Freund, wartet der nicht zu Hause auf dich?« Ich wusste, dass ich gerade ziemlich neugierig war. Auf einmal interessierte mich ihr Privatleben brennend. »Oder dein … ich glaube, du hast ein Kind?«

So schnell, dass die Worte fast übereinander purzelten, antwortete sie: »Ja-James-er-lebt-im-Ausland-in-Australien-er-konnte-sich-leider-nicht-von-der-Arbeit-freinehmen.«

»Oh Gott, Australien, da vermisst du ihn bestimmt sehr.«

»Ja.«

Während des darauffolgenden Schweigens starrte ich den Tisch an und überlegte, ob ich ihr das Angebot unterbreiten sollte, das ich im Sinn hatte. Die *tabac*-Tische waren matt-silbrig meliert, mit einem hellorangen Plastikrand. Altmodisch. Sie erinnerten mich an ein lang vergangenes Frankreich, als ich noch ein Kind war. Tagesausflüge nach Calais mit Mum, Dad, Greg und Benjy. Francs, billige *prix-fixe*-Menüs, kochend heiße Trinkschokolade, Leute, die in Papier eingewickelte Baguettes unter dem Arm trugen.

Vivienne stellte einen Kaffee vor Andrea ab und unterbrach damit meine Träumerei.

»Alles in Ordnung, Pearl?«, fragte sie mich und schaffte

es, angesichts von Andreas Akzent nicht zurückzuzucken, als sie ihr dankte.

»Gut, danke.« Ich musste mich davon abhalten, nicht zwei Mal zu nicken, nur um zu sehen, wie es wäre, wenn Vivienne Andrea hinauswarf. Als sie weg war, wappnete ich mich, bereit weiterzusprechen. Doch Andreas unglückliches Gesicht nahm mir den Wind aus den Segeln.

»Es gefällt mir hier«, gab sie zu.

»Oh, na ja, danke. Mir auch. Es ist sehr ...« Ich brach ab, weil stumme Tränen ihr Gesicht hinunterkullerten. Für jemanden, den ich für so selbstsicher gehalten hatte, geradezu statuenhaft, weinte sie ziemlich viel.

»Ich vermisse Dad so sehr, dass es mir körperliche Schmerzen bereitet. Er hat wirklich immer auf mich aufgepasst. Ich weiß nicht, was ... Ich will nicht zurückfliegen.«

»Liebe Güte, du willst nicht zurück?« Ich versuchte, mir genau vorzustellen, wie es sich anfühlte, in ihrer Haut zu stecken. »Zu Hause muss es recht schwierig sein, wenn du und deine Mutter so trauert.«

Sie antwortete nicht, sondern nahm bloß einen Schluck von ihrem Kaffee, während sie mich mit ihrem Blick durchbohrte.

»Machst du dir wegen etwas Sorgen?«

Sie sah weg. Ich folgte ihrem Blick, aber da gab es nicht viel zu sehen. Ein paar andere Kunden und Vivienne, an den Tresen gelehnt, die auf ihrem Handy herumscrollte und so tat, als würde sie mich und meine »Schwester« nicht beobachten. Ich wagte einen Vorstoß. »Oder wegen jemandem? Deinem Freund?« Ihr Blick flackerte, und in einem Anflug von Mitleid legte ich meine Hand auf ihre, aber sie zog sie schnell weg.

»Lass das doch jetzt endlich mit dem Freund.« Sie kramte

in ihrem Rucksack nach einem Taschentuch und tupfte sich damenhaft die Nase ab. Als sie wieder aufsah, war der Ausdruck, der noch einen Moment vorher auf ihrem Gesicht gelegen hatte, verschwunden. Sie hatte sich verschlossen, den schwierigen Gedanken wieder zurück in seine Kiste gesteckt. Ich kannte diesen Blick. Ich war eine Expertin, was diesen Blick anging. Verdammt, ich hatte diesen Blick *erfunden*.

»Ich mach mir nur Sorgen wegen der Reaktion meiner armen Mum, wenn ich mit leeren Händen nach Hause komme«, erklärte sie. »Es ist schwer, ein Einzelkind zu sein. Aber das verstehst du nicht.«

»Und wie ich das verstehe!« Ich spürte, wie sich beginnender Ärger in mir breitmachte. »Meinst du, ich weiß nicht, wie es ist, sich für eine Mutter verantwortlich zu fühlen? Herr im Himmel, Andrea! Ich habe mit meiner zusammengelebt, bis sie gestorben ist. Sie die letzten paar Jahre ihres Lebens gepflegt. Meinst du, meine Brüder wären da eine große Hilfe gewesen? Versteh mich nicht falsch, ich hab sie heiß und innig geliebt, und ich würde es sofort wieder tun, aber du bist nicht die Einzige, die sich mit so einem Scheiß herumschlagen muss, weißt du?«

Verblüfft lehnte ich mich zurück. Wo war *das* denn alles hergekommen? Heute war eindeutig ein Tag, um auszusprechen, was ich wirklich dachte.

Andrea hatte die Augenbrauen beinahe bis zum Haaransatz hochgezogen. »Wow, Pearl. Meinst du wirklich …« Sie verstummte.

»Was?«

»Ach, egal. Kann ich hier rauchen?«

»Was? Nein, natürlich nicht.«

»Ich dachte, die Franzosen hätten kein Problem damit,

in Bars zu rauchen.« Sie holte ein Päckchen Zigaretten hervor, eine französische Marke.

»Das wurde schon vor Jahren verboten.«

»Letzte Nacht im Hotel haben sie mich aber gelassen.«

»Aber doch bestimmt nur draußen auf der Terrasse?«

»Ach, jetzt, wo ich darüber nachdenke, glaube ich, dass es draußen war, ja.« Sie schüttelte eine Zigarette aus der Schachtel und für einen kurzen Moment glaubte ich verdattert, dass sie sie anzünden würde, aber sie fummelte bloß daran herum, rollte sie zwischen ihren Fingern.

»Seit wann rauchst du?«

»Seit gestern Nacht.« Sie grinste. »Na ja, ich hab ein oder zwei Mal geraucht, als ich ein Teenager war, aber Mum …«

Sie verstummte erneut und ich beendete den Satz für sie: »… hat es herausgefunden?«

»Ja.« Sie sah hinunter auf ihre Hand, auf die Zigarette. »Hat mich dazu gebracht aufzuhören.«

»Na ja, es ist ja auch eine gefährliche Angewohnheit.«

»Das ist doch Teil des Reizes, oder nicht? Ein Flirt mit dem Tod.«

Wer war diese Frau? Ich hatte gedacht, sie wäre meine Erzrivalin, meine Nemesis. Daddys perfekte Tochter. Die Prinzessin mit den stahlgleichen Augen in den flauschigen Hausschuhen. Doch dieses perfekte Bild von ihr, das ich im Kopf immer mit mir herumgetragen hatte, passte überhaupt nicht dazu, dass sie versucht hatte, die Tagebücher zu stehlen, dass sie überall weinte, aus heiterem Himmel zu rauchen anfing und sich wie ein nihilistischer Teenager aufführte.

Es gab so viel, das ich nicht über sie wusste. »Wohnst du mit deiner Mum zusammen?«

»Im Haus gegenüber.«

»Wow, das ist ja praktisch. Wie hast du das geschafft?«

»Ich bin Immobilienmaklerin, Pearl. Ich habe gewartet, bis ein Haus in der Straße zum Verkauf stand. Als ich noch verheiratet war, wohnte ich weiter weg, aber es war schwierig, die ganze Zeit immer hin und her fahren zu müssen. Mum ist froh, dass ich so nah bei ihr bin.« Sie trank ihre Tasse in einem Zug aus und stand auf, mit freudlosem Gesichtsausdruck. »Na ja, ich gehe dann lieber mal.«

Jetzt tat sie mir sogar noch mehr leid als gestern Abend, als sie weinend vor unserer Haustür gestanden hatte. Sie hatte meinen Vater gehabt, ja, doch jetzt hatte sie ihn so unwiederbringlich verloren wie ich. Und während ich seinen Verlust jahrelang verarbeiten konnte, war ihrer noch eine rohe Fleischwunde.

»Warte kurz, Andrea. Ich wollte dir sagen, dass ich dir und Jeanie tatsächlich einen ersten Blick gewähren werde, wenn ich die Tagebücher übersetzt habe. Exklusiv, wie du es wolltest.«

Sie setzte sich sofort wieder hin. »Das würdest du tun?«

»Ich werde sie euch zeigen, bevor ich sie meinen Brüdern oder sonst wem zeige.« Ich schuldete Andrea und Jeanie rein gar nichts und meine Brüder würden mich umbringen, wenn sie davon wüssten. Aber tatsächlich schuldete auch ich meinen lieben Brüderherzen rein gar nichts. All die Jahre über, als es bloß Mum und mich gegeben hatte, wo waren sie da gewesen? Im Gegensatz dazu hatte mir Andrea nie wirklich etwas getan. Klar, sie hatte mit meinem Dad aufwachsen können, aber das war weder ihre Schuld noch ihre Entscheidung gewesen.

Sie steckte die ungerauchte Zigarette in ihre Kaffeetasse. »Pearl, du hast keine Ahnung, was mir das bedeutet.« Sie umklammerte meine Hand, und ich ließ sie, auch wenn ihre unangenehm feucht war.

»Aber nur um ganz klar zu sein, ich verspreche nicht, irgendetwas zu redigieren. Ich werde euch die Übersetzung zuerst zeigen, aber nachdem ich euch Zeit gegeben habe, sie zu lesen, werde ich sie an meine Brüder weitergeben und nichts herausnehmen, außer es gibt einen wirklich guten Grund dazu. Verstanden?«

»In Ordnung. Den Teil muss ich Mum ja nicht erzählen.« Sie nickte langsam. »Also, wie viel?«

»Wie viel was?«

Sie lachte. »Wie viel willst du als Bezahlung?«

»Das hab ich dir doch schon gesagt. Ich will dein Geld nicht.«

»Na ja, was ...«

»Ich will das, was du mir gegenüber auf der Beerdigung erwähnt hast«, flüsterte ich und kam mir dabei lächerlich vor. Das klang wie ein Satz aus einem Mafiafilm.

»Ich hör dich nicht, Pearl. Du hast wirklich eine leise Stimme. Mum hat dich immer ›graues Mäuschen‹ genannt.«

Was für ein gemeiner Spitzname. Ich fragte mich, ob Andrea wirklich dachte, dass er sich auf meine Stimme bezog, wo die viel wahrscheinlichere Erklärung doch war, dass ich mich damals, als ich sie besucht hatte, so einfach hatte herumschubsen lassen. Ich schaute an ihr vorbei, zu Vivienne, die mir aufmunternd zulächelte.

Lauter wiederholte ich: »Ich will, dass du mir die Wahrheit sagst. Alles, was ich über das Leben meines Vaters wissen will, musst du mir ehrlich beantworten.«

Wenn ich mir selbst erlaubte, in Dads Geschichte einzutauchen – wenn ich dazu gezwungen wäre, die Welt durch seine Augen zu sehen, durch seine Tagebücher –, wäre es nützlich, eine zweite Perspektive zu bekommen, selbst wenn sie von jemandem kam, der so voreingenommen war wie Andrea.

»Natürlich. Schwebt dir denn schon was vor?«

Ich machte den Mund auf, um zu sagen: »Ja, erzähl mal, Andrea, hatte einer von meinen Brüdern eigentlich mit Dad Kontakt?« Seit dem Moment, in dem ich hier hereingekommen war, hatte ich geplant, das zu fragen. Aber etwas hielt mich zurück. Stattdessen fragte ich: »Warum, meinst du, hat Dad die Tagebücher in seiner Kirche aufbewahrt?«

»Absolut keine Ahnung, sorry. Wahrscheinlich weil es dort ein ruhiges Zimmer gab, in dem er schreiben konnte.« Sie sah auf ihre Armbanduhr. »Wenn ich jetzt aufbreche, kann ich noch einen Rückflug für heute Abend bekommen.«

Ich kannte sie nicht, überhaupt nicht. Aber ich wusste, wie jemand aussah, der etwas widerwillig tat.

»Warum holen wir uns nicht noch einen Kaffee und setzen uns ein bisschen raus? Dann kannst du rauchen, wenn du willst«, bot ich an.

»Mein Flug …«

»Du siehst so aus, als würdest du ihn gerne verpassen.« Als sie nichts darauf erwiderte, bestellte ich bei Vivienne noch mal zwei Kaffees, die wir dann nach draußen zu den grünen Metalltischen vor dem *tabac* trugen. Es war ein netter Sitzplatz, um die Maisonne aufzusaugen und den Leuten beim Kommen und Gehen auf dem Platz zuzuschauen. Andrea setzte sich ihre Sonnenbrille auf und holte noch eine Zigarette heraus. Die wenig elegante Art, auf die sie sie hielt, verriet mir, dass sie wirklich erst in den letzten vierundzwanzig Stunden damit angefangen hatte. Dazu hätte ich gut ein Dutzend Fragen gehabt, aber ich hielt mich zurück.

»Ich kann einfach nicht aufhören, über Dad nachzudenken, weißt du«, sagte sie.

»Das glaub ich dir.«

»Heute Morgen habe ich daran gedacht, wie wir Snoopy, unseren Hund, bekommen haben. Jahrelang hatte ich einen gewollt, und Dad meinte, wir könnten ihn uns teilen. Meistens gingen wir zusammen mit ihm Gassi. Er war ein wundervoller Vater.« Sie bemerkte, dass ich die Augen verdrehte, und ruderte sofort zurück: »Scheiße. Sorry. Das war unsensibel.«

»Ich gebe wirklich mein Bestes, um mich für dich zu freuen. Ich wünschte, er wäre mir auch ein wundervoller Vater gewesen. Tatsächlich war er ein ziemlich guter Dad, bevor er uns verlassen hat. Es ist allerdings nicht leicht, sich daran zu erinnern.«

Sie blies Rauch in die Luft, und eine Weile saßen wir schweigend da, jede ihren eigenen Gedanken nachhängend.

»Weißt du noch, wie du uns zu Hause in London besucht hast, als wir noch Kinder waren?«, fragte sie unvermittelt. »Es tut mir leid, dass ich dich zum Weinen gebracht habe.«

»Gott, sei nicht albern. Das war nicht deine Schuld. Wir waren beide noch so jung.«

»Ich glaube, ich hatte nicht den geringsten Schimmer davon, was eigentlich los war.«

»Ich auch nicht.«

»Ich bin dir was schuldig, wirklich. Mich als Erste die Tagebücher durchsehen zu lassen, du hast keine Ahnung, was mir das bedeutet.« Erneut stieß sie Rauch in die Luft aus. »Oh, fast hätte ich einen Ring aus Rauch geschafft!«

Ich lachte und fragte: »Was glaubst du, was drinsteht?«

Andreas Sonnenbrille à la Jackie Kennedy verdeckte den Großteil ihres Gesichts, weswegen ich mir nicht ganz sicher sein konnte, ob sie mich gehört hatte. Auf jeden Fall antwortete sie nicht. Stattdessen sagte sie: »Weißt du, Dad hat mich immer dazu ermutigt, ein Tagebuch zu führen.«

»Wirklich?«

»Er meinte, es wäre eine tolle Art, um seine Gedanken zu verarbeiten, als würde man mit einem mitfühlenden Freund reden, der einen nicht verurteilt.«

Ich musste daran denken, wie sie beim Leichenschmaus erstaunt »ach!« ausgerufen hatte, als Mr Claymore verkündete, wo Dad seine Tagebücher aufbewahrt hatte, und mir wurde klar, dass sie natürlich die ganze Zeit über von deren Existenz gewusst hatte. Aber sie hatte nicht gewusst, wo er sie versteckt hatte.

»Hast du nach seinem Tod nach den Tagebüchern gesucht?«

»Ja. Hab das ganze Haus auf den Kopf gestellt, als Mum nicht da war«, gab sie zu. »Ich glaub's einfach nicht, dass ich nicht dran gedacht hab, in der Kirche nachzusehen. Da war er ja immer.«

»Das klingt eher so, als wärst du diejenige, die die Tagebücher wirklich haben will, noch viel mehr als deine Mutter.«

Sie sah mich nachdenklich an. »Gut beobachtet. Ja, ich wollte wissen, was drin steht. Dads Sicht auf, na ja, alles herausfinden. Mum wäre es vermutlich lieber, nichts davon zu wissen.« Sie blies noch einen ›Rauchring‹ in die Luft und sagte dann: »Ich werde morgen früh zurückfliegen. Ich hab Lust auf noch so einen Abend auf der Hotelterrasse, mit einem Glas französischem Wein. Ein paar freie Abende hab ich mir verdient.«

Sie stand auf, drückte ihre Zigarette unter der Schuhsohle aus und legte einen Fünfzigeuroschein auf den Tisch. Vivienne, du Glückspilz.

»Danke, Pearl. Ich bin dir wirklich dankbar, du warst sehr nett zu mir.« Sie streckte ihren Arm aus, und wir schüttelten uns die Hände, sehr formell, wie Geschäftspartnerinnen, dann klackerte sie auf ihren Stöckelschuhen davon. Ich schüttelte den Kopf. Sie war mir ein Rätsel, so viel stand fest.

Ich machte mich auf den Rückweg zum Wald, mein Kopf schwirrte nur so von den vielen Anspielungen und halben Geständnissen, die sie hatte fallen lassen, die allerdings kein wirklich zusammenhängendes Bild ergaben. Ich war derart abwesend, dass ich ziemlich lang brauchte – länger, als ich hätte brauchen sollen –, um zu bemerken, dass ich gegen das Tor drückte, ohne dass sich irgendetwas tat. Ich trat einen Schritt zurück, und zu meinem Erstaunen stellte ich fest, dass dort ein Vorhängeschloss angebracht war. Natürlich – dies war zweifelsohne eine von Dennys ›Ideen‹, um mit dem Eindringling im Wald fertigzuwerden. Er hatte die Gelegenheit ergriffen, um sich seinen Traum doch noch zu erfüllen: den Wald abzuriegeln, die Außenwelt noch effektiver von uns fernzuhalten. Das war wirklich zum Verrücktwerden. Ich rief ihn an, doch es sprang sofort die Mailbox an. Ich hinterließ eine knappe Nachricht und starrte dann auf das Schloss. Ein schweres Kaliber, kein solches, das man mit einer Haarnadel knacken konnte – nicht dass ich eine dabeigehabt hätte. Oder wüsste, wie man Schlösser knackt.

Ich sah mich verstohlen um, um sicherzugehen, dass gleich

niemand Zeuge meiner bevorstehenden Dummheit sein würde, dann warf ich meine Tasche über das Tor und fing an hochzuklettern. Es war zwar nicht besonders hoch, vielleicht zweieinhalb Meter, aber alt und rostig, und der höhere Teil hatte nicht wirklich etwas zu bieten, worauf man sich mit dem Fuß hätte abstützen können. Außerdem war ich zweiundfünfzig. Das letzte Mal, als ich irgendwo drübergeklettert bin, waren noch die Bay City Rollers in den Charts.

Nach oben ging es überraschend gut, doch dann erreichte ich den höchsten Punkt und sah dummerweise nach unten. Wow, das war aber ganz schön hoch. Eine Welle des Schwindels erfasste mich. Ich schloss die Augen und hielt mich gut fest. Der Schwindel verflog, doch als ich meine Augen wieder öffnete, war ich immer noch oben auf einem hohen Tor, ohne genau zu wissen, wie ich da wieder runterkommen sollte.

»Hilfe!«, sagte ich, jedoch sehr leise, weil ich nicht wirklich wollte, dass mich jemand hörte. Ich versuchte, die Höhe des Sprungs realistisch einzuschätzen. Wenn ich sprang, was würde ich mir am wahrscheinlichsten brechen: den Knöchel, die Hüfte oder die Kniescheibe? Als ich gerade die Optionen gegeneinander abwog, klingelte mein Handy. Das war zwar nicht der idealste Moment für einen kleinen Plausch, doch ich ging trotzdem ran, für den Fall, dass es Denny war.

»Pearl?«

Greg. Super. Er stand natürlich schon auf meiner Liste der Leute, mit denen ich sprechen musste, aber vielleicht nicht gerade jetzt.

»Ach, hi, Greg«, entgegnete ich ganz ungezwungen. »Ich, äh, bin gerade etwas beschäftigt, kann ich dich später zurückrufen?«

»Nein, verdammt noch mal, sicher nicht! Weißt du, wie oft ich angerufen habe? Warum, verdammt, geht immer Denny an dein Handy? Diese Woche hab ich öfter mit ihm als mit meiner Frau telefoniert!«

»Ich ruf dich zurück, versprochen …«

»Kommt gar nicht in Frage, du wimmelst mich immer ab. Ich muss mit dir über die Tagebücher reden.«

Ich rutschte leicht ab und stieß einen erschrockenen Schrei aus.

»Entschuldige, Pearl, werd jetzt nicht sauer. Ich weiß, dass du wahrscheinlich noch nicht mal darüber nachdenken willst. Ich will dich nicht ›triggern‹, oder wie auch immer das heißt, aber ich bin überzeugt davon, dass das eine viel zu große Bürde für dich ist. Ich werde jemanden für die Übersetzung bezahlen. Es ist nicht richtig, dich zu bitten, dich in Dads ganze Scheiße zu stürzen. Das ist unfair dir gegenüber, wo du doch schon so verletzlich bist …«

»Ach ja, bin ich das?« Ich hatte einen besseren Halt am Tor gefunden.

»Das kam jetzt falsch rüber. Na ja, du weißt schon. Du hast viel um die Ohren.«

Ich war so hoch oben, dass ich mich fragte, ob ich das Dach unseres Hauses sehen konnte, doch das konnte ich nicht; wahrscheinlich war es zu tief im Wald, von zu vielen hohen Bäumen umgeben. »Du brauchst dir keine Sorgen um mich zu machen. Ich hab schon angefangen zu lesen.«

»Ach ja? Äh, super! Und, wie sind sie so?«

»Sehr interessant. Aber natürlich gibt es ein paar Dinge, die ich nicht ganz verstehe.«

»Das liegt bestimmt an der Stenographie. Es muss Jahre her sein, dass du das letzte Mal …«

»Vor allen Dingen verstehe ich nicht, Greg, wie Dad so

viel über mein Leben wissen konnte, wo er doch seit fast vierzig Jahren nicht mehr mit mir geredet hatte …«

Unter mir hörte ich ein Geräusch, und ich lehnte mich nach vorne, um zu sehen, was es war – eine schlechte Idee, da ich auch so schon ziemlich instabil war. Während ich mich mit der einen Hand weiterhin verbissen festklammerte und mich in eine aufrechte, weniger wackelige Position brachte, sah ich, dass dort auf der Waldseite eine Person war, die auf mich zukam. Dabei hatte ich doch so gehofft, keine Zeugen zu haben.

»Verdammt!«, stieß ich hervor.

»Oh mein Gott, was ist denn los?«, fragte Greg.

»Wir reden später.« Ich legte auf und stopfte das Telefon in meine Hosentasche.

Der Mann, der sogenannte Förster, erreichte das Tor und sah amüsiert zu mir hoch. »Ich bin also nicht der Einzige, dessen Pläne wegen des verschlossenen Tors vereitelt wurden.«

»Ich wollte mir mal den Ausblick von hier oben ansehen«, entgegnete ich leichthin. »Recht nett.«

Er streckte mir die Arme entgegen. »Ich fange Sie auf.«

»Wirklich?«

Er zuckte mit den Schultern und sah einen Tick zu entspannt aus, als mir unter diesen Umständen recht war. »Klar doch.«

Allerdings nahm ich an, dass ich nicht für immer hier oben bleiben konnte. Ohne viel darüber nachzudenken, sprang ich von dem Tor in seine Arme hinunter. Er war stark und behaart und roch nach rauchigem Holz und irgendeinem anderen Duft, etwas Chemischem, das ich nicht sofort identifizieren konnte. Es folgte ein unangenehmer Moment, in dem wir uns körperlich viel näher waren, als uns beiden lieb war, dann setzte er mich sanft auf dem Boden ab.

»Danke«, seufzte ich.

»Kein Problem.« Er deutete auf das Tor. »Wissen Sie, wann es wieder aufgesperrt wird?«

»Tut mir leid. Mein Mann hat das Schloss angebracht, um Sie auszusperren. Ich muss Sie warnen, dass er Sie heute Abend aufsuchen und nicht sehr freundlich sein wird, wenn er Sie findet.«

»Allerdings habe ich jetzt ja gar keine Gelegenheit mehr, mich davonzumachen«, erwiderte er mit einer Geste zum Tor.

»Da haben Sie wohl recht«, gab ich zurück. »Ich werde versuchen, etwas deswegen zu unternehmen, okay? Dann können Sie gehen.«

Er nickte und ging auf dem Pfad zwischen den Bäumen davon. Einen Augenblick später war er verschwunden. Ich machte mich auf den Weg zurück zum Cottage und hatte schon die halbe Strecke zurückgelegt, als mein Handy erneut klingelte. Vermutlich Greg oder Denny? Aber es war eine unbekannte Nummer. Ungeduldig ging ich ran, bereit, einem Werbeanrufer ordentlich die Meinung zu geigen, da ich von meinem seltsamen Morgen noch mit unverbrauchtem Adrenalin vollgepumpt war. »Ja?«

»Oh, äh, hallo, spreche ich mit Pearl?« Es war die Stimme einer Engländerin.

»Ja, worum geht's denn?«

»Äh, oh Gott. Ist es gerade ungünstig? Tut mir leid, Sie zu stören …«

»Egal, um was es geht, ich habe kein Interesse. Ich war in keinen Unfall verwickelt, den ich nicht verursacht habe, und neue Fenster brauche ich auch keine. Sie immer mit

Ihrer Werbung, wirklich!« Was für einen Nutzen hatte es, extra ein Handy aus der Steinzeit zu haben, wenn ich trotzdem mit solchen Anrufen belästigt wurde?

»Entschuldigen Sie, ich will Ihnen gar nichts verkaufen. Ich, äh, ich stehe in einer Verbindung zu Ihnen. Gott, was ich meine, ist …«

»Wer spricht denn da?«

»Entschuldigung. Ich bin Carrie. Caroline Haskett. Eigentlich wollte ich bloß sagen, dass Francis wollte, dass ich Sie kontaktiere.«

»Francis, mein Vater?« Ich blieb stehen. Caroline Haskett … bei dem Namen klingelte etwas.

»Ja, er wollte, dass ich Sie kontaktiere, und meine Mutter, sie ist …«

»Worum geht es denn genau?« Ich erinnerte mich jetzt, wo ich den Namen schon mal gehört hatte: einer der Freunde, denen Francis Geld hinterlassen hatte. Hugh Sargeant, dem Kirchenvorsteher, und Caroline Haskett.

»Es geht um, äh, das klingt jetzt dumm, entschuldigen Sie.« Sie räusperte sich. »Ich bin, äh, oh Gott, ich weiß nicht, wie ich das sonst sagen soll. Ich bin, äh, ihre Tochter.«

3. November 1982

Schrecklich schlimmer Tag.
Das Telefon klingelte, gerade als wir zu Abend aßen.
J ging ran, sagte, ich wäre beschäftigt, und legte auf. Sagte, es wäre PP gewesen, dass sie den ganzen Tag über immer wieder angerufen hätte und endlich lernen müsste, dass nicht immer alles nach ihrem Kopf gehen konnte. Ich sagte, dass in letzter Zeit nicht wirklich viel nach ihrem Kopf gegangen war, oder? J nicht erfreut. Sie geht ziemlich schnell in die Luft, nicht immer die unbekümmerte Frau, die ich in der Kirche kennengelernt habe.
Ich ging zum Telefon, doch zu meinem Entsetzen zog sie den Stecker aus der Wand und trug das Telefon nach oben ins Schlafzimmer. Ich folgte ihr, fragte, was sie da täte. Sie sagte, ich stünde meiner alten Familie immer auf Abruf zur Verfügung und das müsste aufhören. Dass wir jetzt schon fast ein Jahr lang zusammen wären und immer noch sie an erster Stelle stünde. Sie wurde richtig wütend, schrie herum, wollte wissen, was all die Besuche bei G in Bristol die ganze Zeit sollten (nur für die Akten, es waren zwei) und die Telefonate mit B und PP, dass ich nicht richtig für sie da wäre. Sie stellte das Telefon in den Schrank und sagte, ich könnte morgen anrufen. Ich war wütend, doch sie weinte jetzt wirklich. Ich wusste, dass sie sich wie die zweite Geige fühlte, obwohl ich sie überhaupt nicht so sehe. Ich machte mir Sorgen um A, die auf

ihr Zimmer gerannt war, als das Geschrei angefangen hatte. Später ging ich hoch, um nach ihr zu sehen, und brachte ihr ihren Teller mit, obwohl J mir gesagt hatte, ich sollte sie einfach in Ruhe zu lassen.
Ich aß mein Abendbrot auf, obwohl ich den Appetit verloren hatte, und die ganze Zeit über dachte ich an PP. Das sah ihr gar nicht ähnlich, ununterbrochen anzurufen, normalerweise hielt sie sich sehr zurück. J nötigte Andrea herunterzukommen, damit sie mit ihr ihre Seifenoper anschaute, und ich sagte, ich würde spazieren gehen.
Ich ging in die Stadt, zur Telefonzelle draußen vor der Drogerie. Leider nahm Ivy ab. Nicht mein Tag. Legte auf. Wartete fünf Minuten, dann versuchte ich es noch mal. Diesmal war es PP, Gott sei Dank. Sobald sie hörte, dass ich dran war, fing sie an zu weinen. Dauerte ziemlich lange, um alles aus ihr herauszubekommen.
Langer Rede kurzer Sinn: Sie ist schwanger.
Sie sagte immer wieder, dass sie abtreiben wollte. Ich war natürlich entsetzt, wenn ich mir mein kleines Mädchen in dieser schrecklichen Situation vorstellte, versuchte jedoch, praktisch zu denken. Ich stellte viele Fragen, war danach aber auch nicht schlauer, was den fraglichen Jungen anging; weder ob er es wusste, noch in der wievielten Woche sie war. Als ich sie fragte, warum sie sich nicht von ihrer Mutter helfen ließ, hatte sie keine wirkliche Antwort darauf, aber von dem wenigen, was sie sagte, bekam ich den Eindruck, dass Ivy sich ziemlich hatte gehen lassen, sowohl geistig als auch körperlich. Ich hatte keine Ahnung gehabt, dass Ivy in so einer Verfassung war, eine Schande, so auseinanderzufallen, wenn man Kinder hat, um die man sich kümmern muss.

PP sagte, sie wollte mit mir zum Arzt gehen, damit ich ihr meine Erlaubnis erteilen konnte, aber ich wusste, dass ich das nicht versprechen konnte. Es wäre so schwierig, das alles zu organisieren. Und eine Abtreibung! Alle Abtreibungen sind tragisch, das besagt die Lehre der Kirche. Ich sagte, sie sollte mit einem Arzt über ihre Ansichten reden, doch sie sagte, sie müsste auflegen. Ich stand in der Telefonzelle, bis eine Frau an die Scheibe klopfte und mich aufforderte rauszugehen, da sie jetzt telefonieren müsste.

13

Pearl

Mit verkrampften und eiskalten Fingern drückte ich mein Handy fest ans Ohr. Ich konzentrierte mich auf einen kleinen Zweig am Boden.

»Entschuldigung, was haben Sie da gerade gesagt?«

Die Frau entgegnete: »Gott, vielleicht hätte ich doch erst Roberta anrufen sollen.«

»Wer, sagten Sie, sind Sie?« Aus dem Zweig spross eine winzige rosa Knospe.

»Ich heiße Caroline. Carrie. Na ja, ich bin Ihre, äh, Tochter. Klingt seltsam, wenn man es ausspricht. Keine Sorge, ich will gar nichts, es ist bloß ...«

Ich legte auf und schaltete mein Handy aus. Ich brauchte ein paar Versuche, weil meine Hände vor Schweiß glänzten. Anstatt mein Handy tiefzukühlen, sollte ich es lieber zertrümmern und die Überreste im Wald vergraben. Ich bückte mich, um den Zweig aufzuheben. Wenn ich ihn ins Wasser stellte, würde sich die Knospe vielleicht öffnen.

Ich kam zu Hause an. Ich erinnerte mich zwar nicht daran, den Weg dahin eingeschlagen zu haben, doch das musste ich getan haben, genauso wie ich dort den Wasserkessel aufgesetzt haben musste, dessen Pfeifen mich jetzt nämlich plötzlich erschreckte. Mit einer Tasse Pfefferminztee ging ich nach draußen, setzte mich auf eine Liege und starrte hinauf in den Himmel.

Ich heiße Caroline.

Zwei Adler zogen träge ihre Kreise auf der Suche nach Beute. Ihre traurigen Schreie erinnerten mich an Möwen, an lange Spaziergänge am Meer, als ich ein Teenager in Bristol war. Die Adler waren schön. Vielleicht waren es Schlangenadler, doch in letzter Zeit hatte ich meine Vogelstudien ziemlich vernachlässigt. Ich verfolgte ihren Flug, überlegte, wie ich sie malen könnte, entwarf gerade und geschwungene Linien in meinem Kopf. Ich kann nicht sagen, wie lange ich so dagesessen hatte, als Denny mit zerzausten Haaren nach draußen gestürzt kam und mich zurück in die Realität katapultierte.

»Ich hab dich tausend Mal angerufen!«, rief er vorwurfsvoll.

»Du und alle anderen auch«, erwiderte ich. »Schau dir mal diese Vögel an. Atemberaubend.«

»In der Mailbox-Nachricht hast du gesagt, du wärst ausgesperrt!«

»War ich auch.« Ich nahm meinen Tee in die Hand, doch der war nun eiskalt.

»Ich dachte, du würdest im Wald bleiben! Zum Malen, hattest du doch gesagt! Ich wollte dich nicht aussperren!«

»Dann wolltest du mich vermutlich einsperren?«

»Nein! Na ja, ja. Aber nicht wirklich. Oh Gott! Ich wollte doch bloß den Eindringling und Andrea aussperren und dich in Sicherheit wissen.« Er sank auf den Stuhl neben mir. »Warum hast du mir nicht gesagt, dass du den Wald verlassen würdest?«

Ich bin Caroline. Ihre Tochter.

»Ich wusste nicht, dass das nötig wäre, Denny.« Ich sah wieder hinauf in den Himmel. Ein Vogel war verschwunden, aber der andere zog immer noch träge Kreise durch die Wolken. »Ich hatte keine Ahnung, dass ich deine Erlaubnis dafür brauche.«

»Die brauchst du auch nicht! Es tut mir so leid. Wie bist du überhaupt zurückgekommen?«

»Bin übers Tor geklettert.«

»*Übers Tor geklettert?!* Dabei hättest du dir das Genick brechen können!«

»Ich hab versucht, dich anzurufen.«

»Heute Morgen konnte ich mein Handy nicht finden, nach dieser verdammten Andrea war ich komplett durch den Wind.«

»Schon im Tiefkühler nachgesehen?«

»Nicht witzig.«

»Dann wird dir das hier auch nicht gefallen. Ich habe mich nämlich mit dieser ›verdammten Andrea‹ in der Stadt getroffen.«

»Um Himmels willen!« Denny schlug mit der flachen Hand auf seine Liege, und ich musste aufpassen, dass mir meine Tasse nicht überschwappte. »Nachdem sie deine Sachen geplündert hat wie ein wildes Tier?«

»Geplündert?! Sie ist doch kein Pirat.«

»Dieser ganze verrückte Zirkus muss aufhören. Ich will gar nicht daran denken, was das mit deinem Gemütszustand macht.«

Gott sei Dank kannte er meinen gegenwärtigen Gemütszustand nicht. »Dass du mich anschreist, macht es für mich auch nicht viel besser.«

»Tut mir leid.« Er atmete ein Mal tief durch und sagte dann ruhiger: »Pearl. Ich will nicht immer derjenige sein, der dich an deine Nervenzusammenbrüche erinnert.«

»Und ich will nicht immer diejenige sein, die dich daran erinnert, dass Doktor Haywood den anderen Doktor dafür gescholten hat, es so genannt zu haben. Er meinte, dass ›Nervenzusammenbruch‹ kein hilfreicher Ausdruck für emotionales Leid ist.«

»Egal, wie man es nennt, beide haben sehr klar gesagt, dass du versuchen solltest, Stresssituationen zu vermeiden.«

»Das haben sie, aber sie haben dem auch einen zeitlichen Rahmen gegeben. Weißt du noch? Sie haben gesagt ›für die nächsten zwei Monate‹. Im Dezember sind es sechs Jahre.«

Er schaute weg.

»Für den Rest meines Lebens haben sie nicht gemeint. Mir geht's gut.«

Das konnte ich sagen, nachdem ich das Tor in einer Kletterpartie bezwungen, mich in die Arme eines fremden Mannes gestürzt hatte und Andrea von Angesicht zu Angesicht gegenübergetreten war. Nachdem ich die Beerdigung meines Vaters besucht, Eleanor gesehen und mich nach Gracie erkundigt hatte, ohne mich zur Erholung zwei Wochen unter meiner Bettdecke verkriechen zu müssen.

Ich heiße Caroline … Na ja, davon abgesehen, ging es mir definitiv gut.

»Dir geht's wirklich gut«, gestand er sich ein und starrte auf den Boden. »Viel besser als mir.«

»Ach, Denny.« Ich griff nach seiner Hand. »Das tut mir leid. Hast du denn noch mal darüber nachgedacht …?«

»Ich muss zu keinem Arzt, hab ich dir doch schon gesagt.«

»Ich glaube ja nur, dass dir das helfen würde. Auch nur ein paar Sitzungen. Mir hat es wirklich geholfen. Es würde dir guttun, mal jemand anderen als mich zum Reden zu haben.«

»Das ist einfach nichts für mich, das ist alles. Ich muss mit keinem anderen reden.«

Ich stand auf, zu unruhig, um weiterhin sitzen zu bleiben. Ich wollte alleine sein. »Kann ich bitte den Schlüssel für das Vorhängeschloss haben? Ich werde im Ort einen nachmachen lassen.«

Er starrte von unten zu mir hoch. »Ich glaube nicht …«

»Denny, wenn ich dir doch sage, du brauchst dir keine Sorgen um mich zu machen.«

»Ich mache mir aber Sorgen, das werde ich immer tun, das ist eben meine Art.« Er gab mir den Schlüssel und drehte sich dann weg.

Zum zweiten Mal heute ging ich den Weg zum Ort entlang. Wie schnell meine sorgsam einstudierten Gewohnheiten über den Haufen geworfen worden waren. Alles, was es dafür gebraucht hatte, war, dass mein chaotischer Vater starb und mich von jenseits des Grabes schikanierte.

Es war nervig, das Tor auf- und dann wieder abschließen zu müssen, und ich war entschieden, Denny davon zu überzeugen, das Schloss wieder abzunehmen, sobald Andrea und der Förster erst einmal in sicherer Entfernung waren. Jean in der Post machte mir zwei Schlüsselkopien, dann kam ich an Andreas Hotel vorbei. Ich ging bis zur Tür, fragte mich aber dann, was ich damit überhaupt bezwecken wollte. Nach *diesem* Anruf hatte sich alles gewendet und Andrea und mein Vater standen nicht mehr ganz oben auf meiner Panikliste.

Zurück im Wald, machte ich mich auf den Weg zum Zelt des Försters, doch von ihm fehlte immer noch jede Spur. Ich fand einen alten Umschlag in meiner Tasche und kritzelte darauf: *Der hier ist für Sie. Für die nächsten paar Nächte empfehle ich einen Tapetenwechsel.* Ich unterschrieb ihn mit: *Ihre dankbare Freundin, die Sie aufgefangen haben.* Den übrigen Ersatzschlüssel legte ich mit in den Umschlag und ließ ihn im Zelteingang liegen. Nach einem kurzen Zögern legte ich auch noch den Feldstecher dazu.

***

Eine weitere Nacht voller verstörender, immer wiederkehrender Träume. Diesmal war es nicht Andrea, die durchs Fenster einstieg, sondern eine junge Frau mit langen Meerjungfrau-Haaren. Ich wusste genau, wer sie war. Irgendwann ging Denny in das andere Zimmer, was ich erst bemerkte, als ich mit einem unbestimmten, verhängnisvollen Gefühl um halb fünf Uhr morgens aufwachte. Beim Frühstück erzählte er mir, dass ich um mich geschlagen und ihn beinahe aus dem Bett gestoßen hätte. Er nannte mich eine »Schlägerin« und ich brachte ein schwaches Lächeln zustande.

»Was hast du denn geträumt?«, wollte er wissen.

»Kann mich nicht mehr erinnern«, log ich.

»Diese scheiß Tagebücher«, murmelte er, als er mir einen großen Kaffee hinstellte, »bringen alles durcheinander.«

Er hatte recht. Die Tagebücher brachten wirklich alles durcheinander, was ich geglaubt hatte zu wissen; erinnerten mich an Dinge, die ich vergessen hatte, brachten Verborgenes ans Licht, boten eine neue Perspektive. Sie waren eine Geschichtsstunde aus zwei unterschiedlichen Perspektiven: meiner und Dads.

Heute zog es mich, wie das Lamm zur Schlachtbank, wieder zu dem frühesten Band hin: 1981–1982. Wohin auch sonst? *Ich bin Ihre Tochter*. Zweifelsohne befanden sich viele schmerzvolle Dinge in diesen Tagebüchern, die in

Dads krakeliger, gnadenloser Stenographie niedergeschrieben waren. Doch das hier war die Krönung. Das Jahr, als ich ihn als hoffnungslos junges und mehrere Monate schwangeres Mädchen am Ende meiner Weisheit um Hilfe gebeten hatte.

Ich las bis zu seinen Rechtfertigungen, warum er in der Stunde der Not nicht für mich dagewesen war, dann hörte ich auf. Es war schwer, diese Zeit, diese grausige, generelle Unsicherheit mit der Stimme der Frau am Handy in Verbindung zu bringen. *Ich heiße Caroline.* Wie eifersüchtig Jeanie auf seine erste Ehe war! Es klang einfach furchtbar, und ich spürte eine Woge des Mitleids für Andrea, die nach oben lief, um sich zu verstecken, wenn ihr die Streitereien zu viel wurden. Ich nahm an, dass Jeanie verunsichert war. Sie und Dad waren zu diesem Zeitpunkt schließlich noch nicht verheiratet gewesen; die Scheidung dauerte mehrere Jahre. Vielleicht hatte Jeanie Angst gehabt, dass er zu meiner Mum zurückkehren würde. Na ja, darüber hätte sie sich keine Sorgen machen müssen – diesen Kampf hatte sie gewonnen.

Ich legte das Tagebuch weg und googelte die Organisation, die im Brief des Anwalts erwähnt wurde und deren Nummer ich dank Dad hatte: PAC-UK. Ich wusste bereits, auf was ich stoßen würde, aber die Homepage traf mich trotzdem immer noch wie ein Tritt in den Magen. *PAC-UK: Rat und Unterstützung durch Experten für alle Betroffenen von Adoption.*

Dad hatte also Kontakt zu ihnen gehabt und durch sie wiederum Kontakt hergestellt zu …

Ich ging nach unten auf der Suche nach Notfallkaffee. Als ich ihn gerade aufgegossen hatte, kam Denny mit seiner Schutzbrille auf der Stirn herein, von dem Aroma angelockt.

»Wieder in den Tagebüchern gelesen?«, fragte er in dem Tonfall, den er annahm, wann immer wir über sie redeten, und der es so klingen ließ, als würde ich etwas Beschämendes tun. Tatsächlich fühlte es sich auch wirklich ein bisschen beschämend an, sich durch die Vergangenheit von jemandem zu wühlen, sogar wenn der Großteil dieser Vergangenheit sich als meine eigene herausstellte.

»Sie sind ziemlich fesselnd«, bemerkte ich und versuchte mich an einer Leichtigkeit, die ich nicht spürte. »›In einem Zug sollte man immer etwas Sensationelles zum Lesen dabei haben.‹ Oscar Wilde.«

Er betrachtete mich nachdenklich. »Wie du meinst, Oscar. Na ja, ich geh jetzt zur Kapelle und nehm ein bisschen was von dem Holz mit rüber. Verbring nicht äh …«

»Verbring nicht den ganzen Tag damit, in diesen düsteren Tagebüchern zu lesen? Verdammt! Das war mein Plan.«

Nachdem er weg war, schaltete ich mein Handy ein, und dann, beinahe noch bevor ich beschlossen hatte, es wirklich zu tun, drückte ich auf Gregs Nummer. Es klingelte zwei Mal, dann ging Eleanor ran. »Pearl! Wie schön.«

Am liebsten hätte ich auf der Stelle wieder aufgelegt, wenn ich damit durchgekommen wäre. Ihre rauchige Galway-Stimme machte mich traurig. Ich platzte heraus: »Ist Greg da?«

»Er duscht gerade. Ich bin rangegangen, als ich gesehen habe, dass du es bist. Kann ich dir helfen, meine Liebe?«

Angesichts der Zuneigung in ihrer Stimme schloss ich die Augen. Sie war so viel mehr als nur freundlich gewesen, als die Dinge zwischen uns schiefgelaufen waren. Vermutlich würde ich nie alles wissen, was sie für mich getan hatte.

»Ich muss ihn was fragen, Ellie … vielleicht weißt du

nichts davon, über Greg und meinen Dad, aber ich hab die Tagebücher gelesen und Greg …«

»Ich hole ihn.« Ich hörte, wie sie das Telefon auf einen Tisch legte. Also *dann*, los. Während ich wartete, dachte ich über PAC-UK nach. Roberta musste dort arbeiten, als eine Art Vermittlerin. Dad hatte sie in den Tagebüchern erwähnt, genau wie … Ich war schon fast so weit, aufzulegen und stattdessen Roberta anzurufen, als ich schnelle Schritte Richtung Telefon kommen hörte und dann Greg, der atemlos das Handy ans Ohr riss.

»Pearl?«

»Stehst du jetzt im Handtuch da? Das kann auch noch ein bisschen warten.«

»Aber ich nicht. Rede mit mir.«

Ich achtete bewusst darauf, ruhig zu atmen. »Entweder bist du es oder es ist Benjy, aber ich glaube, dass du es bist.«

»Was bin ich?«

»Einer von euch zwei hatte jahrelang Kontakt zu Dad. Vielleicht die ganze Zeit über. Einer von euch hat Dad auf dem Laufenden darüber gehalten, was bei dem Rest von uns so los war.« Ich konnte mein eigenes Echo zu mir zurückhallen hören, als ich weiterplapperte: »Auf eine bestimmte Art ist das so eine typische Benjy-Aktion – du weißt, wie unmöglich es immer war zu verstehen, was zur Hölle in seinem Kopf vorgeht. Aber er kann Geheimnisse nicht für sich behalten, auch nicht, wenn sein Leben davon abhinge. Und überhaupt, er hat nicht versucht, die Tagebücher an sich zu reißen. Du schon. Mehrmals. Also glaube ich, dass du es bist. Sag mir, dass du es bist. Sag mir, dass du es nicht bist.«

»Ja.«

»Welches Ja? Ja, du hattest Kontakt zu Dad?«

»Ja. Es tut mir leid.«

Das Schweigen dauerte und dauerte. Obwohl ich bereits erraten hatte, dass er es sein musste, war ich trotzdem immer noch zutiefst schockiert. Ich dachte an seine wiederholten Versuche, mich von der Bürde der Tagebücher »zu befreien«. Er musste gewusst haben, dass sein Name auf jeder Seite stehen würde und meine Geheimnisse in seinem Namen vor unserem Vater ausgeplaudert wurden. Realistisch gesehen musste er das alles hier erwartet haben.

»Was willst du wissen?«, fragte er schließlich.

Was *dachte* er denn, was ich wissen wollte? Ich wollte wissen, *warum* er zu Dad Kontakt gehabt hatte, nachdem der uns doch so schlecht behandelt hatte, aber noch mehr als das wollte ich wissen, warum zur Hölle er mir nie etwas davon erzählt hat. Warum er mich die ganzen Jahre über angelogen hat. Warum sich alles wie eine Lüge nach der anderen anfühlte.

Ich fing mit einer etwas leichteren Frage an: »Wann hast du ihn das letzte Mal gesehen? Bevor er im Krankenhaus war, meine ich.«

»Du liebe Güte! Er wollte sich nie treffen. Vermutlich ungefähr vor zehn Jahren.«

»Wie sah er damals aus?«

»Alt. Nicht so, wie du ihn wahrscheinlich in Erinnerung hast. Da war er schon um die siebzig. Total geschafft. Dünne graue Haare. Jeanie war irgendwo anders, und wir haben uns in London getroffen. Er war nicht ganz auf der Höhe, um ehrlich zu sein. Unruhig, das Treffen schien ihm nicht geheuer zu sein. Ich hab mich gefragt, ob er krank war. Hab ihm ein Mittagessen ausgegeben. Er hat viel nach dir und Benjy gefragt.«

Plötzlich verließ mich die Energie, die mich so weit gebracht hatte, wich wie Luft aus einem zerstochenen Ballon. Mein ganzes Erwachsenenleben über hatte ich geglaubt, dass wir uns alle von Dad entfremdet hatten, doch nun erwies sich das als Lüge – Greg war mehr als dreißig Jahre lang ein Doppelagent gewesen. Tatsächlich waren bloß Benjy und ich von Dad entfremdet gewesen. Oder vielleicht war er am Ende auch die ganze Zeit über Benjys Kumpel gewesen, und es war bloß ich. Ich alter Trottel. Immer außen vor.

Ich musste das Handy weglegen, aufhören, diesem Lügner zuzuhören. Ich hatte mich mit Wichtigerem zu beschäftigen. Wie zum Beispiel mit der Tatsache, dass *meine Tochter* mich angerufen hatte.

»Ich rede ein andermal mit dir«, sagte ich.

»Was? Hey, Pearl, warte …«

Ich beendete den Anruf und schaltete mein Handy aus.

Es folgte eine weitere, ruhelose Nacht mit wirren Träumen von Verrat und Einbrüchen. Am Morgen stellte ich die Tagebücher in ein Regal und wandte mich von ihnen ab. Nach einem kurzen Blick auf meine E-Mails und die hinterlassenen Nachrichten auf meinem Handy – Greg am Boden zerstört, Eleanor versöhnlich, sagte klar und deutlich, dass sie die ganze Zeit über davon gewusst hatte, die Verräterin – ignorierte ich auch diese. Ich ließ sie schwitzen. Den restlichen Tag über konzentrierte ich mich auf meinen vernachlässigten Terminkalender, und am frühen Abend machten Denny und ich einen schönen Spaziergang im Wald, Arm in Arm, Ausschau haltend nach Blüten und neuen Trieben. Zum Glück gab es keine Spur von dem Förster, wie ich ihn gedanklich jetzt immer nannte. Am vergangenen Abend hatte Denny ihn nicht finden können und nahm daher an, dass er ihn erfolgreich ausgesperrt hatte.

Alle Gedanken an die Welt da draußen stellte ich ab. Ich erlaubte mir zwar, an Caroline zu denken, aber das war auch schon alles, und ich schwor mir selbst, dass ich sie nicht kontaktieren würde, bevor ich einen klaren Kopf hätte. Gerade war mir alles zu viel. Denny und ich bemühten uns um Leichtigkeit, wie wir es in stressigen Zeiten aus Erfahrung immer taten, und wenn ich während des Abendessens ab und zu aufsah und seinem besorgten Blick begegnete, na ja, daran war ich ja schon gewöhnt.

Am Freitagmorgen beschloss ich, vor dem Termin mit Madame Remard etwas zu malen. Kunst war ein Teil der mentalen Wellness-Routine, die Dr. Haywood für mich ausgearbeitet hatte, zusammen mit täglichen Spaziergängen in der Natur und der Empfehlung, mich an einen regelmäßigen Tagesablauf zu halten. Ich hatte bloß fünf oder sechs Sitzungen mit ihm gehabt, bevor wir nach Frankreich aufgebrochen waren, doch was er gesagt hatte, war mir nachhaltig im Gedächtnis geblieben. Ich nahm den mittleren Weg zu meinem Lieblingsplatz und bemerkte freudig, dass das Blätterdach über mir dichter war und die Bäume in Kürze mit ihrer Frühjahrspracht explodieren würden. Ich setzte mich auf den Boden, an die große Birke gelehnt, und malte mit Wasserfarben die Baumstämme mir gegenüber, inklusive aller Kleinigkeiten wie dem Moos, das darauf wuchs, und dem Muster in der Rinde. Während ich arbeitete, breitete sich ein Gefühl von echter Ruhe in mir aus, keine künstliche, und ich spürte, wie ich langsam wieder zu mir selbst fand. Mein Gehirn stand still, dachte an gar nichts. Nur an die Bäume, den Gesang der Vögel und meinen Pinsel, den ich immer wieder in den Wasserbecher, immer wieder in die Farbe tauchte.

Ich wusste nicht genau, wie lange ich schon da war, als ich eine Veränderung in der Luft wahrnahm, etwas Fremdes, und während ich mir meiner Umgebung langsam wieder bewusst wurde, erkannte ich den chemischen Geruch. Chlor. Ich schaute auf und sah den Förster auf mich zukommen.

»Danke für den Schlüssel«, sagte er und setzte sich mir gegenüber auf den Boden. »Ich hatte mir schon Sorgen gemacht, hier eingesperrt zu sein.«

»Sie hätten sicherlich auch über das Tor klettern können, kein Problem für Sie.«

Er lachte. »Ich bin selbst kein Fan von großen Höhen. Und ich bin ziemlich schwer.« Er deutete auf seinen Körper und mir fiel auf, dass Andreas anfänglicher Eindruck stimmte: Er trug viele Schichten Kleidung übereinander. »Man sitzt viel still herum, wenn man draußen lebt, friert oft, deshalb trage ich alle meine Anziehsachen auf einmal.«

Ich bemerkte, dass er feuchte Haare hatte. »Waren Sie im Schwimmbad?«

»Ja, ich gehe jeden Morgen hin. Das ist gutes Krafttraining. Und ich halte mich gerne sauber. Ich bin ja kein Landstreicher.«

Ich lächelte, weil er genau wie ein Landstreicher aussah mit seinen langen, feuchten Haaren und dem zottigen Bart.

»Danke für die Warnung vor Ihrem Ehemann.« Er zeigte auf mein Bild. »Sie sind also Künstlerin.«

»Ach, nicht wirklich. Es macht mir bloß Spaß, ist eine gute Therapie.« Ich legte meinen Block hin. »Wo sind Sie hingegangen?«

»In den Park auf der anderen Ortsseite. Ist aber keine so feine Unterkunft wie hier. Jetzt bin ich wieder da.«

»Früher oder später wird er wieder auf Sie oder zumindest Ihr Zelt stoßen.«

»Ich werde es jeden Morgen abbauen. Ich habe ein ausgezeichnetes Versteck.« Er lächelte. »Ich bin gut darin, mich unsichtbar zu machen. Und Sie zwei, Sie sind die größten Gewohnheitstiere in ganz Frankreich. Vielleicht auf der ganzen Welt. Sie nehmen immer denselben Weg an denselben Tagen, wie ein Uhrwerk.«

»Oh! Ich hatte keine Ahnung, dass Sie uns beobachtet haben.«

»Wirklich nicht? Irgendein Kerl campt seit drei Monaten in einem privaten Wald, und Sie glauben, er würde die Eigentümer nicht kontrollieren?«

»Sie sind schon seit *Monaten* hier?«

»Bis Sie angefangen haben, Ihr Muster zu ändern, war es leicht, Ihnen aus dem Weg zu gehen.« Er schaute mich ununterbrochen an. »Ich bin Ihnen ja dankbar wegen der Warnung und des Schlüssels, aber warum helfen Sie mir?«

»Na ja, weil ich ...« Ich verstummte. *Warum* half ich ihm eigentlich? Ich war mir nicht ganz sicher. Ich wusste nur, dass mich irgendetwas an ihm anrührte. Aber natürlich konnte ich ihm das nicht sagen. Stattdessen antwortete ich: »Sie haben mir geholfen, als ich auf dem Tor festsaß. Ich erwidere bloß den Gefallen.«

»Ich weiß, dass der Wald privat ist. Sie sind ein Glückspilz, hier Land zu besitzen. Wenn ich könnte, würde ich für immer hierbleiben. Aber machen Sie sich keine Sorgen, das ist nicht mein Plan.« Er stieß die Luft in einem langen Zug aus. »Ich bin fast bereit für meinen nächsten Schritt.«

»Ist es denn ein schwieriger Schritt?«

»Der Schwierigste meines Lebens.«

»Müssen Sie ihn denn tun?« Voller Erwartung lehnte ich mich nach vorne und hoffte, er würde sagen, dass wir nicht immer den schwierigen Dingen ins Auge sehen mussten, die uns im Leben erwarteten; dass es genauso mutig sein konnte, sich abzuwenden. Das Telefonat brannte in meinem Inneren. »Sie könnten ihn vermeiden.«

»Natürlich muss ich ihn tun.« Er stand auf, diesmal ohne sein gewöhnliches halbes Lächeln. »Wir müssen die schwierigen Dinge in Angriff nehmen, auch wenn es ein bisschen länger dauert.«

Ich schielte auf meine Armbanduhr. »Oh nein, ich werde zu spät kommen.«

»Müssen Sie in den Ort?«

»Ja, ich habe einen Termin.« Hastig sammelte ich meine Sachen ein.

»Ich habe eine Abkürzung zum Tor von hier aus gefunden. Wollen Sie, dass ich sie Ihnen zeige?«

»Ach! Ja, bitte.«

In Zickzacklinien ging er ziemlich schnell durch wucherndes Buschwerk voran.

»Müssen Sie denn auch in den Ort?«, fragte ich hinter ihm, etwas außer Puste.

»Nein. Ich gehe nur in aller Frühe zum Schwimmbad, wenn sonst niemand unterwegs ist.«

Das Schwimmbad machte erst um zehn auf, das wusste ich; zum Schwimmen musste er also einbrechen. Ich glaube, ihm war klar geworden, dass ich darauf gekommen war, weil er schnell hinzufügte: »Wo haben Sie denn Ihren Termin?«

»Bei der großen cremefarbenen Villa am Ortsrand.«

»Am Remard-Haus, mit den dunkelgrünen Fensterläden?«

»Genau dem.«

Jetzt ging er noch schneller. Langsam fragte ich mich schon, ob es tatsächlich so klug war, mit einem fremden Mann alleine im Wald unterwegs zu sein, als er um eine Ecke bog und ich zu meiner Überraschung sah, dass wir beinahe vor dem Tor standen. Bevor ich ihm danken konnte, verschwand er auch schon wieder zwischen den Bäumen, und nur Augenblicke später hörte ich jemanden meinen Namen rufen. Ich drehte mich um und sah in einiger Entfernung Denny, der mir zuwinkte. Mit klopfendem Herzen – das war ganz schön knapp gewesen – winkte ich zurück und wartete, bis er zu mir aufgeschlossen hatte.

»Wie war's beim Malen?«, erkundigte er sich, als wir zusammen auf das Tor zugingen.

»Gut. Ich zeig's dir später. Wo gehst du hin?«

»Brauche noch mehr Eichenholz.«

Ich wusste nicht genau, wer als Erstes sah, dass das Vorhängeschloss offen hing.

»Was zum Teufel?«, wunderte sich Denny und nahm es in die Hand.

Mit neutralem Gesichtsausdruck sagte ich: »Ach! Wie dumm von mir, ich muss gestern vergessen haben, es wieder zuzusperren.«

»Ich war aber seitdem draußen«, erwiderte er. »Gestern Abend, weißt du noch, um das Bienenwachs aus dem Van zu holen.«

»Ach, vielleicht hast du dann vergessen, es wieder abzuschließen. Das kann ja mal passieren.« Oh Gott, ich redete ihm da etwas ein.

Er legte die Stirn in Falten und drehte das Schloss in

den Händen. »Das war unvorsichtig von mir, tut mir leid.«

»Na ja, mach dir keine Sorgen«, antwortete ich und hoffte, dass er den Schweiß nicht bemerkte, der mir überall im Gesicht stand. »Ich gehe dann mal lieber, sonst komm ich noch zu spät.«

Abgelenkt gab er mir einen Kuss, und ich ging davon, wobei ich versuchte, unbeschwert zu schlendern. Als ich mich noch mal umdrehte, betrachtete er immer noch das Vorhängeschloss. Verdammt! Ich würde dem Förster sagen müssen, dass er den Mut für seinen nächsten Schritt nun etwas schneller als geplant aufbringen musste.

Nach diesem aufregenden Morgen war es angenehm beruhigend, vor Madame Remards Spiegel mit dem Goldrahmen zu stehen und ihre Haare durchzukämmen. Vor lauter Dankbarkeit, dass sie immer dieselbe war, aß ich mehr von den gefürchteten *bichon au citron*-Keksen als sonst. Jep, immer noch schrecklich. Vivienne kam rein in der Hoffnung, mich breitschlagen zu können, ihr schnell den Pony nachzuschneiden.

»Haben Sie in letzter Zeit eigentlich mit Ihrer Schwester gesprochen, Madame Fleur?«, fragte Madame Remard und sah mich im Spiegel an. »Vivienne sagt, sie hätte Sie bestohlen, stimmt das?«

Arme, alte Andrea: Sie war für immer als Diebin gebrandmarkt, zumindest in diesem schmucken Zimmer.

»Nicht wirklich«, entgegnete ich. »Aber ich habe wieder Kontakt zu meinem älteren Bruder. Wir haben eine Zeit lang gar nichts voneinander gehört, was uns beide traurig gemacht hat.« Ich erwähnte nicht, dass wir jetzt anscheinend wieder aufs Neue entfremdet waren, doch trotzdem schien sich Verwunderung im Raum breitzumachen.

Vivienne fragte zweifelnd: »*Etranger?*«, was »Fremder« bedeutete. Sie hatte mich falsch verstanden, eigentlich hatte ich »*estrangé*« gesagt. Das war doch sicher ein französisches Wort, oder? Doch als ich später in meinem Wörterbuch nachsah, fand ich heraus, dass ich es erfunden hatte.

Ich ersetzte es mit einer wörtlichen Umschreibung: »Ähh, *quelqu'un qui a perdu le contact avec sa famille.*«

Vivienne und Madame Remard tauschten einen Blick im Spiegel und Madame Remard entgegnete: »Sie sind sicher traurig, dass Sie Ihren Vater so lange nicht mehr gesehen haben und er jetzt tot ist, oder?«

»Ich weiß nicht. Vermutlich habe ich mich immer gefragt ...« Ich legte den Kamm weg, als mir auffiel, dass zwei besorgte Augenpaare auf mir ruhten. Da ich ihrem Blick nicht begegnen wollte, fing ich an, die Farbe anzurühren. »Na ja, unser Vater hat uns verlassen, als wir noch Kinder waren. Aber ich habe herausgefunden, dass mein älterer Bruder weiterhin mit ihm Kontakt hatte. Und ich habe das Gefühl ...«

»... hintergangen worden zu sein?«, beendete Vivienne den Satz für mich.

»Nicht ganz ...«

»Sie fragen sich, ob Sie besser nicht am Zerwürfnis festgehalten hätten?«, schlug Madame Remard so sanft vor, dass eine oder zwei meiner aufsteigenden Tränen überliefen.

»Ja«, bestätigte ich. »Mir war nicht klar, dass ich eine Wahl hatte, aber Greg wusste das offensichtlich schon.«

»Wir haben nicht alle dieselbe Wahl.« Madame Remard wedelte meinen näher kommenden Farbpinsel fort und stand langsam auf. »Kommen Sie mit.«

»Adeline«, meldete sich Vivienne zu Wort, doch Madame Remard schüttelte den Kopf.

»Es tut doch gut, über diese Dinge zu sprechen, oder etwa nicht?«

Verwirrt folgte ich ihr aus dem Zimmer und ging hinter ihr her, als sie umständlich die enorme Treppe erklomm. Ich war noch nie hier oben gewesen und stellte erstaunt fest, dass der Flur im ersten Stock mit Fotografien in silbernen Rahmen gesäumt war. Madame Remard hielt bei einem Bild von einem gut aussehenden, jungen Mann mit kurz geschorenen Haaren und einem breiten Lächeln an, der einen Talar anlässlich seines Universitätsabschlusses trug. Der Junge sah aus wie Madame Remard: Das Kinn war etwas zu groß und er hatte lebhafte braune Augen. Das musste ihr Sohn sein, doch ich konnte mich nicht daran erinnern, dass sie ihn jemals erwähnt hätte.

Sie begann zu erzählen: »Nicht lange, nachdem dieses Foto aufgenommen worden war, ein Jahr später, vielleicht zwei, ist er fortgegangen.«

»Wo ging er hin?«

»Ist nach Paris fortgelaufen, mit einer dummen Frau, die es besser hätte wissen müssen.« Langsam und mit etlichem Stöhnen ließ sie sich auf der obersten Stufe nieder. Den Rücken mir zugewandt, fuhr sie fort: »Damals war er zweiundzwanzig. Nächste Woche wird er vierzig.«

»Und seitdem ist er nie mehr zurückgekommen?«

Sie wedelte mit der Hand in der Luft herum und sah immer noch nicht zu mir herüber. »Serge war ein kluger Junge. Hat seinen Abschluss mit besonderer Auszeichnung gemacht, wissen Sie. Wissenschaftler. Nach der Universität hat er hier an der Schule unterrichtet, und die stellvertretende Schulleiterin, eine verheiratete ältere Frau, hat ein

Auge auf ihn geworfen.« Madame Remard holte ein Taschentusch aus ihrem Ärmel hervor und spuckte hinein. »Eine böse Frau.«

»Sie sind zusammen durchgebrannt?«

»Ich sagte ihm, er solle sein Leben nicht ruinieren; dass sie nach einem Ausweg aus ihrer toten Ehe suchte, doch er war natürlich verliebt. Schäumend vor Wut, dass ich diese Liebe nicht guthieß, warf er mir vor, *ich* würde sein Leben ruinieren. Oje.« Sie tupfte sich mit dem Taschentuch die Augen ab. »Er hat bloß eine Tasche mitgenommen. Ich dachte, er würde zurückkommen. Aber nein. Und dann, als sein Vater starb, schrieb ich an die Adresse, die ich von ihm hatte, doch er und die Frau wohnten nicht mehr dort.«

»Haben Sie versucht, ihn zu finden?«

Vivienne kam die Treppe herauf, setzte sich ein paar Stufen unterhalb von Madame Remard hin und wandte sich uns zu. »Ach, wir haben überall nach ihm gesucht!«, seufzte sie.

»Vivi und ich sind nach Paris gefahren«, erzählte Madame Remard. »Einen ganzen Monat lang sind wir jeden Tag herumgelaufen in der Hoffnung, irgendwo sein Gesicht zu sehen.«

»Von Bar zu Bar sind wir gezogen, jeden Abend, ohne Unterlass.« Vivienne streckte die Hand aus und Madame Remard tätschelte sie.

»Uff«, machte Madame Remard, als sie versuchte aufzustehen, und nahm schließlich mit der Würde des Alters Viviennes und meine Hilfe an. Im Hinuntergehen sagte sie: »Es tut mir leid, dass es für Sie und Ihren Vater zu spät ist, so wie es auch für Serge und mich zu spät ist.«

»Für dich und Serge ist es nicht zu spät«, widersprach Vivienne.

»Uff«, wiederholte Madame Remard – ein Allzweckwort, was dieses Mal bedeutete: »Sei kein sentimentaler Trottel.«

Ich färbte ihren Haaransatz fertig und schnitt dann Viviennes Pony nach, wobei ich so schnell arbeitete, wie es mein Standard erlaubte. Auf einmal fühlte ich mich von dem vollgestopften Haus und der staubigen Schicht von Geheimnissen erdrückt und war froh, als ich gehen konnte. Vivienne ging mit mir nach draußen und machte sich auf den Weg zu ihrer Schicht im *tabac*.

»Das war unglaublich«, bemerkte sie. »Adeline spricht nie über ihn.«

»Es tut mir leid, falls ich sie traurig gemacht habe. Ich hab ein schlechtes Gewissen, das alles aufgewirbelt zu haben.«

»Nein, sie hat recht. Es tut gut, hin und wieder darüber zu reden.«

»Kanntest du ihn denn? Serge?«

»Alle kannten ihn. Er war einfach großartig. Als er die Stelle an unserer Schule angenommen hat – ach, wir Mädchen sind fast gestorben.«

»War er denn ein guter Lehrer?«

»Wer weiß? Da müsstest du einen der Jungen fragen.« Sie lächelte verträumt. »Ich hatte geplant, ihn zum Tanzen aufzufordern, am Jahresabschlussball.«

»Deinen *Lehrer*?«, fragte ich und tat so, als wäre ich entsetzt.

»Ach, ich war sechzehn und am Ende meiner Schulzeit angelangt, und er war bloß ein paar Jahre älter.« Sie schüttelte den Kopf. »Aber zu der Zeit war er natürlich schon mit dieser männerfressenden Madame Odee durchgebrannt. Der Skandal des Jahres.«

»Uff«, machte ich.

Als ich wieder durch den Wald zurückging, nahm ich diesmal den neuen Weg, den mir der Förster am Morgen gezeigt hatte und der sich zwischen den Bäumen hindurchschlängelte. Ziemlich überrascht fand ich mich in Rekordzeit bei meinem Blätterdach wieder. Ich setzte mich, lehnte mich an den Baum und beobachtete die Lichttupfer auf meinen Armen, während ich all meinen Mut zusammennahm. Dann holte ich mein Handy heraus. Zwei schwierige Gespräche mit zwei Leuten standen an, die ich einfach so weggedrückt hatte.

Ich ging die letzten Anrufe durch und wieder einmal schwebte mein Finger über einer bestimmten Nummer. Doch mein Herz fing sofort an, unangenehm zu rasen. Ich dachte an Madame Remard, die gesagt hatte: »Einen ganzen Monat lang sind wir jeden Tag herumgelaufen in der Hoffnung, irgendwo sein Gesicht zu sehen«, und ich versprach mir selbst, es nicht viel länger aufzuschieben. Aber für den Moment …

»Pearl! Gott sei Dank.«

»Entschuldige, dass ich vorher einfach aufgelegt hab, Greg. Es ist alles ein bisschen …«

»Du brauchst dich nicht zu entschuldigen. Ich werd dir alles sagen, was du wissen willst.«

»Eigentlich will ich bloß eines wissen. Warum?«

»Warum ich Kontakt zu ihm hatte?«

»Na ja, klar, und, keine Ahnung, warum du es nicht erwähnt hast.«

»Okay. Das sind zwei Fragen.« Wie immer der pedantische große Bruder. »Das Warum ist eine einfache Frage. Weil ich ihn lieb hatte, Pearl. Ich hatte eine großartige Beziehung zu ihm. Als er gegangen ist, wart du und Benjy immer noch Kinder …«

»Ich war fünfzehn! Ich hatte auch eine tolle Beziehung zu ihm.«

»Aber ich war achtzehn, und da hatten wir irgendwie gerade angefangen, zusammen Erwachsene zu sein, weißt du?«

Ich hörte, wie er seine Hand über das Handy legte, vermutlich, um Eleanor zu antworten, aber das klappte bei Handys nie, weswegen ich ihn sagen hörte: »Scheiße. Sag ab.«

»Sorry«, entschuldigte er sich weniger gedämpft. »Bin wieder da.«

»Wem sagst du ab?«

»Ach, irgendeinem Paar, das kommen wollte, um Gracies altes Kleinkindertrampolin zu kaufen.« Er lachte. »Eleanor beglückt mich gerade mit ihrem ›Ich-hab's-dir-doch-gesagt‹.«

»Wegen des Trampolins?«

»Sie war immer der Meinung, ich sollte versuchen, es dir noch mal zu sagen.«

»Mir was noch mal zu sagen?«

»Dass ich mit Dad in Kontakt geblieben bin.«

»Was? Das hast du mir *überhaupt nie* gesagt.« Ich schüttelte den Kopf, wütend darüber, dass Greg mich jetzt auch noch anlog. »Du hast nie ein Wort darüber verloren.«

»Doch, Pearl. Ein Mal hab ich's dir gesagt, und es ist meine Schuld. Ellie war immer überzeugt davon, dass das nicht ausreicht, aber ich hab's dir gesagt.«

»Was zur Hölle? Wann soll diese angebliche Enthüllung stattgefunden haben?«

»Vor langer Zeit. Vor fünfundzwanzig Jahren, vielleicht ein bisschen mehr. Wo ist bloß die Zeit geblieben? Auf der Hochzeit von Ben und Alice.«

Bei den Worten »auf der Hochzeit von Ben und Alice« regte sich etwas in meinem Hinterkopf. Verdammt noch mal, ich glaube, er sagte *wirklich* die Wahrheit. Ich konnte mich nicht daran erinnern, was passiert war, nicht genau, doch ich konnte die schemenhaften Umrisse von etwas erahnen, das Bild eines Weinglases, doch dann schlüpfte es mir wie Seide durch die Finger. An den ganzen Hochzeitstag erinnerte ich mich nur bruchstückhaft. Es war ein schrecklicher Tag gewesen, und ich war sicherlich betrunken genug, um etwas Wichtiges verpasst zu haben. So betrunken wie vermutlich nie mehr in meinem Leben.

»Pearl, gib mir einen Moment, mein Boss ist am Festnetztelefon. Ich sollte eigentlich von zu Hause aus arbeiten«, sagte Greg. »Bleib bitte dran!«

Eigentlich hätte es ein fröhlicher Anlass sein sollen, aber Benjys Braut war zu jung. Ich war selbst erst fünfundzwanzig, doch neben der siebzehnjährigen Alice fühlte ich mich wie eine stattliche Matrone. Alice war natürlich sichtlich schwanger – welchen anderen Grund hätte diese Hochzeit auch sonst haben können? Mein ganzes Leben war voller fruchtbarer Frauen, Alice war nur die Erste von ihnen. Himmel, sie sah ziemlich glücklich aus, aber natürlich war sie viel zu jung, um zu wissen, was da auf sie zukam: ein im Keim ersticktes Leben, noch bevor es aufblühen konnte; eine Jugend, die von Gina, ihrem Baby, auf den Kopf gestellt werden würde; und Benjy als hoffnungsloser Ehemann. Wenn sie gewusst hätte, was sie die nächsten Jahre über alles erwarten würde, hätte sie nicht so glückselig gelächelt, eine Hand auf ihren Bauch gelegt – Benjy, der anfing zu trinken; Barb, die sich immer einmischte; die bittere Scheidung; eine miese zweite Ehe. Die arme Alice hatte wirklich keinen guten Start gehabt.

Benjy selbst war noch keine zwanzig Jahre alt, und vermutlich würde er jetzt auch zugeben, was damals für Greg und mich offensichtlich war: dass er nur heiratete, damit er nicht mehr mit Mum und mir unter einem Dach leben musste. Mum war nicht gerade sehr verständnisvoll gewesen, was die übereilte Hochzeit anging, aber ich, die ich selbst zu jung schwanger gewesen war, setzte mich für Alice ein. Mum gab ihr Bestes, doch sie hatte den ganzen Tag über schlechte Laune.

Alice' Mutter, Barb, war das andere Extrem. Sie war damals Anfang vierzig, frisch geschieden, und flirtete wild mit allen Männern. Der Höhepunkt – Tiefpunkt? – des Abends war, als ihr Kleid (»Ein BH würde bloß die Silhouette ruinieren, Schatz«) während eines besonders lebhaften Tanzes mit einem von Gregs Unifreunden aufging.

Man musste jedoch bedenken, dass diese Höllenhochzeit noch grauenvoller hätte sein können, wenn Dad dabei gewesen wäre. Benjy schickte ihm tatsächlich eine Einladung, doch seine Antwort darauf lautete, dass er nur kommen würde, wenn Jeanie auch willkommen wäre, und da sich keiner von uns Jeanie und Mum im selben Raum vorstellen konnte, musste Benjy ihm absagen. Ich hatte immer angenommen, dass das Benjys Beziehung zu Dad den Rest gegeben hatte.

»Du hattest zwei Getränke in der Hand, ein Glas Wein und einen Gin Tonic …«, nahm Greg den Faden wieder auf, als er zurück ans Handy kam, woraufhin ich das schwache seidige Schimmern wieder zu fassen bekam. Ich sah mich selbst am Büfett stehen, überall an den Wänden blitzten Discolichter und erhellten die Gesichter der Leute, sodass sie wie Furcht einflößende Karikaturen aussahen. Wie alle anderen auch sah ich dabei zu, wie Barbaras weiße, spitze Brüste, ohne von irgendwelcher Unterwäsche ausgebremst zu werden, beim Tanzen auf und ab hüpften. Bis heute hatte ich immer noch keine Ahnung, ob sie bemerkt hatte, dass sich ihr Kleid gelöst hatte oder nicht. Die Musik war laut genug, um das Gelächter und die Kommentare zu überdecken, und Gott sei Dank tanzte Alice mit Benjy auf der anderen Seite der Tanzfläche und hatte nicht mitbekommen, dass alle ihre Mutter anglotzten. Ein bisschen bitter, als Braut nur die am zweitmeisten beachtete Person zu sein.

Ich hielt zwei Getränke in den Händen, Greg hatte recht, und beide waren meine, weil ich wusste, dass der einzige Weg, wie ich diesen Tag überstehen würde, war, mich heillos zu betrinken. Ich erinnerte mich nicht mehr daran, was Greg gesagt hatte, nur dass es um Dad ging und ich wünschte, er würde aufhören, mit mir über Dad sprechen zu wollen. Ich war zu betrunken, mir ging es zu schlecht, um zuzuhören. Benjy war das Erste von uns Kindern, das heiratete, und Dad hätte hier sein sollen. Ich war am Boden zerstört, dass er es nicht war. Dann kam eine Erinnerungslücke, und danach wusste ich noch, dass ich am Arm von jemandem weggegangen bin und geschrien habe, dass ich nie wieder etwas von Dad hören wollte.

Wenn ich mich mit fünfundzwanzig wie eine stattliche Matrone gefühlt hatte, was war ich dann jetzt? Egal was, ich war definitiv zu alt für noch mehr Lügen.

»Du hast recht, Greg«, bestätigte ich. »Ich erinnere mich daran, dass du was zu mir gesagt hast, aber ich bin einfach weggegangen.«

»Na ja, du bist nicht bloß weggegangen.« Er lachte. »Du warst sturzbesoffen. Du hattest den ganzen Abend über immer zwei Getränke am Start, und ich weiß auch nicht, warum ich gedacht habe, dass das ein guter Moment wäre, um mit dir zu reden. Wahrscheinlich weil ich Angst davor hatte, es zu tun, wenn wir beide nüchtern waren. Egal, du hast mich immer wieder abgeschüttelt. Ich schwöre, ich hab's versucht, ich hab wirklich versucht, dir zu sagen, dass ich mit Dad Kontakt hatte. Aber du hast immer wieder gesagt: ›Rede nicht mit mir über ihn, ich will nie wieder etwas von ihm hören.‹ Und als ich es noch mal versucht hab …«

»Deine Hartnäckigkeit ist wirklich bewundernswert«, bemerkte ich und schämte mich verspätet für die unhöfliche Sturheit meines jüngeren Ichs.

»Ich weiß! Ich wünschte, ich wäre nicht so hartnäckig gewesen, weil ich's bei diesem letzten Mal geschafft habe, es auszuspucken, und du hast deine zwei Gläser angeschaut, als ob du überlegen würdest, welches du weniger gern trinken wolltest, und dann hast du mir eines davon ins Gesicht geschüttet.«

»Wirklich?«

»So was würde ich wohl kaum vergessen. Es war nämlich Rotwein.«

»Oh nein!«

»Das Hemd musste ich wegschmeißen.«

»Gott, das tut mir leid.« Mir kam ein seltsamer Gedanke. »Hast du Dad davon erzählt?«

»Wovon?«

»Von Benjys und Alices Hochzeit, Barbs Brüsten, dass ich dir den Wein ins Gesicht geschüttet habe?«

»Äh, ja, wahrscheinlich schon …«

Mir kam in den Sinn, dass ich ja Dads Nacherzählung dieser Ereignisse heraussuchen und sehen könnte, ob sie zu Gregs Version passte. Die Tagebücher waren eine echte Zeitkapsel; historische Aufzeichnungen, nicht nur über

Dads Leben, sondern auch über meines. Aber dann fiel mir ein, dass es ja trotzdem immer noch Gregs Version der Geschehnisse wäre, aber eben durch die Linse von Dad.

»Okay«, fuhr ich fort. »Also, wie du schon sagst, war es nicht der ideale Augenblick, um es mir zu sagen?«

»Nein, und Ellie beharrte darauf, dass ich es dir noch mal sagen sollte.«

»Viele Male!«, hörte ich Eleanor rufen.

»Viele Male«, wiederholte er pflichtschuldig.

»Und noch mal, als der Arsch gestorben ist!«, rief sie.

»Und noch mal, als der ...«

»Ich kann sie hören, Greg.«

»Und vor der Beerdigung hat sie es noch mal gesagt, und auch als das mit den Tagebüchern herauskam ...«

»Wusstest du, dass Dad Tagebuch geführt hat?«

»Nein. Ich war so überrascht wie Jeanie. Und auch ein bisschen besorgt, was er über mich schreiben würde.«

Ich könnte ihn von seinem Leid erlösen und ihm sagen, dass er bis jetzt ziemlich gut weggekommen war. Aber ich war noch nicht bereit für Nettigkeiten. Stattdessen fasste ich zusammen: »Dann lass mich das noch mal ganz klarstellen. Du hattest also die ganze Zeit über Kontakt mit Dad? Vom Zeitpunkt an, als er Mum verlassen hat, bis zu seinem Tod?«

»Nein, die ganze Zeit über nicht.« Er atmete aus. »Es gab lange Zeiträume – Monate, sogar Jahre –, in denen wir nicht miteinander gesprochen haben. Besonders in den letzten paar Jahren. Und ich möchte, dass du eins weißt: Auch wenn ich manchmal von ihm gehört habe, will ich gar nicht so tun, als würde ich verstehen, warum er zugelassen hat, dass wir alle aus seinem Leben verschwinden.«

»Nicht alle von uns.« Ich brachte ein bisschen was von

dem bitter nötigen Benjy in die Unterhaltung mit ein. »Dich hat er nicht fallen lassen, seinen Goldjungen.«

Ich konnte fast hören, wie er bis zehn zählte, genau wie er es immer machte, wenn Benjy ihn aufzog. Als er antwortete, sprach er in dem ruhigen Ton von jemandem, der versucht, über alles erhaben zu sein. »Es war immer ich, der den Kontakt aufrechterhalten hat. Nicht Dad. Wann immer es zwischen uns still geworden war, war immer ich es, der sich wieder gemeldet hat. Ich wusste, dass er es sonst einfach hätte auslaufen lassen, so wie er es mit dir und Ben gemacht hat.«

»Ich dachte wirklich, dass er nichts von mir hören wollte.«

»Doch, das wollte er, das versichere ich dir, sehr sogar, aber er wusste auch, dass er kein Recht hatte, das zu wollen. Er hat nie aufgehört, nach dir zu fragen.« Greg seufzte. »Mir hat es nichts ausgemacht, jedes Mal wieder angekrochen zu kommen, aber du hättest das nicht gewollt, und dafür gebe ich dir keine Schuld.«

»Findest du, dass ich unversöhnlich bin?«

»Nein, ich finde nur, dass du ziemlich genau weißt, was du akzeptieren willst und was nicht.«

Diese Betrachtungsweise gefiel mir recht gut.

»Wenn Eleanor dir aber doch immer wieder gesagt hat, du solltest noch mal mit mir reden, warum hast du's dann nie getan?«

»Wahrscheinlich, weil ich Angst hatte?«

»Vor *mir*?«

»Weißt du noch, als wir bei dir gewohnt haben?«

Das fühlte sich wie ein Ablenkungsmanöver an. Er meinte die Zeit, als er und Eleanor früh in ihrer Ehe gerade auf Wohnungssuche waren. Sie zogen bei Mum und mir mit ein und schlugen eine Zeit lang ihr Lager in Gregs altem Kinderzimmer auf. Diese drei oder vier Monate waren die beste Zeit aller Jahrzehnte, in denen ich mit Mum zusammengewohnt habe. Eleanor und ich hatten uns als Schwägerinnen immer gut verstanden, aber während dieser Zeit wurden wir zu besten Freundinnen. Dank ihr, weil sie so viel mithalf, bekam ich kurzzeitig mein Leben zurück.

Greg fuhr fort: »Wir standen uns damals sehr nahe und ich wollte nicht alles wieder kaputt machen. Dass ich mit Dad in Kontakt war, hat sich wie ein schmutziges kleines Geheimnis angefühlt.«

»Was hat Benjy dazu gesagt?«

»Hab's ihm noch nicht erzählt.«

»Oje, sag mir Bescheid, wenn du's tust, dann kauf ich Popcorn. Du hast aber *schon* vor, es ihm zu erzählen, oder?«

»Das hängt von dir ab.«

»Von mir, warum?«

»Davon, ob du meinst, dass aus den Tagebüchern klar hervorgeht, dass ich zu Dad Kontakt hatte.«

»Das soll wohl ein Witz sein, oder? So ziemlich alles, worüber Dad schreibt, handelt von uns. Wenn er auch noch mal irgendwas zu seinem schönen Leben und seiner schönen zweiten Familie zu sagen hat, dann muss ich das erst noch finden. Und es ist ziemlich offensichtlich, dass alles, was er von uns weiß, direkt von dir kommt.«

»Ach, verdammt.«

»Aber weißt du was, mach dir gar keine Sorgen deswegen, Ben kann ja dann, wenn du stirbst, die Wahrheit aus deinen eigenen Tagebüchern erfahren.« Das war Sarkasmus auf Benjy-Level für mich.

»Ach, *Pearl!*«

»Ach, *Greg!* Er hat genauso das Recht wie du und ich, die Tagebücher zu lesen, das weißt du.«

Er atmete lange und erschöpft aus. »Ich werde auf den richtigen Moment warten, um es ihm zu sagen.«

Ich biss mir auf die Lippe, um nicht zu sagen: »Ach, warum wartest du nicht noch mal dreißig Jahre, bei mir hat das ja auch gereicht.«

Langsam wurde mir kalt und ich stand auf. »Na ja, Greg, es war sehr erhellend, mit dir zu reden.«

»Pearl, wir würden dich so gern bald wiedersehen …«

»Ich melde mich wieder«, entgegnete ich. »Sag Eleanor alles Liebe von mir. Und übrigens, ich habe zugestimmt, Andrea vor dir und Benjy die Übersetzung lesen zu lassen. Also dann, tschüss!«

Als ich auflegte, konnte ich Greg noch stottern hören.

Gut. Damit war es also heraus. Die Bestätigung, dass alles, was Greg von meinem Leben mitbekommen hatte, auch Dad mitbekommen hatte. Und von Benjys auch. Greg hatte hinter unserem Rücken alles weitergegeben, an einen Mann, dessen hauptsächlicher Vaterimpuls es war, eine emotionale Distanz von den Ausmaßen der Champs-Élysées zwischen uns zu bringen.

Jep, daran würde ich eine Weile lang zu knabbern haben. Angesichts meiner eigenen charmant-vorsichtigen Ironie schüttelte ich den Kopf und ging langsam und steif wieder zurück nach Hause, wodurch meine Beine wieder lebendig wurden. Ein paar hundert Meter weiter vorne am Weg waberte mir der Geruch von Chlor entgegen, und ich blieb stehen, um mich umzusehen. Durch ein paar verzweigte Äste sah ich das Zelt des Försters. Er hatte einen neuen Platz dafür gefunden. Ich drückte mich durch die Äste und sah, dass er mit dem Rücken zu mir auf einem Baumstumpf saß. Ich ging näher heran und trat mit dem Fuß auf einen Zweig am Boden.

»Oh la vache!«, entfuhr es ihm, und er sprang auf. »Sie haben mich ganz schön erschreckt.«

Etwas, das in meinem müden, verwirrten Gehirn zu keimen begonnen hatte, seit ich das Foto in Madame Remards Haus gesehen hatte, bahnte sich jetzt seinen Weg an die Oberfläche. Ich betrachtete das Gesicht des Försters. Wenn man zwanzig Jahre, den riesigen Bart und die verfilzten Haare wegnahm, konnte das gut sein.

»Hey, Serge«, sagte ich. »Sie haben vergessen, das Vorhängeschloss heute wieder abzusperren.«

Er sah mich an, sein Blick bohrte sich in meinen, dann wandte er sich wieder seiner Feuerstelle zu. »So heiße ich nicht«, gab er zurück.

Ich stand noch einen Moment lang da, aber er drehte sich nicht mehr um, und erst, als ich schon fast zu Hause war, fiel mir auf, dass ich ihn in diesem Fall hätte fragen sollen, wie er wirklich hieß.

14

Carrie

»Dein Handy klingelt«, bemerkte Ian.

»Das hör ich.«

»Eine komische Nummer, fängt mit dreiunddreißig an. Ist die aus dem Ausland?«

»Jep.«

»Soll ich für dich rangehen?«

»Fass es ja nicht an!« Ich fuhr von dem Schneidebrett herum, das Messer noch in der Hand.

»Okay! Okay! Stich mich nicht ab!«

»Sorry.« Ich legte das Messer weg und trocknete mir die Hände ab. »Lass es einfach, bitte.«

»Wie ist Mummy denn heute drauf, Emmie-Wemmie?«, wunderte sich Ian in einer blöden Stimme und zur Bestätigung trommelte sie mit den Händen auf ihrem Hochstuhl herum.

Das Handy hörte auf zu klingeln. »Na also«, sagte ich.

»Gibt es da etwa einen ausländischen Freund, von dem du mir gerne erzählen möchtest? Und von dem du nicht willst, dass er dir vor mir ins Ohr säuselt?«

Ich spürte, wie mein Gesicht rot anlief, allerdings vor Wut. Ich drehte ihm den Rücken zu und schnitt weiter Zwiebeln. Beiläufig erwähnte ich: »Das ist Pearl.«

»Pearl, deine leibliche Mutter?«

»Sie lebt in Frankreich.«

»Scheiße noch mal, du hast dich also doch dahintergeklemmt! Hast du gar nicht erzählt. Gut gemacht!«

»Ich hab überhaupt nichts gut gemacht. Ich hab sie angerufen, sie hat aufgelegt, es war schrecklich, und jetzt ruft sie die ganze Zeit an.«

»Was sagt denn die Vermittlerin?«

»Ach.« Ich konzentrierte mich auf ein kleines Stückchen Zwiebel, das definitiv noch kleiner sein könnte. »Die hab ich eigentlich gar nicht angerufen, hab mich gleich bei Pearl gemeldet.«

»Ich bin wirklich fasziniert von unserer Rollenumkehrung, Carrie-Cat. Plötzlich bin ich der Vernünftige und du bist die, die sich Hals über Kopf in etwas stürzt.«

»Tja, na ja, jetzt verabscheue ich die Version von mir, als ich das getan hab, aber auch.«

»Warum schaltest du dein Handy nicht aus?«

»Geht nicht. Ich warte auf den Rückruf des Immobilienmaklers, wegen Mums Wohnung.«

»Na gut, warum redest du dann nicht mit ihr?«, fragte Ian, und als ich nicht antwortete, fuhr er fort: »Sie war also zu nichts zu gebrauchen, als du sie angerufen hast, gut, aber vermutlich hast du sie auch kalt erwischt. Übrigens, diese Zwiebel ist jetzt in ihre einzelnen Atome zerlegt.«

»Es ist wirklich nervig, dass du jetzt so vernünftig bist.« Ich kratzte die Zwiebelfitzel in eine Pfanne und drehte mich wieder zu ihm um. »Mir gefällt diese Rollenumkehrung nicht.«

»Hab ich dir doch gesagt.« Er setzte sich aufrecht hin und machte ein Gesicht wie ein seriöser Geschäftsmann. »Ich bin jetzt nämlich erwachsen.«

Ich war immer noch nicht schlauer, warum er jetzt wieder zurück in meinem Leben war. Ein Teil von mir fing langsam an, sich zu fragen, ob Mum doch recht damit gehabt hatte, dass er nur Zeit gebraucht hatte; dass er jetzt vielleicht bereute, was für ein hoffnungsloser Fall er gewesen war, als ich schwanger wurde. Der Mensch, der damals gesagt hatte, dass er nicht »bereit wäre, Verantwortung für eine Familie zu übernehmen«, dass er mit fünfunddreißig – fünfunddreißig! – »zu jung« wäre, um Vater zu sein, und der immer auf dem Sofa rumlümmelte und Videospiele zockte, während ich zu Voruntersuchungen ging, war nicht mehr als der Mensch zu erkennen, der jetzt hier saß, Emmie geduldig kleine Karottenstückchen gab und ihr das Gesicht abwischte. Und ein winziger Teil von mir fragte sich, ob es vielleicht nicht bloß Emmie war, für die er sich nun mehr erwärmt hatte.

Wie auch immer, ich war einfach dankbar, dass er da war. Er hielt mich nicht nur davon ab, Mum so sehr zu vermissen, wie ich es sonst getan hätte, sondern er war auch eine praktische Hilfe. In diesen Wochen hatte er viel auf Emmie aufgepasst, Mums Beerdigung eingeschlossen, weil ich nicht wollte, dass sie mich schlimm weinen sah. Es machte Spaß zusammen rumzuhängen, zu dritt, die Familie zu sein, von der ich einmal dachte, dass wir sie sein würden. Ich wusste, dass Mum von irgendwo auf uns herunterschaute, mit diesem stummen, erfreuten Gesichtsausdruck. Sie hatte nie wirklich ganz verstanden, warum ich mit Ian Schluss gemacht hatte, allerdings nur, weil ich ihr nicht alles von unseren letzten Monaten als Paar erzählt habe. Sie sagte einmal, dass ein Kind – mich – zu haben, sie und Dad enger zusammengebracht habe, deshalb glaubte ich nicht, dass sie verstanden hätte, wie es Ian und mich weiter auseinander brachte.

Als ich im siebten Monat schwanger war, verkündete

Ian, dass er über den Geburtstermin mit seinen Kumpels auf Lanzarote sein würde, ob das ein Problem wäre? Und als ich dann sagte, das das tatsächlich so etwas wie ein Problem wäre, behauptete er, dass er mir mit seiner Abwesenheit einen Gefallen täte; dass ich ihn nicht im Krankenhaus dabeihaben wollen würde, um dann meine »beschäftigte Körperseite« anzustarren; dass ich mir während der Wehen, anstatt um mich selbst, nur um ihn Sorgen machen würde. Dies war seine finale, krasseste Ablehnung von Vaterschaft gewesen, seit ich ihm zum ersten Mal den Schwangerschaftstest gezeigt und er gefragt hatte, ob ich vorhätte, es zu behalten. Ich wusste, dass der einzige Grund, aus dem er nicht die Initiative ergriffen und mich verlassen hatte, war, dass er es total hasste, der Böse zu sein. Er sah sich selbst als guten Kerl, von allen geliebt, und konnte den Gedanken nicht ertragen, dass seine Freunde ihn als jemanden sehen könnten, der eine hochschwangere Frau sitzen lässt. Aber von einer rausgeworfen zu werden, die er vielleicht als männermordende Helikopter-Mum darstellen konnte, die darauf bestand, alles auf ihre Art zu machen, na ja – das käme in seiner Truppe gut an. Seine Erleichterung, als ich Schluss machte, war wenig schmeichelhaft. Wenn man mir also damals gesagt hätte, dass er weniger als zwei Jahre später meine Hauptbezugsperson sein würde, hätte ich bloß gelacht.

Ich drehte die Hitze unter den Zwiebeln kleiner und schlug Eier in eine Schüssel. Naiverweise machte es mich sentimental, wieder Zwiebelomelett für ihn zu machen. Das war immer unser Lieblings-Schnellgericht gewesen, als wir noch zusammen waren.

Mein Handy fing wieder an zu klingeln.

»Dieselbe Nummer?«, fragte ich.

»Jep.« Ian sah mich an. »Gehst du diesmal ran?«

»Ich bin doch gerade am Kochen.«

Er nahm das Handy, und bevor mir überhaupt klar werden konnte, was er da tat, ging er ran. »Hallo, das ist Carrie Hasketts Handy.«

»Nein! NEIN!«, formte ich wütend mit den Lippen und wedelte mit den Armen in seine Richtung, wodurch kleine Eispritzer vom Kochlöffel flogen.

»Ja, ist sie«, sagte er und grinste mich an, der kleine Arsch. Er hielt mir das Handy hin und flüsterte: »Mach schon. Du kannst es genauso gut jetzt hinter dich bringen, anstatt es noch ewig vor dir herzuschieben. ›Gut wär's, man tät es eilig‹, oder? Ich koche fertig und warte dann hier auf deinen Bericht.«

»Und was für einen Bericht ich dir liefern werde, so viel steht fest. Einen, der sich gewaschen hat.« Ich nahm das Handy, ging ins Schlafzimmer und machte die Tür hinter mir zu.

»Was«, pampte ich sie mürrisch an und verfiel wieder ins Teenageralter.

»Caroline? Oh, Gott sei Dank. Danke, dass du rangegangen bist.« Ihre Stimme war tief, zögerlich.

»Bin ich nicht, mein blöder Ex ist rangegangen. Ich lege jetzt aber gleich wieder auf.«

»Bitte nicht, noch nicht, bitte lass mich mich entschuldigen. Es tut mir so leid, dass ich gerade nicht reden konnte, als du angerufen hast. Ich will keine Ausreden erfinden, aber du hast mich wirklich im seltsamsten Moment erwischt, ich bin da gerade von einem Tor gesprungen …«

»Was?«

»Entschuldige, ich saß da auf einem Tor fest, nicht so einem kleinen, sondern einem ziemlich hohen, und ein fremder Mann hat mich gerettet. Na ja, er ist nicht wirklich ein Fremder, weil ich ihn irgendwie kenne, aber er ist irgendwie auch ein Obdachloser und ein bisschen komisch. Okay, das ist nicht wirklich wichtig, ich war da gerade etwas aufgebracht und … *lachst* du etwa?«

»Ja, ich lache.« Ich setzte mich aufs Bett. »Ich hab schon länger nicht mehr gelacht. Danke. So hab ich mir unsere Unterhaltung wirklich nicht vorgestellt.«

Es folgte ein kurzes, überraschtes Schweigen, dann fing auch Pearl an zu lachen. »Ich bin froh, wenn du froh bist.«

»Also«, ging ich darauf ein und dachte mir, dass ich ja jetzt schon mittendrin war. »Wenn du nicht gerade mit Toren und Obdachlosen beschäftigt bist, willst du dich dann mal treffen?«

»Ja«, antwortete sie sofort.

»Ich dachte, das würdest du vielleicht nicht wollen. Nachdem du letztes Mal einfach aufgelegt hast, na ja, danach hatte ich ein paar schlechte Tage.«

»Das tut mir so leid.«

»Ich habe gerade erst meine Mum verloren …«

»Oh Gott, Caroline, ich hatte ja keine Ahnung …«

»Ich heiße Carrie. Für mich war das so, als würde mir das Universum einen sauberen Arschtritt verpassen. Bumm! Deine geliebte Mutter stirbt. Krach! Deine leibliche Mutter will nichts von dir wissen. Zwei Mütter innerhalb von ein paar Wochen zu verlieren, klingt nach so einer Art unlustigem Witz, den Oscar Wilde machen würde.«

Ich wusste, dass ich ihr da gerade eine Menge an den Kopf warf. Aber ich wusste auch, dass es keinen Sinn hatte, so zu tun, als wäre ich nett. Entweder ließ sie sich darauf ein oder eben nicht. Mit halbherzigen Antworten ließ ich mich nicht abspeisen.

»Das tut mir so leid, Carrie«, wiederholte sie. »Ich weiß es sehr zu schätzen, dass du mir eine zweite Chance gibst. Und noch mehr weiß ich eine Oscar-Wilde-Fan-Kollegin zu schätzen. Soll ich zu dir kommen?«

»Nein!« Uff, jetzt nach fünfunddreißig Jahren wollte sie hierherkommen und in mein Leben reinspazieren.

»Entschuldige. Ich dachte nur, ich mache es dir so einfach wie möglich.«

»Du lebst in Frankreich, richtig? Francis hat das meiner Mum erzählt. Dann treffen wir uns doch in Paris. Da war ich noch nie.«

»Wenn du dir sicher bist ... wann?«

»Ich schreib dir. Muss jetzt los.« Ich legte schnell auf, bevor die Tränen kamen.

Na also, Mum. Ich hab's getan. Ich hab mit ihr geredet. Ich wünschte, ich könnte dir das in echt mitteilen. Du hast gesagt, du wärst nach dem Anruf da, um meine Hand zu halten, aber das bist du nicht.

Während ich Mums Wohnung ausgeräumt hatte, war es mir leicht gefallen, dort mit ihr zu reden, ein bisschen zu weinen, aber jetzt, wo die Wohnung leer und bereit für den nächsten Mieter war, konnte ich das nicht mehr. Ich könnte auch an Dads Grab mit ihr reden, wo ich etwas von ihrer Asche verstreut hatte. Aber ich wusste, was sie dazu gesagt hätte. *Ein bisschen makaber, Carrie, Liebes.*

Zurück in der Küche, hatte Ian das Omelett fertig gebacken, einen Tomatensalat gemacht und ein paar Butterbrote geschmiert. Emmie saß neben ihm auf dem Boden und spielte mit ihren bunten Holzbauklötzen.

»Sorry«, entschuldigte er sich mit vollem Mund. »Macht's dir was aus, dass ich schon angefangen hab?«

»Ich glaub's einfach nicht, dass du dich *dafür* entschuldigst«, gab ich zurück und setzte mich. Mein Omelett war schon fast kalt, aber ich aß es trotzdem.

»Ich weiß, ich bin ein impulsiver Dummkopf«, sagte er. »Aber ich hab versucht, wieder in unsere alte Dynamik reinzukommen – du weißt schon, dass ich impulsiv bin und du vernünftig. Egal, es war offensichtlich, dass du mit ihr reden wolltest, und Spielchen zu spielen passt nicht zu dir.«

»Ich hab keine Spielchen gespielt. Ich wollte es vermeiden, verletzt zu werden.«

»Sie kann dich nur verletzen, wenn du sie lässt.«

»Ich hab gesagt, dass wir uns treffen, in Paris«, fasste ich knapp zusammen.

»Find ich super.«

Emmie fing an, länger vor sich hin zu brabbeln, und dabei kamen auch ihre Lieblingswörter jaargh und dada vor.

»Emmie sieht das auch so.« Er schenkte mir ein Glas Wein ein. »Wirst du sie mitnehmen?«

»Denke schon. Hab ich mir noch nicht überlegt.«

»Wäre aber um einiges einfacher, alleine, oder?«

»Bietest du etwa an, sie zu nehmen?«

»Ja, natürlich. Ein ganzer Tag, Emmie, du und ich, was du sagen?«

Beim Klang ihres Namens sah Emmie auf und sagte deutlich: »Ja.«

Ian und ich schauten uns an. »Verdammt noch mal!«, rief er aus.

»Sie sagt jetzt schon viel mehr verständliche Wörter. Heute Morgen hat sie ›heute‹ gesagt und als wir im Park waren ›Hundi‹.«

»Hundi!«, plapperte Emmie.

»Sie ist so klug. Nicht wahr, Emmie?« Ian zog sie sich

auf den Schoß. Sie lachte und versuchte, seinen Teller in die Hand zu nehmen. Bei ihrem gemeinsamen Anblick zog sich mein Herz schmerzlich zusammen. Ich hätte nie gedacht, dass Emmie das einmal haben würde: einen Vater, dem sie wichtig war.

»Dann ja, danke, wenn das ein echtes Angebot ist, dann lass ich sie bei dir. Wäre ein Samstag für dich in Ordnung? Ich kann sie zu dir bringen, bevor ich aufbreche.«

»Super, sag einfach Bescheid.« Er drückte seine Wange an Emmies. »Es gibt da etwas, das ich dich fragen wollte. Ich weiß nicht, was du davon hältst. Es geht um ein gemeinsames Sorgerecht.«

»Ähh …« Was zur Hölle?

»Denk einfach mal drüber nach. Du musst nicht jetzt sofort antworten.«

Ian die Verantwortung für Emmie zu übergeben, nachdem er sich mehr als fähig dazu erwiesen hat, vernünftig auf sie aufzupassen – das war eine Sache. Ihm zu erlauben, wieder in ihr Leben zu treten, sie gemeinsam großzuziehen, Entscheidungen für sie zu treffen – das war eine ganz andere.

»Warum willst du das?«, fragte ich.

»Ach, ich war so ein dummer Idiot.« Er streckte mir die Hand über den Tisch entgegen und ich nahm sie vorsichtig. »In diesen letzten Wochen habe ich gesehen, wie viel ich verpasst habe.«

Wie lange hatte ich das hören wollen? Ich sah in seine braunen Augen, die dieselbe Farbe hatten wie Emmies. »Du warst *wirklich* ein Idiot. Aber woher soll ich wissen, dass du nicht wieder einer sein wirst?«

»Ich bin ziemlich erwachsen geworden, seit wir uns getrennt haben. Das weißt du.«

»Ach ja? Ich habe aber erst vor Kurzem eine Veränderung bemerkt. Wenn du davor gekommen bist, um Emmie zu sehen, warst du nach fünf Minuten wieder weg. Konntest es kaum erwarten, wieder abzuhauen.«

»Babys, Mann«, seufzte er. »Du weißt doch, dass ich mit Babys nicht viel anfangen kann. Aber jetzt ist sie dieser kleine Mensch! Redet, spielt und ist so süß.«

»Sie ist kein Spielzug, Ian.« Ich zog meine Hand zurück. »Ich stehe selbst nicht so auf Babys, aber ich hatte keine Wahl. Ich hatte nicht die Möglichkeit, mich einfach abzuwenden.« Ich wollte sagen: »Mütter können sich nicht einfach abwenden«, aber dann schau sich mal einer Pearl an und wie einfach sie sich von einem Baby abgewandt hat. Stattdessen sagte ich: »Ich versteh einfach nicht, warum du so schnell von null auf hundert gegangen bist.«

»Mir ist klar geworden, was ich verpasse, ist das so schwer zu verstehen? Meine Mum hält mir auch immer wieder vor, wie niedlich Emmie ist und was für ein Trottel ich bin.«

Ians Mum, eine liebenswerte Frau, war ein paarmal zu mir gekommen, um Emmie zu sehen, aber sie wohnte auf Guernsey, was ziemlich weit weg war. »Das lässt dich aber nicht so reif erscheinen, wie du vielleicht glaubst, wenn der Grund für deinen Wunsch, eingebunden zu sein, ist, dass deine Mum es dir gesagt hat.«

»Das ist es überhaupt nicht.« Er lächelte. »Ich will einfach nur versuchen, auf eine klitzekleine Art, es dir gegenüber wiedergutzumachen. Ich weiß, dass ich ein Nichtsnutz war, als du schwanger warst und als Emmie klein war. Ich will präsenter sein. Bitte denk darüber nach.«

Als es an der Tür klingelte, war ich erleichtert, da mir das ein paar wenige Sekunden verschaffte, in denen ich alleine den Flur entlangging. Alle diese Was-wäre-Wenns, die qualvoll zum Greifen nahe um mich herumschwirrten. Reiste ich wirklich nach Paris, um jemanden zu treffen, der vor mehr als drei Jahrzehnten die klare Entscheidung gefällt hatte, kein Teil meines Lebens zu sein? Zog ich wirklich in Betracht, es mit dem Vater meiner Tochter noch mal zu versuchen, der im besten Falle unbeständig und im schlimmsten ein totaler Versager wäre? Hatte ich wirklich gerade erst meine Mutter verloren, diejenige, die ich normalerweise um Rat gefragt hätte?

Ich machte die Tür auf und davor stand Henry, der Numa auf dem Arm hielt und ein bisschen gestresst aussah.

»Tut mir leid«, entschuldigte er sich. »Ich weiß, es ist schon spät. Aber könntest du vielleicht …?«

»Ja, natürlich. Komm her, Liebes.« Ich nahm ihm Numa ab. Wie schwer sie war. In etwas mehr als anderthalb Jahren würde Emmie auch so groß sein.

»Du bist echt ein Schatz. Sie haben mich gebeten, eine Last-minute-Wiederholungsstunde für eine meiner Studentengruppen zu halten. Die haben morgen eine Prüfung und bezahlen doppelt so viel. Ich kann mir nicht leisten, das abzulehnen.« Henry hatte eine ganze Menge an Nebeneinkünften, dazu gehörten auch Mathenachhilfestunden. Einigen meiner eigenen Programmierstudenten, die ihre Kenntnisse etwas auffrischen mussten, hatte ich ihn empfohlen und die meinten, er sei einfach spitze.

»Hey, Henry«, begrüßte ihn Ian, der in den Flur gekommen war. »Schön, dich zu sehen, Mann.«

»Dich auch«, erwiderte Henry, weniger erfreut, weil er sich in meinen frühen Tagen als frischgebackene Mutter viele Beschwerden über Ian angehört hatte.

»Ich hau dann besser mal ab«, verabschiedete sich Ian

und gab mir über Numas Kopf hinweg einen Kuss auf die Wange – das erste Mal seit gut einem Jahr, dass ein Kuss zwischen uns ausgetauscht wurde. »Und sag mir Bescheid wegen Paris.«

Ich starrte seinen Rücken an, als er die Straße entlang davonging, und fühlte mich nervös und verwirrt. Henry kommentierte: »Paris also, ja? Sehr romantisch. Na ja, ich bin in neunzig Minuten wieder da. Sie hat schon gegessen und alles. Ist das in Ordnung?«

»Perfekt. Ich les ihr und Emmie eine Geschichte vor oder so«, sagte ich und zog mich zurück in die Wohnung. Mir wurde klar, dass er denken musste, dass ich mit Ian nach Paris fahren würde. Wie liebevoll hatte Ians Kuss wirklich ausgesehen? Und wie liebevoll war er tatsächlich gemeint?

»Nu!«, brabbelte Emmie, als sie Numa sah, was das erste Mal war, dass sie sie erkannt hatte. Emmie war fast zwei Jahre jünger, und obwohl das nicht immer so ein großer Unterschied sein würde, hatte ich nicht erwartet, dass sie einmal wirklich Freundinnen sein würden. Doch sie setzten sich sofort nebeneinander auf den Boden und fingen irgendein seltsames Spiel mit Löffeln an. Mein Kopf war zu voll, um irgendetwas Nützliches zu tun, also setzte ich mich einfach aufs Sofa, schaute ihnen zu und fragte mich, worauf um alles in der Welt ich mich da eingelassen hatte.

26. September 1990

Traute meinen Augen nicht. Habe Leute draußen reden hören, aus dem Fenster geschaut, und da war ein junger Mann neben einer jungen Frau in der Hocke und redete mit ihr. Wusste sofort, dass es PP war. Hab sie seit fast zehn Jahren nicht mehr gesehen, aber G schickt gelegentlich Fotos. Wie auch immer, hätte sie überall erkannt. Wusste sofort, dass mein Brief sie hierher geführt hatte. Aus irgendeinem Grund saß sie auf dem Boden. Ich konnte nicht hören, was sie sagte, wagte aber nicht, das Fenster zu öffnen, nicht dass sie dadurch gewarnt wurde. Ich fragte mich, ob der Mann ihr Freund war. Ein Kerl mit ziemlich vielen Piercings, sah wie ein Punk aus. Er deutete auf das Haus, und ich machte einen Satz zurück, obwohl ich wusste, dass man mich nicht sehen konnte. Ich fragte mich, ob er sie zum Anklopfen ermutigte. Doch dann half er ihr auf und sie gingen weg. Konnte es nicht glauben. Würde sie es wirklich nicht einmal versuchen? Ich rannte nach unten. Natürlich war J vor mir da. Wo gehst du hin? Zu dieser Zeit gehst du doch normalerweise gar nicht spazieren, ich werde mitkommen. Und so weiter. Nicht zum ersten Mal dachte ich, dass ich mit einem Hund öfter rausgehen könnte, auch wenn ich keine Kirchenangelegenheiten zu erledigen hätte. Hab es geschafft, an ihr vorbeizukommen, aber sie kam mir nach, fragte immer noch, was ich da täte, ob ich vorhätte,

jemanden zu treffen. Sie hielt mich am Arm fest, aber ich zog ihn weg, sah, wie PP in ein Auto einstieg, zu weit weg, um zu rufen. Ich lief los, doch das Auto fuhr weg, ein alter beiger Cortina. Ich sah das Autokennzeichen, rannte ihm hinterher bis zum Ende der Straße, konnte es aber nicht einholen und dann waren sie weg. Versuchte, mich an das Nummernschild zu erinnern, sagte es mir immer wieder im Kopf vor.
Aber in der Küche hielt J mein Tagebuch in der Hand, nicht das hier, sondern das vorherige, von 1987–1988. Sie hatte es aus meiner Schreibtischschublade genommen. Was ist das für eine Geheimschrift? Was schreibst du darin? Bis diese Angelegenheit einmal ausdiskutiert war, hatte ich das Nummernschild vergessen und wusste nur noch, dass es mit einem X aufgehört hatte.
[Dann war eine halbe Seite unkenntlich gemacht]

15

Pearl

Erst als ein Kellner mit dem klassischen, überheblichen Pariser-Kellner-Lächeln auf den Lippen vorbeischwebte und mir eine frische Papierserviette hinlegte, bemerkte ich, was für ein Chaos ich mit der vorherigen gemacht hatte. Sie war nur noch ein weißer Haufen aus lauter kleinen Fitzeln. Schnell sammelte ich sie ein und platzierte sie auf einem Beilagenteller, dann legte ich die Hände in den Schoß, weit weg von anderen unschuldigen Gegenständen, die ich sonst noch versehentlich zerstören könnte. Es war so schwierig, still zu sitzen, und noch schwieriger, mein Glas Wein nicht auf einmal auszutrinken und etwas Stärkeres zu bestellen. Ihr Zug hätte vor einer halben Stunde ankommen sollen.

»Ich war noch nie in Paris und ich spreche kein Französisch«, hatte sie in einer ihrer Textnachrichten geschrieben, was mich nicht gerade beruhigt hatte. Jedes Mal, wenn wir uns wegen der Zeit und des Ortes besprachen und ihr Name aufploppte, machte mein Herz einen Sprung. Ich schickte ihr eine Schritt-für-Schritt-Anleitung, um die Brasserie zu finden, die ich ausgewählt hatte, weil sie buchstäblich gegenüber des Gare du Nord war, stellte mir aber trotzdem immer noch vor, wie sie verloren durch die Straßen irrte.

Ich konnte kaum glauben, dass ich hier war. Dass ich Denny diesen Morgen einen Abschiedskuss gegeben, das Cottage verlassen, einen Zug und dann ein Flugzeug genommen hatte. Dass ich jetzt in der Brasserie Terminus Nord saß und die Tür beobachtete. In einem der Spiegel an der Wand gegenüber von mir erhaschte ich einen Blick auf mich selbst und sah mich für einen Augenblick so, wie ein Fremder mich sehen würde. Wie Carrie mich sehen würde. Eine Frau Mitte fünfzig, fest in ihren Mantel eingewickelt. Braune Haare, der Haarschnitt stylischer als das Gesicht, eine Denkfalte zwischen den Augenbrauen, beginnende Hängewangen. Genereller Eindruck: gestresst.

Jedes Mal, wenn die Tür aufging, beschleunigte sich mein Herzschlag. Ein paar der Leute, die eintraten, waren Frauen ungefähr im richtigen Alter, alleine, aber keine von ihnen hielt nach jemandem Ausschau. Doch dann kam sie herein, und ich erkannte sie sofort.

Weil ich sie schon einmal gesehen hatte.

Ich stand auf und sie kam herüber: eine schlanke, braunhaarige Frau in einer dunkelblauen Matrosenjacke, ebenso unsicher dreinblickend wie ich selbst. Mein Atem wollte nicht mehr regelmäßig gehen, und natürlich wurde es nur schlimmer, als ich mich selbst beschwor, nicht an meinen Atem zu denken. Sie sah müde, besorgt und ausgelaugt aus. Die Form ihres Gesichts, die ihrer Nase und Augen war unverkennbar wie meine und Benjys. Sie hatte schwarzen Eyeliner aufgetragen, mit perfektem Schwung. Ihre Haare waren glatt, sogar noch glatter als meine, mit karamellbraunen Strähnchen und einem Fransenpony, der ihr gut stand. Sie trug sie in einem ordentlichen Pferdeschwanz. Ich wusste nicht, ob wir uns umarmen oder ein Küsschen auf die Wange geben würden, und als sie dann etwas peinlich berührt auf der anderen Seite des Tisches stand und sich nicht rührte, rührte ich mich auch nicht.

»Carrie, danke, dass du gekommen bist«, begrüßte ich

sie. Sie lächelte, kurz und flüchtig, und setzte sich mir gegenüber hin.

»Wo ist denn dein Baby?«, fragte ich. Oder eher platzte es aus mir heraus. Mir wurde klar, dass ich davon ausgegangen war, sie würde es dabeihaben.

Sie sah verwirrt aus. »Woher weißt du, dass ich ein Baby habe?«

Natürlich hatte ich ihre Stimme zuvor schon am Telefon gehört, doch nichts hatte mich auf deren Wirkung im echten Leben vorbereitet. Das war meine Tochter, die da sprach, mit diesem weichen Akzent aus Bristol! Meine *Tochter*!

»Ich hab dich mit ihm gesehen. Oder ihr?«, erklärte ich unsicher. »Auf der Beerdigung meines Vaters.« Ich dachte an den Moment zurück, in dem ich sie gesehen hatte, als ich aus der Kirche gerannt war. Eine Frau draußen, mit einem Baby auf dem Arm. Unsere Blicke, die sich trafen. Denny, der mir nachgerannt kam und meinen Namen rief.

»Ach so! Wusstest du denn zu dem Zeitpunkt, dass ich das war?«

»Nein.« Es würde sich seltsam anfühlen, sogar ein bisschen manipulativ, ihr zu sagen, dass ich in diesen wenigen Sekunden tatsächlich eine Verbindung zu ihr gespürt hatte. »Hattest du denn vor, auf die Beerdigung zu gehen?«

»Irgendwie schon. Francis – deinem Dad – hatte aus irgendeinem Grund viel daran gelegen, dass ich komme. Aber als ich dich dann gesehen hab, hab ich irgendwie die Nerven verloren.«

Und dann fiel der Groschen. *Aus irgendeinem Grund*. Endlich wurde mir klar, warum Dad gewollt hatte, dass ich auf seine Beerdigung gehe, so sehr sogar, dass er ein großes Geheimnis aus einem interessanten ›Vermächtnis‹ gemacht hatte, das ich persönlich entgegennehmen musste. Natürlich hätte ich nicht wirklich da sein müssen, um die Tagebücher zu bekommen – die hätte man mir auch zuschicken können –, aber ich musste da sein, um Carrie zu sehen. *Sie* war der Sinn und Zweck seines Vermächtnisses: der Versuch, etwas wiedergutzumachen, was er nicht geschafft hatte, als ich mit ihr schwanger war. Ach, Dad. War das eine dumme und selbstverherrlichende Geste oder eine nette? Ich hatte keine Ahnung.

»Sie ist bei ihrem Dad«, antwortete Carrie schließlich, und ich blinzelte, weil ich verwirrt war, über welchen Dad wir gerade redeten. »Emmie, meine Tochter«, stellte sie klar.

»Ach so! Wie nett.« Ich wusste rein gar nichts über Carrie, und jede Frage, die ich mir zurechtlegte, verwarf ich sofort wieder, da ich das Gefühl hatte, sie wäre zu neugierig. Der Kellner kam herüber und Carrie deutete auf meinen Wein. Ich bestellte einen für sie und noch einen für mich, wegen der guten, alten Atemschwierigkeiten allerdings in etwas abgehacktem Französisch.

Nichtsdestotrotz meinte Carrie: »Du sprichst ja richtig fließend!« Sie sah beeindruckt aus.

»Ach, nicht wirklich. Ich bin noch auf dem Weg dorthin.«

»Du klingst wie eine echte Französin. Wie lange lebst du schon hier?«

»Fast sechs Jahre.«

»Warum bist du hierhergezogen?«

»Ach, wir hatten einfach Lust auf eine Veränderung.« Das klang genau nach der abwiegelnden Antwort, die sie auch war, und ich suchte verzweifelt nach etwas, das ich noch hinzufügen konnte. »Alles war ein bisschen ... na ja, wir hatten England ein bisschen satt ...«

Sie starrte den Tisch an, und ich fragte mich, was sie

wohl dachte. Das Treffen war ihre Idee gewesen. Sie hatte Paris vorgeschlagen, sie war weiter gereist als ich, um hier zu sein. Doch jetzt, wo sie wirklich hier war, wirkte sie leicht feindselig, als ob sie gezwungen worden wäre, herzukommen. Aber das mochte vielleicht einfach ihre normale Art sein. Ich wusste es nicht.

Sie fragte nicht mehr weiter nach, warum ich hergezogen war, deshalb stellte ich ihr ein paar Fragen. Sie beantwortete alle höflich, jedoch mit dem Minimum an Wörtern, die dafür nötig waren. Wie war ihre Reise? Gut. Was arbeitete sie? Computing Researcher und Dozentin an der Bristol University. Wie alt war Emmie und wie war sie so? Vierzehn Monate, lebhaft und fröhlich.

In dem Versuch, aus dem Verhörmodus auszubrechen, sprach ich ihr mein Beileid zum Tod ihrer Mum aus. Sie erwiderte, sie könnte es immer noch nicht glauben, sie finge regelmäßig an, die Nummer ihrer Mum zu wählen, bis es ihr dann wieder einfiele. Ich hatte geglaubt, das würde das Eis etwas brechen, doch darauf folgte ein weiteres unangenehmes Schweigen, das glücklicherweise von der Ankunft unseres Weins unterbrochen wurde. Schnell kippte ich den Rest meines ersten Glases hinunter, und als ich es abstellte, bemerkte ich, dass Carrie mich eingehend musterte.

»Unsere Augen haben genau dieselbe Form und Farbe.«

»Stimmt!« Ich freute mich wie verrückt, dass ihr das aufgefallen war. »Die von meinem Bruder Benjy auch.«

»Emmie hat die gleiche Augenform, aber sie sind braun, wie die von Ian.« Sie nahm einen großen Schluck von ihrem Wein. »Dominantes Gen.«

Ihre Hand, die das Glas hielt, war wie meine, die Fingernägel identisch. Wie lange hatte ich das gewollt, mir das gewünscht? Merkmale von mir selbst in meinem Kind widergespiegelt zu sehen. So hatte ich mir das allerdings nicht vorgestellt und dummerweise hatte ich es auch nicht kommen sehen oder mich langsam darauf vorbereiten können. Und mit ihrem kleinen Mädchen wäre da auch noch mehr. Jetzt war ich aber schon hier. Wer A sagt, muss auch B sagen.

»Hast du ein Foto von Emmie?«

»Eine Million.« Sie lächelte wieder. Noch so ein flüchtiges Lächeln, das aufleuchtete und dann verglühte wie eine Wunderkerze. Sie gab mir ihr Handy. »Das ist sie, gestern.«

Ich starrte das Bild des Kleinkindes an, das in die Kamera strahlte und etwas aus orangenem Plastik in der Hand hielt. Lego vielleicht. Ihr Haar, in zwei winzigen Zöpfchen, hatte die gleiche Farbe wie Carries, doch die Kräusel an den Schläfen kamen ganz nach mir. Ich wusste genau, wie ich sie malen, welche Farben ich benutzen, wie ich den Pinsel führen würde.

Meine Enkeltochter.

»Sie ist wunderschön.«

»Sie ist wirklich witzig«, sagte Carrie. »Sie fängt gerade wie wild das Sprechen an.«

Ich wollte antworten: »Ich bringe ihr dann Französisch bei«, ließ die Worte aber unausgesprochen. Ich gab ihr das Handy zurück und versuchte, gleichmäßig zu atmen, brachte allerdings immer noch keinen normalen Atemrhythmus zustande.

»Wie sahst du aus, als du noch ein Baby warst?«, fragte ich.

»Ich weiß nicht. Irgendwie sehen alle Babys gleich aus. Wie Winston Churchill.«

»Oder als du ein kleines Mädchen warst?«

»Ich sah ganz verschieden aus. Es gab viele Jahre, in denen ich ein kleines Mädchen war.«

Das hatte ich verdient. Ich hatte all die Kleinen-Mädchen-Jahre verpasst. »Carrie«, fing ich an, entschlossen, einen Vorstoß zu wagen, »ich bin wirklich froh, dass du mich angerufen hast. Ich habe mich gefragt – warum hast du angerufen?«

»Mum wollte, dass ich anrufe.« Sie sah mich direkt an. »Ich persönlich hatte nie das Bedürfnis.«

Na ja, das erklärte zumindest diese Art Widerwillen. »Das verstehe ich …«

»Meine Eltern waren wunderbar. Ich habe mich immer sehr geliebt gefühlt.«

»Ich bin so froh, darauf habe ich immer gehofft …«

»Ach ja?« Sie nahm noch einen großen Schluck Wein und legte dann ihre Hände flach auf den Tisch, als ob sie sich wappnete. »Hör zu, Pearl, um ehrlich zu sein, weiß ich nicht genau, warum ich hier bin. Die meiste Zeit über auf dem Weg hierher habe ich mich tatsächlich gefragt, ob ich eigentlich noch richtig ticke. Ich trauere gerade, das weiß ich, und versuche, das zu tun, was meine Mum wollte. Aber ich bin nicht auf der Suche nach einer neuen Mutter, und wenn ich das nicht will, bin ich mir nicht sicher, wie das hier funktionieren kann.«

»Das verstehe ich voll und ganz. Ich biete mich überhaupt nicht als Ersatz an, so etwas würde ich niemals denken. Ich bin hier, für was auch immer du möchtest«, erklärte ich, »auch wenn sich herausstellt, dass das gar nichts ist.«

Damit hatte ich eindeutig das Richtige gesagt, denn ihr Ausdruck wurde etwas weicher. »Okay. Danke. Ich hatte gedacht, weil Francis bei meiner Mum ziemlich aufdringlich war, dass das vielleicht von dir kam.«

»Gott, nein. Das erste Mal, dass ich von der ganzen Sache mitbekommen habe, war, als du angerufen hast, weswegen ich auch so überfordert war, so verwirrt. Ich hatte keine Ahnung gehabt, dass er mit deiner Mum in Verbindung stand. Ich hatte mit ihm überhaupt keinen Kontakt, seit vielen Jahren schon nicht mehr.«

»Mum hat mir gegenüber erwähnt, dass er viele Leute aus seinem Leben verdrängt hat.« Sie hob die Augenbrauen. »War das, weil du mich bekommen hast?«

»Das hat ungefähr zu der Zeit angefangen, sicher, aber du warst nicht der Grund dafür. Er hat unsere Familie verlassen, und als ich mit dir schwanger war, war alles bereits ziemlich angespannt und er …«

Carrie trank ihr Glas Wein aus und sah sich suchend nach dem Kellner um. »Ich glaube, ich brauch noch so eines.«

»Entschuldige. Das war jetzt ein bisschen zu schnell zu viel von mir.«

»Nein, ich will das wissen. Zu viel ist das Motto heute. Ich habe das erwartet. Ich finde bloß, dass es helfen würde, noch ein Glas zu trinken, während du mir alles erzählst.«

Ich winkte dem Kellner.

»Mum hat nie ein Geheimnis daraus gemacht, dass ich adoptiert bin«, fuhr Carrie eilig fort. »Sie sagte mir, dass meine leibliche Mutter zu jung war, um sich um mich zu kümmern, und gewollt hatte, dass ich in eine liebevolle Familie kam. Mum hat mir das Gefühl gegeben, besonders zu sein, auserwählt, alles, was man bei einem adoptierten Kind so machen soll.«

»Das klingt wunderbar.«

»Das war sie auch. Aber als nerviger Teenager sagte ich Mum, dass ich meine echten Eltern ausfindig machen wollte.«

»Autsch.«

»Sie und mein Dad hatten kein Problem damit. Zumindest nicht vor mir. Sie nahmen Kontakt mit der Adoptionsagentur auf, und die hat uns dann den Namen meiner Mutter, äh, deinen Namen gegeben, meinte aber, dass du keine Anweisungen hinterlassen hättest, ob du dich darüber freuen würdest, kontaktiert zu werden.«

»Es tut mir leid, dass ich das nicht gemacht habe, ich wusste nicht …«

Der Kellner brachte noch mal zwei Gläser Wein, was mir einen Moment verschaffte, um mich zu sammeln. Carrie brachte ein *»Mercie beaucoup«* heraus, das Andrea wie eine Einheimische klingen ließ. Sie sah mich lächeln und sagte: »Uff! War es sehr schlimm?«

»Das war sehr gut«, antwortete ich.

»Ich weiß, dass du lügst.«

Nachdem der Kellner wieder weg war, fuhr ich fort: »Ich wusste nicht einmal, dass ich meine Kontaktdaten hinterlassen konnte. Das hat mir niemand gesagt. Das tut mir leid.«

»Dort haben sie mir geholfen, einen Vermerk auf meine Akte zu machen, in dem stand, dass ich mich darüber freuen würde, von meiner leiblichen Mutter oder anderen Leuten aus meiner leiblichen Familie kontaktiert zu werden. Und sie haben mir Vorschläge dazu gemacht, wie ich es vielleicht anstellen könnte, sie aufzuspüren. Dich. Mum und ich haben uns eine Zeit lang damit beschäftigt, nach Heiratsurkunden oder Geburtsurkunden deiner Kinder gesucht, aber es gab nichts.«

»Ich habe erst geheiratet, als ich schon etwas älter war«, erklärte ich, »mit fast vierzig, und ich hatte, na ja, hatte keine anderen Kinder.«

»Damit wäre schon eine meiner Fragen beantwortet«, stellte Carrie fest. »Ich habe mich gefragt, ob es da draußen vielleicht irgendwelche Halbgeschwister gibt.«

»Nein, wir wollten sie, haben es versucht, ich hatte aber nur einen Haufen Fehlgeburten und so weiter.« Ich schaffte es, dies nach außen hin ruhig zu sagen, und ließ mich von meinem Atem treiben wie ein Surfer von einer Welle.

»Das tut mir leid. Na ja, jedenfalls sind dann andere Dinge dazwischengekommen und eine Weile später hatte ich es wieder vergessen. Mum und Dad waren meine Eltern und damit hatte sich das. Dann, Anfang dieses Jahres, glaube ich, hat sich Francis über eine Individualfürsorgerin bei PAC-UK mit meiner Mum in Verbindung gesetzt, deren Kontaktdaten bei der Agentur hinterlegt waren.«

»Langsam verstehe ich auch, warum er Verbindung aufgenommen hat«, entgegnete ich. »Ich lerne ihn gerade durch seine Tagebücher etwas besser kennen. Seltsamerweise hat er mir die vermacht. Tatsächlich habe ich eines davon auf dem Weg hierher gelesen, im Flieger. Langsam kann ich mir Stück für Stück ein Bild von seinem Leben machen, wie es so war, nachdem er meine Mutter verlassen hatte. Ich glaube …« Ich verstummte, wollte laut vor jemandem aussprechen, was ich über Dads Ehe mit Jeanie herausgefunden hatte. Wie jeder neue Tagebucheintrag bestätigte, dass Jeanie schwierig und kontrollsüchtig war. Der Eintrag, den ich auf dem Weg hierher gelesen hatte, in dem sich herausstellte, dass er letztendlich gewusst hatte, dass ich damals 1990 draußen vor seinem Haus war, warf mehr Fragen auf, als er beantwortete, und keine davon war erfreulich.

Doch dies war definitiv weder der richtige Ort noch die richtige Person, um meinen Verdacht zu teilen. Stattdessen sagte ich: »Darin gab es eine Seite, die er unkenntlich gemacht hat. Sehr aufregend, vor allem, da sie gleich nach dem einzigen Mal kommt, in dem ich je versucht habe, ihn als Erwachsene zu besuchen.«

»Kann ich mal sehen?«

Ich holte das Notizbuch aus der Handtasche und zeigte es ihr.

»Was um alles in der Welt ist das denn für eine Schrift?«

»Stenographie.«

»Du sprichst also Französisch und kannst Stenographie? Haben deine linguistischen Fähigkeiten denn gar keine Grenzen?« Sie besah sich den unkenntlich gemachten Teil. »Wow, sieht so aus, als hätte er wirklich gewollt, dass das niemand lesen kann. Mum meinte, er klang ziemlich nervös, fast paranoid, als sie am Telefon miteinander gesprochen haben.« Sie blätterte die Seite um. »Es gibt da eine Methode, die eine von meinen Kolleginnen für die Universitätsbibliothek entwickelt hat, um alte, verblichene Texte zu lesen, die überschrieben wurden. Man macht einen hochaufgelösten Scan davon, überspielt den dann in eine Bearbeitungssoftware und legt einige Filter darüber, die praktisch den Unterschied zwischen dem Gekritzel und dem Papier finden, man erhöht den Kontrast … was?«

»Ich starre dich mit unverhohlener Bewunderung an«, stellte ich fest. »Wie unglaublich, dass du von solchen Sachen etwas verstehst.« Ich fügte es zwar nicht hinzu, dachte aber, wie lebendig und schön ihr Gesicht wurde, wenn sie über ihre Arbeit sprach. Der leichte Anflug von Feindseligkeit hatte sich inzwischen ziemlich verflüchtigt. »Wäre es denn möglich, sie zu fragen, ob sie es damit mal probieren könnte?«

»Oh!« Sie sah ziemlich erschrocken aus, und ich merkte, dass ich eine Grenze überschritten hatte, eine Ebene von Vertrautheit vorgeschlagen hatte, für die sie nicht bereit war.

Sie legte das Tagebuch auf den Tisch. »Na ja, ich weiß nicht genau, ob sie Zeit hat …«

»Schon in Ordnung, ich hätte nicht fragen sollen. Es ist vermutlich sowieso nichts Wichtiges, wahrscheinlich hat er bloß einen Fehler gemacht und ihn dann durchgestrichen.«

»Das glaubst du aber nicht.«

»Na ja, nein. Es gibt genug Anspielungen in den Tagebüchern, durch die sogar ein Schwachkopf wie ich verstehen kann, dass seine Ehe ziemlich schwierig war.« Ich steckte das Tagebuch zurück in meine Tasche. »Ich habe das Gefühl, dass er mir eine Reihe von Hinweisen hinterlassen hat und dass das einer davon ist. Es ist der letzte Eintrag, in dem er mich mit meinem Namen anspricht, oder zumindest mit Initialen. Danach spricht er mich direkt mit ›du‹ an. Irgendetwas hat sich zu diesem Zeitpunkt also verändert.«

Carrie griff nach ihrem Glas und sagte: »Ich weiß nicht, wie viel er Mum von seinem Leben verraten hat. Er war krank und sie hatte Mitleid, weil sie auch krank war. Sie hat den Gedanken gehasst, mich alleine zurückzulassen. Deswegen wollte sie, dass ich dich anrufe.«

»Aber du wolltest das nicht?«

»Na ja, zumindest nicht am Anfang.« Sie nippte an ihrem Wein. »Aber mir ist klar geworden, dass es jetzt, wo ich Emmie habe, ein paar Dinge gibt, die ich wissen sollte. Wo ich herkomme, mein genetisches Erbe, solche Sachen. Weil es auch einen Einfluss auf sie hat.«

»Natürlich.« Ich lehnte mich zurück. Mein Panikzustand wandelte sich langsam zu einem etwas weniger alarmierendem, sodass ich besser atmen konnte. »Was würdest du gerne wissen?«

Sie lachte. »Seit wir ausgemacht haben, dass wir uns treffen, habe ich schon darüber nachgedacht! Endlich kann ich herausfinden, wer mein Vater ist. Aber ich bin mir nicht sicher, ob ich das wirklich wissen will.«

»Gott! Ich hatte keine Ahnung, dass das ein großes Geheimnis ist. Haben sie dir das in der Adoptionsagentur denn nicht gesagt?«

»Anscheinend wusste das niemand. Es stand nirgendwo. Auf meiner Geburtsurkunde auch nicht, und Francis hatte keine Ahnung.«

»Ach, das hätte ich ihm nie und nimmer erzählt! Die Antwort ist nicht sehr aufregend. Er hieß Simon und ...«

Carrie hielt die Hand hoch. »Kannst du ganz kurz warten, Pearl?«

»Natürlich!« Ich wartete, während sie sich wegdrehte. Das gab mir die Gelegenheit, sie vernünftig anzusehen, ohne dass sie meinen Blick aus diesen kühlen, blauen Spiegelbild-Augen erwiderte.

»Über all die Jahre habe ich mir die schlimmsten Szenarien ausgemalt«, begann sie, ihr Blick war fest auf die andere Seite des Raums gerichtet. »Vergewaltigung, Gewalt, ein übergriffiger alter Mann, ein Lehrer, Inzest ... wenn es etwas Schreckliches ist, dann ist es wahrscheinlich besser, wenn du es mir nicht sagst.«

»Es war überhaupt nichts in der Art. Er war ein Junge in meinem Alter und ...«

»Okay, danke.« Sie schaute auf ihre Armbanduhr. »Weißt du was, ich gehe jetzt lieber. In einer halben Stunde fährt ein Zug.«

»Oh!« Ich fühlte mich überrumpelt. »Ich wusste nicht, dass du so schnell wieder zurückfahren würdest.«

»Na ja, es ist das erste Mal, dass ich Emmie bei ihrem Dad gelassen habe. Ich sollte …«

»Sollen wir erst noch kurz spazieren gehen? Es wäre doch wirklich schade, wenn du bei deinem ersten Besuch in Paris nicht mehr als ein paar Meter vom Bahnhof wegkommst.«

»Na gut, in Ordnung.«

Ich ließ Geld auf dem Tisch liegen und mit einem kleinen Abstand zwischen uns gingen wir nach draußen. Ich bemerkte, dass wir gleich groß waren, und fragte mich, ob ihr das auch aufgefallen war.

Ein hübscher, sonniger Hintergrund hätte mir gefallen, Paris von seiner schönsten Seite, doch es hatte den ganzen Tag über immer wieder geregnet. Obwohl es gerade trocken war, wirkte der Himmel dunkel und bedrohlich, die Gehsteige waren nass.

Denny und ich hatten uns ein paar kurze Auszeiten hier gegönnt und ich erinnerte mich ein wenig an diese Gegend. Ich schlug vor: »Wir sind in der Nähe von Sacré-Cœur. Das ist bloß einen Kilometer entfernt. Dann kannst du zumindest erzählen, dass du eine Pariser Sehenswürdigkeit mitgenommen hast.«

»Okay, dann nehme ich den Zug danach.«

Wir gingen schweigend nebeneinanderher und ich zerbrach mir den Kopf über ein neutrales Thema. Musste Carrie wirklich schon so früh einen Zug zurück nehmen? Oder lag es eher daran, dass sie das beginnende Gespräch über Simon zu sehr mitgenommen hatte?

»Was wird Emmie wohl gerade mit ihrem Dad machen?«, fragte ich und hoffte, nochmals diesen lebhaften, selbstbewussten Ausdruck zu sehen, den ich vorher erhascht hatte, als sie über angenehmere Themen gesprochen hatte. Ich fragte mich, ob Carrie und Emmies Vater ein Paar waren. Es klang nicht so, wenn das sein erstes Mal alleine mit dem Kind war.

»Er kann gut mit ihr spielen«, antwortete Carrie. »Ist selber ein großer Kindskopf. Ich vermute mal, dass sie in den Park gegangen sind. Oh mein Gott, da ist ja ein Five-Guys-Burger-Restaurant! Das ist ja komisch.«

»In Paris gibt es alle Ketten. Ihr seid also nicht zusammen, wenn ich das richtig verstehe?«

»Nein, aber er will wieder mehr eingebunden sein.«

»Das ist doch gut, oder?«

»Vielleicht. Ich hatte ihn wirklich sehr gerne, früher.« An einem kleinen, windumtosten Stand, der Souvenirs für Touristen verkaufte, hielt Carrie an. »Ich glaube, wenn er es noch mal versuchen wollte, würde ich mich darauf einlassen. Es ist ziemlich einsam, so als alleinerziehende Mutter. Ich habe zwar tolle Nachbarn, und natürlich hat Mum viel geholfen, aber jetzt ...« Entschlossen nahm sie eine kleine Schneekugel mit einem winzigen goldenen Eiffelturm in die Hand und zahlte abartige zehn Euro dafür, bevor ich sie aufhalten konnte. »Für Emmie«, erklärte sie.

Wir gingen weiter und bogen auf den Boulevard de Magenta.

»Also, wie war das dann?«, fragte Carrie abrupt. »Mit dir und Simon?«

»Na ja, wir gingen in dieselbe Schulklasse und er war sehr nett.«

»Oh, Gott sei Dank!«

»Es tut mir so leid. All die Jahre über hast du gedacht, du hättest so eine ...«

»Schreckliche Herkunftsgeschichte?«, beendete sie den Satz für mich.

»Genau! Herkunftsgeschichte. Das gefällt mir.« Ich dachte daran zurück, grub mich durch Schichten von Sedimenten, versuchte, mich an Dinge zu erinnern, die ich ihr erzählen konnte. »Es war sehr süß. Er war wirklich ein netter Junge. Jüdisch. Er mochte Rockmusik. War gut in Sprachen, das hatten wir gemeinsam.«

»Ich bin also zur Hälfte jüdisch! Das ist ziemlich cool.«

»Ja, und von meiner Hälfte sind noch ein paar Reste Church of England dabei, fürchte ich, was etwas weniger cool ist.«

Simons Name klang in meinen Ohren irgendwie eingerostet. Seit mehr als dreißig Jahren hatte ich ihn nicht mehr laut ausgesprochen. In meinem Gedächtnis hatte ich ihn für immer als den lachenden Jungen mit den dunklen, glatten Haaren abgespeichert, der sich über meine Schulbank lehnte. Unser erster Kuss, an einer Bushaltestelle, war sanft und weich. An unsere eine gemeinsame Nacht erinnerte ich mich nur wenig, so verschwommen, wie sie vom Alkohol war, doch trotz allem, was danach geschehen war, waren bloß gute Gefühle für ihn geblieben.

»Wir saßen in der Klasse nebeneinander, hielten Händchen auf dem Heimweg von der Schule, sehr unschuldig. Auf einer Party waren wir dann betrunken. Meine allererste Party mit Alk. Keiner von uns beiden war vorher schon mal betrunken gewesen oder hatte, äh, du weißt schon.« Ich lächelte beschämt. »Danach sind wir öfter zusammen ausgegangen, ins Kino und so weiter, aber als ich dann herausfand, dass ich schwanger war, habe ich aufgehört, mit ihm zu reden. Bis zum heutigen Tag habe ich ein schlechtes Gewissen deswegen, weil er nie herausgefunden hat, warum.«

»Aber hat er dich denn nicht in der Schule gesehen? Mit dem, äh …« Mit den Händen deutete sie einen Babybauch an.

»Ach Gott.« Hier kamen dann die weniger guten Gefühle. Eine vertraute Enge machte sich in meiner Brust breit. »Na ja, dieser Teil ist dann nicht mehr so süß. Bist du sicher, dass du das …«

»Erzähl weiter.«

»Ich glaube, dass man das heute anders handhaben würde, aber ich habe praktisch die Schule abgebrochen. Niemand hat wirklich durchblicken lassen, dass es eine Alternative gegeben hätte.« Wie sollte ich den nächsten Teil am besten formulieren? Es gab keinen Grund, warum Carrie wissen sollte, wie sehr ich versucht hatte, einer Schwangerschaft zu entkommen. »Meine Eltern hatten sich erst kürzlich getrennt und meine Mum war damals in einer recht schlechten Verfassung, weshalb ich mich ziemlich viel um sie gekümmert habe und für meinen jüngeren Bruder verantwortlich war …«

»Du hast Pflegearbeit geleistet. Das muss hart gewesen sein.«

»Damals haben wir das nicht so genannt, aber vermutlich habe ich das, ja. Egal, langer Rede kurzer Sinn, ich habe die Schule abgebrochen, bevor es offensichtlich wurde, und ging in Mums Friseur- und Schönheitssalon arbeiten. Die Frauen, die dort arbeiteten, waren sehr lieb. Eine oder zwei von ihnen hatten in ihrer Jugend etwas Ähnliches durchgemacht. Später dann fand mein Bruder Greg einen Platz in einer Mutter-Kind-Einrichtung in Bristol für mich, wo er studierte.«

Die Einrichtung war auf das ausgelegt, was man »unverheiratete Mütter« nannte, Frauen, die vorhatten, ihre Kinder zur Adoption freizugeben. Es gab kaum etwas von diesen wenigen Wochen dort, woran ich mich erinnern wollte. Von Mum und Benjy getrennt zu sein, das harte Bett – immer noch das härteste, auf dem ich je geschlafen hatte –, das ich richtigerweise als eine Art von Bestrafung verstand. Die nächtlichen Tränen der anderen Mädchen, der hilflose Schmerz der Wehen, das Baby, das einem nach wenigen Minuten weggenommen wurde. Ich versuchte, nie über das alles nachzugrübeln, hatte tatsächlich schon so lange nicht mehr daran gedacht. Und dieses nicht enden wollende, unerträglich hohle Heimweh in meinem Bauch – ah ja, *da* hatte ich dieses Gefühl also zum ersten Mal gehabt.

Die Enge um meine Brust wurde stärker, und ich blieb einen Augenblick lang stehen, die Hand auf mein Herz gelegt, und versuchte, meine Atmung wieder etwas zu verlangsamen. Das Letzte, was ich jetzt gebrauchen konnte, war eine Panikattacke. Aber dann dachte ich, wann wäre eine Panikattacke schon willkommen? Wie müssten die Umstände dafür aussehen? Trotz allem lächelte ich, und Carrie, die mich besorgt angesehen hatte, lächelte zurück.

»Deshalb bin ich also nach Bristol gekommen.« Sie zog einen Schal aus ihrer Tasche und wickelte ihn sich um den Hals. »Das klingt verdammt schrecklich, Pearl. Tut mir leid. Du hast bestimmt über eine Abtreibung nachgedacht, oder?«

Wie konnte sie das so seelenruhig aussprechen? Sie redete hier doch über sich selbst! Für einen Moment wallte Ärger in mir auf, dass sie deswegen so nonchalant war. Aber dann verging er wieder. Ich hatte absolut kein Recht, wütend auf sie zu sein. Ich hatte überhaupt kein Recht auf sie.

»Vermutlich ist mir das einmal in den Sinn gekommen,

ja«, gab ich zu und fühlte mich durch und durch müde, »aber das ist alles sehr lange her.« Wir bogen in die Rue Livingstone ein.

Beiläufig, als ob ihr die Antwort egal wäre, fragte sie: »Wie hieß Simon mit Nachnamen?«

»Lewison. Wirst du nach ihm suchen?«

»Glaube nicht. Will ihm ja keinen Herzanfall verpassen, wenn er nie von mir erfahren hat. Wahrscheinlich werd ich nur ein bisschen oberflächlich nach ihm googeln.« Carrie atmete schwer aus. Ich fragte mich, was für eine Wirkung das alles auf sie hatte. Sie schien es unglaublich gut aufzunehmen, aber ich wusste nicht, ob dieses *savoir faire* normal war oder ob sie für mich nur eine gute Show abzog. Ich wollte stehen bleiben, sie an den Schultern fassen und fragen: »Geht's dir gut?« Aber noch viel mehr als das wollte ich sie umarmen, sie an mich ziehen, sie darum bitten, noch mal zu wiederholen, was sie am Telefon gesagt hatte. *Ich heiße Caroline. Ich bin Ihre Tochter.*

»Du hast ihn also nie mehr gesehen?«, wollte Carrie wissen, und ich brauchte einen Moment, um zu verstehen, wen sie meinte.

»Doch, ein oder zwei Mal, nachdem ich aus Bristol wieder zurück war, aber wir sind uns aus dem Weg gegangen.« Ich erinnerte mich daran, wie ich Simon ein paar Wochen nach meiner Rückkehr auf der Hauptstraße getroffen hatte und in einen Laden gestürzt war, um ihm nicht zu begegnen. Als ich mich wegdrehte, erhaschte ich einen Blick auf ihn, und die Verwirrung und der Schmerz, die ihm ins Gesicht geschrieben standen, machten jede Erklärung überflüssig. Ich hatte das Gefühl, damals wie heute alles falsch gemacht zu haben. Menschen verletzt, mich unverantwortlich benommen, an jeder Ecke die falschen Entscheidungen getroffen zu haben. Ich konnte mir vorstellen, dass Carrie das Gleiche von mir dachte.

Wir sprachen nicht mehr, bis wir auf den Louise-Michel-Platz traten, mit seinem Postkartenblick auf Sacré-Cœur hoch über uns, so weiß und schmuckvoll wie eine Hochzeitstorte. Ein Touristenklischee, das wusste ich, aber aus gutem Grund. Wenn man es noch nie zuvor gesehen hatte, war es atemberaubend.

»Oh, schau dir das mal an!«, rief Carrie aus. Sie holte ihr Handy heraus. »Los, Pearl, machen wir ein Selfie.«

Ich stellte mich neben sie auf die Treppe, Sacré-Cœur hinter uns, sie legte mir den Arm um die Schultern und klickte drauflos.

»Ich bin aber nicht sehr fotogen«, gab ich zu bedenken, aufgewühlt wegen unseres körperlichen Kontakts.

»Stimmt doch gar nicht, schau mal.«

Beide betrachteten wir schweigend das Foto, unsere Gesichter nebeneinander, das genau zeigte, wie ähnlich wir uns sahen.

»Weißt du was«, sagte sie und brach in meine Gedanken ein, »ich frage meine Kollegin *wirklich*, ob sie sich dieses Tagebuch mal anschauen kann.«

»Wirklich? Bist du dir sicher?«

»Ganz sicher.« Sie streckte die Hand aus, ich holte das Notizbuch heraus und gab es ihr. Das freute mich sehr, weil es bedeutete, dass wir uns noch mal treffen mussten.

»Okay, flipp jetzt nicht aus, aber ich mache gleich etwas leicht Verrücktes«, warnte sie mich. Sie kramte in ihrer Tasche herum und holte einen kleinen, luftgepolsterten Umschlag heraus. Ein schelmisches Lächeln huschte über ihr Gesicht. »Ich werd bloß ein bisschen was von Mums Asche hier verstreuen.«

»Guter Gott!«

Sie kniete sich neben ein Blumenbeet und fing an, ein kleines Loch in die Erde zu graben. »Das ist Wahnsinn, aber sie hat mich darum gebeten, etwas davon an einem außergewöhnlichen Ort zu verstreuen, an dem sie noch nie war. Sie ist nicht wirklich viel gereist, deswegen bin ich mir ziemlich sicher, dass sie hier noch nie war.«

Sie grub noch ein bisschen weiter, und dann, nachdem sie sich umgeschaut hatte, um sicherzugehen, dass sie niemand beobachtete, ließ sie ein wenig von der Asche aus dem Umschlag in das Loch rieseln. Ich kniete mich neben sie hin und half ihr, Erde darüber zu schieben.

»Na also, Mum. Der Beginn deines Abenteuers in Paris.« Sie machte ein Foto von der Stelle, an der die Asche begraben lag, stand dann auf und klopfte sich ab. »Danke, Pearl. Sorry, dass ich dich in so komische Gruselsachen mit hineinziehe.«

»Ich fühle mich geehrt, dabei gewesen zu sein.«

»Hey, lass uns noch ein Selfie machen, du brauchst doch auch eins auf deinem Handy.«

»Oh! Das geht nicht.« Ich zeigte ihr mein Handy. »Es hat bloß eine einfache Kamera, die keine Selfies machen kann.«

Sie lachte. »Süß! Ein Klapphandy. Sieht man kaum mehr. Du hast übrigens ungefähr eine Tonne verpasster Nachrichten darauf, wusstest du das?«

»Schon in Ordnung, die sind von Denny, das ist mein Mann«, erklärte ich. »Ich habe schon überlegt, ob ich mir nicht vielleicht ein moderneres Handy kaufen sollte. Um etwas vernetzter zu sein.«

»Das hier gefällt mir. Es passt zu deinem Stil. Warte kurz, dann schick ich dir das Foto.« Wie Touristen aus der ganzen Welt und die um uns herum setzte sie sich auf die Treppenstufen und tippte auf ihrem Handy herum. »Musst du Denny denn gar nicht zurückrufen?«

»Ach, das passt schon. Ich hab ihm gesagt, dass ich heute viele Termine habe und erst spät nach Hause komme. Vermutlich will er herausfinden, um wie viel Uhr.« Ich schaltete mein Handy aus, damit ich nicht an Denny denken musste, doch als ich wieder aufsah, starrte Carrie mich an, mit einem seltsamen Ausdruck im Gesicht.

»Du hast deinem Ehemann nicht erzählt, dass du dich mit mir triffst.«

»Ach. Nein.«

»Er weiß nichts von mir.«

»Nein. Es tut mir wirklich leid, dass ich nicht …«

Carrie stand auf. »Wow, Pearl, meine Erwartungen waren zwar ziemlich niedrig, aber Scheiße noch mal. Du hast nie deinen Namen hinterlassen, damit ich dich aufspüren kann: okay. Du hast meinem leiblichen Vater nie von mir erzählt: Na ja, etwas seltsam, aber du warst noch jung, okay. Aber deinem *Ehemann* hast du *auch* nichts von mir erzählt? Hast du denn gar keine Angst, dass er es herausfinden könnte? Bist du innerlich ein bisschen gestorben, als ich dich kontaktiert habe?«

Ich spürte, wie meine Knie angesichts ihres plötzlichen, massiven Ärgers weich wurden. Wie hatte das so schnell von null auf hundert gehen können? Im einen Augenblick hatten wir noch einen persönlichen Moment mit der Asche ihrer Mutter geteilt, im nächsten war sie wütend auf mich. »Nein, gar nicht, es tut mir so leid, das ist kompliziert, aber ich kann's dir erklären. Denny und ich, wir …«

»Schon gut.« Eine Träne rollte ihr über die Wange und sie wischte sie weg. »Das war meine Schuld. Ich platze einfach so in dein Leben hinein, weiß nichts über dich … das war eine scheiß dumme Idee. Tut mir leid, aber ich habe keine Ahnung, warum du auch nur einmal in den letzten fünfunddreißig Jahren an mich hättest denken sollen. Ich weiß *wirklich* nicht, was ich hier gerade tue. Lass uns die ganze Sache einfach vergessen, mir ist das mehr als recht.« Damit marschierte sie schnell davon.

»Carrie, bitte warte.« Ich rannte ihr nach, fasste sie am Arm. »Das kam falsch rüber. Ich habe es Denny zwar noch nicht erzählt, aber ich habe es mir in genau dem Moment vorgenommen, als ich dich gesehen habe. Ich muss nur auf den richtigen Moment warten. Ich habe ihn vor langer Zeit angelogen und …«

»Bitte nicht.« Carrie schüttelte meine Hand ab. »Ich will meinen Zug bekommen.« Sie sah komplett fertig aus. Ich konnte sehen, dass es der verwirrte Ärger eines verlassenen Kindes war; Ärger, auf den ich mich vorbereitet hatte, doch von dem sie anfangs nur wenig gezeigt hatte. Letztendlich hatte er aber doch sehr nahe unter der Oberfläche geschwelt.

»Lass mich dich wenigstens zurück zum Bahnhof begleiten.«

»Schon gut. Ich finde den Weg.« Sie ging schnell davon, und ich stand da, sah ihr nach und fragte mich, wie ich alles so hatte verderben können.

Es war Abend, als mein Flugzeug den Flughafen in Rodez erreichte, und ich war zu müde, um die Rückreise mit dem Bus anzutreten. Ich nahm mir ein Beispiel an Andrea und rief ein Taxi. Zur Hölle mit den Kosten.

Ich wusste, dass ich direkt und schnell nach Hause gehen sollte – Denny hatte mir so viele Nachrichten hinterlassen –, doch ich spürte einen überwältigenden Drang, zuerst Serge zu sehen. Um ihm zu sagen, dass ich die schwere Sache hinter mich gebracht hatte und sie nicht so gut ausgegangen war, also was jetzt? Am Tor stellte ich überrascht fest, dass das Vorhängeschloss fehlte und die Kette lose herunterhing. Denny musste es abgenommen haben. Vielleicht hatte er akzeptiert, dass es mehr ein Umstand als von Nutzen war.

Ich betrat den Wald und atmete die vertrauten nächtlichen Gerüche und Geräusche ein, froh, fernab von Lärm und Menschen und Lichtern zu sein. Ich machte mich auf den Weg zu der Stelle, an der ich Serges Zelt zuletzt gesehen hatte, aber es fehlte jede Spur von ihm, die bezeugte, dass er je dort gewesen war. Vielleicht hatte mich meine Erinnerung aber auch getäuscht. Dann fiel das Licht meiner Taschenlampe auf die Plastikverpackung eines Sandwiches, die an einen Baum genagelt war. Ich ging rüber, um sie mir genauer anzuschauen, und sah, dass darin das Vorhängeschloss vom Tor und der Zweitschlüssel waren.

Ich versuchte, mir einzureden, dass das ein gutes Zeichen war, dass Serge den Wald nicht mehr brauchte, dass er gegangen war, um das zu tun, was er tun musste. Doch als ich das Schloss herausnahm, bemerkte ich einen Papierfetzen, der darum gewickelt war, und ich faltete ihn auseinander, um das einzige Wort darauf zu lesen: *Désolé*.

Entschuldigung.

Abgekämpft ging ich den Weg zum Cottage entlang. Ohne Serge fühlte sich der Wald irgendwie weniger magisch an. Mir hatte der Gedanke gefallen, dass er unter den Sternen schlief, als ob er wirklich ein Förster wäre und unseren Wald bewachte. Serge, der zurückgekommen war, um den Mut aufzubringen, sich seiner Vergangenheit zu stellen, hatte mir den Impuls gegeben, mich meiner eigenen zu stellen, doch das hatte für uns beide nicht funktioniert. Vielleicht hatte er recht mit dem Davonlaufen. Manchmal war es vielleicht besser zuzugeben, dass man nicht bereit war – es vielleicht nie sein würde –, um sich einer gewissen Sache zu stellen.

Als ich das Haus betrat, war ich sicherlich nicht bereit, mich noch irgendetwas anderem als einer Dusche und einem Pfefferminztee zu stellen, bevor ich dann ins Bett fallen würde. Aber in der Küche wartete Denny auf mich, und ich sah sofort, dass ich mich noch einer ganzen Menge würde stellen müssen, bevor der Abend vorbei war.

»Gott sei Dank«, stieß er hervor. Vor lauter Angst war er ganz grau im Gesicht. »Es wird ja schon dunkel.«

»Ach ja, ich hatte heute so viele Termine zum Haarefärben, du weißt ja, wie sie mir alle die Tür einrennen.« Ich gab ihm einen Kuss aufs Haar. »Außerdem zwei Mal Strähnchen! Hat ewig gedauert. Hatte nicht mal Zeit, aufs Handy zu schauen.«

»Was ist denn mit deinen Fingernägeln passiert?« Er starrte auf meine Hände, und als ich hinunterschaute, sah ich, dass sie dreckig waren wie die eines Schuljungen. Mein oberflächliches Händewaschen auf dem Klo am Gare du Nord hatte die Sacré-Coeur-Erde unter meinen Fingernägeln nicht beseitigt.

»Bloß Haarfarbe.« Ich setzte den Kessel auf. Um Dennys Blick auszuweichen, konzentrierte ich mich auf ein Paket auf dem Tisch, das an mich adressiert war. »Was ist das?« Ich fing an es aufzumachen.

»Diesen Nachmittag hab ich die Post abgeholt. Das ist aus England.«

Darin war ein vertraut aussehendes gelbes Notizheft.

»Ach«, sagte ich, wobei ich hauptsächlich Erschöpfung fühlte. »Das ist das reparierte Tagebuch, das Jeanie zerrissen hat.«

»Pearl, wo warst du heute?« Dennys Stimme war tödlich leise. Wie sehr wollte ich so tun, als hätte ich ihn nicht gehört.

»Das weißt du doch, bei Kunden, den Rückstand aufholen, als wir in England waren …«

»Als ich zur Post gegangen bin, hat Jean gesagt, er hätte dich heute Morgen gesehen. Am Flughafen.«

Oh Gott. Ich ging zum Regal und nahm mit zitternden Händen eine Tasse heraus.

»Er hat seinen Cousin abgeholt. Er meinte, du hättest ihn nicht gesehen. Er sagte aber, dass er sich natürlich geirrt haben musste, als er dich beim Check-in von Air France gesehen hat.«

»Das ist also außer Schlüsselnachmachen Jeans neue Nebeneinkunft: für die Geheimpolizei zu spionieren.« Ich ging zur Hintertür. »Ich hole ein bisschen Minze.«

Im Garten lehnte ich mich gegen die Wand und atmete die von den Kräutern geschwängerte Luft ein. Ich könnte losrennen, über den niedrigen Lattenzaun springen – ein wahres Kinderspiel im Vergleich zu dem Tor, über das ich geklettert war. Ich könnte durch den Wald laufen und irgendwo anders ein neues Leben anfangen. Mir einen neuen Namen und eine neue Identität zulegen. Dieses ganze aufwühlende, komplizierte, schmerzende Zeug hinter mir lassen.

Ich pflückte etwas Minze und ging zurück in die Küche. Tja, Pearl, sagte ich zu mir, jetzt steckst du schon bis zum Hals drin.

»Es tut mir leid«, sagte ich.

»Es tut dir leid? Das ist alles?« Denny fuhr herum. »Ich hab buchstäblich den Kopf verloren! Ich war mir sicher, dass Jean falschlag, und dass es nur jemand war, der dir ähnlich sah, also habe ich eine Runde gedreht, bei den Kundinnen vorbeigeschaut, die du erwähnt hattest, und natürlich hat dich keine von ihnen zu Gesicht bekommen. Du hast nicht auf meine Textnachrichten geantwortet und ich hab ich weiß nicht wie viele Nachrichten auf der Mailbox hinterlassen. Und das Vorhängeschloss vorm Tor war auch weg. Gott allein weiß, warum du das abgenommen hast – vielleicht, um mir noch etwas mehr Sorgen zu bereiten?«

»Es tut mir ehrlich leid, dass ich dir Angst gemacht habe.« Ich stand hinter ihm und umarmte ihn; nahm seinen vertrauten, viel geliebten Geruch wahr: teils Seife, teils Holz und Sägespäne. Ich konnte spüren, wie er zitterte.

»Ich hab mir die schlimmsten Dinge vorgestellt. Zuerst dachte ich, du hättest mich verlassen, es gäbe vielleicht einen anderen Mann. Dann dachte ich, was noch viel schlimmer war, dass du vielleicht in irgendwelche Schwierigkeiten geraten bist, dass jemand hinter dir her war und dass du zu viel Angst hattest, um es mir zu sagen, sodass du weggelaufen bist.«

Ich hatte mich selbst nie für jemanden gehalten, der weglief, aber das alternative Fantasieleben, das ich mir eben im Garten ausgemalt hatte, ließ mich darüber nachdenken. Würde ich wie Serge einfach davonlaufen, wenn es zu kompliziert wurde? Tatsächlich könnten einige Leute denken – Eleanors dünnes Lächeln erschien vor meinem geistigen Auge –, dass ich wirklich davongelaufen war, als es vor fünf Jahren zu kompliziert wurde.

»Ich war so erleichtert, als du reingekommen bist. Aber bitte, lüg mich nicht mehr an, Pearl. Wo warst du?«

»Denny, du musst mir glauben. Ich wollte es dir sagen, aber zu meiner Zeit.«

»Bitte sag es mir jetzt.« Er klang erstickt.

Ich setzte mich neben ihn. Hatte er jemals schon einmal so traurig ausgesehen? Ja, ein Mal. Ich sollte es ihm also schnell sagen, das Pflaster mit einem Ruck abreißen.

»Ich war in Paris. Ich bin dorthin geflogen, um meine Tochter zu treffen.« Die Wörter »meine Tochter« fühlten sich ungewohnt an, klebrig auf meiner Zunge. Aber auch schön, wertvoll, die außergewöhnlichsten Wörter der Welt.

»Entschuldige. Was hast du da gesagt?«

Der Kessel fing an zu pfeifen, ich stand auf, um die Flamme abzudrehen, und schüttete zitternd Wasser in eine Tasse. Mit dem Rücken zu ihm sagte ich: »Meine Tochter.«

»Ich bin so verwirrt. Welche Tochter? Was meinst du?«

In einem Atemzug erklärte ich: »Als ich sechzehn war, habe ich ein Baby bekommen und es zur Adoption freigegeben. Sie hat sich gerade erst mit mir in Verbindung gesetzt und es tut mir leid.«

Ein unerträglich langes Schweigen folgte. Ich nippte an meinem Tee, doch ich verbrannte mir die Zunge. Das geschah mir recht.

Dann lachte Denny auf. Kein echtes Lachen. Sein Gesicht war dunkelrot, was die Fältchen um seine Augen deutlicher hervortreten ließ als sonst. »*Wie bitte*? Wir sind seit dreizehn Jahren verheiratet, Pearl. Vor fünfeinhalb Jahren haben wir ...«

»Denny ...« Ich setzte mich und zwang mich, ihn anzusehen. Ich ertrug es nicht, den Schmerz auf seinem Gesicht zu sehen.

»Wir hatten ein ... hatten ein Kind zusammen.« Seine

Augen waren feucht. »Und nicht einmal ... nicht einmal da hast du mir gesagt, dass du schon Mutter warst.«

»Ich war keine Mutter. Überhaupt nicht. Ich habe sie kaum zu Gesicht bekommen, als sie geboren wurde. Das war eine der schwierigsten Zeiten in meinem Leben.« Ich konnte nicht sagen, dass es die schwierigste war, weil das, was er und ich durchgemacht hatten, das noch übertraf. Stumm und flehentlich wollte ich mehr als alles andere, dass er mir glaubte. Ich redete weiter: »Denny, ich schwöre dir, ich habe nie darüber gesprochen. Ich wusste nicht, was aus ihr geworden war.«

Er machte eine Bewegung, als ob er mich berühren, meine Hand nehmen wollte. »Das muss schrecklich gewesen sein.« Für einen Augenblick konzentrierte er sich nur auf das, was ich durchgemacht hatte, und nicht auf den Schmerz, den ich in ihm gerade verursachte. Ich war mir sicher, dass ich ihn dazu bringen konnte, mich zu verstehen.

»Niemand wusste es«, erklärte ich. »Nur meine Brüder, weil sie zu dieser Zeit da waren, sonst niemand ...«

Er setzte sich aufrecht hin, eindeutig hatte ihn gerade ein neuer Gedanke durchzuckt. »Oh mein Gott! Diese Ärztin wusste es! Die, die mit uns geredet hat, als du im Krankenhaus warst.«

Nachdem Denny und ich unser Baby verloren hatten, kam eine Ärztin herein, um mit uns darüber zu reden, was passiert war, was vielleicht schiefgelaufen war. Sie saß auf meinem Bett und hielt meine Hand.

»Wir wissen es nicht genau«, erklärte sie. »Totgeburten sind nicht ungewöhnlich, vielleicht eine von zweihundert Geburten. Manchmal gibt es eindeutige Gründe, oft jedoch nicht. Sie sind schon etwas älter, was vielleicht eine Rolle gespielt haben könnte, aber wir wissen es nicht. Es tut mir sehr leid.« Sie war sanft und freundlich. Dann fuhr sie fort: »Wie ich sehe, hatten Sie bereits mehrere Fehlgeburten.«

»Ja«, antwortete ich, »drei mit Denny und zwei mit Kim, meinem vorherigen Partner, alle in den ersten drei Monaten.«

»Und eine Lebendgeburt«, fügte sie hinzu, ihre Unterlagen konsultierend, »als Sie noch ganz jung waren.«

»Nein«, widersprach Denny, »das stimmt nicht.«

»Nein«, wiederholte ich wie ein Echo, »das stimmt nicht.« Ich drückte meine Finger so fest in meine Arme, dass ich später die Abdrücke auf meiner Haut sah, die sie hinterlassen hatten – richtige, winzige blaue Flecken, in der Form von Fingerkuppen.

Die Ärztin sah mich an und erwiderte: »Entschuldigen Sie, da habe ich mich wohl verlesen.« Später, als Denny weg war, kam sie zurück und fragte, ob ich mit ihr reden wollte. Ich weinte mir die Seele aus dem Leib und sie hielt mich.

»Ich bin so ein Idiot«, bemerkte Denny jetzt. »Ich hatte gedacht, sie hätte deine Unterlagen mit denen einer anderen Frau verwechselt.«

»Ich hätte es dir damals sagen sollen. Ich wünsche mir von ganzem Herzen, dass ich es getan hätte. Nur ... meistens sind diese Gedanken ganz weit hinten weggesperrt, immer schon. Es vergehen Monate, ohne dass ich überhaupt je daran denke.«

»Aber diese ganzen Male mit uns.« In einer Geste des Unverständnisses breitete er die Arme aus. »Die Schwangerschaften, die Fehlgeburten ...«

»Ich ... wusste einfach nicht, wie ich es dir sagen sollte.

Es fühlte sich so grausam, so unfair an, dir zu sagen, dass ich vor Jahren einfach so ein Kind weggegeben hatte, während wir es doch die ganze Zeit über so sehr versuchten und es nicht klappte.«

»Ich bin mir sicher, dass du das bestimmt nicht einfach so gemacht hast, oder?« Seine Augen waren voller Mitgefühl, was mir unter diesen Umständen außergewöhnlich erschien. Ich erinnerte mich daran, wie Peaches im Friseursalon einmal gesagt hatte, dass sie vor Denny noch nie von einem Mann gehört hätte, der einen Elternteil pflegte, und dass die Welt ein besserer Ort wäre, wenn mehr Männer so wären wie er. Wie stolz ich war, als sie das sagte, was für ein Gefühl das war, so viel Glück zu haben.

»Nein, das habe ich nicht. Es war unglaublich schmerzhaft. Du nennst dich selbst Idiot«, seufzte ich, »dabei bin ich die Idiotin, die gedacht hat, ich könnte dir nichts davon erzählen.«

»Ich wünschte so sehr, dass du das getan hättest. Ich glaube, ich habe dir immer gezeigt, dass du mir vertrauen kannst. Das jetzt herauszufinden, nur weil du in die Ecke gedrängt wurdest, gibt mir das Gefühl ... na ja, ich weiß gar nicht so richtig, was für ein Gefühl mir das gibt.«

»Kann ich es dir jetzt erzählen? Willst du hören, wie es war, sie zu treffen? Carrie? Sie hat mir ein Foto von ihrem Kind gezeigt. Wir haben ein Enkelkind da draußen, Denny. Ein kleines Mädchen, wie ...« Ich verstummte, weil das das Allerschwierigste war. Wir sprachen ihren Namen nie laut aus, und meine Stimme brach, bevor ich so weit kam: ein Name, der in meinem Kopf so vertraut klang, außerhalb davon jedoch so unmöglich und fremd.

Denny sah so traurig aus, dass ich auf ihn zuging, um ihn zu umarmen, ein bisschen zu trösten. Doch er stand auf.

»Ich weiß nicht, Pearl. Ich glaube, du hast ein Enkelkind. Und ich freue mich für dich. Aber *ich* habe keines.« Er ging zur Tür. »Ich gehe jetzt ins Bett.«

Ich lauschte seinen Schritten nach oben, langsam und schwerfällig, als ob er hundert Tonnen wöge. Ich ließ den Kopf auf meine Arme sinken. Ich wünschte, ich könnte die Zeit zurückdrehen, nur für einen Tag. Bevor ich Carrie getroffen hatte, als eine Beziehung zu ihr immer noch unmöglich erschien; bevor Serge weggelaufen war; bevor ich Denny angelogen hatte.

Aber ich hielt mich davon ab, ihm nachzugehen. Er musste jetzt allein sein. Ich schlug das reparierte Notizheft auf, optimal für meine schlechte Laune. Dads letztes Tagebuch, vom Anfang dieses Jahres. Ich erinnerte mich daran, ein paar Satzfetzen des ersten Eintrags während des Leichenschmauses gelesen zu haben: die Nacherzählung einer Unterhaltung, die er im Januar mit Roberta von PAC-UK am Telefon geführt hatte, ein paar Monate, bevor er starb.

Trotz all meiner Versäumnisse hoffe ich wirklich, dass sie und du einen Weg finden werdet, um die verlorene Zeit wieder aufzuholen.

Jetzt wusste ich, dass »sie« Carrie war und »du« ich. Tja, sorry, Dad, aber sieht so aus, als würde dein letzter Wunsch einfach nicht in Erfüllung gehen. Ich schleppte mich die Treppe hoch, eine Stufe nach der anderen. Vielleicht war Denny ja noch wach. Ich könnte mich in seinen Armen vergraben, reuevoll Beteuerungen murmeln, ihn trösten und im Gegenzug ebenso getröstet werden. Doch er war im Gästezimmer, die Tür zwischen uns geschlossen. Ich putzte mir die Zähne und fing an, den Dreck unter meinen Fingernägeln herauszukratzen. Doch dann hielt ich inne. Ich wollte diese physische Erinnerung an das Treffen mit Carrie nicht auslöschen; an den geteilten Moment, bevor alles schiefging.

Ich stieg in unser leeres Ehebett. Die Bezüge waren kalt und mir tat alles weh, meine Gliedmaßen waren müde von den Strapazen eines ungewohnten Tages. Normalerweise spürte ich mein Alter nicht, doch heute Nacht konnte ich mir leicht vorstellen, wie es wäre, eine alte Frau mit schmerzenden Knien und steifen Schultern zu sein. Ich umarmte mich selbst und nahm die Abwesenheit von Dennys Armen als körperlichen Schmerz wahr. Bedeutete diese Nacht im Gästezimmer nur, dass er gerade wütend war, oder bedeutete sie, dass er mit mir, mit uns abgeschlossen hatte? Ich schloss die Augen und redete mir selbst ein, dass Schlaf die einzige Antwort war, dass die Dinge am nächsten Morgen schon wieder besser aussehen würden. Aber ich wusste, dass ich mir damit selbst etwas vormachte.

6. Februar 2018

Meine erste Unterhaltung mit Linda, der Adoptivmutter, war leicht befangen, obwohl ich mich an das PAC-UK-Skript gehalten habe, das Roberta mir geschickt hat.
L war natürlich skeptisch, sagte gleich von Anfang an, dass sie Caroline noch nicht gesagt hätte, dass sie mit mir in Kontakt stand, wusste auch nicht, ob sie es tun würde, wollte sie nur ungern traurig machen, wartete ab, um zu sehen, wie es so lief. Tja, das schärfte mir ein, mich gut zu benehmen! Sie sagte, dass bei C gerade eine Menge los wäre, eine alleinerziehende Mutter mit einem kleinen Baby. Außerdem wäre sie, Linda, krank und spürte, dass C das nicht wahrhaben wollte. Ich hatte Mitleid mit ihr und sagte, dass ich es ihr überlassen würde, ob/wie sie mit C redete.
Nachdem wir uns voneinander verabschiedet hatten, war ich mir sicher, dass es das Ende vom Lied war. Wünschte, ich könnte mit A darüber reden, aber ich will sie nicht belasten. Sie hat auch so schon genug zu tun, jetzt, wo sie wieder so nahe bei uns wohnt und Gewehr bei Fuß steht, sobald J ruft. Ich hatte immer gehofft, sie würde es schaffen, weiter weg zu bleiben, ihr eigenes Leben zu leben, selbst nachdem ihre Ehe gescheitert war. Doch nachdem James sie verlassen hatte, um bei seinem Vater zu wohnen, wusste ich, dass es schwierig sein würde, sie auf Abstand zu halten. James war aus härterem

Zeug gemacht als A und sagte ihr immer wieder, sie solle für sich selbst einstehen.
Ich rief Roberta an, um ihr zu erzählen, was Linda gesagt hatte. Sie war optimistisch, riet mir, noch keine voreiligen Schlüsse zu ziehen, etwas Zeit vergehen zu lassen. Roberta ist eine junge Frau mit aller Zeit der Welt, wie sehr ich sie darum beneide! Diesen Luxus habe ich nicht.
Aber sie hatte recht, weil sie nämlich heute angerufen hat. Gott sei Dank war ich gerade mit Snoops draußen unterwegs und konnte rangehen. Sie richtete mir aus, dass Linda angerufen und gesagt hätte, sie würde gerne noch mehr über mich wissen. Danach würde sie jedoch den richtigen Moment abpassen, um mit C zu reden, würde ihr meine und auch deine Kontaktdaten geben. Roberta fand das anscheinend extrem positiv, weshalb ich wusste, dass ich mich damit zufriedengeben musste. Ich nehme an, dass ich vermutlich nicht mehr mit C werde reden können, doch das spielt keine Rolle, solange du das kannst.
Hab Roberta gefragt, ob sie den Namen von Cs Baby wisse, doch sie verneinte, würde Linda aber für mich fragen. Muss immer wieder an das »kleine Baby« denken.

16

CARRIE

Im Eurostar hatte ich zu viel Zeit zum Nachdenken. Ich konnte mich nicht auf mein Buch konzentrieren, aber schlafen konnte ich auch nicht. Mum, ich hab getan, was du wolltest. Aber es hat nicht geklappt. Zu viel Schnee von gestern. Zu viel unbekannte Vergangenheit.

Ich schrieb Ian eine Nachricht, in der ich ihm mitteilte, dass ich ungefähr um sieben Uhr abends wieder in Bristol sein sollte. Dann wischte ich zu dem Selfie, das ich von Pearl und mir gemacht hatte. Es war verrückt, wie ähnlich sich unsere Gesichter sahen, unsere blauen Augen und braunen Haare. Wir waren auch gleich groß. Ich konnte genau erkennen, wie ich aussehen würde, wenn ich einmal älter war, wobei sie gar nicht so viel älter war als ich. Sie sah gut aus. Ich mochte ihren Stil, leicht altmodisch, ihren Pixie-Haarschnitt und ihren Regenmantel mit Gürtel, der etwas von Audrey Hepburn ausstrahlte. Es hatte eine Zeit gegeben, als ich im Teenageralter war, da hätte ich für so ein Foto getötet: den Beweis für eine genetische Verbindung zu jemandem, einer anderen Person in meinem Leben, die so aussah wie ich. Mum und ich waren körperliche Gegensätze. Sie hatte einen großen Busen, helle Haare, war stämmig und viel kleiner als ich. Unsere einzige Gemeinsamkeit war das Blau unserer Augen, doch sogar da waren meine dunkler. Aber als Emmie geboren wurde, war mein Bedürfnis nach so einer Verbindung befriedigt. Sie hatte so viel von meinen Merkmalen abbekommen, unsere Augen waren verschiedenfarbige Versionen derselben Augen und ihr Lächeln eine exakte Kopie von meinem.

Ich steckte mein Handy in die Tasche und dabei fiel mir auf, dass ich immer noch Francis' Tagebuch hatte, das Pearl mir gegeben hatte. Verdammt. Na ja, ich würde es einfach zusammen mit einem Zettel zurückschicken, auf dem stand, dass meine Kollegin es nicht lesen konnte. Es gab keinen Grund, warum man den Kontakt in die Länge ziehen müsste. Es war zu chaotisch und kompliziert, es gab zu viel emotionalen Ballast. Pearl hatte mich zwar geboren, aber sie war nicht meine Mutter. Ich hatte keine Ahnung, wer zur Hölle sie war oder wer ich gewesen bin, als ich bei ihr war. Das Wichtigste war, dass ich mein Versprechen gegenüber Mum gehalten hatte. Sie hatte mich darum gebeten, Pearl zu treffen, mehr nicht, und das hatte ich getan. Das war mehr als genug.

Mum wollte, dass ich etwas von ihrer Asche in einer großen Stadt verstreute, und obwohl Paris eine große Stadt war, fühlte es sich wie Betrug an, hier quasi zwei Fliegen mit einer Klappe zu schlagen. Aber es gab nicht viele andere Städte, die größer als London waren. Den Großen Schlot, wie Mum es immer genannt hatte. Ich rechnete mir aus, dass ich gerade genug Zeit dafür hätte, bevor ich meinen Anschlusszug bekommen musste. Die Karte auf meinem Handy führte mich zu einem winzigen Platz drei Minuten vom Paddington-Bahnhof entfernt, und in einer ruhigen Ecke vergrub ich etwas von Mum unter einem Kastanienbaum. Ich flüsterte ein paar Worte, hetzte dann zurück zum Bahnhof und, oh Wunder, bekam den Zug, den ich eingeplant hatte.

Als wir in den Temple-Meads-Bahnhof in Bristol einfuhren, fiel mir auf, dass ich eine Stunde früher dran war, als ich Ian gesagt hatte. In dem ganzen Durcheinander des Tages hatte ich vergessen, dass ich meine Armbanduhr in Frankreich eine Stunde vorgestellt hatte. Ich sprang in ein Taxi und beschloss, trotzdem zu Ians Wohnung zu fahren. Ich würde ihn einfach anrufen, wenn sie nicht zu Hause waren.

Ians Straße hatte ich immer gemocht. Hier zu sein, erinnerte mich immer an die frühe, unschuldige Dating-Phase unserer Beziehung. Als ich ihn kennenlernte, wohnte er in genau derselben Wohnung über einem türkischen Imbiss, und als wir unser gemeinsames Haus kauften, vermietete er sie. Meine ewige Lieblingsbäckerei lag ebenfalls in dieser Straße, ein griechischer Laden, der wahnsinnig gute gefüllte Donuts in allen Geschmacksrichtungen verkaufte. Ians Friseur war nur ein paar Türen weiter und es gab einen guten Secondhandladen für Babykleidung, wo ich immer etwas Nettes für Emmie fand.

Es war früher Abend und immer noch warm. Leute liefen umher, lachten und redeten, standen draußen vor Bars und Cafés, ungefähr so wie in den Straßen in Paris, durch die ich erst vor ein paar Stunden gegangen war. Ich lächelte, als ich dem Fahrer sagte, wo er anhalten sollte. Ich beschloss, mit Emmie dann ein Glas Saft bei dem Stand an der Ecke zu trinken. Vielleicht würde sich Ian ja auch anschließen. Wäre es denn das Schlimmste, was Emmie passieren konnte, wenn sie mehr Zeit hier verbrachte? Oder was mir passieren konnte?

Als ich aus dem Taxi stieg, sah ich ein Paar mit einem Baby vor dem Imbiss stehen. Es dauerte ein paar Augenblicke, bis mir klar wurde, dass das Ian und eine Frau waren, die ich nicht kannte. Die Frau war größer als Ian, mit langen, blonden Haaren, und sie hielt meine Emmie auf dem

Arm. Ich sah dem Fahrer dabei zu, wie er in seiner kleinen Tasche nach meinem Wechselgeld kramte, doch das schien in Zeitlupe zu passieren.

»Ist schon in Ordnung«, winkte ich ab und trat vom Auto zurück.

»Oh, danke dir, Süße«, antwortete er überrascht – ich sah eindeutig nicht wie jemand aus, der acht Pfund Trinkgeld für eine Zwölf-Pfund-Fahrt spendierte.

Er fuhr davon, und ich blieb stehen, wo ich war, auf der Straßenseite gegenüber von Ian und seiner glänzenden neuen Familie. Er hatte eine Hand auf den leeren Buggy gelegt, also waren sie entweder gerade draußen unterwegs gewesen oder wollten rausgehen. Die Frau sagte etwas zu ihm und er deutete auf die Wohnung. Dann sah sie hinunter auf Emmie in ihrem Arm und gab ihr einen Kuss auf die Wange, und innerhalb von zwei Sekunden hatte ich die Straße überquert. Die Frau sah mich als Erste näher kommen, kannte mich aber offensichtlich nicht. Für den Bruchteil einer Sekunde legte sie die Stirn in Falten, verwirrt, weil ich ihnen zu nahe kam. Doch dann wand sich Emmie auf ihrem Arm, sagte »Mama!«, und ich wusste nicht mal recht, wie die Übergabe stattgefunden hatte, aber schließlich hielt ich sie auf dem Arm, ihre warmen Händchen um meinen Hals geschlungen, und mein Herz raste, als ob ich gerannt wäre.

»Ach, du bist also die Mummy!«, sprudelte es aus der Frau hervor. »Ich bin Melody. Danke dir vielmals, dass du uns deine tolle Tochter ausgeliehen hast. Ja, ganz toll bist du, stimmt's? Und wie!«

Sie kitzelte Emmie unter dem Kinn, und Emmie, die kleine Verräterin, lachte. Ich drückte sie fester an mich und atmete ihren Geruch ein, doch darüber lag die Schicht eines unbekannten Parfüms. Oder vielleicht doch nicht so unbekannt, da ich mich jetzt daran erinnerte, es in Ians Wohnung gerochen zu haben. Ich hatte angenommen, es wäre eines seiner vielen Beautyprodukte – er liebte seine Beautyprodukte, den Rasierschaum, die Düfte und das scheiß Haarzeug. Ich konnte es nicht erwarten, nach Hause zu fahren, Emmie zu baden und sie mit ihrer Babylotion zu waschen, die pur war, nach gar nichts roch.

»Du bist früh dran«, stellte Ian fest und hinter diesen vier Worten verbarg sich ein ganzes Wörterbuch der Lügen. Ich wusste, ohne dass man es mir sagte, dass sie den ganzen Tag zusammen verbracht hatten, dass Melody längst hätte weg sein sollen, bevor ich zurückkam. Als ich gekommen war, hatten sie sich gerade verabschiedet.

»Ian meinte, du wärst in Paris gewesen!«, plauderte Melody weiter. »Das ist so cool!«

»Wie ist es gelaufen?«, fragte Ian und setzte ein besorgtes Gesicht auf.

»Gut.« Als würde ich ihm jemals wieder irgendetwas Wichtiges erzählen. »Wie war's mit Emmie?«

»Ach, wir hatten so einen lustigen Tag!«, antwortete Melody, komplett nichts ahnend im Hinblick auf, na ja, alles. »Wir sind in den Park gegangen, stimmt's, Emmie, und haben gepicknickt. Wir haben kleine Sandwiches gegessen und Emmie hat ein paar Chips bekommen – die liebt sie, oder? Dann haben wir die Enten gefüttert und sind zur Schaukel gegangen, danach waren wir in einem Laden und ich hab ihr ein richtig süßes Oberteil gekauft. Dann, nach einem hübschen, langen Nickerchen in der Wohnung, haben wir gespielt und ferngeschaut, und zum Abendessen hab ich ihr Sternchennudeln mit Käse gemacht. Die hat sie alle aufgegessen und dann sind wir noch mal in den Park gegangen, weil Emmie einfach nicht genug von diesen Enten bekommen kann, nicht wahr?«

»Sie mag Enten«, erwiderte ich in einer Stimme, die ich kaum wiedererkannte. Mein Kiefer fing an wehzutun, wie so oft in Ians Nähe.

»Na ja, ich gehe dann lieber mal. Schön, dich kennengelernt zu haben, Cassie.«

»Carrie«, korrigierte ich. Carrie war der Name der Mutter des Kindes, das du den ganzen Nachmittag über wie dein eigenes behandelt hast.

»Natürlich! Sorry!« Sie küsste Ian auf den Mund und wollte dann Emmie küssen. Ich zog sie weg, gerade genug, damit sie einen Schritt zurück machte, aber nicht genug, als dass sie gewusst hätte, ob ich das mit Absicht tat oder nicht.

»Dann bis morgen«, verabschiedete sich Ian von ihr. Sie ging davon und dann waren bloß noch wir drei übrig.

»Carrie, es tut mir leid, ich weiß, dass das gerade ein bisschen seltsam war ...«

»Das kannst du laut sagen.«

»Du solltest sie mit Emmie sehen. Melody liebt Kinder über alles.«

Emmie wurde langsam schwer und schläfrig auf meinem Arm, aber ich wollte sie nicht absetzen. »Es wäre gut gewesen«, klärte ich ihn auf, »wenn du mir mitgeteilt hättest, dass meine Tochter den Tag mit jemandem verbringt, den ich nicht kenne.«

»Ich wollte dir ja von Melody erzählen«, antwortete er. »Aber du warst so mitgenommen wegen deiner Mum und so weiter.«

Endlich ergab Ians plötzlicher Wunsch, wieder Teil unseres Lebens zu sein, Sinn. Angesichts dessen, wie ich der

Hoffnung erlaubt hatte, die Oberhand über meine natürlich Skepsis zu gewinnen, versuchte ich, nicht zu erröten. Er benutzte Emmie bloß als Requisite, als etwas, das ihn wie einen vollkommen netten Kerl aussehen ließ, ohne tatsächlich irgendetwas von der harten Arbeit eines wirklich vollkommen netten Kerls zu leisten.

Ich verlagerte mein Gewicht, um es Emmie, die jetzt fest schlief, gemütlicher zu machen. »Bist du wirklich an einem geteilten Sorgerecht interessiert? Oder glaubst du bloß, dass das Melody beeindrucken würde?«

»Was?! Wie kannst du mich das überhaupt fragen?«, sprudelte es aus Ian heraus, doch er schaute mir nicht wirklich in die Augen. Ich hatte Glück, dass ich so viel Erfahrung damit hatte, wie er aussah, wenn er log. Vermutlich war das aber auch mein Pech, wenn man darüber nachdachte.

»Na ja, ich gehe dann lieber mal.« Ich nahm ihm den Buggy aus der Hand und ging davon, schob ihn aber bloß vor mir her, da ich Emmie nicht hineinsetzen wollte, für den Fall, dass irgendjemand auf die Idee kam, sie mir wegzunehmen. Einen Blick zurück warf ich nicht.

»Jetzt heißt es nur noch du und ich, Kleine«, flüsterte ich meinem wunderbaren Kind zu. »Nur du und ich.«

22. Februar 2018

Roberta und ich telefonierten eine halbe Stunde lang. Sie stellte mir viele Fragen über dich, dein jetziges Leben, von denen ich die meisten, zu meiner Schande, nicht beantworten konnte. Dinge, die Linda sie gebeten hatte herauszufinden. Aber ich redete viel über anderes, was wir gerne zusammen gemacht hatten, als du noch ein Kind warst. Ich erzählte ihr davon, wie gut du in Sprachen warst und wie viel Spaß wir mit Stenographie hatten, als wir uns verschlüsselte Nachrichten schrieben. Weißt du noch, dass wir auch einmal eine Zeit lang Esperanto gelernt haben?
Und über Kreuzworträtsel, natürlich. Ich habe es geliebt, die mit dir zu machen. Ich erinnere mich noch an das erste Mal, als du eine schwierige Rätselfrage ganz alleine geknackt hast. Da warst du ungefähr zehn. Das war nach der Kirche, wir saßen draußen in der Sonne und haben auf jemanden gewartet, um mir Seiten zu bringen, die ich für das Gemeindemagazin abtippen musste, glaube ich. Ich verbrachte viel Zeit damit, auf Artikel zu warten, ach ja, das Leben eines Amateurjournalisten! Zur Beschäftigung hatte ich dir das knifflige Kreuzworträtsel aus meiner Zeitung gegeben. Du hast still daran gearbeitet und sagtest dann: »Ich hab eins!« Und das hattest du wirklich. »Hauptstadt der Philippinen« war die Frage. Die Antwort lautete natürlich »Manila«. Ich war so stolz!

Das hab ich wahrscheinlich ziemlich aufgebauscht. Arme Roberta! Sie war sehr freundlich, meinte, sie würde die Informationen weitergeben. Ganz am Ende des Telefonats sagte sie dann, dass Linda gesagt hätte, es wäre in Ordnung, mir den Namen von Carolines Baby zu verraten. Das Mädchen heißt Emily Ruby Haskett. Kurz nennen sie sie Emmie. Schön.

9. März 2018

Ernüchternde Neuigkeiten vom Arzt heute. Ich weiß nicht, was mit meinem Leben passiert ist, und jetzt ist es fast vorbei. Ich werde es für immer wahnsinnig bereuen, dass ich dir und Benjy kein richtiger Vater war. Mit Greg war ich zwar auch nicht viel besser, aber wenigstens sind wir in Kontakt geblieben. Ich gebe mich gar nicht erst der Illusion hin, dass ich das dir gegenüber irgendwie wiedergutmachen könnte. Um ehrlich zu sein, bin ich erstaunt, dass du mir so lange noch geschrieben hast, nachdem ich dich enttäuscht habe; bis du Mitte zwanzig warst. Als du 1990 geschrieben und gefragt hast, ob du mich besuchen kommen könntest, habe ich zurückgeschrieben, »komm nicht«. Ich muss dir sagen, dass ich es nicht so gemeint habe. Mir waren die Hände gebunden. Ich habe gehofft, du wüsstest, dass das nicht wirklich von mir kam, dass ich nur das geschrieben habe, wozu ich mich verpflichtet hatte, weil ich mit meinem Namen und nicht mit »Dad« unterschrieben habe.

Ich glaube, dass du das wirklich verstanden hast, weil du tatsächlich gekommen bist. Doch dann bist du weggelaufen, bevor wir miteinander reden konnten, und ich kam zu spät, um dich aufzuhalten. Ich glaube, mein Herz ist seitdem nie mehr richtig geheilt. Wenn du nur von den hundert Malen wüsstest, in denen ich angefangen habe, dir zu schreiben, das Telefon abgehoben habe. Aber es

war leichter, dich gehen zu lassen. Ich habe mir selbst eine Grube gegraben und bin auch hineingefallen. Es ist zu spät, inzwischen ist zu viel passiert, als dass ich sagen könnte, dass ich nicht von dir getrennt sein wollte. Ich hätte anders sein sollen, besser.
Ich habe nicht das Leben geführt, das ich wollte. Ich hätte ein aufrichtiger Christ sein sollen und kein bloßer Kirchgänger, das ist nicht dasselbe.
Aber jetzt gibt es zumindest etwas, das ich für dich tun kann, um eine winzige Reparation für die Zeit zu leisten, als du mich um Hilfe gebeten hast und ich sie dir verwehrt habe.
Wie viel Spaß wir immer mit Stenographie hatten! Das ist so eine nützliche Fähigkeit, obwohl ich gehört habe, dass Journalismus-Studenten sie heute gar nicht mehr lernen, eine Schande. Wenn man schnell Notizen machen muss oder nicht will, dass jemand anderes weiß, was man schreibt, gibt es nichts Besseres. Als ich nach diesem verpassten Besuch angefangen habe, mein Tagebuch wirklich für dich zu führen, habe ich gehofft, dass wir es uns irgendwann einmal zusammen ansehen würden, damit du wüsstest, dass ich immer an dich gedacht habe, auch als wir voneinander getrennt waren. Ich danke Gott dafür, dass ich damals nicht wusste, dass das nie passieren würde.
Also, liebe PP, ich habe diese Tagebücher für dich geschrieben. Bitte teile sie mit deinen Brüdern. Ich weiß, dass A sie auch gerne sehen würde, aber das werde ich dir überlassen. Sie hätte viel davon profitiert, euch drei als Geschwister zu haben, doch wieder einmal habe ich es vermasselt. Ich mache mir Sorgen darüber, wie sie zurechtkommen wird, wenn ich nicht mehr da bin, doch das ist mein Kreuz, das ich tragen muss, nicht deines.

Es tut mir leid, dass ich keinem von euch viel Geld hinterlassen kann. Von dem Konto einmal abgesehen, das mein Freund aus der Kirche, Hugh, in seinem Namen für mich geführt hat, habe ich es nicht geschafft, viel zur Seite zu legen.
Aber wenn du zu meiner Beerdigung kommst, um die Tagebücher entgegenzunehmen, wie ich hoffe, wirst du sehen, dass ich dir etwas anderes vermacht habe. Etwas, das sehr viel interessanter und wichtiger ist als Geld oder mein Geschwätz. Nicht etwas, sondern jemanden. Natürlich liegt es bei dir, ob du die Verbindung, die ich aufgenommen habe, weiterhin aufrechterhältst. Ich hoffe, dass du dich dafür entscheidest. Das hoffe ich mehr als alles andere. Aber ob du das willst oder nicht, diesmal lasse ich dir wenigstens die Wahl, die dir genommen wurde, als du noch sehr jung warst.
Ich hätte dich niemals mit so viel Ballast alleinlassen dürfen. Ich hätte mich für das einsetzen sollen, von dem ich wusste, dass es richtig war, egal wie schwierig oder schlimm die Konsequenzen gewesen wären. Ich habe mich bemüht, das Durcheinander aufzuräumen, das ich angerichtet habe, während du noch jung genug bist, um davon zu profitieren. Mir würde es gefallen, wenn du von mir sagen könntest, dass er nichts in seinem Leben so gut hinbekommen hat wie seinen Abgang.

17

Pearl

Das Cottage, das sich für zwei immer auf dekadente Weise groß angefühlt hatte, war eher beengend, wenn diese zwei Leute versuchten, sich aus dem Weg zu gehen. Ursprünglich hatte ich Denny eigentlich gar nicht aus dem Weg gehen wollen. Im Gegenteil, ich versuchte mehrere Male, mit ihm zu sprechen, sagte ihm immer wieder, wie leid es mir tat. Aber er wollte nicht mit mir reden. Anfangs verstand ich das. Ich hatte diese riesige Sache vor ihm verheimlicht, und er hatte jedes Recht, sich so zu fühlen, als hätte ich sein Vertrauen missbraucht. Wenn es andersherum gewesen wäre und ich herausgefunden hätte, dass er ein Kind hatte, ohne mir von ihm zu erzählen, wäre ich natürlich genauso am Boden zerstört gewesen.

Doch die Tage vergingen und er hielt sich immer noch von mir fern. Er schlief im Gästezimmer, nahm seine Mahlzeiten zu anderen Zeiten ein und verbrachte viel mehr Stunden in seiner Werkstatt als sonst, die Kreissäge lief so regelmäßig, dass ich schon glaubte, er würde sie extra anlassen, damit es so klang, als wäre er beschäftigt. Nach einer Weile machte ich es ihm leichter, indem ich mich selbst zurückzog. Ich bot mehr Termine für Kunden an als sonst, und wenn ich nicht arbeitete, unternahm ich lange Spaziergänge, malte an meiner Bilderserie von Bäumen weiter und übersetzte akribisch die Tagebücher.

Es überraschte mich, wie melancholisch und berührend

ich die Tagebucheinträge vom Anfang dieses Jahres fand, da ich ja wusste, dass Dad zu diesem Zeitpunkt kurz vor seinem Lebensende gestanden hatte. Wie sentimental er auf seine alten Tage geworden war. Diese ganze Sache, wie wir zusammen Kreuzworträtsel gelöst hatten. Raffiniert, wie er seine Erinnerung daran beschrieb, als ich die Rätselfrage gewusst hatte! Hier war die Stenographie zittrig und unsicher, vielleicht, weil er immer kränker wurde, oder vielleicht auch nur, weil er alt war. Ich fuhr mit dem Finger unter den Wörtern entlang und erinnerte mich daran, wie er beim Lernen meine Hand genommen und sie an den Zeilen der Stenographie entlanggeführt hatte. Mit zusammengesteckten Köpfen, beide begeistert, wenn ich ein Wort erkannte. Wenn man mir damals mit sieben oder acht gesagt hätte, dass eine Zeit kommen würde, in der er kein Teil meines Lebens mehr sein würde, hätte ich das nicht geglaubt.

Diesen Morgen besuchte ich drei Kunden, hatte es aber nicht eilig nach Hause zu kommen. Stattdessen machte ich mich auf den Weg zu meinem Lieblingsplatz und ruhte mich an meinen Baum gelehnt aus. Ohne Serge fühlte sich der Wald leer an. Vor einiger Zeit hatte ich Dennys Sichtweise der Dinge vielleicht nicht unbedingt geteilt, jedoch einfach noch akzeptiert. Ich konnte seine Meinung, dass wir den Wald für uns alleine behalten sollten, nachvollziehen; dass wir uns in unserem eigenen kleinen Reich hinter einem Zaun mit Tor verschanzen sollten. Seine sanften Ermutigungen, uns auch auf andere Weise selbst vor der Welt da draußen zu schützen, hatte ich ebenfalls verstanden.

Doch nun waren Denny und ich aus dem Takt. Er hatte immer noch kein Wort über Carrie verloren, nicht gefragt, wie es gelaufen war, wie ich mich fühlte. Ich hätte ihn gefragt, wäre es andersherum gewesen. Ich wollte unbedingt über sie reden, doch außer Denny, dem Schweigsamen, konnte ich mir nur eine Person vorstellen, der ich davon erzählen oder von der ich einen Ratschlag annehmen würde. Ich klappte mein Handy auf und schaute lange auf Eleanors Nummer. Doch über meiner Ehe hing bereits ein schweres Gewicht, wie ein Amboss in einem Comic. Eleanor anzurufen, ihr von Carrie und meinen Problemen mit Denny zu erzählen, würde nur bedeuten, dass ich ihn bereitwillig auf mich herabstürzen ließ.

Mein Finger scrollte zu Carries Nummer. Jeden Tag, jede Stunde dachte ich daran, sie zu kontaktieren. Um ihr zu sagen, wie leid es mir tat, wie unser Tag in Paris geendet hatte. Um zu fragen, ob wir es noch mal versuchen könnten. Anstatt auf das Anruf-Symbol zu drücken, steckte ich das Handy jedoch jedes Mal wieder weg und suchte mir einen Platz, wo ich mich hinlegen und weinen konnte. Das letzte Mal, als ich so geweint hatte, lag ich in einem Krankenhausbett, und eine freundliche Ärztin hörte mir geduldig zu, während sie meine Hand hielt. Aber dieses Mal hatte ich nicht einmal eine freundliche Ärztin, an die ich mich anlehnen konnte. Ich hatte niemanden. Mein Ehemann, der mich so lange vor den Erwartungen der Menschen beschützt hatte, hatte mich verstoßen, weil ich seinen eigenen nicht gerecht wurde. Meine beste Freundin und mich trennte ein Abgrund voneinander, von dem ich nicht wusste, wie ich ihn überwinden sollte. Meine Tochter – wie seltsam, an jemanden mit dieser Bezeichnung zu denken – hatte die Hand nach mir ausgestreckt, und ich hatte es nicht geschafft, sie zu ergreifen. Sie war verloren gewesen, dann für einen kurzen, glorreichen Augenblick lang gefunden, und dann hatte ich es irgendwie geschafft, sie erneut zu verlieren.

Sogar mein Vater, von dem ich gedacht hatte, er könnte mir nun wirklich nichts mehr anhaben, war zurück in mein Leben geplatzt, um mir zu sagen, dass er mich letztendlich doch immer geliebt hatte, dass er immer an mich gedacht hatte. *Also, liebe PP, ich habe diese Tagebücher für dich geschrieben.* Und ich hatte ihn einfach wieder hereinplatzen lassen, war zu ihm gerannt, als er krank war, und hatte mich dem Schmerz dann noch viel weiter geöffnet, indem ich einen Platz in der ersten Reihe einnahm, um zu erfahren, was ihm vierzig Jahre lang im Kopf herumgegangen war.

Warum das alles, Dad? All diese vergeudeten Jahre, wenn wir uns doch hätten sehen und unterstützen können. Alles, was ich hätte tun müssen, wäre gewesen, es à la Greg einfach weiterhin zu versuchen. Einmal hatte ich das getan, doch aus irgendeinem dummen Grund danach nicht mehr. Ehrlich gesagt war es kein Wunder, dass Denny stinksauer auf mich war. Er war vielleicht wegen der falschen Sache sauer, aber insgesamt hatte sich herausgestellt, dass ich ein absoluter Champion darin war, durch die Bank all die Leute zu verlieren, die ich hätte lieben und so gut wie möglich festhalten sollen. Die spielten dabei allerdings auch eine Rolle. So selbstquälerisch oder selbstsüchtig war ich dann auch wieder nicht, um zu glauben, dass diese ganzen Brüche nur meine Schuld waren. Doch man konnte nicht leugnen, dass all meine Beziehungen demselben Muster zu folgen schienen und in allen davon spielte das »graue Mäuschen« die Hauptrolle, ließ alle Ereignisse passiv über sich ergehen, als ob es dabei nur so wenig zu sagen hätte wie beim Kommen und Gehen der Gezeiten.

Ich schaute hinunter auf den Zeichenblock auf meinen Knien und sah, dass meine Tränen in das Bild eingezogen waren, Linien verschmierten und das Papier wellig werden ließen. Ich wischte mir über die Augen. *Komm schon, Pearl, reiß dich zusammen.* Ich brauchte etwas oder jemanden, um mich hier herauszuholen. Und gerade als mir dieser Gedanke kam, wusste ich, dass es eine Person gab, die mich nicht verurteilen würde, die mir geradeaus ins Gesicht blicken und sich nicht abwenden würde. Na ja, vielleicht würde er mich doch verurteilen, aber nicht auf eine Art und Weise, die mir irgendetwas ausmachen würde. Und er würde sicherlich nicht zulassen, dass ich in Selbstmitleid badete. Ich holte mein Handy wieder heraus.

»Hey, Schwesterherz«, begrüßte mich Benjy. »Ist dir etwa der Himmel auf den Kopf gefallen?«

»Hä?«

»Du rufst mich doch nie an. Muss also was ziemlich Wildes sein. Leg los, einen Lacher kann ich gut gebrauchen.«

»Das wird dich allerdings nicht zum Lachen bringen, fürchte ich. In letzter Zeit gab es nicht wirklich viel zu lachen.«

»Du hattest doch einen Platz in der ersten Reihe bei der weltbesten Testamentsverlesung, wie kannst du da so was sagen?«

Sogar bei Benjy musste ich mich erst langsam vortasten. »Ich wollte dir ein kleines Update zu Dads Tagebüchern geben.«

»Wow.« Er klang ernsthaft überrascht. »Danke, das ist lieb. Wie sind sie so?«

»Sehr komisch. Dads Beziehung zu Jeanie ... naja, die klang schrecklich. Er hatte wirklich große Angst, sie zu verärgern, und hat die ganze Zeit einen richtigen Eiertanz aufgeführt.«

»*Jeanie* allein ist doch schon total komisch. Wie hat sie

mich auf der Beerdigung genannt? Einen Verlierer, einen Nichtsnutz. Ich! Ich bin doch das genaue Gegenteil.«

Darauf ging ich nicht näher ein. »Am komischsten ist, wie genau er alles verfolgt hat, was in unseren Leben passiert ist. Er wusste ungefähr alles über uns.«

»Echt jetzt? Woher denn?«

Ich dachte an den Tagebucheintrag aus den Neunzigern, als Dad Benjy angerufen hatte, also sagte ich im Scherz: »Dasselbe wollte ich dich gerade fragen.«

»Mich? Woher zur Hölle soll ich das bitte wissen?«

»Er erwähnt, dass er ein paarmal mit dir gesprochen hat ...«

»Ach, wirklich? Na ja gut, Inspektor Clouseau, das hat er auch, aber wirklich nur ein paarmal. Und auch nur für jeweils eine Minute, höchstens. Und ich hab ihm sicher nie auch nur eine Sache über mich erzählt, geschweige denn über dich ...«

»Schon in Ordnung, Ben. Ich nehm dich bloß auf den Arm, wie du so schön sagen würdest. Es hat sich herausgestellt, dass er die ganze Zeit über mit Greg in Verbindung stand.«

»Ich dachte, das wäre bloß die ersten zehn Jahre oder so gewesen?«

»Was? Davon wusste ich auch nichts. Nein, sie hatten Kontakt bis ganz zum Schluss.«

»So ein Arsch, oder?«

»Greg?«

»Der Arsch passt zu beiden.« Es entstand eine kurze Pause, dann fragte Benjy gespielt gleichgültig: »Und, was sagt Dad so über mich?«

»Ich hab hauptsächlich die Stellen über mich gelesen«, antwortete ich so geradeheraus, wie man es nur einem Geschwisterteil gegenüber tun kann. »Aber er erwähnt dich recht oft. Am Schluss hat er es sehr bereut, dass er nicht für uns da war.«

»Ach, ich weiß gar nicht, warum mich das überhaupt interessiert. Ich kann mich nicht mal daran erinnern, wie er aussah.«

»Mein Bild von ihm hängt immer noch in den 1980ern fest, aber Greg meint, das letzte Mal, als er ihn gesehen hat, so um 2009 herum, sei er ein müder, alter Mann mit grauen Haaren gewesen.« Meine Stimme zitterte ein wenig, als ich das sagte. »Wie auf dem Foto auf dem Heftchen zum Ablauf des Gottesdienstes.«

Aus keinem erkennbaren Grund sprach Benjy plötzlich mit tiefer Cowboy-Stimme: »Jetzt werd nich gleich rührselig. Daddy is jetzt tot, okay? Kann man nichts machen.« Glücklicherweise redete er dann normal weiter. »Du bist jetzt also wieder in Form, was deine Stenographie angeht. Verstehst du alles?«

»Das Meiste, obwohl er von ungefähr allen nur mit ihren jeweiligen Anfangsbuchstaben spricht, weshalb es etwas dauert.«

»Gott, kann man denn noch geheimniskrämerischer sein? Es ist doch schon alles in Geheimschrift!«

»Und mein Name ist seltsam, er nennt mich immer PP anstatt einfach nur P. Ich weiß wirklich nicht, was ...«

»Wow, du weißt echt nicht mehr, wofür das steht? Du kriegst langsam Alzheimer, du alte Frau.«

»Warte – du weißt, was das bedeutet?«

»Weißt du denn nicht mehr – Dad und die *Peanuts*?«

»Erdnüsse? Hä? Die, äh, salzigen Nüsse?«

»Erdnüsse sind Hülsenfrüchte und keine Nüsse, du Dummi.«

»Okay, ich komme gerade gar nicht mehr mit bei dieser Unterhaltung.«

»*Peanuts*, der Comic. Du weißt schon, Snoopy, Charlie Brown und so weiter. Dad hat die doch geliebt.«

Die Peanuts. Ich wurde in eine Erinnerung katapultiert, von der ich nicht wusste, dass ich sie hatte: wir alle zusammen in der Küche, Weihnachtszeit, kalt draußen, die Fenster beschlagen mit der Hitze vom Herd. Ich rühre in einer Pfanne herum, Mum beugt sich darüber, um nachzusehen, Benjy trocknet Geschirr ab, und Greg sitzt am Tisch und liest ein Buch. Dad ruft, wir sollen ins Wohnzimmer kommen. »Fängt gerade an!«, ruft er aufgeregt, und wir laufen alle rüber, um uns *Die Peanuts – Fröhliche Weihnachten* anzuschauen. Ich sitze neben Dad und schaue zwischen ihm und der Sendung hin und her, fasziniert davon, wie gefesselt er ist.

Passend dazu durchzuckt mich das Bild von einem Bücherregal in einem kleinen Zimmer, eingequetscht hinter der Tür. Man musste die Tür zumachen, um ranzukommen. Ich fragte Benjy: »Hatte er nicht ein paar von den Büchern?«

»Er hatte eine ganze Menge von denen, diese kleinen Taschenbücher, die, keine Ahnung, jeweils 25 Pence gekostet haben. Die hab ich jetzt.«

»Echt?«

»Na ja, irgendwo zumindest. Oben auf dem Speicher in Barbs Haus, glaub ich. *Die Peanuts* waren unser Ding, Dads und meines. Gott!« Das letzte Wort schrie Benjy fast. »Das hatte ich ganz verdrängt, weißt du? In dieser Rumpelkammer hatte er die seltsamste Büchermischung. *Die Peanuts* neben *Moby Dick* und *Der König auf Camelot* und *Die Spiele der Liebe*.«

»Diesen Raum hat er immer sein Arbeitszimmer genannt«, erinnerte ich mich, und da verschlug es mir den Atem, als hätte mir jemand in den Bauch getreten. Gott sei Dank war Benjy nicht persönlich hier, sodass er nicht sehen konnte, wie mir gerade klar wurde, dass ich genau das Gleiche hatte, ohne dass mir bewusst gewesen wäre, wen ich damit imitierte, oder dass ich überhaupt jemanden damit imitierte: eine Rumpelkammer, die ich mein Arbeitszimmer nannte, voller Bücherregale, in denen Bücher ohne Ordnung gemischt durcheinander standen. Denny sagte immer, er wüsste nicht, wie ich darin überhaupt etwas finden konnte.

»Ja«, fuhr Benjy fort, der glücklicherweise nichts von dem Schrecken mitbekam, der meine Gedanken und meinen Körper durchfuhr, »er redete immer gerne auf so eine langweilige Erwachsenen-Art über diese Comics, Bedeutungsebenen, spirituellen Symbolismus und so einen Scheiß, blablabla. Ich fand sie einfach lustig. ›Du Dummkopf, Charlie Brown.‹« Benjy lachte. »Das hab ich immer gesagt. Manchmal nennt mich Barb immer noch so.«

Ich wünschte, Denny und ich stünden gerade nicht auf Kriegsfuß, damit ich ihm von dieser Unterhaltung berichten konnte – bei jeder Erwähnung von Barbs Namen trank ich nämlich einen imaginären Schnaps.

»Also, warum bin ich dann PP …?«, fragte ich, doch zeitgleich mit Benjys Antwort fiel es mir wieder ein, und während die Erinnerung zurückkehrte, fragte ich mich, wie mir das jemals hatte entfallen können. Es war einfach so seltsam, nicht wahr, was im Laufe eines halben Jahrhunderts hängen blieb und was verblasste. Doch das hier hätte nicht verblassen dürfen – ich liebte diesen Namen.

»Du warst natürlich Peppermint Patty.«

Darauf hatte Dad immer beharrt, obwohl wir anderen

alle wussten, dass dem nicht so war. Patty war mutig, keck und witzig. Und auch wenn ich damals jung war, war mir einfach klar, dass ich eher wie Marcie war, Pattys Freundin, die Schüchterne mit der großen Brille, die Patty mit »mein Herr« ansprach. Noch so ein »graues Mäuschen«. Ich denke mal, Dad hat Patty für mich ausgesucht, weil niemand gerne Marcie sein wollte.

Doch Benjys Erinnerung daran war anders. »Weil du so gern Pfefferminz mochtest.«

»Wirklich?«

»Gott, ja, alles musste nach Pfefferminz schmecken. Mentos, Pfefferminzsoße, After Eights. Du warst die Einzige, der Pfefferminzeis geschmeckt hat.«

Da hatte ich es also. Die ganze Zeit über, in der Dad nicht in meinem Leben gewesen war, hatte er mich in seinen persönlichsten Gedanken bei dem liebevollen Spitznamen genannt, den er mir gegeben hatte, als ich noch ganz klein war. Das eingebrannte Bild von ihm als gefühlloser und desinteressierter Mann, das ich so lange aufrechterhalten hatte, begann langsam zu bröckeln. Darunter lag ein anderer Dad: ein sorgenvoller, unglücklicher Mann, der unter seiner harten Schale einen weichen, sentimentalen und reuevollen Kern verbarg.

»Noch dran, Patty-Schatz? Hey, woher dachtest du dann, dass ich dieses ›Patty-Schatz‹ hätte, wenn du dich gar nicht an Peppermint Patty erinnern konntest?«

»Keine Ahnung. Hab nie darüber nachgedacht.« Wie viel mehr gab es da noch, worüber ich nie nachgedacht hatte?

»Also, war's das dann?« Ben hatte schon immer die Aufmerksamkeitsspanne eines Flohs. »Sind wir für diese Woche fertig damit, die Vergangenheit wieder aufleben zu lassen?«

»Noch nicht ganz.« Mein Griff um das Handy wurde fester. »Hör zu, ich will dir was sagen.«

»Ooh, deine Stimme klingt ja noch viel mehr nach Nachrichtenmoderatorin als sonst. Ich bin *ganz Ohr.*«

»Meine Tochter hat mich angerufen.«

»Deine *was?*« Es folgte ein kurzes Schweigen, doch dann brachte Benjy, der zwar immer flink kombinieren konnte, sich jedoch nie die Mühe machte, diese Gabe auf eine konstruktive Art einzusetzen, hervor: »Oh mein Gott, du *verarschst* mich doch? Das *Baby?*«

»Ich hab sie getroffen. In Paris. Sie heißt Carrie.«

»Das glaub ich nicht! Wie ist sie so? Wie alt ist sie? Muss jetzt Mitte dreißig sein, oder? Hey, ist sie heiß?«

Vielleicht war er deswegen nicht meine erste Anruferwahl gewesen. »Sie ist wunderschön, Ben, und wenn ich dich nur kurz daran erinnern darf: Sie ist deine *Nichte.*«

»Wirst du sie noch mal treffen?«

»Ich weiß nicht. Es ist nicht sonderlich gut gelaufen.«

»Scheiße, Pill. Das musst du wieder hinkriegen. Verlier sie nicht noch mal.«

»Von dir klingt das überraschend aufrichtig.«

»Ja, verkorkste Familien sind mein Ding. Warum ist es schlecht gelaufen?«

»Sie war wütend, dass ich Denny nie von ihr erzählt habe.«

»Echt nicht? Ach, Peppermint Patty, du Dummkopf. Wette, er ist ziemlich angepisst.«

»Das kann man so sagen. Wir sind noch in der Phase, in der wir uns anschweigen.«

»Tut mir leid.« Und nur für dieses eine Mal klang es wirklich so, als täte es Benjy leid. »Das ist ziemlich hart. Du warst doch selber noch ein Kind. Ich weiß noch, wie scheiß schlimm das damals alles war. Hat Mum dich nicht weggeschickt? Ziemlich mittelalterlich. Willst du, dass ich für dich mit Denny rede?«

Ich spürte, wie mir wieder die Tränen kamen, und blinzelte sie weg. Dass ich das noch erleben durfte, ein paar freundliche Worte von meinem nervigen kleinen Bruder, die mich rührten! Ich schniefte und merkte, dass ein vertrauter Geruch nach Chlor in der Luft hing. Ich sah auf, und mitten auf der Lichtung stand Serge, der mich unsicher anschaute.

»Schon in Ordnung, Ben. Ich muss jetzt los. Ach, übrigens, sie hat ein Baby.«

»Du bist also Oma. Perfekt! Die Rolle, für die du geboren wurdest, du alte Schachtel.«

»Ich bin immer noch jünger als Barb, deine Lieblingsfreundin«

»Haha, da ist er also, der schreckliche Patty-Schatz-Humor.« Er legte auf.

Serge und ich sahen uns an.

»Also«, sprach ich ihn an. »Weglaufen hat bei Ihnen also nicht geklappt, oder?«

Er starrte mich wütend von oben an. »Was zur Hölle verstehen Sie schon davon?«

»Mit dem Weglaufen kenn ich mich aus.« Ich verrenkte mir den Hals, um ihn anzuschauen. Ich wäre gerne aufgestanden, aber meine Beine waren zittrig. »Ich wünschte, es wäre anders, aber so ist es.«

»Das ist Ihr Scheiß, nicht meiner.«

»Serge, sie vermisst Sie jeden Tag.« Ich starrte auf den Boden, damit ich sein Gesicht nicht sehen musste. Ich konnte die Anspannung fühlen, die von ihm ausging, wie Hitze von einem Feuer. Als ich das Schweigen schon fast nicht mehr ertrug, hörte ich schließlich, wie er sich hinsetzte.

»Ich sehe total verwildert aus«, seufzte er. »Wie könnte ich so zu ihr gehen?«

Er sah schlechter aus als bei unserem letzten Zusammentreffen: Seine Haare und sein Bart waren länger und verfilzter denn je, seine Anziehsachen dreckiger. Doch er sollte wissen, dass nicht sein Erscheinungsbild das Ausschlaggebende war.

»Wie können Sie *nicht* zu ihr gehen? Planen Sie das denn nicht schon seit Monaten? Sie sind doch ewig hiergeblieben und haben auf den richtigen Moment gewartet.«

»Der ist immer noch nicht gekommen. Sie wissen schon, dass ich hierbleiben könnte, bis ich bereit bin, wenn mich Ihr scheiß Ehemann nicht rausschmeißen würde?«

»Sie werden nie bereit sein. Der richtige Moment wird nie kommen. So was gibt es nicht. Es gibt bloß all die Male, in denen Sie es nicht getan haben, und das eine Mal, wenn Sie es dann tun.« Ich wusste, dass ich zu mir genauso sehr wie zu ihm sprach. Die Male, in denen ich nicht gehandelt hatte – die bekam ich gar nicht mehr alle zusammen.

»Ich habe versucht, meine Kleidung präsentabel zu halten«, fuhr er fort, »aber das ist schwierig. Und mit meinen Haaren und meinem Bart seh ich aus wie ein Obdachloser.«

»Sie sind ein Obdachloser.«

»Ficken Sie sich.« Er stand auf. »Keine Ahnung, was ich mir dabei gedacht hab, wieder zurückzukommen. Ich war schon fast in Paris.«

»Ich kann Ihnen helfen«, sagte ich. »Ich weiß, wie Ihre Haare einmal ausgesehen haben.«

»Und?« Er spuckte auf den Boden. »Sie sind doch keine scheiß Friseurin.«

Ich öffnete meinen Koffer, damit er die Ausrüstung sehen konnte – die Schere, den Kamm, den Rasierer, die Lockenwickler, alles fein säuberlich an seinem Platz. »Ich bin eine scheiß Friseurin.«

»Eine Elfen-Friseurin aus dem Wald?« Er starrte den Koffer an, dann wanderten seine Augen langsam zu meinem Gesicht. »Wer. *Sind*. Sie?«

Ich stand auf, meine Beine zitterten jetzt nicht mehr. »Ich heiße Pearl Flowers. Ich habe eine Ausbildung zur Kosmetikerin und Friseurin. Ich liebe Kinder, hatte beinahe welche und habe sie verloren. Ich weiß, wie sich das anfühlt. Vielleicht kann ich deswegen ein bisschen nachvollziehen, wie sich Madame Remard fühlt. Sie ist jetzt eine alte Dame.«

»An einem Morgen, als ich aus dem Schwimmbad gekommen bin, hab ich sie mal gesehen«, flüsterte er. »Ich hab sie nur erkannt, weil sie immer noch diese verrückte Haarfarbe hat.«

»Ich färbe sie ihr.«

»Aber klar doch.« Er schüttelte den Kopf. »Heute überrascht mich gar nichts mehr.«

»Mit Ihrer Kleidung kann ich Ihnen zwar nicht helfen«, erwiderte ich. »Ein paar Schichten auszuziehen, würde schon etwas bringen. Aber bei Ihren Haaren lässt sich was machen.«

Er schob sich seine Tasche auf die Schulter. »Geht nicht, tut mir leid. Ich kann nicht zu diesem Haus gehen und einfach anklopfen ...«

»Ich komme mit.«

Er schloss die Augen und wartete.

Schließlich fragte er: »Warum haben Sie mir den Schlüssel für das Tor gegeben?«

Er hielt die Augen immer noch geschlossen, sodass er nicht sehen konnte, wie ich den Kopf schüttelte. Wie zur Hölle sollte ich das erklären? Ich verstand es ja selbst nicht. Als ich ihn zum ersten Mal sah, habe ich einfach etwas von mir selbst in ihm wiedererkannt. Wie er sich an einem sicheren Ort versteckte, darauf wartete, bis er mutig genug zum Aufbruch wäre. Gefangen im Limbus. Genau wie er hatte ich lange gebraucht, bis ich bereit zum Weitermachen war, doch ich wusste immer, dass das kommen würde. Ich hatte Denny erlaubt, mich an einem sicheren Ort zu verstecken, und es war nicht seine Schuld, dass ich das nun nicht mehr wollte.

Carrie dachte, ich spräche fließend, aber mir fehlten die französischen Vokabeln, um all das auszudrücken; ich hatte ja schon kaum die englischen. »Sie haben den Schlüssel gebraucht«, stellte ich deshalb einfach fest, »genau wie Sie einen verdammten Haarschnitt brauchen.« Ich deutete auf einen Baumstumpf. »Setzen Sie sich.«

Serge öffnete die Augen und stand mit seiner Tasche über der Schulter einfach still da. Der Augenblick dehnte sich aus. Bleiben? Oder gehen? Ich wusste, dass das dumm war. Es ergab keinen Sinn, mein eigenes Schicksal mit diesem Mann, diesem Fremden zu verweben. Aber ich wollte nicht, dass er ging. Ich wollte nicht, dass er seine Mutter zurückließ und sie sich für den Rest ihres Lebens fragen musste, was mit ihm geschehen war.

Ich brach den Blickkontakt ab und starrte einen Baum an, der von kleinen, blassen Blättern bedeckt war. Das Sonnenlicht fiel durch sie hindurch, und wenn ich meinen Kopf nur ganz leicht bewegte, schimmerte es von den Blättern wider und ließ sie wie Gold aussehen. Ich versuchte, mir den genauen Farbton einzuprägen, damit ich ihn später in Farbe einfangen konnte.

Eine Ewigkeit verging, doch dann hörte ich, wie er die Tasche auf den Boden rutschen ließ. Er setzte sich auf den Baumstumpf, ich legte ihm den Friseurumhang um und machte mich schnell an die Arbeit, bevor er es sich anders überlegte. Die Batterie des Rasierers war leer, weshalb ich ihn nicht benutzen konnte, aber wenn man wusste, was man tat, konnte man mit einer Schere eine genauso saubere Kontur hinbekommen.

Eine Zeit lang schnitt ich vor mich hin, ohne dass einer von uns sprach, kein Geräusch war zu hören außer dem Schnipp-Schnapp meiner Schere. Er hatte dicke sehr dunkelbraune, fast schwarze Haare mit ein paar feinen silbrigen Fäden darin, und in allen Richtungen waren sie knapp zehn Zentimeter zu lang. Es war seltsam, draußen zu arbeiten, ziemlich schön eigentlich, mit dem leichten Windhauch, der die abgeschnittenen Haare davontrug; Kehren war also überflüssig.

Als ich seinen Kopf nach vorne beugte, um an seinen Nacken zu kommen, durchbrach er schließlich die Stille. »Danke.«

»Ich bin noch lange nicht fertig.«

»Sie wissen, was ich meine.« Er räusperte sich, und als er wieder sprach, war seine Stimme belegt. »Wovor sind Sie weggelaufen?«

»Vor demselben wie Sie. Meinem alten Leben. Meiner Familie.«

»Haben sie Sie nicht geliebt?«

»Oh … doch, das schon. Das tun sie. Das ist nicht der Grund, warum …«

»Dann ist es anders. Ich bin vor Menschen davongelaufen, die mich nicht geliebt haben, zurück zu meiner Mutter, die mich liebt. Sie haben einen Fehler gemacht.«

»So einfach ist das nicht, es ist …« Ich verstummte, weil ich nicht wusste, was es war. »Sie wissen nichts darüber.«

»Ich weiß genau so viel, wie Sie mir zeigen, und das ist eine ganze Menge.«

Ich ging um ihn herum und fing an, seine Haare an den Seiten kürzer zu schneiden. »Was zeige ich Ihnen denn?«

»Irgendeine Art von Trauma. Das nicht wirklich verheilt ist. Sie verstecken sich mehr davor, als dass Sie sich ihm stellen.«

»Und das konnten Sie mir alles ansehen, während ich so im Wald herumgelaufen bin?« Gott sei Dank hatte er keine Ahnung, was seine brutale Zusammenfassung mit meinem Herzschlag machte. Ich konzentrierte mich darauf, langsam seine Haare am Vorderkopf auszukämmen, von denen ein Schwall Chlor aufstieg. »Was soll ich Ihrer Meinung nach also tun?«

»Ich bin doch kein Seelenklempner.«

»Keine Ahnung. Könnten Sie doch sein? Ich weiß ja nicht, was Sie für einen Beruf haben. Ich glaube nicht, dass das Herumlungern in privaten Waldgebieten wirklich als Beruf zählt – zumindest kann ich mir nicht vorstellen, dass man dabei gut verdient.« Ich hörte heraus, wie ich seine düsteren Worte über mich mit Gequatsche abmildern wollte. »Die Frau, der Sie geholfen haben, unser Cottage zu finden, meine, äh, Schwester …« – wie komisch das klang, aber ich musste der Tatsache ins Auge sehen: Andrea war meine Schwester – »… dachte, Sie wären ein Förster.«

»Ha, schön wär's. Damals in Paris habe ich als Chemiker im Labor gearbeitet.«

»Was ist mit dem Mädchen passiert, mit dem Sie davongelaufen sind? Der Lehrerin?«

»Wow, Sie kennen also meine tragische Hintergrundgeschichte?«

»Adeline hat ein Foto von Ihnen an der Wand hängen. Sie sind nicht in Vergessenheit geraten.«

»Ein Foto von mir?« Ein Beben ging durch seine Schultern, und ich zog die Schere zurück, damit ich ihn nicht schnitt. »Und ich dachte, sie würde mich nie mehr sehen wollen.«

»Im Gegenteil. Sie sind überall zu sehen. Vivienne, ihre Untermieterin, erinnert sich noch an Sie.«

»Wer, sagen Sie?«

»Vivienne Legrain. Sie ging damals zur Schule, als Sie noch dort unterrichtet haben. Sie führt den *tabac* in der Stadt.«

»Und wie ich mich noch an Vivienne Legrain erinnere. Sie war schön.«

»Ist sie immer noch. Es überrascht mich, dass Sie sie nie im Ort getroffen haben.«

»Da war ich nie, außer früh am Morgen, im Schwimmbad und bei der Tafel, die den ganzen Tag über offen hat, für die Essensausgabe. Wollte nicht gesehen werden. Das ist ja unglaublich, dass Vivi immer noch hier wohnt. All diese Leute, die geblieben sind, nie weggezogen sind, die hab ich immer bedauert. Jetzt beneide ich sie.«

»Es ist ein wundervoller Ort. Ich habe Glück, dass er mich so ins Herz geschlossen hat, als Zugereiste. Ich habe ein paar tolle Freunde gefunden.«

»Sie sind weiß, natürlich die richtige Art von Einwanderin.«

»Das ist sehr zynisch.«

»Ich bin Zyniker. Aber gut, Sie macht noch mehr aus als das. Sie färben alten Damen die Haare in verrückten Farben, Sie sind ruhig und elegant und Sie sprechen ausgezeichnet Französisch. Natürlich lieben sie Sie.«

Ein langes Schweigen entstand, währenddessen ich das Haar über seiner Stirn in Angriff nahm und ihm einen leicht stufigen Schnitt verpasste, damit es besser fiel.

Unvermittelt sagte er: »Das mit der Lehrerin und mir hat genau sechs Monate gehalten.«

»Das tut mir sehr leid.«

»Sie ist meiner jugendlichen Unzulänglichkeit sehr schnell überdrüssig geworden.«

Ich trat einen Schritt zurück, teils um zu sehen, wie mir der Schnitt so gelang – ziemlich gut –, und teils, wie sein Gesicht aussah – ziemlich reuevoll. »Warum sind Sie dann nicht schon viel früher zurückgekommen?«

»Ich hab mich damals mit recht anmaßenden Pauken und Trompeten verabschiedet. Junge Leute sind so dumm, oder?«

Ich schnitt weiter, diesmal auf der anderen Seite. »Manchmal.«

»Es war in Ordnung. Ich hab mir ein Leben dort aufgebaut. Andere Mädchen getroffen.« Ich hörte das Lächeln in seiner Stimme. »Viele andere Mädchen.«

»Haben Sie geheiratet?«

»Klar, warum nicht? Zwei Mal geheiratet. Zwei Mal geschieden.«

»Kinder?«

»Ja. Die mögen mich aber nicht besonders. Sie sind ziemlich gut darin, die Unterhaltung von sich selbst abzulenken, was?«

»Ich habe nichts zu erzählen.«

»Ganz im Gegenteil, *mon amie*. Sie haben viel zu erzählen. Und Sie haben mich gefragt, was Sie meiner Meinung nach tun sollten. Jetzt hab ich eine Antwort für Sie.«

Diese Antwort wollte ich eigentlich gar nicht hören. »Ich schneide Ihnen den Bart einfach ein bisschen kürzer, damit er nicht so wild aussieht.«

»Sollte ich den dauerhaft tragen?«

»Vielleicht eher nicht, aber ich habe nicht die richtige Ausrüstung dabei, um Ihnen hier eine glatte Rasur zu verpassen. Wenn Sie sich bei Ihrer Mutter zu Hause wieder häuslich eingerichtet haben, werde ich das nachholen, sobald ich zum Haarefärben komme.«

»Wenn ich dann da bin.«

Ich stand vor ihm, um die zottigen Enden seines Barts abzuschneiden.

»Sie sollten das Gleiche tun, was Sie mir auch geraten haben«, nahm er den Faden wieder auf. Ich konnte spüren, wie er mit intensivem Blick zu mir hochsah. »Stellen Sie sich der Sache, der Sie sich nicht stellen wollen, gehen Sie offen damit um. Reden Sie mit den Leuten, mit denen Sie reden müssen, und lassen es dann hinter sich.«

Ich erschauderte. Jemand schritt gerade über mein Grab. »Woher wissen Sie, dass ich …«

»Wir haben doch alle so was in der Art.« Seine Stimme war sanft. »Eine Geschichte, die wir umschreiben müssen. Ballast, den wir abladen müssen.«

Ich hörte kurz mit dem Schneiden auf, um mir mit dem Ärmel über die Augen zu wischen.

»Hey.« Er zog ein überraschend sauberes Taschentuch aus seiner Hosentasche und reichte es mir. »Alles wird gut.«

Würde es das? Ich hatte das Gefühl, dass die Geschichte,

die ich umschreiben wollte, wahnsinnig tief verwurzelt war. Wo sollte ich da überhaupt anfangen?

Ich schnitt noch ein paar Minuten weiter, dann trat ich zurück. »So passt es.« Ich gab ihm meinen Taschenspiegel.

»Sie haben ein Wunder vollbracht. Ich sehe zehn Jahre jünger aus.«

Ich nahm ihm den Umhang ab und bürstete über seine Schultern. »Los, gehen wir.«

»Sie wollen jetzt gehen? Zum Haus meiner Mutter?«

»Wenn es jemals einen richtigen Moment gab, obwohl wir uns ja darauf geeinigt haben, dass es den gar nicht gibt, dann wäre der jetzt.«

Serge stand auf. Er sah ziemlich gut aus. Jetzt, wo die Haare einmal aus dem Gesicht waren, erkannte man ihn viel besser als den jungen Mann auf dem Foto. »Dann schnell, bevor ich's mir anders überlege.«

Wir nahmen Serges Abkürzung oberhalb des Waldes entlang, um zu dem Weg zum Ort zu kommen. Nachdem wir durch das Tor getreten waren, sprudelte es nur so aus ihm heraus: »Ich könnte Ihnen viele Gründe nennen, warum ich weggelaufen bin, aber ich … hab einfach die Nerven verloren. Jedes Mal, wenn ich an ihr Gesicht gedacht hab, wenn sie mir die Tür aufmachen würde, hatte ich das Gefühl, mich übergeben zu müssen. Ein paarmal hab ich mich auch wirklich übergeben.«

»Angst ist nichts, wofür man sich schämen muss.«

»Als mir klar wurde, dass Sie wussten, wer ich bin, bin ich abgehauen. Per Anhalter, hatte ein paar ungemütliche Fahrten, hab an ein paar unschönen Orten übernachtet und hab den größten Teil des Weges nach Paris zurückgelegt, aber dann …«

»Was?«

Rasch sagte er: »Dann ist mir eingefallen, dass ich immer noch Ihren Feldstecher habe.« Er blieb stehen, kramte in seiner Tasche und gab ihn mir. Er sah zwar etwas mitgenommener aus als vorher, aber er war immer noch, wie ich erschrocken feststellte, mein liebstes Eigentum. Meine Hand zitterte, als ich ihn an mich nahm.

»Den hätten Sie mir aber auch per Post schicken können.«

»Daran hab ich nicht gedacht.«

Wir waren beinahe an Madame Remards Haus angelangt, als wir Vivienne trafen.

»Hey, Pearl«, begrüßte sie mich, doch dann machte sie einen Satz zurück. *»Serge Remard?«*

»Hallo, Vivienne. Lange nicht gesehen.«

Sie schaute zwischen uns beiden hin und her.

»Du kannst dir Gesichter aber verdammt gut merken«, bemerkte sie.

»Du aber auch«, gab er zurück und lächelte auf sie hinunter.

Ich erklärte: »Serge will seine Mutter begrüßen.«

»Wie geht's ihr?«, fragte er. »Ich hab ein bisschen Angst.«

»Das allein hinzubekommen, ist ganz schön schwer, aber mit Freunden ist es viel leichter«, erwiderte Vivienne und bot ihm ihren Arm an.

Zu dritt standen wir vor Madame Remards Haus. Vivienne lehnte sich auf der einen Seite an Serge und erhob schon Anspruch auf ihn, während ich auf der anderen Seite in höchster Alarmbereitschaft war, weil ich wusste, dass er immer noch Reißaus nehmen konnte.

»Ich kann auch meinen Schlüssel benutzen, wenn dir das lieber ist«, bot Vivienne an.

Serge schüttelte den Kopf. Er wandte sich mir mit weit aufgerissenen, panischen Augen zu: »Pearl, ist das wirklich der richtige Moment?«

»Absolut.« Flüsternd fügte ich hinzu: »Und Sie haben recht, was mich angeht. Mein eigener Moment kommt auch immer näher.«

»Dann muss ich das jetzt tun, denk ich mal, um Ihnen zu zeigen, dass man es schaffen kann.« Er lächelte, und ich sah, wie die Entschlossenheit in sein Gesicht zurückkehrte.

»Und wie man das schaffen kann«, bekräftigte Vivienne ihn und gab ihm einen Kuss auf die Wange. Vielleicht war es eher dies als meine kleine Ermutigungsrede, was ihn schlagartig aktiv werden ließ. Er machte einen Schritt nach vorne und klopfte an die Tür.

Das Warten schien Stunden zu dauern, obwohl vermutlich nicht einmal eine Minute verging, und ich stellte mir vor, wie Serge währenddessen tausend Tode starb. Ich wagte es nicht, ihn anzuschauen, konnte jedoch die Angst spüren, die von ihm ausging. Doch dann öffnete Madame Remard endlich die Tür, stand da und schaute uns drei an. Ihr verwirrter Blick huschte über unsere Gesichter, bevor er an Serge hängen blieb, woraufhin sie die Hände vor den Mund schlug. In den paar Sekunden, in denen wir den Atem anhielten, durchzuckte jedes mögliche Worst-Case-Szenario meine Gedanken. Würde sie schreien? Uns die Tür vor der Nase zuknallen? Sagen, dass sie ihn nicht kenne? Was, wenn er tatsächlich ein Hochstapler war?

Doch dann sagte sie einfach: »Mein Sohn«, und er trat nach vorne, um sie zu umarmen.

Dies war das zweite Mal innerhalb eines Monats, dass ich dabei war, als eine lange Entfremdung ihr Ende fand. Ich hoffte, dass die beiden erfolgreicher sein würden als

Carrie und ich. Ich drückte Viviennes Hand und fragte mich, was wohl passiert wäre, wenn ich es an dem Tag der Panikattacke vor fast dreißig Jahren bis ganz hoch vor Dads Tür geschafft hätte. Oder wenn er es geschafft hätte, mich einzuholen, bevor ich in das Auto des Jungen gestiegen war. Wären wir aufeinander zugegangen? Hätte er mich fest umarmt, wie Madame Remard es gerade tat? Sie klammerte sich nämlich an Serge fest, als ob sie ihn nie mehr gehen lassen wollte. Oder wäre es peinlich und unangenehm gewesen, so schwierig, wie es für Carrie und mich gewesen war, als wir uns bei den Stufen von Sacré-Cœur verabschiedet hatten? Hätte es einen Neuanfang oder ein eindeutiges Ende mit sich gebracht? Es war nicht schwer, sich eine Feindseligkeit ausstrahlende Jeanie in der Haustür vorzustellen und einen Dad, der zwischen den Stühlen saß, auf ewig unfähig, sich für eine von uns beiden ganz zu entscheiden.

Aber er hatte sein Bestes gegeben, posthum, um unsere Entfremdung aufzuarbeiten, und es war an der Zeit, dass ich ihm stumm dafür dankte. Und an der Zeit, sich zu entkrampfen, zu versuchen, mit mehr Mitgefühl an ihn zurückzudenken. Na ja, leichter gesagt als getan, Pearl. Denn daran würde ich wohl noch für längere Zeit arbeiten, wie an einem Bild, an dem man immer noch weitermalt, jedes Mal ein bisschen. Alles auf einmal würde ich nicht schaffen, nicht mit all den Jahren des Schmerzes, die ich zu berücksichtigen hatte. Aber ich würde daran arbeiten.

Also: Dad und ich, Carrie und ich, Serge und seine Mutter. Drei Entfremdungen. Fehlte noch eine.

»Mein wunderbarer Junge.« Madame Remard ließ Serge endlich los, obwohl sie ihn weiterhin an einem Arm festhielt, als ob sie Angst hätte, ihn komplett loszulassen.

»Danke euch«, wandte sie sich Vivienne und mir zu, »dass ihr ihn mir zurückgebracht habt.«

»Das war Pearl«, erklärte Serge. »Ohne sie wäre ich jetzt nicht hier.«

»Für alle von uns war es ein Glückstag, als Pearl hierhergezogen ist.« Madame Remard küsste meine Hand. Dann wandte sie sich wieder Serge zu. »Komm rein, mein Sohn, komm rein, lass mich dir etwas zu essen machen.«

Er warf mir einen letzten, dankbaren Blick zu, dann folgte er seiner Mutter ins Haus.

»Mein Gott!«, stieß Vivienne hervor, ihr Mund weit geöffnet zu einem großen O. »Ich hab's doch immer gesagt, dass du ein Mysterium bist! Wie lange bist du schon mit Serge befreundet?«

»Ist nicht so wichtig ... Ist dir aufgefallen, wie er dich angesehen hat, Vivi?«

»Meinst du? Vielleicht sollte ich dann lieber auch rein und Adeline etwas zur Hand gehen.« Sie zwinkerte mir zu und betrat ebenfalls das Haus.

Einen Augenblick lang stand ich da und dachte nach. Dann wandte ich mich wieder dem Wald zu. Zeit, sich Dingen zu stellen, denen ich mich nicht stellen wollte. Mit den Leuten zu sprechen, mit denen ich sprechen musste.

18

Pearl

»Bist du fertig?«, fragte ich und steckte den Kopf durch die Tür von Dennys Werkstatt.

Er sägte gerade etwas auf seiner Werkbank und schaute mich über seine Schulter hinweg finster an. Weder schaltete er seine Säge aus, noch nahm er seine Schutzbrille ab. »Fertig wofür?«

»Für unser sonntägliches Mittagessen im La Bicyclette Jaune natürlich.« Ich klang selbstbewusster, als ich mich fühlte.

»Willst du wirklich?«

Ich atmete tief durch. »Ja, das will ich. Wir haben uns die ganze Woche über kaum gesehen.«

»Okay. Ich bring das hier noch kurz zu Ende, dann mach ich mich fertig.«

Das war der längste Satz, den er seit Tagen zu mir gesagt hatte. Das machte mir Mut – genau wie der Zweig auf dem Fensterbrett, den ich in der Küche ins Wasser gestellt hatte. Er trug nun fröhliche weiße Blüten.

Man musste Mut finden, wo man nur konnte.

Schweigend gingen wir durch den Wald, eine Distanz zwischen uns, die wir früher überbrückt hätten, indem wir einander Hand hielten. Denny warf dem unverschlossenen Tor einen vieldeutigen Blick zu, doch als wir erst einmal im Van saßen, fühlte sich alles leichter an. Es half, dass wir uns nicht direkt ansehen mussten.

»Danke, dass du gekommen bist«, sagte ich.

»Nein, du hast recht. Wir sollten reden.« Er lenkte den Van auf die von Bäumen gesäumte Straße, die uns nach Millau führen würde, und machte den Anfang: »Also, willst du es mir erzählen?«

»Welchen Teil? Die neuesten Geschehnisse oder meine brandheiße Jugend?«

»Gott! Keine Ahnung. Vielleicht fängst du am besten einfach am Anfang an?«

Ich war mir nicht ganz sicher, wo der Anfang war. Lag der bei der schicksalhaften Party? Oder noch davor, als ich anfing, mich mit Simon zu treffen? Oder noch weiter davor, als Dad uns verlassen hatte?

Ja, da lag er.

»Nachdem Dad uns verlassen hatte, habe ich irgendwie den Großteil meines Soziallebens aufgegeben. Aber nach Schuljahresende haben meine Freunde darauf bestanden, dass ich mit ihnen feiere. Sie haben mich praktisch hingeschleppt. Na ja, auch die bravste, tugendhafteste Fünfzehnjährige musste irgendwann einmal ausbrechen, also ging ich mit. Das Feiern eines ganzen Jahres hab ich an einem Abend nachgeholt. Hab zu viel getrunken, zu viel getanzt. Hatte einmal Sex mit meinem Freund und bumm – danach war ich schwanger.«

Denny schielte kurz zu mir rüber und in einem Moment des stummen Einverständnisses erkannten wir beide die schreckliche Ironie dessen an. Einmal wolltest du nicht schwanger werden und da passierte es. Und dann, als Erwachsene, versucht man es hundert Mal, aber nichts.

»Was hat der Junge dazu gesagt?«

»Ich habe es ihm nie erzählt. Hab's Mum erzählt, aber sie hat es nicht hinbekommen, rechtzeitig zu handeln.«

Mein Herz klopfte, als ob ich wieder in derselben Situation wäre: jung, schwanger und auf mich alleine gestellt. Mum, die mich im Arm hielt und sagte: »Mach dir keine Sorgen, es wird sich schon etwas ergeben«, und ich, wie ich erwiderte: »Aber du kannst mir doch auch *jetzt* helfen«, und sie, die einfach antwortete: »Sch, sch, es wird alles gut«, als ob sie ein weinendes Baby tröstete. Der Brief, den ich geschrieben hatte, in dem stand, dass Mum mir die Erlaubnis zu einer Behandlung gab, dass sie mich zu meinen Terminen begleiten würde, lag ohne Unterschrift auf ihrem Nachtkästchen.

»Das ist ja entsetzlich. Wie konnte sie nur so nachlässig sein?«

Von Denny war das harter Tobak. Aber ich hatte diese Zeit durchlebt, nicht er.

»Hör zu, für die ersten ein, zwei Jahre nach Dad war sie ein Geist. Sie konnte nicht für sich selbst sorgen, ganz zu schweigen für Benjy und mich. Sie hatte eindeutig ernsthafte psychische Probleme, obwohl ich das damals nicht so benennen konnte. Manchmal ist sie mehrere Tage lang überhaupt nicht aus dem Bett aufgestanden. Ich ließ alle nicht überlebenswichtigen Dinge stehen und liegen, den Kunstklub eingeschlossen, damit ich alles am Laufen halten konnte. Ich übernahm den Friseursalon, fing an, die Buchhaltung zu machen, und zahlte die Gehälter aus. Und zu Hause war ich diejenige, die sich darum kümmerte, dass Benjy eine gefüllte Brotbox für die Schule hatte, dass er seine Hausaufgaben machte, dass er seine Zähne putzte.«

Denny schüttelte den Kopf. »Wo war Greg denn da die ganze Zeit?«

»An der Universität. Ich hab ihm nicht gesagt, dass ich schwanger war, wollte nicht, dass er glaubte, er müsste kommen, und dass er deswegen vielleicht noch seinen Studienplatz verlor. Er hatte die Familie als Erster verlassen und so hart dafür gearbeitet. Aber ich hab auch alles über harte Arbeit gelernt. Monatelang hab ich mir den Arsch abgearbeitet.« Ich spürte, wie mir die Tränen kamen. Wie dumm von mir, nach so vielen Jahren ausgerechnet jetzt wegen dieses Zeugs zu weinen.

»Es macht mich so traurig, dass du mir das alles nie erzählt hast, wie sehr du zu Hause mit allem alleingelassen worden bist.«

Wir kamen am Restaurant an, und als wir den Van hinter uns ließen, griff er nach meiner Hand. Das war der erste körperliche Kontakt zwischen uns seit Tagen.

Gabriel, unser freundlicher Kellner, zählte uns mutig die Tagesgerichte auf. Und wie immer hörte Denny geduldig zu und wollte dann unsere gewöhnlichen Gerichte bestellen.

»Tatsächlich werde ich heute mal eines der Tagesgerichte nehmen«, kam ich ihm zuvor und wusste nicht genau, wer überraschter deswegen war, Gabriel oder Denny. »Die *soupe au pistou*, bitte.«

Gabriel eilte davon – wahrscheinlich hatte er gerade eine Dauerwette verloren –, und ich nahm einen Schluck von meinem Wasser.

»Hatte mal Lust auf was anderes«, erklärte ich Denny, der mich fragend ansah.

»Und, was hat dein Vater in seinen Tagebüchern zu alledem gesagt?«

»Zu den wichtigen Neuigkeiten, dass ich Suppe statt Lachs mit Reis bestellt habe, hat er geschwiegen.«

»Haha.«

»Hauptsächlich viel Selbstkasteiung, warum er nichts für mich tun konnte.«

»Du hast ihn damals also um Hilfe gebeten?«

»Ich habe Lehrer gefragt, Mum, Dad ...« Tatsächlich hatte ich noch nie als Erwachsene über diese Phase in meinem Leben nachgedacht, bis ich Carrie davon erzählte. Jetzt, wo ich den Anfang gemacht hatte, erkannte ich, wie ungeheuer mir die Unterstützung von Erwachsenen in meiner größten Lebenskrise gefehlt hatte. Ich hatte einer Lehrerin erzählt, dass ich schwanger war, doch die meinte bloß: »Sag's deiner Mum und hier hast du die Nummer einer telefonischen Beratungsstelle.« Die Beratungsstelle gab mir genau denselben Rat: »Sag's deiner Mum.« Niemand erklärte einem, was man tun sollte, wenn man es seiner Mum schon gesagt hatte, sie einem aber nicht helfen konnte. Rückblickend, aus weiter Entfernung, bewunderte ich jetzt meine Hartnäckigkeit, mir Hilfe zu suchen, was mich dazu geführt hatte, Dad anzurufen. Jedes Mal, wenn ich ihn anrief, bekam ich Jeanie an den Hörer, die stumm alles behinderte; aufgegeben hatte ich aber trotzdem nicht.

»Und, was hat Francis gesagt?«

»Dass er mit Mum reden würde. Aber ich weiß nicht, ob er es wirklich getan hat ... Er hat aber Geld geschickt. Es ist in einem braunen Umschlag gekommen. Es lag keine Karte dabei, nur ein Zettel, auf dem stand »Von Dad« und zweihundert Pfund, von einem Gummiband zusammengehalten.«

»Dieses komplett gefühllose Arschloch«, stieß Denny hervor.

»Ich denke mal, er glaubte, dass das die Ausgaben für das Baby abdecken würde.«

Denny starrte mich an. »Pearl, das war Geld für eine Abtreibung.«

Mein Puls, bereits beschleunigt, fing an zu rasen, und

mein Herz klopfte so heftig, dass ich es durch meinen ganzen Körper hindurch vibrieren spürte. Ein Herzanfall. Ich würde sterben, hier, in meinem Lieblingsrestaurant, alle anderen Gäste würden mir dabei zusehen und Gabriel würde sagen: »*Wusste* ich es doch, dass sie ihre Bestellung nicht hätte ändern sollen.« Ich streckte den Arm nach meinem Wasserglas aus, aber ich kam einfach nicht ran. Nur schwach war ich mir Dennys angstverzerrtem Gesicht vor mir bewusst. Sein Mund ging auf und wieder zu, aber ich konnte ihn nicht hören. Ich kam nicht wieder zu Atem. Ich würde in Ohnmacht fallen … Ich schloss die Augen und ging Dr Haywoods Beruhigungstechniken durch. Ich stellte mir meinen Lieblingsplatz vor, das Blätterdach, Sonnenlicht, das glitzernd auf meine Jacke fiel, den glatten, breiten Baum hinter meinem Rücken, den Feldstecher in meiner Tasche. Ich würde nicht sterben, es würde wieder vergehen; es verging immer wieder. Ich dachte an den Jungen mit den stacheligen Haaren und dem Nasenpiercing, der sich zu mir heruntergebeugt hatte und mir sagte, dass ich eine Panikattacke hatte. Ich zählte meine Atemzüge: eins, zwei, drei, vier, ein; eins, zwei, drei, vier, aus. Ich befahl meinen Armen, sich zu entspannen, dann meinen Schultern, dann meiner Brust, und so arbeitete ich mich bis nach unten vor …

»Pearl, geht's dir gut?«

Die normalen Restaurantgeräusche kehrten zu mir zurück: klackernde Gabeln, Leute, die sich unterhielten. Mein Atem und mein Herzschlag stabilisierten sich wieder und ich öffnete die Augen. Denny gab mir mein Glas, und ich trank ein wenig Wasser, dann lächelte ich ihn schwach an. Gabriel brachte unser Essen. Langsam atmete ich ein paarmal kurz durch und sah dabei zu, wie der Dampf von meiner Suppe aufstieg.

»Pearl, du bist ganz weiß im Gesicht«, bemerkte Denny. »Ich glaube, wir sollten nach Hause gehen.«

»Geht schon gleich wieder.«

Das Geld von Dad ... Denny hatte natürlich recht. Ich hatte bloß noch nie zuvor eins und eins zusammengezählt. Ich zwang mich zurückzudenken. Ich erzählte Dad, dass ich schwanger war, und dachte, er würde kommen und mich retten, was er aber nicht tat. Jetzt, wo ich wusste, dass sein Verhältnis zu Jeanie bereits schwierig und sie schon nicht scharf darauf war, dass er mit seinen Kindern in Kontakt blieb, konnte ich mir nun auch zusammenreimen, dass es für sie wohl kaum in Ordnung gewesen wäre, wenn er mich zu einem Abtreibungstermin begleitet hätte. Und überhaupt, natürlich war er von meiner Bitte eindeutig entsetzt. Aber später muss er seine Meinung geändert haben. Oder zumindest erkannt haben, dass ich Hilfe brauchte, auch wenn er nicht für mich da sein konnte. Also tat er das Nächstbeste. Auf seine ungeschickte Art hat er wirklich versucht zu helfen, indem er mir das gab, worum ich ihn bat. Ich hatte gedacht, er hätte mich nicht gehört, doch das hatte er.

Und jetzt erkannte ich mit einer Klarheit, die man bloß rückblickend haben kann, dass ich nicht dieser schönen Frau in der Brasserie Terminus Nord gegenübergesessen und in ihre vertrauten Augen geblickt hätte, wenn er wirklich und ehrlich für mich da gewesen wäre, so wie ich es von ihm verlangt hatte. Dass es jetzt kein kleines Mädchen mit Zöpfen und einem freudigen Lächeln gäbe, die eine überteuerte Schneekugel von einem Pariser Straßenverkäufer schüttelte. Damals wäre eine Abtreibung für mich das Richtige gewesen, doch paradoxerweise wäre es das jetzt nicht mehr. Das Leben konnte manchmal sehr kompliziert sein.

»Willst du das Ende der Geschichte auch noch hören?«, fragte ich.

»Nur, wenn du es dir zutraust, Liebling.«

Meine Panikattacke hatte Denny Angst eingejagt. Er sah mich mit deutlich mehr Zuneigung an, als er sie in letzter Zeit hatte aufbringen können.

»Viel gibt es da gar nicht mehr. Ich habe die Schule abgebrochen. Als Greg über die Feiertage nach Hause kam und kapiert hat, was los ist, hat er mich in eine Klinik gebracht, aber da war es für alles andere als eine Adoption schon viel zu spät. Ich glaube, über die Option, dass ich das Baby behalte, haben wir nie gesprochen. Eine Stunde nach der Geburt wurde es seinen neuen Eltern übergeben. Da ich meine Abschlussprüfungen nie abgelegt habe, habe ich auch den Platz am College, für den man das Abitur braucht, absagen müssen und dann Mums Salon übernommen.«

»Pearl, ich …«

»Und ich hab dir das alles nie erzählt, Denny, weil ich es nie jemandem erzählt habe. Ja, die Geburt stand in meinen ärztlichen Unterlagen, aber auch nur dort. Die alte Pearl ist in dieser Nacht in der gynäkologischen Abteilung gestorben, als man ihr ihr Baby weggenommen hat, und seitdem habe ich kaum je wieder an sie gedacht.«

Wir schauten uns tief in die Augen, was mich seltsamerweise an die Zeit erinnerte, als wir noch in der Datingphase waren. Seine Augen hatten die Farbe des grauen Wintermeeres in Bristol, des Ortes, an dem ich Carrie zum ersten Mal gesehen hatte.

»Und jetzt schau.« Ich holte mein Handy heraus und zeigte ihm das Selfie, das sie von uns gemacht hatte. »Das Baby ist erwachsen geworden.«

Er betrachtete das Foto lange. Schließlich sagte er: »Sie sieht dir so ähnlich.«

Ich aß einen Löffel Suppe. Sie war köstlich.

»Es ist wahnsinnig hart, die ganzen Dinge aus diesem Teil deines Lebens herauszufinden«, gab er zu, »ein riesiger Teil, den du mir vorenthalten hast. Es macht mich so traurig, dass du ihn mir nicht anvertraut hast.«

»Das ist es gar nicht, Denny. Es hatte gar nichts mit dem Vertrauen zu dir zutun. Mir fehlten einfach die Worte dafür. Das war das Schmerzvollste, was mir je passiert ist.«

Er hob die Augenbrauen. »Das Zweitschmerzvollste.«

Mein Handy klingelte. Ich warf einen Blick darauf und wollte es eigentlich ausschalten. Aber es war Carrie. Seit Paris hatte ich nichts mehr von ihr gehört. Mein armes überfordertes Herz schlug mir bis zum Hals.

»Geh lieber raus damit«, meinte Denny und sah sich in dem ruhigen, vornehmen Restaurant um. Mit Mitte fünfzig waren wir hier mit großem Abstand die Jüngsten.

Ich schob meinen Stuhl zurück und ging hinaus in den Hof.

»Pearl?« Carrie weinte. Sie klang verängstigt. »Es tut mir so leid, dass ich dich störe. Ich wusste nicht, wen ich sonst anrufen soll.«

»Was ist denn los? Was gibt es für ein Problem?«

»Es geht um Emmie. Sie ist krank. Wir sind im Krankenhaus. Ich habe wirklich Angst. Ich hab Mums Nummer gewählt, aber natürlich … ich bin so eine Idiotin! Ich wollte Ian anrufen, aber er … ich …«

»Bin schon unterwegs«, antwortete ich.

19

Carrie

In letzter Zeit kam es mir so vor, als wäre Emmie ziemlich groß geworden. Nicht so groß wie Numa, natürlich, aber wenn ich Emmie herumtrug, hatte ich das Gefühl, dass ihre Füße ziemlich weit unten an meinen Beinen baumelten.

In dem Krankenhausbett sah sie jetzt jedoch winzig aus, kaum größer als bei ihrer Geburt. Im Zimmer war es heiß, und um weniger Umstände mit den Schläuchen zu haben, die an ihrem Körper angebracht waren, hatte man sie bis auf eine Windel nackt ausgezogen, wodurch sie noch kleiner aussah. Ihre normalerweise hübsche cremerosa Haut war fleckig und rot.

Vermutlich war es eine verschrobene Art von Segen, dass Mum nicht hier war und sie so sah. Gleichzeitig war ihre Abwesenheit aber auch unerträglich. Hier musste ich sitzen, starr vor Angst, ohne Mum neben mir, die mich getröstet hätte. Auch wenn sie im Hospiz gewesen wäre, hätte ich mit ihr reden können, ihr erzählen können, was los war. Und mal ehrlich, wahrscheinlich hätte sie versucht, aus dem Bett zu steigen, um sich zu mir zu setzen. Ich stellte mir vor, wie sie die Bettdecke zurückschlug, ihre Beine vom Bett auf den Boden schwang und sagte: »Ich muss gehen, Carrie braucht mich. Können Sie mir ein Taxi rufen?«

Mum wusste nicht, dass Emmie krank war, sie wusste nicht, dass wir hier waren, und sie würde auch nie wieder zurückkommen. Sollte ich wirklich innerhalb von sechs

Wochen die beiden Menschen verlieren, die ich am meisten liebte? In einem früheren Leben musste ich etwas Entsetzliches getan haben, um das zu verdienen.

Die Krankenschwester, die sich auf Emmies Klemmbrett Notizen gemacht hatte, umarmte mich. Mein feuchtes Gesicht war an ihre Schulter gepresst, und von irgendwo weit weg konnte ich mich selbst heulen hören: »Ich will meine Mum.« Ich hatte keine Kontrolle darüber. Sie tätschelte mir den Rücken und wollte mich mit den Worten »Sicherlich wird sie bald hier sein« trösten, was mich aber nur noch mehr zum Weinen brachte.

Ich hatte bereits viele Krankenschwestern gesehen, weil alle zwanzig Minuten eine hereinkam, um Emmies Vitalfunktionen zu kontrollieren. Jedes Mal suchte ich ihre Gesichter nach Anhaltspunkten ab. Die hier hatte zuerst ziemlich munter gewirkt, ihr Lächeln war jedoch verschwunden, nachdem sie die verschiedenen Werte notiert hatte.

Ich löste mich aus ihren Armen, innerlich leer. »Wie geht es ihr …?«

Die Krankenschwester setzte ihr professionelles Lächeln wieder auf: »Den Umständen entsprechend. In Kürze wird die Ärztin hier sein. Wir tun alles, was wir können.«

Ich wollte sie am Ärmel packen und schreien: »Wirklich? Sind Sie sicher, dass Sie wirklich *alles* tun?« Aber sie war schon weg, bevor ich irgendeine der Fragen stellen konnte, die mir im Kopf herumspukten: Geht es Emmie besser oder schlechter, seit wir mit dem Krankenwagen hierher gerast sind, ihr Körper schlaff und ich ihre schwitzige Hand haltend? Hat sich ihr Zustand verschlechtert? Die Ärztin, die sagte, es sähe wie eine Hirnhautentzündung aus – liegt die normalerweise eher richtig oder falsch? Erholen sich Kleinkinder generell wieder von Hirnhautentzündungen? Wenn sie erfahren im Wetten wären, welche Chance würden sie uns geben?

Du hast nur noch Zeit für eine weitere Frage, Carrie.

Na gut. Das ist sie. Würde mein Mädchen sterben?

Als die Ärztin hereinkam, eine resolute Frau ungefähr in meinem Alter, platzte ich damit heraus. Ich fragte tatsächlich: »Stirbt sie?« Wenn ich es laut aussprach, würde es bestimmt unwahrscheinlicher werden.

»Sie Arme«, bedauerte mich die Ärztin, was keine wirkliche Antwort war. Sie sah sich die Notizen an und begann dann, alle Werte aufs Neue abzulesen.

Das Schweigen zwischen meiner Frage und ihrer Antwort setzte sich für die Dauer von ungefähr fünf Jahren fort. Endlich sah sie mich an und sagte: »Es geht ihr ziemlich schlecht.«

»Aber was *bedeutet* das?«

»Sie hatte noch keine Zeit, auf die Antibiotika zu reagieren. Und die Ergebnisse der Blutuntersuchung werden wir erst ein bisschen später bekommen.«

Das beantwortete meine Frage genauso wenig, aber ich hatte das Gefühl, sie nicht noch mal stellen zu können. Sie hatte Mitleid mit mir, hielt meine Hand und fuhr fort: »Sie machen sich solche Sorgen, ich weiß. Aber wir wissen es noch nicht. Das hängt alles davon ab, wie sie in den nächsten ein, zwei Tagen auf die Medikamente anspricht.«

»Gibt es denn nichts, was ich für sie tun kann?«

»Einfach da sein, das ist das Wichtigste. Wir kontrollieren sie drei Mal pro Stunde, aber falls Ihnen dazwischen irgendetwas auffällt, rufen Sie uns.« Sie ging zur Tür und fügte noch hinzu: »Sie machen das wirklich gut.«

Aber das stimmte nicht. Ich machte das wirklich schlecht.

Als Pearl ein paar Stunden später hereinkam – scheinbar war überhaupt keine Zeit vergangen, seitdem ich sie angerufen hatte –, zögerte ich nicht, sondern flog einfach in ihre Arme. In meinem ganzen Leben war ich noch nie so froh gewesen, jemanden zu sehen. Bevor sie ankam, hatte ich Emmie angestarrt, bis meine Augen trocken waren und brannten, da ich nicht blinzeln wollte, um keine der kleinsten Veränderungen zu verpassen, auf die die Ärztin angespielt hatte. Ab und zu drehte sich mir mein saurer Magen um, wenn ich daran dachte, was vielleicht auf mich zukam, und einmal erbrach ich mich tatsächlich in eine Einkaufstüte. Ich brauchte jemanden, der bei mir war, der mich von meinen schlimmsten Gedanken ablenkte, und Pearl hatte sich sofort angeboten. Das würde ich ihr nie vergessen.

Sie hielt mich fest und streichelte mir übers Haar, und da spielte es keine Rolle mehr, dass wir uns zuvor erst ein Mal gesehen hatten und dass es nicht gut gelaufen war oder dass wir fast nichts voneinander wussten. Es war nicht die unendliche Umarmung, die ich schon mein ganzes Leben lang kannte, die Mum mir gegeben hätte. Aber es war das Nächstbeste.

Als wir uns voneinander lösten, schaute Pearl Emmie an, die wie ein Frosch auf dem Bett lag, auf dem Bauch und mit auf beiden Seiten hochgezogenen Beinen.

»Die arme Kleine. Und du Arme. Was sagen die Ärzte?«

»Wahrscheinlich ist es Meningitis. Sie sind sich aber noch nicht sicher, ob es die schlimme oder die weniger schlimme Art ist. Als wir angekommen sind, haben sie sie mit einem Beruhigungsmittel ausgeknockt, damit sie ein CT machen und ihr eine Infusion mit Antibiotika legen konnten.« Unter Pearls mitleidigem Blick sprach ich in einer erstickten Stimme weiter, die ich kaum wiedererkannte: »Sie war schlapp und hatte hohes Fieber, dann habe ich den Ausschlag gesehen und den Notruf gewählt. Die haben einen Krankenwagen geschickt. Seitdem warten wir bloß.«

Pearl nahm meine Hand. »Ich werde mit dir warten.«

Beide saßen wir auf jeweils einer Seite von Emmies Bett und betrachteten sie, während die Stunden ineinanderflossen. Pearl holte mir Sandwiches, die ich nicht essen konnte, und schrecklichen Automatenkaffee, den ich hinunterwürgte, stellte Ärzten Fragen, die sie nicht beantworten konnten, und hielt mich im Arm, wenn ich weinte. Was ich ungefähr alle zwanzig Minuten tat, nach jedem Besuch einer Krankenschwester: Sie kamen und gingen, richteten Schläuche und kontrollierten mit sanften Händen Emmies Puls und Temperatur. Nachdem ich ihre Gesichter gründlich gemustert hatte, musste ich erkennen, dass keine Krankenschwester nach der Kontrolle fröhlicher aussah als vorher.

Ich hatte gedacht, ich wäre an Krankenhäuser gewöhnt, da Mum so lange in einem gewesen war. Doch nichts hatte mich hierauf vorbereitet, auf die tiefe Hilflosigkeit, die ich beim Herumsitzen verspürte, unfähig, etwas zu tun. Ich war so sehr daran gewöhnt, Dinge für Emmie zu tun. Was nützte eine Mutter, wenn sie ihrem Kind nicht helfen, es nicht retten konnte?

»Ich würde meinen rechten Arm hergeben, um mit ihr zu tauschen«, sagte ich zu Pearl.

»Ich auch.« Sie langte über das Bett und drückte meine Hand. »Es tut mir leid, dass ich sie so kennenlernen muss, aber ich bin mir sicher, dass ich das bald richtig nachholen kann. Erzähl mir von ihr.«

Ich wusste, dass sie mich aufmuntern wollte, indem sie von einer Zukunft sprach, in der sie Emmie kennenlernen würde, und ich war dankbar dafür; für die Gelegenheit, darüber zu reden, wie Emmie normalerweise war, und nicht, wenn sie auf einmal schwer krank war.

»Ach, sie ist einfach toll. Ihr schmeckt alles. Reiswaffeln mit Apfel, Bananen, Schokokuchen. Sie kuschelt gerne und sie liebt die Enten im Park. Musik mag sie auch, vor allem Reggae, und ihr Lieblingslied ist *Alle meine Entchen.*« Ich schmeckte Tränen auf meinen Lippen und wischte sie weg. Ich hatte nicht mal gemerkt, dass ich weinte. »Sie ist total witzig. Sie bringt mich zum Lachen, wenn sie ihre wahnsinnig lustigen Grimassen schneidet. Sie liebt Ian, verdammt noch mal, also nehme ich an, dass er für immer in meinem Leben feststecken wird. Nervigerweise war ihr erstes Wort auch ›Dada‹.«

»Weiß er, dass sie hier ist?«

»Nein. Ich wollte ihn eigentlich anrufen. Ich weiß, dass ich das muss. Aber das letzte Mal, als wir miteinander gesprochen haben, war er ein ziemlicher Arsch.«

»Soll ich ihn für dich anrufen?«

»Das würdest du tun?«

»Natürlich.«

»Nein. Das sollte ich lieber selber machen. Ein bisschen später, vielleicht.«

Der Arzt, der während der Nachmittagsschicht hereinkam, war gestresst und beschäftigt und wollte schon wieder gehen, ohne etwas zu sagen, sobald er Emmies Notizen überflogen hatte. Ich war zu ausgelaugt, hatte mich schon zu sehr an die Vorgehensweise hier angepasst, um etwas zu sagen, doch Pearl hielt ihn auf dem Weg zur Tür auf.

»Können Sie uns etwas Neues sagen, Herr Doktor?«

Er sah überrascht auf, so als ob er nicht bemerkt hätte,

dass hier außer der Patientin noch andere Leute waren. Ich machte ihm keinen Vorwurf: Schwarze Ringe unter seinen Augen zeugten von Erschöpfung.

»Wir wissen es immer noch nicht genau«, antwortete er. »Es ist sehr besorgniserregend. Aber ihr Fieber ist etwas gesunken und ein paar andere Körperreaktionen passen nicht ganz zu einer bakteriellen Meningitis.«

»Was sind die anderen Möglichkeiten, wenn es keine Hirnhautentzündung ist?«, fragte Pearl weiterhin beharrlich nach.

»Ich spekuliere nur ungern, aber das meiste ist weniger besorgniserregend als Meningitis, falls Ihnen das hilft.«

»Ja, das tut es. Danke Ihnen.«

Er ging hinaus und Pearl lächelte mich an. »Das ist doch schon mal was, oder nicht?«

»Danke, dass du gefragt hast. Ich wünschte, ich wäre der Typ, der betet, du nicht auch?«

»Ich bete tatsächlich, in Gedanken. Nur nicht zu Gott. Warum betest du nicht zu deiner Mum?«

Ich krallte die Nägel in meine Handflächen, um mich vom Weinen abzuhalten. »Meinst du, sie kann mich hören?«

Mum hatte so sehr darauf bestanden, dass ich Kontakt zu Pearl aufnahm. Hatte sich dahintergeklemmt, unheilbar krank, bis sie mir das Versprechen abnahm. Sie wollte, dass ich jemanden hatte, der für mich da war, wenn sie es nicht mehr konnte. Aber natürlich hatte sie nicht gewusst, wie bald das schon nötig sein würde. Doch auch wenn Mum nicht da sein konnte, hatte sie doch ihre Stellvertreterin geschickt.

»Zu wem betest du?«, fragte ich Pearl.

»Zu den Schutzpatronen der Gerechtigkeit und des Gutseins.«

Ich stieß ein seltsames Grunzen aus, halb Schluchzen, halb Lachen. »Waren die nicht einmal Teil des Mottos von Google?«

»Wer auch immer sie sind, sie sollten lieber zuhören.«

Ich nippte an meinem ekligen kalten Kaffee. »Pearl, ich hab dich noch gar nicht gefragt. Wo schläfst du eigentlich heute Nacht?«

»Ach, irgendwo in der Nähe wird es schon ein Hotel geben. Mach dir keine Sorgen um mich. Lassen sie dich hierbleiben?« Sie deutete auf das Feldbett zum Ausziehen.

»Ja. Wunderbar bequem, wenn ich nur einen Meter groß wäre und ein Kilo wiegen würde.«

»Na ja, also ich werde bleiben, bis du schlafen willst, okay? Und am Morgen komme ich wieder.«

Tränen vernebelten mir die Sicht. »Warum machst du das?«

»Weil ich nirgends lieber wäre.«

»Hat es Denny was ausgemacht? Dass du alles stehen und liegen lässt, um so spontan hierherzukommen?«

»Es war in Ordnung für ihn.« Pearl zögerte, dann seufzte sie: »Wir sind gerade an keinem so guten Punkt in unserer Beziehung, um ehrlich zu sein.«

»Wegen mir?«

»Nein! Na ja, nicht direkt. Ich habe ihm nie von dir erzählt. Er muss sich erst noch daran gewöhnen.«

»Gott … das ist ja auch eine Menge, woran man sich gewöhnen muss«, antwortete ich. »Ich hatte mich gewundert, du weißt schon, in Paris, wieso du es ihm nie erzählt hast.« Ich war mir sicher, dass sie sich nur allzu gut daran erinnerte, dass das ein bisschen mehr war als nur wundern. Rückblickend gesehen fühlte sich meine wütende Reaktion wirklich übertrieben an.

»Ich weiß, dass einem das komisch vorkommt. Wahrscheinlich schlimmer als komisch. Als hätte ich versucht, so zu tun, als ob du gar nicht existierst?« Sie lächelte kurz traurig. »Aber ehrlich, ich kann dir bloß sagen, was ich auch ihm gesagt habe, nämlich dass sich das wie ein Teil meines Lebens angefühlt hat, der für immer weggesperrt war. Ich habe nie irgendwem davon erzählt.«

»Ich dachte nur, du würdest dich vielleicht für mich schämen.«

»Für dich? Nein, niemals. Ich schämte mich damals für mich selbst, obwohl ich gar nicht weiß, warum. Simon und ich, wir mochten uns wirklich gern. Bisschen dumm, nicht zu verhüten, aber du weißt schon – wir waren sehr jung und wir hatten das nicht eingeplant.« Sie lächelte. »Tatsache ist, dass es zwischen Denny und mir auch schon schwierig war, bevor ich das Glück hatte, dich zu finden.«

Emmie stieß einen langen, zittrigen Schnarcher aus und wir starrten uns an. Das klang wie ein ermutigendes, lebendiges Geräusch. Ich streckte den Kopf aus der Tür und rief eine vorbeigehende Schwester herbei. »Sie hat geschnarcht!«

Die Krankenschwester sah nach Emmie. »Sie schläft sehr tief«, meinte sie.

»Das ist doch gut, oder? Nicht wahr?«

Ich wollte, dass sie sagte, dass das sehr gut war, doch sie schaute bloß für einen langen, stillen Augenblick die Notizen an, bevor sie erwiderte: »Hoffen wir es.« Sie ging hinaus, wobei sie niedergeschlagen aussah, und mein kurzer Optimismus verflog schlagartig.

Pearl merkte an: »Aber Schlaf kann doch heilsam sein, oder?«

Wir besahen uns Emmie. Schlief sie so tief, weil sie sich langsam erholte oder weil sie wegdämmerte?

Als ob sie meine Gedanken gelesen hätte, schlug Pearl vor: »Warum singst du ihr nicht etwas vor?«

»Ach, ich weiß nicht …«

»Dieses Lied, das du vorher erwähnt hast, das sie mag. Damit sie weiß, dass du da bist.«

Damit hatte sie gar nicht so unrecht. Ich hatte nicht mal wirklich mit Emmie geredet, seit wir angekommen waren. Peinlich berührt – niemand würde sich je etwas daraus machen, meine Singstimme zu hören – fing ich an, leise den Refrain von *Alle meine Entchen* zu singen. Ich hielt den Blick steif auf Emmie gerichtet und hörte mich selbst überdeutlich, doch nach der zweiten Runde des Refrains fing Pearl an mitzusingen. Ihre Stimme war genauso unmelodisch wie meine, und sie kannte auch nicht den ganzen Text, sang aber einfach das mit, was sie von mir gelernt hatte, und machte den Rest über la-la-la. Eine warme Welle der Zuneigung für sie überkam mich, und ich sah zu ihr hoch, doch sie schaute gedankenverloren und mit Tränen in den Augen Emmie an.

Als ich genug hatte vom Singen, sagte ich zu Pearl, so wie ich es sonst zu Mum gesagt hätte: »Erzähl mir was.«

»Ja, natürlich. Was denn?«

»Irgendwas. Das wird mich ablenken … ich muss irgendwem außerhalb meines Kopfes zuhören.«

»Ääh … mir fällt nichts ein! Soll ich dir die Geschichte von dem Buch erzählen, das ich gerade lese?«

»Gott, nein. Erzähl mir von Denny, wie er reagiert hat, als du ihm gesagt hast, dass du herkommen würdest.«

»Oh! Nicht viel. Wir waren gerade in einem Restaurant, als du angerufen hast, und ich hab ihm gesagt, dass ich zurück nach Hause fahren, mir meinen Pass schnappen und sofort losmuss. Er war unsicher, ob ich das wirklich tun sollte.« Sie zog eine Grimasse. »Er meinte, dass ich dich doch gerade erst kennengelernt hätte und nicht aus einer Laune heraus zwischen zwei Ländern hin und her hetzen sollte. Wir sind nach Hause gefahren, ohne viel zu reden, ich hab eine Tasche gepackt, und dann hat er mich zum Flughafen gefahren, ebenfalls, ohne viel zu reden.«

»Es tut mir so leid, dass du zu Hause jetzt Schwierigkeiten hast, weil du hergekommen bist.«

Sie straffte sich auf ihrem Stuhl. »Weißt du was, ich finde das gut. Es hat uns dazu gezwungen, uns aus einem Stillstand zu lösen. Es gibt viele Dinge, über die wir nicht richtig gesprochen haben, nicht nur über dich. Das wird entweder eine Dämmerung der neuen Offenheit einläuten oder etwas weniger kitschig Positives.«

Sie schwieg, anscheinend wusste sie nicht, was sie sonst noch dazu sagen sollte.

»Erzähl mir von der Zeit, als du mich bekommen hast«, verlangte ich und dachte bloß daran, den Raum zwischen uns mit einer Unterhaltung zur Ablenkung zu füllen, doch dann fühlte ich mich schrecklich. Ich stand ziemlich tief in ihrer Schuld dafür, dass sie jetzt hier war, vor allem, nachdem ich in Paris so eine dumme Kuh gewesen war, aber anscheinend ermutigte ich sie ausschließlich dazu, über schmerzvolle Dinge zu reden.

Doch sie lehnte sich eifrig nach vorne und entgegnete: »Klar. Was willst du wissen?«

»Na ja … ich hab mich immer gefragt, wie kam's, dass du dich für eine Adoption entschieden hast? Ich weiß, dass du sehr jung warst und das Gefühl hattest, nicht auf mich aufpassen zu können, aber nicht jede Fünfzehnjährige würde eine Schwangerschaft durchziehen. War das aus religiösen Gründen?«

»Na ja …« Pearls Gesicht verfinsterte sich. »Bist du sicher, dass du das hören willst? Das lässt mich nämlich nicht gerade im besten Licht dastehen.«

Als ich nickte, sagte sie: »Okay. Ich habe tatsächlich versucht, die Schwangerschaft abzubrechen. Aber das ging nicht ohne die Erlaubnis eines Elternteils.«

»Ernsthaft?«

»Ja, wenn man damals unter sechzehn war …«

»Ich bin mir sicher, dass das jetzt anders ist. Gott, ein paar Dinge haben sich wirklich zum Besseren entwickelt.«

»Aber Carrie, wenn ich es gekonnt hätte, hätte ich es auch gemacht, und zwar sofort, und dann würden wir jetzt nicht hier sitzen und uns unterhalten.«

»Das stimmt. Wenn die drakonischen Abtreibungsgesetze der 1980er nicht gewesen wären, gäbe es mich jetzt nicht. Aber ich bin immer noch sehr dafür, dass man die Wahl hat.«

»Ich auch. Puh! Ich bin ziemlich erleichtert, dass du nicht sauer bist, weil ich es versucht habe.«

»Mein Gott, Pearl, das bricht mir das Herz. Du warst doch noch so jung.«

»Es ist unglaublich, dass ich dir das erzähle«, meinte sie. »Ich fühle mich wie geläutert.«

»Ich hätte übrigens genau das Gleiche getan. Ich war nicht bereit für Kinder, bis ich für Emmie bereit war, und sogar dann hat es sich noch nach einem Riesenschritt angefühlt.«

»Das ist es auch. Kinder großzuziehen ist eine enorme Verantwortung.« Pearl stützte das Gesicht auf einer Hand ab. »Eine, von der ich wünschte, ich hätte sie gehabt.«

»Pass auf, was du dir wünschst«, scherzte ich, wobei ich auf Leichtigkeit abzielte und sie verfehlte, »sonst sitzt du am Ende noch in einem Krankenhaus und betest zu Göttern, an die du nicht glaubst.«

Eine Krankenschwester kam herein, und wir verstummten, als sie Emmie wie gewöhnlich kontrollierte. Während sie ihr Handgelenk hielt, um den Puls zu messen, fragte Pearl: »Wie geht es ihr?«

»Sie ist stabil.«

Als sie wieder draußen war, bemerkte ich: »Medizinisches Personal sagt das immer. ›Stabil.‹ Was heißt das? Gott, ich hab Krankenhäuser so satt.«

»Ich bin auch nicht so scharf auf sie«, meinte Pearl.

Das darauffolgende Schweigen fühlte sich auf unerträgliche Weise erdrückend an, und ich zermarterte mir das Hirn, worüber wir gesprochen hatten, bevor die Krankenschwester aufgetaucht war. »Also, hattest du denn eine Beratung, damals?«, fragte ich ziemlich abrupt. »Bevor du mich zur Adoption freigegeben hast?«

»Was, in den Achtzigern?« Pearl lachte. »Von Beratung haben wir da noch nie was gehört. Vor ein paar Jahren hatte ich ein paar Sitzungen mit einem Psychologen. Aber ich hab dich nicht mal erwähnt. Das hätte ich wahrscheinlich tun sollen.«

Ich fragte mich, warum, und worüber sie sonst gesprochen hatte. Warum war sie zum Psychologen gegangen? Ich ertappte mich selbst dabei, wie ich mir vorstellte, wie mein Leben wohl gewesen wäre, wenn Pearl mich behalten hätte – etwas, worüber ich zuvor, außer während meiner kurzen rebellischen Phase, noch nie wirklich nachgedacht hatte. Ich wusste, dass sie wahrscheinlich abgetrieben hätte, wenn sie die Chance dazu bekommen hätte. Darüber nachzudenken, war allerdings unmöglich. Schließlich konnte man sich schlecht eine Welt vorstellen, in der man nicht existierte. Und letztendlich hatte sie sich ja für eine Adoption entschieden. Aber was, wenn sie mich behalten hätte, nachdem sie mich zur Welt gebracht hatte? Wie hätte mein Leben dann ausgesehen? Ich nahm an, wir hätten im Haus bei ihrer Mum in Chelmsford gewohnt. Vielleicht hätte ihre Mum dabei geholfen, auf mich aufzupassen. Oder vielleicht hätte Pearl ausziehen müssen, in eine Sozialwohnung. Ich wusste, dass man früher als alleinerziehende Mutter ziemlich stigmatisiert wurde, aber auch damals noch, Anfang der Achtziger? Da war ich mir nicht sicher. Sie wäre eine junge Mutter gewesen, mehr Freundin als Elternteil. Wir hätten es zusammen vielleicht schön gehabt, den gleichen Musikgeschmack gehabt und die gleichen Fernsehprogramme gemocht, Klamotten und Make-up getauscht. Vielleicht wäre sie aber auch sauer auf mich gewesen, weil ich der Mensch war, der ihr Leben beendet hatte. Vielleicht wären wir knapp bei Kasse gewesen, vielleicht hätte es eine Reihe schlimmer Freunde gegeben, die kamen und gingen. Ich konnte mir einfach nicht vorstellen, dass ich mit Pearl so etwas wie die Stabilität gehabt hätte, die Mum und Dad mir gegeben hatten, die sich ihre ganze Ehe über verzweifelt ein Kind gewünscht und mir nicht ein Mal das Gefühl gegeben hatten, nicht gewollt oder geliebt zu sein. Pearl erschien mir standfest und fähig, aber wie wäre sie mit sechzehn gewesen? Wäre sie jetzt eine komplett andere Person, wenn sie mich behalten hätte, nachdem ihr Weg so anders geworden war?

»Also«, sagte ich und kehrte mit einem Ruck aus meinen Gedanken zurück, »hast du die richtige Entscheidung getroffen, mich wegzugeben?«

Sie schloss die Augen und ich verfluchte mich leise. Warum machte ich es ihr weiterhin so schwer? Ich meine, auf der einen Seite wusste ich natürlich, warum: Sie hatte mich weggegeben! Das würde auch niemals wirklich aufhören, etwas anderes als das zu sein, was es war, nämlich ein fundamentaler Verlust. Aber jetzt war sie *hier*. Als ich sie brauchte, war sie schließlich gekommen.

»Es tut mir leid, es tut mir leid«, entschuldigte ich mich schnell. »Das kam so gemein rüber.«

»Nein«, widersprach sie sanft und schüttelte den Kopf. »Das ist so eine wichtige Frage.«

Seit Mum zum ersten Mal die Idee aufgebracht hatte, dass ich mich mit meiner leiblichen Familie in Verbindung setzen könnte, hatte ich viel darüber nachgedacht, wie das für mich war, ohne Pearl aufzuwachsen, aber nie einen Gedanken daran verschwendet, wie es für sie war, ohne mich aufzuwachsen. Als sie die Augen öffnete, diese Augen, die meinen so ähnlich sahen, konnte ich für einen Augenblick den Verlust darin erkennen; er stand ihr ins Gesicht geschrieben.

»Damals war es die richtige Entscheidung, aber jetzt wünsche ich mir vielleicht, dass ich es anders gemacht hätte. Dass ich alles anders gemacht hätte.«

Eine Krankenschwester kam herein und wir verstummten. Sie schienen jetzt sogar noch regelmäßiger reinzuschauen. Das war doch sicher kein gutes Zeichen, oder? Diesmal war es eine neue Krankenschwester, die uns ein strahlendes Filmstar-Lächeln zuwarf, als sie zu Emmies Bett ging. Ich wettete mit mir selbst, dass dieses Lächeln in zwei Minuten weg sein würde. Sie ging Emmies Werte durch und schaute mich dann mit ernstem Gesicht an. Verdammt, ich hatte die Wette gewonnen.

Ich konnte kaum dem Drang widerstehen, sie am Arm zu fassen. »Was ist los?«

»Es sieht so aus, als hätte sich ihre Atmung stark verändert«, erklärte sie. »So stark, dass ich mit dem Arzt Rücksprache halten muss.«

»Was bedeutet das?«, fragte Pearl, aber die Schwester war bereits aus der Tür hinaus.

Pearl und ich starrten uns über das Bett hinweg an. Auf einmal war ich mir sicher, dass Emmie nie mehr die Augen öffnen würde. Ich konnte mich kaum mehr daran erinnern, wie sie gewesen war, als sie noch wach war. Es schien, als hätte ich ihr eine Ewigkeit beim Schlafen zugesehen. Nie mehr würde ich ihr Gebrabbel hören, nie mehr ihre Hand halten, während wir zum Ententeich gingen. Alle Tränen, die ich bisher noch nicht vergossen hatte, bahnten sich nun auf einmal ihren Weg nach draußen.

»Ich habe Emmie zwar erst vor etwas mehr als einem Jahr bekommen, aber ich kann mich nicht mehr daran erinnern, was ich gemacht habe, bevor sie in mein Leben kam. Ich weiß nicht, was ich tun soll, wenn sie nicht mehr da ist.«

Pearl kam zu meiner Bettseite herüber und umarmte mich. »Es ist egal, dass du sie noch nicht so lange hast. Auch wenn du sie nur einen Tag gehabt hättest, wäre es dasselbe. Sie ist dein Mädchen.« Sie sah hinunter auf Emmie. »Komm schon, Kleine. Du schaffst das. Du hast eine Mummy hier, die dich heiß und innig liebt.«

»Das tue ich wirklich«, bekräftigte ich und versuchte, mit dem Weinen aufzuhören. Wenn ich Krankenhäuser schon satthatte, hatte ich Tränen noch viel satter. Ich lehnte mich schwer in Pearls warme Arme und sie hielt mich fest. »Ich wünschte, du hättest sie gesehen, als sie wach war.«

Die Krankenschwester kam wieder herein, in Begleitung des Arztes von vorher. Falls das möglich war, sah er jetzt noch erschöpfter aus. Die Schwester zeigte ihm die Werte, die er ausgiebig betrachtete, und zusammen kontrollierten sie einige Werte erneut. Mit angehaltenem Atem sahen Pearl und ich ihnen dabei zu.

Schließlich sagte der Arzt zu der Schwester: »Sie haben recht, die Atemkurve ist viel steiler geworden. Sie ist jetzt fast beim Normalwert angelangt. Lassen Sie mich mal ihren Sauerstoffwert überprüfen.« Ein paar Minuten lang waren sie mit Emmie beschäftigt, dann drehten sich beide zu uns um. Das Megawatt-Lächeln der Krankenschwester war zurück. Auf einmal schien es, als wäre die Sonne herausgekommen.

Der Arzt sah zwanzig Jahre jünger aus. »Ich glaube, wir sind über den Berg.«

»Wirklich?«

»Sie wird noch ein bisschen weiterschlafen, aber ich bin vorsichtig optimistisch. Wir werden sie weiterhin kontrollieren, aber es geht alles in die richtige Richtung.«

Ich wollte Doktor Todmüde umarmen, aber er sah nicht so aus, als wäre ihm das recht. Die Krankenschwestern kamen und gingen weiterhin, aber jetzt lächelten die meisten während ihrer Arbeit. Ich spürte, wie ich mich ein winziges bisschen entspannte, und ich aß sogar etwas von dem Sandwich, das Pearl mir gebracht hatte. Wir sprachen jetzt über leichtere Dinge. Sie fragte mich nach meiner Arbeit, wollte sogar wissen, worüber ich meine Doktorarbeit geschrieben hatte, und ich redete etwas länger, obwohl ich mir bewusst darüber war, dass sie wahrscheinlich schon nach den ersten paar Worten ausgestiegen war. Sie interessierte sich sehr dafür, dass ich an einer Universität lehrte, und erzählte mir, wie gerne sie an die Uni gegangen wäre, es aber nie dazu gekommen war. Sie fragte, ob ich Ian dort kennengelernt hätte, und ich wollte ihr gerade davon erzählen, als ich mich kerzengerade hinsetzte.

»Oh Scheiße! Ich hab ihn gar nicht mehr angerufen. Ich schaff das einfach nicht.«

»Lass mich das erledigen. Ich will helfen.«

Ich gab ihr mein Handy, auf dem seine Nummer bereits geöffnet war, und sie ging nach draußen. Ich beobachtete Emmie, deren Körper sich mit ihren Atemzügen hob und senkte. Vielleicht träumte sie gerade. Ich fragte mich, wovon. *Danke, Mum, dass du auf uns aufgepasst hast.* Ich stellte sie mir oben im Himmel vor, an einem Ort, der ziemlich so wie das Wohnzimmer in ihrer Wohnung aussah, wo alles seine Ordnung hatte, so wie sie es mochte. Sie saß auf einem Sofa, die Füße hochgelegt auf einen Hocker, die Zeitung in der Hand und die Lesebrille auf halber Höhe auf der Nase. Sie lächelte mich an. *Du bist in guten Händen, Carrie, Liebes.*

Pearl kam wieder herein und gab mir mein Handy zurück. »Er war sehr besorgt, hat viele Fragen gestellt und meinte, er würde morgen früh kommen.«

»Ja, offensichtlich *sehr* besorgt, wenn er sofort alles stehen und liegen lässt, um hierherzueilen.«

»Na ja, wahrscheinlich ist es schon recht spät?«

»Es ist doch noch nicht mal acht Uhr.« Ich schüttelte den Kopf. »Er wohnt nur ein paar Kilometer von hier entfernt. Du warst in einem anderen Land und bist gekommen.«

»Das hab ich gern gemacht.«

Der Himmel draußen wurde langsam dunkel und Emmie schlief immer noch.

»Ich kann mir nicht vorstellen, dass sie jetzt aufwacht«, überlegte ich laut. »Wenn doch, wird das eine schöne Überraschung.«

»Meine Mutter hat immer gesagt, ich wäre eine Pessimistin«, meinte Pearl, »aber Pessimisten werden oft positiv überrascht, im Gegensatz zu Optimisten, die oft enttäuscht werden.«

Es klopfte an der Tür und zu meiner Überraschung kam Henry herein.

»Oh!« Ich sprang auf und umarmte ihn. »Das ist so lieb von dir.«

»Tja, das würde ich verdammt noch mal aber auch meinen«, entfuhr es Pearl, beinahe fauchend.

»Das ist nicht Ian«, stellte ich klar und schaute zwischen Henrys verwirrtem und Pearls verärgertem Gesicht hin und her. Ich spürte, wie ein Lachen in mir aufstieg, ein schönes Gefühl. »Pearl, das ist Henry, ein Freund von mir.«

»Ein sehr guter Freund, wenn er so spät noch kommt«, erwiderte Pearl, und ihr Gesicht wurde weicher.

»Ich hab's von Jenny weiter unten in der Straße gehört. Ich hab Numa bei ihr gelassen und bin sofort rübergekommen. Ich war in Sorge, dass du alleine bist.«

»Nein, das ist, äh ... Pearl, eine Familienfreundin.« Es war zu verwirrend, Pearl jetzt als meine Mum zu bezeichnen, weil Henry wusste, dass meine Mum gerade erst gestorben war. Er war sogar zu der Beerdigung gekommen. Das würde ich ihm ein andermal erklären müssen. Wie auch immer, es fühlte sich zu seltsam an, sie so zu nennen. Ich hoffte, es machte ihr nichts aus.

Henry saß auf der Armlehne eines Stuhls, während ich ihm erzählte, was passiert war. Er hörte aufmerksam zu und verzog bei jeder Wendung das Gesicht. Sein Blick wanderte immer wieder zu Emmie, und ich wusste, dass er sich vorstellte, wie er sich wohl fühlen würde, wenn Numa da im Bett läge. »Als wir vom Park zurückgekommen sind, hab ich einen Krankenwagen wegfahren sehen, aber ich hatte keine Ahnung, dass Emmie und du da drin wart. Du hättest mich anrufen sollen.«

»Ich wollte dich nicht belästigen.«

»Ich will, dass du mich belästigst!« Das entfuhr ihm unerwartet heftig und er fügte schnell hinzu: »Du würdest schließlich das Gleiche für mich tun.«

Eine andere Ärztin kam herein, um Emmies Werte zu kontrollieren, und alle drei verstummten wir, während wir ihr bei der Arbeit zusahen.

»Sie schläft schon so lange«, bemerkte Pearl. »Ist das in Ordnung?«

»Es ist zwar ein bisschen länger, als uns lieb wäre«, entgegnete die Ärztin, »aber hoffentlich heilt sich der Körper gerade maßgeblich selbst. Der Effekt des Beruhigungsmittels wird bestimmt bald wieder verfliegen, vermutlich im Laufe der Nacht, dann können wir uns ein besseres Bild davon machen, wo wir stehen. Sie sollten sich selbst alle etwas ausruhen.«

»Dann lasse ich euch mal wieder alleine«, meinte Henry, nachdem die Ärztin wieder weg war. »Ich wollte dir bloß sagen, dass wir alle an dich und Emmie denken. Und dir das bringen.« Er reichte mir eine Papiertüte, aus der es köstlich duftete. »Zimtschnecken. Zur Stärkung. Schön, dich kennengelernt zu haben, Pearl.« Er warf mir sein schönes Lächeln zu und war dann schon wieder weg.

»Sieh an!«, kommentierte Pearl. »Das ist aber ein aufmerksamer, gut aussehender junger Mann, der es sehr auf dich abgesehen zu haben scheint.«

»Er ist nur ein Freund.« Ich öffnete die Tüte und bot ihr eine Schnecke an. »Er hat viele Freundinnen.«

»Das glaub ich gerne, wenn er die gebacken hat. Köstlich.« Sie lächelte. »Ich kann so lange bleiben, wie du willst, aber musst du nicht ein bisschen schlafen? Du siehst erschöpft aus.«

»Besser wäre es wohl, falls sie vor morgen früh aufwacht.«

Wir umarmten uns, und Pearl ging, dann legte ich mich auf das unbequeme Feldbett. Ich hoffte, dass sie schnell ein Hotelzimmer fand, doch mein Gehirn war zu sehr mit anderen Gedanken beschäftigt, um mir darüber Sorgen zu machen, und meine Augen waren zu schwer, um sie offen zu halten.

12. Dezember 2012

Bin im Hotelrestaurant ans Handy gegangen, schlechte Manieren, ich weiß, aber es war G. J sagte, ich sollte nicht rangehen, aber als ich den Kopf schüttelte, machte sie eine Handbewegung, dass ich nach draußen gehen sollte, und lächelte das nette Pärchen an, das mit uns am Tisch saß. Ich wusste, dass es Neuigkeiten wegen des Babys sein mussten.
G weinte. Mir wurde schlecht. Was ich bereits gegessen hatte, lag mir schwer im Magen. Ich schaute auf den Ozean vor mir, eisblau, all die Traurigkeit, die er schon miterlebt haben muss.
Dein Baby war ein Mädchen. Tilly. Schöner Name.
G sagte, E hätte versucht, dich zu besuchen, aber du hättest sie weggeschickt. G wirkte deswegen schockiert. Ich nicht. Wünschte, ich könnte dir sagen, dass ich dich verstand. Sie sind aber doch beste Freundinnen, sagte er. Und wir wissen nicht, was wir den Kindern wegen Tilly sagen sollen, sagte er. Sie werden am Boden zerstört sein. Wir wollen nicht, dass sie glauben, das könnte uns auch passieren. Er sagte, D schläft im Krankenhaus neben PP, aber heute ist er zum Duschen zu uns gekommen. Er war ein Schatten seiner selbst, gar nicht wirklich anwesend. Ich bemerkte gar nicht, dass ich auch weinte, bis eine Hotelangestellte vorbeiging. Sie berührte mich am Arm, eine nette Geste. Fragte mich, ob sie mir etwas holen

könnte. Ich schüttelte den Kopf, sagte, es ginge mir gut. Danach musste ich nur noch mehr weinen; eine Angestellte, die ich nicht kannte und die mir so liebenswürdig Hilfe anbot. Ich sagte G immer wieder, wie leid es mir tat. Allerdings sagte ich ihm nicht, dass ich das Gefühl hatte, es wäre mein Schuld, weil ich nicht im Land war. Hier ging es nicht um mich.

Das Restaurant konnte ich nicht mehr ertragen, ging sofort nach oben auf unser Zimmer und ins Bett. J stocksauer, als sie hereinkam, ich zog mir die Bettdecke über den Kopf, doch die riss sie mir weg. Sagte, ich wusste nicht, wo du abgeblieben bist, du hast mich alleingelassen, wirklich ungehobelt. Ich berichtete ihr von den Neuigkeiten, aber sie reagierte barsch, sagte »das passiert eben«, dann steckte sie meinen Geldbeutel, mein Handy und meine Zimmerschlüssel in ihre Handtasche, damit ich nicht »am Handy klebte«, wie sie sagte. Ich hatte zwanzig Euro in meiner Hosentasche versteckt, aber ich konnte sowieso nirgendwo anders hin.

Später, als wir entlang den Wasserläufen der Levadas spazieren gingen, sagte sie, ach, bei einem deiner Kinder muss doch immer irgendein Drama veranstaltet werden. Überall blühten die Mimosen, flauschige gelbe Blüten wie Baumwolle, es erinnerte mich an die Zeit, als die Kinder noch klein waren, Baumwollbüschel wahrscheinlich.

Ich weiß, wie schwierig J alles findet, was mit meiner ersten Familie zu tun hat. Sie ist sehr unsicher; ich dachte immer, das würde mit der Zeit besser werden, ist es aber nicht. Sogar jetzt, nachdem wir schon seit mehr als dreißig Jahren zusammen sind, glaubt sie immer noch, dass ich andere über sie stelle. Ich war geduldig, mehr als geduldig, ich habe zugelassen, dass die Beziehungen zu

meinen Kindern verwelken, mein Bruder, meine Freunde, alle sind weg. Aber es ist immer noch nicht genug, sie will mich immer noch von allem fernhalten, was nicht mit ihr zu tun hat.
Ich war so wütend. Dein Kind ist gestorben, PP, und meine Frau hatte einzig und allein davor Angst, dass mich das von ihr entfernen würde. Ich spähte über die erhöhte Deichkante und überlegte, wie schwer man sich wohl verletzte, wenn man fiele. Tot, wahrscheinlich. Ich könnte dir nicht mal jetzt sagen, ob ich an mich dachte oder an sie. Es gab einen Moment, in dem ich etwas hätte tun können, in dem meine Wut einer Art Wahnsinn glich, mir die Sicht vernebelte.
Schließlich erinnerte ich mich aber daran, wie ich meinen Ärger runterschlucken musste, wie ich es schon so oft getan hatte. Ruhig sagte ich, ich wüsste, dass ich nicht da wäre, um PP oder B umarmen zu können, aber das Gefühl hatte, dass ich das immer tun könnte, wenn sie mich bräuchten. Diesmal war ich zu weit weg, um zu helfen. Ich wusste, dass sie das falsch verstehen würde. Sie sagte, ach, was für ein dummer Irrglaube, und außerdem, was für eine Beleidigung. Sagte, sie wüsste, dass ich ihr die Schuld für den Urlaub gab, dass ich ihn gar nicht hatte machen wollen. Ich habe den ganzen Weg über dort an dich gedacht, PP, es war ein sehr langer Weg – wir gingen immer weiter und weiter – und dann den ganzen Weg wieder zurück. Ich habe mir jedoch geschworen, auch wenn ich schon alt bin und so gut wie alles zu spät ist, dass ich es in irgendeiner Weise dir gegenüber wiedergutmachen werde.

17. März 2013

G geht nicht ans Handy. Hab ihm eine Nachricht geschrieben, ein paar Zeiten genannt, zu denen er mich anrufen könnte. Gleich danach wieder gelöscht. Bin mit Snoops bis zum Hafen spazieren gegangen, aber J ist auch mitgekommen. Wusste es einfach, dass er genau da und dann anrufen würde, und tatsächlich hab ich das Handy in der Jacke vibrieren gespürt. Keine Chance mehr, ihn zurückzurufen. Hatte Angst, dass in der Kirche etwas passiert war. Wusste, dass du vermutlich mit Problemen zu kämpfen hast.

23. März 2013

Sechs Tage nach Gracies Taufe hat es das Schicksal endlich zugelassen. G hat angerufen, als ich mit Snoops draußen war, und wir haben uns eine gute halbe Stunde lang unterhalten. Ich konnte mir gut vorstellen, wie zerbrechlich du warst, mein armer Schatz. Anscheinend war es angespannt, aber fast bis zum Ende auszuhalten, bis die kleine O unschuldig fragte: »Wo ist denn dein Baby?«
Zu G habe ich das natürlich nicht gesagt, aber wenn du mich fragst, hätten G und E dem Kind etwas sagen sollen. Es ist schrecklich, einem sechsjährigen Kind so etwas erklären zu müssen, aber in Anbetracht der Situation finde ich wirklich, dass es klug gewesen wäre, allen Kindern zu sagen, dass sie nichts erwähnen sollten. Egal, was passiert ist, ist passiert, und traurigerweise bin ich nicht in der Position, G oder irgendwem zu sagen, was zu tun ist.
Ich war nicht dabei. Dieses Mal konnte ich dir mit deinen Problemen genauso wenig helfen wie damals, als du ein Teenager warst; das wird für immer auf Platz eins der Sachen stehen, die ich am meisten bereue.
G sagte, du seist weiß wie die Wand geworden, und bevor irgendjemand angemessen reagieren konnte, war D da, hat rumgeschrien und O geschubst, sodass das Kind mit allen vieren auf den Boden gefallen ist, sich die Knie auf dem harten Stein gestoßen hat. Alle in der Kirche haben es gesehen. Ich weiß nicht, wer mir am meisten leidtut, ein-

fach schrecklich. Ich nehme an, der Pfarrer hat nichts getan, was erneut meine These stützt, wie schwierig es ist, einen Mann Gottes zu finden, der sich nicht als unglücklicher Narr erweist. Jede Kirche, die ich besucht habe, hat in dieser Hinsicht schwer gelitten, und die wenigen Guten kosten ein Vermögen. D hat dich nach draußen geleitet und wie ein Seemann geflucht. Was für eine schlimme Sache für dich, PP.
Am schwierigsten für G – und für mich – war es, die warme, enge Freundschaft zwischen dir und E in Scherben liegen zu sehen. Ich habe sie nie kennengelernt, doch laut Gs Erzählungen ist sie ein lieber Mensch. Wann immer ich mich schlecht gefühlt habe, dachte ich daran, dass ich ja irgendetwas richtig gemacht haben musste, wenn du, G und seine Frau euch so nahe stehen konntet, euch gegenseitig so viel unterstützen konntet. Dieser Gedanke war lange eine Quelle großen Trostes für mich. Ich werde traurig, wenn ich an diesen Bruch denke, und ich hoffe, dass du irgendwann einen Weg zu ihr zurück finden wirst, zu beiden.
Hab endlich B zurückgerufen. Der hatte vor Wochen angerufen. Er wollte nicht über die Taufe reden. War seltsam, meinte, wenn ich Hilfe bräuchte, könnte ich mich an ihn wenden. Bevor ich irgendwas dazu sagen konnte, hörte ich, wie die Haustür aufging, und legte auf.

20

Pearl

Ich fand eines von diesen Kettenhotels, das nur zehn Minuten zu Fuß vom Krankenhaus entfernt war. Es tat mir leid, dass Carrie noch eine Nacht auf diesem klapprigen Bett verbringen musste, aber ich wusste, dass ich selbst auf dem Boden oder stehend geschlafen hätte, wenn Tilly dort im Krankenhaus gewesen wäre und ich geglaubt hätte, dass es helfen würde.

Ich setzte mich im Bett auf und holte das Tagebuch heraus, das ich mitgenommen hatte – das, das ich mied, seit es in meinem Besitz war: 2013–2014. Es war extrem skurril herauszufinden, dass Dad von Tilly wusste, und seine seltsame Nacherzählung dieser entsetzlichen Zeit durch Gregs Perspektive zu lesen. Dass Dad sich irgendwie für Tillys Tod verantwortlich fühlte, weil er nicht im Land und nicht für mich da war, fühlte sich selbstgefällig an, aber auch wahnsinnig berührend. Wie sehr er sich mir verbunden gefühlt hatte – wovon ich nie erfahren hatte!

Wie schrecklich alles zwischen Jeanie und ihm war. Wie grausam sie gewesen zu sein schien. In seiner Version der Geschichte fungierte sie wie eine Barriere zwischen ihm und dem Rest der Welt – krank vor lauter Angst, ihn zu verlieren, und davor, dass er andere mehr lieben könnte als sie. Was für eine schlimme Situation, was für eine toxische Ehe. Ich überlegte, ob es wohl eine Möglichkeit gab, Andrea danach zu fragen.

***

Eleanor und ich freuten uns so sehr, gleichzeitig schwanger zu sein, kaum sechs oder sieben Wochen auseinander. Sie hatte natürlich schon Theo und Olivia, aber sie hatte immer noch ein drittes Kind gewollt. Ich liebte nichts mehr, als bei ihr und Greg zu Hause mit ihr herumzuhängen, Zeh an Zeh mit ihr auf dem alten, ausgebeulten Küchensofa herumzuliegen, während Greg und Denny kochten und Pläne für unsere gemeinsame Taufe schmiedeten. Die sollte eine riesige Sache werden, mit ihren ganzen irischen Verwandten.

Wir wussten beide, dass wir Mädchen bekamen. Eleanor hatte sich schon früh auf den Namen Roisin versteift, sich jedoch schließlich zu sehr daran gestört, dass keiner von uns »ungebildeten Engländern« ihn würde aussprechen können, sodass Gracie jetzt vorne lag. Meine Nichte Olivia, die gerade in einer Dinosaurier-Phase steckte, schlug vor, dass ich mein Baby doch Diplodokus nennen sollte. Sie und Theo sangen immer Lieder neben unseren Bäuchen, damit ihre zukünftige Schwester und Cousine sie hören konnten.

Rückblickend fühlte es sich wie das Leben einer anderen Person an und nicht wie meines. Alles war perfekt, vergoldet und glänzte. Ich dachte wirklich, dass alles so weitergehen würde: eine wachsende, fröhliche Familie, die ständig beim jeweils anderen zu Besuch war. Dass unsere Kinder zusammen aufwachsen würden. Doch so glücklich zu sein, forderte das Schicksal heraus.

Nach Tillys Geburt war ich lange Zeit in einem Nebel aus Trauer und Medikamenten gefangen und mir blieben nur bruchstückhafte Erinnerungen. Ich konnte nicht damit umgehen, Eleanor um mich zu haben; sie zu sehen, kugelrund im achten Monat und schon mit zwei gesunden Kindern auf der Welt … na ja, das konnte vielleicht irgendeine Heilige aushalten, aber für mich war das zu viel. Jedes Mal, wenn ich daran dachte, wie sie mit einem der Kinder schimpfte oder die Augen verdrehte, weil sie irgendetwas angestellt hatten, traf mich die Ungerechtigkeit all dessen wie ein Schlag ins Gesicht.

Allerdings war meine Erinnerung an Gracies Taufe leider glasklar. Eleanor hatte unsere gemeinsame Taufe abgesagt und veranstaltete stattdessen eine sehr viel kleinere Feier für Gracie. Ich bin mir ziemlich sicher, dass sie nicht erwartet hatte, dass ich kommen würde, Denny tat das sicher nicht – was für einen Aufstand er gemacht hatte! –, doch ich stand aus dem Bett auf, zog mir ein Kleid an und trug sogar etwas Lippenstift auf. Den ersten Termin bei Dr Haywood hatte ich noch nicht gehabt, obwohl im Krankenhaus definitiv die Rede davon gewesen war, dass ich mich jemandem anvertrauen sollte. Doch auf der Taufe war ich immer noch am Boden zerstört, nicht ich selbst. Ich hätte nicht hingehen sollen.

In meinem benebelten Zustand fühlte ich mich verpflichtet, den Leuten zu zeigen, dass es mir gut ging. Natürlich ließ sich niemand von meinem zerbrochenen Lächeln täuschen. Die ganze Zeremonie über riss ich mich zusammen und vergoss bloß eine angemessene Menge an Tränen, Denny neben mir auf der einen Seite, Gina, Benjys älteste Tochter, auf der anderen. Doch danach auf der Feier im Gemeindesaal der Kirche zählte ich die Minuten, bis ich gehen und wieder zurück ins Bett kriechen konnte. Ich wusste, dass ich nahe dran war, die Haltung zu verlieren. Und dann schlüpfte eine kleine Hand in meine. Die liebe Olivia, nun nicht mehr meine jüngste Nichte, da Baby Gracie diesen

Platz eingenommen hatte. Für einen seltenen Moment war Denny gerade nicht neben mir. Er holte mir ein paar Sandwiches, was sinnlos war, weil ich kaum etwas aß.

Olivia und ich lächelten uns an. Es war das erste echte Lächeln, das ich an diesem Tag zustande brachte. Ich liebte sie, als wäre sie mein eigenes Kind, und ich wusste, dass sie mich auch liebte. Sie streckte sich zu mir hoch und flüsterte mir ins Ohr: »Ich verstehe nicht, wo dein Baby hin ist, Tante Pearl.«

Es war komplett logisch, dass sie das sagte. Ich verstand ja auch nicht, wo mein Baby hin war. Ich wusste nicht, ob Eleanor und Greg versucht hatten zu erklären, was mit ihm passiert war, oder ob sie nicht gewusst hatten, was sie sagen sollten. Es sähe Eleanor gar nicht ähnlich, etwas Schwieriges zu umgehen, doch auf der anderen Seite hatte sie selbst gerade erst ein Baby zur Welt gebracht.

Wie auch immer, logisch oder nicht, es traf mich mitten ins Herz. Wie in einem Film, wenn sich die Kamera auf einmal schnell auf jemanden zubewegt, wurde alles abrupt scharf. Die Geräusche von außen verstummten. Ich konnte bloß mich selbst hören, wie ich weinte, stoßweise atmend, und Olivias Stimme, hundert Meilen entfernt, die erschrocken sagte: »Tante Pearl?« Alle drehten sich zu uns um, und in Zeitlupe sah ich, wie Denny ein Teller auf den Boden fiel und er auf mich zugerannt kam. Um mich zu erreichen, musste er sich einen Weg durch einige Grüppchen von Personen bahnen, eine davon war Olivia und sie fiel hin. Es war allerdings kein harter Kirchenboden, Dad, wie es in deiner Erzählung aus zweiter Hand fälschlicherweise steht, sondern der graublaue Teppichboden eines Gemeindesaals. Auch nicht viel besser vielleicht, aber doch eine sanftere Landung, als du dir vorgestellt hast. Sie ist auf die

Knie gefallen, das war alles. Denny hat sie sicherlich nicht absichtlich weggeschubst. Er hat sie nicht einmal gesehen, sie stand einfach nur im Weg, als er zu mir wollte.

Allerdings hatte die Sache, wie Politikexperten gerne sagen, einen schlechten Anschein, und das schon, bevor Denny mich schützend umarmte und laut wurde. Dabei war er nur Greg gegenüber mit seiner Antwort laut geworden, weil der ihm leise zugeraunt hatte, an Gracies besonderem Tag kein Theater zu machen. Wenn Denny einfach genauso leise »du gefühlloser Bastard« geantwortet hätte, wäre alles in Ordnung gewesen. Das war nämlich *wirklich* sehr gefühllos von Greg. Doch da er schrie, schien es, dass er nicht nur auf Greg abzielte, sondern auf alle.

Ich wusste, dass Eleanor uns für das alles überhaupt keine Schuld gab, für gar nichts davon. Später am Tag – und an den darauffolgenden Tagen und Wochen – schickte sie so viele Nachrichten, in denen sie mir mitteilte, dass es Olivia rundum gut gehe, dass alles nur ein Missverständnis sei. In späteren Nachrichten gab sie sich sogar selbst die Schuld dafür, dass sie die Taufe überhaupt abgehalten hatte. Doch danach konnte ich weder ihr noch sonst jemandem von ihnen gegenübertreten.

Was für eine schlimme Sache für dich, PP. Da hast du zur Abwechslung mal recht, Dad. Danach gingen wir fort, zu unserem sicheren Unterschlupf in Frankreich, weil ich darauf bestand, weit weg von allem und jedem, der mir wehtun konnte. Von da an gab es nur noch Denny und mich.

Keiner von uns beiden hatte erwartet, dass wir langfristig dort wohnen würden. Und ich hätte mir nie vorstellen können, dass Denny mich so lange mit Samthandschuhen anfassen würde. Dieses Gefühl, dass er den Atem anhielt, niemals ganz sicher war, ob es mir gut gehen würde, stand immer zwischen uns, und das nun schon seit mehr als fünf Jahren.

Ich schlief überraschend tief und wachte früh auf. Außer der Textnachricht um sechs Uhr morgens von Carrie, in der »keine Veränderung« stand, hatte ich keine Nachrichten. Nichts von Denny. Auf dem Weg zum Krankenhaus holte ich ziemlich guten Kaffee und Croissants bei einem ziemlich schicken Café. Ich sagte dem freundlichen Barista, der zweite Kaffee sei »für meine Tochter«, einfach nur, damit ich diesen erfreulichen Satz laut aussprechen konnte. Er lächelte höflich.

Unglaublicherweise schlief Emmie um acht Uhr immer noch. Carrie selbst hatte nur sporadisch geschlafen. »Wie Mum immer gesagt hat, Krankenhäuser sind kein Ort für eine erholsame Nachtruhe.« Ich fand zwar, dass Emmies Haut weniger gerötet aussah, sagte es aber nicht aus Angst, falsche Hoffnungen zu wecken.

»Ich bitte sie einfach um ein bisschen was von diesem Beruhigungsmittel, davon, dass sie so durchschlafen würde, konnte ich bisher nur träumen«, bemerkte Carrie. Nach unserem intensiven Austausch gestern kannte ich sie jedoch gut genug, um ihre Tapferkeit zu durchschauen, und tatsächlich drehte sie sich weg, damit ich die Träne nicht sah, die ihr über die Wange kullerte.

Sie bedankte sich für meine mitgebrachte Stärkung – »vernünftiger Kaffee!« – und hatte ein bisschen mehr Farbe im Gesicht, nachdem sie das Croissant gegessen hatte. Geschäftige Krankenschwestern kamen und gingen, und alle schienen zu finden, dass es komplett normal war, dass Emmie schlief wie ein Stein.

Carrie und ich nahmen wieder unsere Plätze auf jeweils einer Bettseite ein, aber wir hatten es noch kaum geschafft, uns nach der Nacht der jeweils anderen zu erkundigen, da klopfte es auch schon an der Tür, und ein junger Mann kam herein, den ich diesmal richtig als Ian erkannte.

»Sorry, dass ich so früh komme, ich bin auf dem Weg in die Arbeit«, erklärte er. Er beugte sich hinunter und gab Carrie einen Kuss auf die Wange.

»Von wegen früh, ich bin seit fünf Uhr auf.«

Er sah Emmie an. »Wie geht es ihr?«

»Gestern war es ziemlich heikel. Sie glauben aber, dass alles wieder in Ordnung kommt. Sie schläft jetzt fast schon einen ganzen Tag durch.«

»Na ja, das ist doch gut, oder? Erholung?« Er schaute mich nach Unterstützung suchend an, und da ich Carrie nicht noch mal in eine peinliche Situation bringen wollte, in der ich sie dazu zwang, mich vorzustellen, tat ich es selbst: »Hi, ich bin Pearl.« Ich wollte gerade das mit »der Familienfreundin« hinzufügen, wie sie es am Abend bei Henry gemacht hatte, doch sie kam mir zuvor.

»Meine Mutter«, sagte sie in dieser resoluten, Keine-weiteren-Fragen-Stimme, die ich seit Paris nicht mehr an ihr gehört hatte. Ich lächelte sie unsicher an, da ich mich jenseits aller Worte geehrt fühlte, dass sie mir diesen faktisch korrekten, jedoch unverdienten Titel verlieh.

»Schön, dich kennenzulernen«, erwiderte Ian und schüttelte mir die Hand. Er hatte gute Manieren. Und sah gut aus. Ich konnte verstehen, warum Carrie sich zu ihm hingezogen gefühlt hatte. Aber ich konnte auch verstehen, dass er es mit nichts würde wiedergutmachen können, dass er in einer Krise nicht sofort aufgetaucht war.

Er zog sich einen Stuhl ans Bett heran und sagte: »Schaut, sie wacht gerade auf.«

»Was?« Carrie fuhr auf ihrem Stuhl herum und tatsächlich regte sich Emmie.

»Das ist doch wirklich unglaublich, Scheiße noch mal«, kommentierte Carrie. »Ich halte hier eine 48-Stunden-Wache ab und du musst einfach nur zur Tür hereinspazieren.« Aber sie war eindeutig zu aufgeregt, um wirklich sauer zu sein.

Emmie wurde auf eine süße, langsame, überraschte Art wach. Sie war eine wahre Schönheit, ihre großen braunen Augen hatten genau dieselbe Farbe wie die von Ian.

»Hallo, kleines Mädchen«, flüsterte ich.

Sie lag zwar immer noch auf dem Bauch, drehte jedoch den Kopf, um zu sehen, wer die ganzen Leute im Raum waren. Von den Schläuchen, die an ihrem Körper festgemacht waren, oder der Tatsache, dass sie sich an einem fremden Ort befand, wirkte sie nicht übermäßig beunruhigt. Als sie Carrie sah, lächelte sie, rollte sich auf die Seite und versuchte, sich aufzusetzen, verhedderte sich dann aber doch in den Schläuchen und fing an zu weinen. Während Carrie sie beruhigte, holte ich eine Schwester, die Emmie sofort aufhalf und ihr eine Flasche Milch zu trinken gab. Sie war so hungrig, dass es sie nicht einmal störte, dass ihr nebenbei das Fieber gemessen wurde.

»Sie sieht schon sehr viel besser aus, meinen Sie nicht auch?«, fragte Carrie die Schwester.

Ich drückte die Daumen, damit dieser naive, Greg-mäßige Optimismus nicht das Gegenteil bewirkte.

»Es ist ein gutes Zeichen, dass sie trinkt«, meinte die Schwester, »und ihre Temperatur ist fast schon wieder normal.«

»Ist es immer noch wahrscheinlich, dass es Meningitis ist, was meinen Sie?«, fragte Ian.

Die Schwester lächelte dem anscheinend in sein Kind vernarrten Vater zu. »Das wird der Arzt erst noch überprüfen müssen, aber ich muss sagen, dass es für mich nicht mehr danach aussieht.«

Nachdem die Schwester gegangen war, stand Ian auf. »Na, das sind doch ausgezeichnete Neuigkeiten.«

Mein Blick traf Carries, und ich schickte ihr eine stumme Nachricht voller Mitleid und Unterstützung, die sie sicherlich verstand. Zu Ian sagte sie: »Na ja, dann bis irgendwann mal. Grüß Melody von mir.«

Er schaute auf seine Armbanduhr. »Joa, bin schon spät dran. Gib Emmie einen Kuss von mir. Schön, dich kennengelernt zu haben, Pearl.«

»Uff«, machte Carrie, als er weg war. »Erinner mich dran, das nächste Mal eine bessere Wahl zu treffen, wenn ich mich fortpflanze.«

Ich lachte. »Das werde ich.«

Wir wandten unsere Aufmerksamkeit wieder Emmie zu, die mich beobachtete, während sie ihre Milch trank.

»Sie ist fasziniert von dir«, meinte Carrie und streichelte Emmies Bein.

»Meinst du? Ich bin aber nicht besonders faszinierend. Hey, Emmie. Ich bin deine, äh, Großmutter.« Ich sah Carrie an. »Ist es in Ordnung, wenn ich das sage? Gott. Tut mir leid. Ich wollte nicht …«

»Ich weiß. Ich weiß, dass du das nicht wolltest.« Carrie schüttelte den Kopf. »Alles in allem hat Emmie nicht gerade viele Großeltern, es ist also eine Erleichterung zu wissen, dass sie in dir, egal was passiert, eine neue Großmutter hat.«

Ich bewunderte es, wie Carrie, übernächtigt und immer noch knietief durch Angst watend, ihre Position so klar und deutlich benennen konnte. Ich liebte ihre Fähigkeit, für sich selbst einstehen zu können. Sie war viel mutiger als ich, meine Tochter. Da schau sie mal einer an! Sie hatte sich auf einem von Männern dominierten Feld nach oben gearbeitet. Sie wollte ein Kind, ihr Partner enttäuschte sie, also ging sie den Schritt, ihre Tochter alleine großzuziehen. Sie reiste zu einer Beerdigung, auf der sie niemanden kannte, damit sie sehen konnte, was sie von ihrer leiblichen Mutter hielt. Ich war überglücklich, dass ich ihr meine Graue-Mäuschen-Art nicht vererbt hatte.

Aber vielleicht war Mut ja etwas, was man nicht wirklich vererbt bekam, sondern erlernte? Ich nahm mir an ihr ein Beispiel und erklärte dann, so selbstbewusst ich konnte: »Ich habe vor, für den Rest meines Lebens für Emmie da zu sein, wenn du das möchtest. Aber ich will auch für dich da sein. Weißt du noch, als wir uns zum ersten Mal gesehen haben? Na ja«, korrigierte ich mich selbst, »das zweite Mal. An das erste Mal wirst du dich nicht mehr erinnern können.« Ich dachte an den grauen Kanal in Bristol und die endlosen Spaziergänge, die ich während meiner Schwangerschaft dort unternommen hatte. Ich sollte ihm mal einen Besuch abstatten, bevor ich wieder heimflog, ihn zu fröhlicheren Zeiten sehen. »Sondern an Dads Beerdigung, da hab ich eine Verbindung gespürt, als ich dich draußen vor der Kirche gesehen habe. Obwohl ich gar nicht wusste, wer du warst.«

Wir lächelten uns an, und dann kam der Arzt vom Vortag herein, den Carrie »Doktor Todmüde« genannt hatte.

»Ach, tapfere Emmie. Sie sieht sehr gut aus!«

»Ihre Windel müsste mal gewechselt werden«, bemerkte Carrie und rümpfte die Nase.

»Das können Sie in einer Minute tun. Ich werde mal die meisten dieser Schläuche hier abmachen.« Der Arzt nahm bereits eifrig und behutsam Kabel ab. »Na ja, ich habe keine Ahnung, was hier los war, aber es war keine Meningitis. Wir werden sie noch ein paar Stunden hierbehalten, aber es sieht ganz danach aus, als wäre es vorbei.«

»Was war es denn nun genau?«

»Meine amerikanischen Kollegen würden es vermutlich ›ein Fieber unbekannten Ursprungs‹ nennen. Babys können alle möglichen seltsamen Ausschläge und hohes Fieber bekommen. Vielleicht ist es von einem Virus verursacht worden – könnte alles oder nichts sein. Nicht wahr, Oma?« Der Arzt lächelte mich an, brachte mich mit ein und unterstellte mir Wissen, das ich nicht hatte.

Doch ich lächelte einfach nur und nickte. Ich war jetzt die Oma.

Nach Emmies Entlassung schien es auf der einen Seite ganz normal, dass ich mit ihnen zusammen nach Hause fuhr, auf der anderen kam mir das aber auch wie eine der bizarrsten Sachen vor, die mir je passiert waren. Im Taxi saß ich vorne und lauschte Carries Wegbeschreibung; diesem Menschen, der sowohl auf intimste Weise mit mir verbunden, als auch immer noch eine wirklich Fremde für mich war. Jahrzehntelang war sie kein wesentlicher Teil meiner Gedanken oder Unterhaltungen gewesen, und doch war sie immer bei mir gewesen. Ich hatte das Gefühl, die Szene von außen zu betrachten, und eine geschmeidige Dokumentations-Stimme aus dem Off erzählte: *Hier sehen wir die leibliche Mutter, wie sie nach fünfunddreißig Jahren wieder eine Verbindung zu ihrer Tochter herstellt, eine zweite Chance für beide.*

Carrie und Emmie wohnten in einem süßen, kleinen Haus im Erdgeschoss, mit Terrasse und einem großzügigen Garten dahinter, in einem anscheinend schönen Teil von Bristol. Sie zeigte mir Henrys Haus nebenan.

»Ich hätte nicht gedacht, dass sich eure Generation noch Häuser leisten kann«, bemerkte ich, als wir es uns in der ordentlichen, sonnenbeleuchteten Küche gemütlich machten. Ich nahm jedes Detail in mir auf, falls das eine einmalige Gelegenheit war und ich nicht mehr hierher eingeladen würde.

»Ian und ich haben es zusammen gekauft und er zahlt immer noch einen kleinen Teil der Hypothek mit ab. Mum hat auch ein bisschen mitgeholfen. Emmie und ich sind pflegeleicht. Solange wir genug Reiswaffeln für sie und genug Doritos für mich haben, geht's uns gut.« Carrie setzte den Wasserkessel auf, sagte dann aber: »Oh mein Gott, in den zwei Tagen hab ich genug Kaffee für ein ganzes Jahr getrunken. Ich weiß, dass es erst Mittag ist, aber hast du Lust auf ein bisschen Wein?«

»Das ist sehr französisch von dir, Wein zum Mittagessen. Sehr gerne.«

Sie nahm eine Flasche Weißwein aus dem Kühlschrank und stieg über Emmie hinweg, die fröhlich zu unseren Füßen mit ein paar Spielsachen spielte.

»Unglaublich, wie es ihnen sofort wieder gut geht«, meinte Carrie. »Mum hat mir das gesagt, wenn ich mal wieder wegen irgendetwas bei Emmie Sorgen hatte, aber ich vergesse es jedes Mal wieder.«

Ich beobachtete Emmie, sammelte Erinnerungen für später und stellte mir vor, wie ich den Pinsel führen würde.

Ohne nachzudenken, sagte ich: »Ich kann es kaum erwarten, sie zu malen.«

»Ach, du malst? Ich hätte sehr gerne ein Bild von ihr, kannst du jetzt eines machen?«

»Du weißt doch gar nicht, ob ich gut darin bin.«

»Das ist egal. Eine Zeichnung meines Kindes von meiner leiblichen Mutter? So was zu haben, wäre ziemlich cool.« Sie holte mir Papier und Stifte, und nach ein paar Schlucken Wein zur Stärkung fing ich an, Emmie zu skizzieren, während sie mit den bunten Scheiben ihres Holzstapelspiels spielte, schnelle Striche mit dem Bleistift, die ihr Wesen ebenso wie ihr Aussehen einfingen.

»Oh mein Gott, das ist ja fantastisch, ich hatte keine Ahnung, dass du so talentiert bist!«

»Lieb von dir, dass du das sagst, aber das bin ich wirklich nicht. Ich liebe Malen und Zeichnen, aber ich habe schon seit der Schule keinen Unterricht mehr.«

»Wolltest du denn mal Kunst studieren?«

»Ja, wahrscheinlich. Aber stattdessen bin ich als Friseurin geendet.«

»Aber Friseurin ist doch auch ein künstlerischer Beruf, oder?«

»Kann schon sein, glaube ich.« Bei der Erinnerung an ein kurzlebiges Experiment im Salon mit ungefähr Mitte zwanzig musste ich lachen. Ich hatte grobe Skizzen von Kunden angefertigt, um ihnen zu zeigen, wie sie mit der Frisur, für die sie sich entschieden hatten, wohl aussehen würden. Das konnte man heute natürlich mit Computern machen. Wie auch immer, ich hörte dann damit auf, weil die Leute beleidigt waren, dass sie nicht mit den idealisierten Ergebnissen der Zeichnungen mithalten konnten.

»Und was machst du dann mit deinen ganzen Kunstwerken?«

»Ach, nicht viel. Die besten hängen wir im Cottage auf. Denny fertigt Holzrahmen für sie an …« Ich verstummte, da ich einen kleinen Kloß im Hals bekam, wenn ich darüber nachdachte, wie Denny cremefarbenes Papier hinter die Zeichnungen legte, so vorsichtig, als wären sie Cézannes. Wie er peinlich genau die exakt richtige Größe aus Holz zuschnitt und in jeden Rahmen ganz vorsichtig etwas Relevantes aus dem Bild hineinschnitzte.

»Du bist wirklich eine komische Mischung, leibliche Mutter«, bemerkte Carrie. Sie hatte ihr Glas ausgetrunken und schenkte sich noch eines ein. »Du hast Talent, versteckst es aber so gut, als ob du versuchen würdest, im Hintergrund zu verschwinden.«

Angesichts dieser leicht gelallten Einschätzung riss ich die Augen weit auf.

»Das soll nicht gemein klingen. Eventuell bin ich ein bisschen angetrunken.«

»Ich wäre gerne so selbstbewusst wie du.«

»Herrschsüchtig, meinst du?« Sie grinste mich an.

»Nein, gar nicht, obwohl ich dachte, dass wir heutzutage ja für herrschsüchtige Frauen sind. Ich meine, ich liebe es, wie klar du dich ausdrückst. Ich sollte mehr so sein wie du.«

»Du wirkst selbstbewusster, wenn du Französisch sprichst. Aber das könnte mir natürlich auch nur so vorkommen, weil ich nichts verstehe.«

»Wirklich?« Ich fragte mich, was das wiederum bedeutete, wenn ich nicht Französisch sprach. »Die Ehefrau meines Dads hat mich anscheinend immer ›graues Mäuschen‹ genannt.«

»Wow, was für ein nerviger Spitzname. Wenn das die Meinung der Leute von dir war, ist es kein Wunder, dass du dagegen aufbegehrt hast.«

»Ich habe eigentlich gar nicht aufbegehrt. Ich war ein braves Mädchen, hab alles gemacht, was man mir gesagt hat.« Wie befriedigend es war, Emmies weiche, runde Beinchen zu zeichnen. Ich schattierte die Seite der Knöchel und war zufrieden mit dem Effekt.

»Äh, hallo? Die Schwangerschaft mit mir?«

»Ach so. Nein. Das war kein Aufbegehren. Überhaupt nicht. Das war ein ... na ja, ›Fehler‹ kann ich wohl kaum sagen, wenn du hier vor mir sitzt – was für ein glorreicher Fehler, wenn überhaupt! –, aber nein, das war nicht so etwas, wie du meinst.«

Sie lächelte mich an; ein Lächeln, das meinem sehr ähnlich war, mit zusammengepressten Lippen, eine Seite nach oben gezogen, die andere nach unten. Ein zweideutiges Lächeln, hatte Eleanor meines immer genannt. »Dann erzähl mir, was es war, damals. Erzähl mir, was passiert ist.«

»Das weißt du doch schon. Wir waren angetrunken auf einer Party. Ich weiß nicht, warum ich nicht daran gedacht habe, dass ich schwanger werden könnte. Erst nachdem ich meine Periode schon zwei Mal nicht bekommen hatte, hab ich kapiert, dass ...«

Ich dachte an Simon, der gefragt hatte, ob er sich ein Kondom von seinem Freund ausleihen sollte, von diesem Freund, der sexuell aktiv war, wie ihn alle netten Jungs haben. Und ich entgegnete, das brauche er nicht, ich würde die Pille nehmen. Jetzt wusste ich nicht mehr – wusste ich es damals? –, warum ich gelogen hatte. Aus Scham? Oder war es wirklich, unterbewusst, ein Akt des Aufbegehrens?

»Vielleicht hast du doch recht«, gab ich zu. Vielleicht hatte ich aufbegehrt, ohne es zu merken, hatte ein oder zwei Mal zugelassen, dass Peppermint Patty das »graue Mäuschen« übertölpelte. Allerdings hatte es jetzt keinen Sinn mehr, sich daran erinnern zu wollen, was ich damals gefühlt hatte. So viel davon war für immer verschwunden, sodass Carrie genauso gut, oder vielleicht sogar besser als ich, drauflosraten konnte. Ich schaute sie an, dieses Gesicht, das mir so unbekannt und doch gleichzeitig so vertraut war. Gene waren schon etwas Außergewöhnliches. Es war nicht nur, dass ihr Lächeln nach oben und unten ging wie meines, sondern auch, welchen Einfluss dieses Lächeln auf die Form der Wangen hatte, wie sich die Fältchen um die Augen kräuselten, das war alles genau gleich. Und wenn Emmie lächelte, tauchte es bei ihr wieder auf.

»Hast du dich je gefragt, was wohl passiert wäre, wenn wir zusammengeblieben wären?«, wollte Carrie wissen.

»Natürlich. Und du?«

»Das wäre dann wie in *Gilmore Girls* gewesen. Mehr Freundinnen als Mutter und Tochter, nur sechzehn Jahre auseinander.«

Ich lachte. »Ich wäre vielleicht echt streng gewesen.« Wie hätte es denn *tatsächlich* ausgesehen? Eine Zeit lang wäre mein Leben sehr viel schwieriger gewesen, aber auf der anderen Seite wahrscheinlich auch erfüllter. Interessanter. Anders.

»Warum hast du nie versucht, mich zu finden?«, fragte sie, zuckte dann jedoch zurück, da sie es eindeutig sofort bereute. »Sorry, das kam jetzt ein bisschen grob rüber. Zu viel Wein. Ich meinte bloß …«

»Schon in Ordnung, ich will darüber reden. Obwohl ich nicht weiß, ob ich es dir so erklären kann, dass es einen

Sinn ergibt. Ich hatte einfach das Gefühl, dass ich nie irgendein Recht auf dich gehabt habe. Der Gedanke, dich ausfindig zu machen, in dein Leben hineinzuplatzen, das hat sich komplett unangebracht angefühlt, als wäre ich eine Einbrecherin. Ich hatte nicht erwartet, dass du etwas von mir hören wolltest.«

»Doch, das wollte ich«, entgegnete sie. »Aber ich kann verstehen, warum du vielleicht dieses Gefühl hattest.«

»Das ist sehr nett von dir«, erwiderte ich, dann fuhr ich fort: »Nach dir hatte ich noch ein Kind, Carrie.« Ich hatte nicht gewusst, dass ich ihr das anvertrauen würde, ich hatte es mir nicht vorgenommen. Und da ich sie dabei nicht ansehen konnte, schaute ich auf Emmies Kopf. Kinderhaar war so wunderbar; glänzend und gesund. »Auch das habe ich verloren.«

»Das tut mir so leid«, sagte Carrie leise. »Du hast vorher schon mal eine Fehlgeburt erwähnt …«

»Wir hatten mehrere Fehlgeburten. Aber Denny und ich haben auch ein Baby nach der vollen Schwangerschaft verloren. Eine Totgeburt.«

»Ach, Pearl. Guter Gott, dir ist wirklich nichts erspart geblieben, was?« Sie rückte mit ihrem Stuhl näher an meinen heran und umarmte mich. Ich schloss die Augen. »Wann war das?«

»Vor fünfeinhalb Jahren. Das Ende der Fahnenstange für Denny und mich, um Eltern zu werden.«

»Wie hieß es?«

Erst letzten Abend hatte ich ihren Namen in Dads Tagebuch gelesen. Ich konnte es schaffen. Ich konnte ihn laut aussprechen. Ich machte den Mund auf, schloss ihn jedoch wieder.

»Es tut mir so leid«, wiederholte Carrie mit rauer

Stimme. »Vielleicht hatte es ja auch noch gar keinen Namen. Du musst nicht …«

»Matilda.« Das Zögern, bevor ich ihn aussprach, war nur ganz kurz; so kurz vielleicht, dass sie es gar nicht bemerkt haben könnte. »Kurz Tilly.«

»Das ist wunderschön.«

»Ich mag solche Namen, die man hübsch abkürzen kann. Deiner ist natürlich auch so.«

Wir umarmten uns noch ein bisschen länger und es fühlte sich vollkommen natürlich an. Als wir uns voneinander lösten, nahmen wir beide einen kräftigen Schluck von unserem Wein. Emmie sah zu uns auf und sagte: »Mama!«, und Carrie zog sie zu sich auf den Schoß. Emmie saß mit dem Gesicht mir zugewandt, spielte mit den Fingern ihrer Mum und kicherte vor sich hin. So ein schöner Anblick: ein gesundes statt ein krankes Kind. Gott sei Dank schafften es ein paar Kinder, auch wenn es einige nicht schafften.

»Bist du nach Tillys Geburt nach Frankreich gezogen?«, fragte Carrie leise. »Bist du wegen ihr umgezogen?«

»Irgendwie schon, ja.« Es war seltsam, so bald schon wieder darüber nachzudenken. Meine Träume von letzter Nacht waren voll gewesen von Eleanor, die immer in einem anderen Zimmer war als ich, immer außerhalb meiner Reichweite. »Ich habe so viele Fehler begangen, Carrie.«

»Gott, das haben wir doch alle!«

»Die ersten Monate der Schwangerschaft über war ich so angespannt. Aber als die erst einmal vorbei waren, habe ich es tatsächlich geschafft, lockerer zu werden. Ich war wirklich aufgeregt, weil Eleanor – meine Schwägerin, meine beste Freundin – auch schwanger war. Wir hatten so viele Pläne. Aber nach Tilly … na ja, da war alles sehr schwierig. Ich war krank, weißt du, psychisch.« Bei der erneuten Erinnerung an diese Monate zuckte ich zurück, sie lagen wieder ganz offen da, nachdem ich sie schwarz auf weiß in dem Tagebuch gesehen hatte. »Eleanor und ich haben uns entzweit und danach erschien es mir sinnlos, hierzubleiben, es gab nichts mehr, was Denny und mich gehalten hätte.«

Emmie fing an zu weinen und Carrie fragte: »Kannst du sie bitte kurz halten? Ich hole ihr einen Snack.«

»Ach, den kann ich doch auch holen …«, sagte ich, doch da hatte sie mir Emmie schon in den Arm gedrückt, die sich jetzt an mich schmiegte und angesichts dieses neuen Schoßes, auf dem sie jetzt saß, ihren Hunger zeitweise vergessen hatte. Sie widmete sich meiner Armbanduhr und fuhr mit ihren kleinen Stummelfingern das Armband entlang, während ich so still dasaß, wie ich konnte. Das letzte Mal, dass ich ein Kind im Arm gehalten hatte, war vor Jahren mit meiner Nichte Olivia gewesen, und meine Muskeln fühlten sich jetzt steif und unsicher an. Wie warm und schwer sie war, wie weich ihre Haut.

»Alles gut bei dir?«, fragte Carrie und gab Emmie ein Stückchen Brot.

»Super! Klar.«

»Ich frage bloß, weil du weinst.«

»Ach, wirklich? Wie dumm von mir.«

Wir lächelten uns beide an, und ich riskierte es, eine Hand zu bewegen, um mir über die Augen zu wischen.

»Weißt du, was sie mag?«, meinte Carrie. »Schmetterlingsküsse. Mit deinen Wimpern.«

Ich lehnte mich nach vorne zu Emmies Gesicht – sie nagte schon an ihrem Brot – und ließ meine Wimpern gegen ihre Wange flattern, was sie zum Lachen brachte und sie sich vor Freude auf meinem Schoß winden ließ.

»Vorher haben wir doch über Namen gesprochen«, nahm ich das Gespräch wieder auf. »Deinen, Tillys.« Diesmal fühlte es sich leichter an, ihn auszusprechen. »Dad – Francis – hat in den Tagebüchern geschrieben, dass ... stimmt es, dass Emmie mit zweitem Namen Ruby heißt?«

»Ja. Ich habe deinen Namen immer geliebt, als ich älter war«, gab Carrie zu. »Das war die einzige große Sache, die ich von dir wusste. Ich wollte meiner Tochter einen Schmuckstein-Namen wie den deinen geben, damit er an dich erinnert.«

Ich schwieg. Ich musste auch gar nichts sagen, weil mir ihr Gesichtsausdruck verriet, dass sie wusste, was für ein wertvolles Geschenk das war.

»Was wirst du jetzt tun?«, fragte Carrie nach einer Weile. »Fliegst du wieder nach Hause?«

»Ja und nein«, antwortete ich.

»Ich bin zu angetrunken, um das zu verstehen.«

»Ich werde noch ein bisschen länger in England bleiben. Ich habe ein paar Dinge zu erledigen.« Ich fühlte mich auch etwas angetrunken. »Denny und ich lieben uns, aber ein bisschen Zeit getrennt voneinander schadet uns auch nicht. Er muss für sich entscheiden, was deine Existenz für ihn bedeutet und für uns. Er muss sehen, dass ich nicht sofort in tausend Stücke zerspringe, wenn er nicht immer gleich fünf Schritte hinter mir steht, bereit, mich aufzufangen. Und ich muss herausfinden, wie mein Leben ab jetzt aussehen soll.«

»Ich hoffe, dass du das alles hinkriegen wirst, wenn du es willst«, sagte Carrie, und als sie sich nach vorne lehnte, um noch mal meine halb fertige Skizze anzuschauen, streichelte sie mir über die Wange, eine Geste, die so kindlich, jedoch gleichzeitig auch so mütterlich war, dass ich mich wegdrehen musste, damit sie nicht noch mehr meiner Tränen sah.

Ich ging mit ihnen in den Park, um die berühmten Enten anzuschauen, und als Emmie müde aussah – »Wie kann sie denn nach diesem märchengleichen Schlaf überhaupt müde sein?!«, rief Carrie aus –, gingen wir wieder zu ihnen nach Hause. Sie legte Emmie für ein Nickerchen hin, und auch sie sah müde aus, weswegen ich beschloss, dass ich nun aufbrechen würde.

»Ach! Das wollte ich dir noch geben«, fiel Carrie ein, als ich schon draußen vor der Tür stand und ein Taxi auf mich wartete. Sie gab mir Dads Tagebuch von 1990. »In diesem ganzen Durcheinander hab ich ganz vergessen, dir zu erzählen, dass meine Kollegin es geschafft hat, das Gekritzel zu übersetzen. Oder vielleicht weniger übersetzen, wir können ja keine Stenographie lesen, aber sie hat eine saubere Version der Zeichen auslesen können. Wir hatten Glück, weil es einen guten Kontrast zwischen dem Stift gab, den Francis zum Schreiben des Tagebuches benutzt hat, und dem, mit dem er es wieder unkenntlich gemacht hat. Meine Kollegin meinte, dass das darauf hindeutet, dass er dies zu einer anderen Zeit getan haben muss als zu der, in der er es geschrieben hat.«

»Du meinst, er hat sich später dagegen entschieden, es drin zu lassen?«

»Sieht ganz so aus.« Sie zeigte mir die Seite, die ziemlich chaotisch war, die Stenographie-Zeichen waren verwischt, doch ein einzelnes Blatt Papier lag dabei, auf dem jemand penibel eine Kopie der Zeichen transkribiert hatte.

Ich dankte ihr, und es entstand ein kurzer, zögerlicher Moment, in dem wir uns nicht sicher waren, ob die jeweils andere eine Umarmung wollte oder nicht. Im Krankenhaus, im Angesicht von Leben und Tod, war das eine Sache, bei Tageslicht wieder eine andere. Dann trat sie nach vorne und ich hielt sie für einen langen, wunderschönen Moment fest. Ich stieg ins Taxi ein, und sie winkte mir beim Wegfahren: die große, schöne Tochter, die so selbstbewusst durchs Leben ging. Es fühlte sich so an, als ob irgendein Teil von mir, der jahrzehntelang gebrochen war, dabei war, zu heilen.

Auf dem Weg zum Bahnhof überflog ich den Tagebucheintrag, den Carries Kollegin übersetzt hatte. Ich hatte gedacht, dass ich für heute schon genug Tränen vergossen hätte, doch es stellte sich heraus, dass ich noch ein paar für Dad und die scheinbar unmögliche Situation übrig hatte, in der er sich befunden hatte. Ich zweifelte nicht daran, dass er Jeanie abgöttisch geliebt haben musste. Schließlich hatte er sein Leben für sie auf den Kopf gestellt. Ein *coup de foudre* würden sie das in meiner Wahlheimat nennen. Doch sie, von der Paranoia verfolgt, ihn zu verlieren, zeigte an dem Tag, an dem ich ihn besuchen wollte, nur, wie verzweifelt sie war. Endlich ergab alles einen Sinn, warum er die Entfremdung von seinen Kindern in Kauf genommen hatte; er hatte einfach Angst davor, was sie vielleicht tun könnte. Er muss sich gefangen gefühlt haben.

Wenn ich das vor ein paar Wochen oder sogar erst vor ein paar Tagen herausgefunden hätte, wäre ich angesichts seiner Schwäche und Jeanies Manipulation unglaublich wütend gewesen. Aber jetzt taten sie mir einfach nur leid und ich mir selbst auch.

Ich steckte das Tagebuch weg und rief Denny an. Er ging nach dem ersten Klingeln ran.

»Geht's dir gut? Wie geht es dem kleinen Mädchen?«

»Ihr geht's gut.« Ich ließ meine Stimme fest und selbstsicher klingen. »Ich fahre jetzt aus Bristol weg, aber ich habe noch ein paar andere Dinge zu erledigen.«

Leise fragte er: »Wann kommst du wieder zurück?«

Ich sah aus dem Fenster, schaute England an, das an mir vorbeiflog, und dachte daran, wie ich meinem Zuhause mit jeder Minute näher kam. Ich antwortete: »Das weiß ich noch nicht.«

26. September 1990
(unkenntlich gemachter Eintrag)

J so sauer. Hab sie noch sie so erlebt. Sie sagte, sie könnte nicht verstehen, was in mich gefahren sei – ein Tagebuch zu führen, das sie nicht lesen konnte, in einer Geheimschrift; hinter einer Frau herzulaufen, die ich für PP hielt. Sie sagte, sie hätte die Frau gesehen und sie hätte nicht im Geringsten wie PP ausgesehen. Sie ließ mich schon an mir selbst zweifeln.
Ich sagte ihr, dass ich die Stenographie nicht benutzte, um Geheimnisse vor ihr zu haben, doch das machte keinen Unterschied, und vielleicht war das auch nur gerecht, weil es eine Lüge war. Ich benutzte sie in der Tat dazu, um Geheimnisse zu haben. Sie legte das Tagebuch in die Spüle und zündete es mit dem Gasfeuerzeug an. Wir waren beide schockiert, was für eine Stichflamme das gab. Ich versuchte, den Wasserhahn aufzudrehen, aber sie schubste mich weg. Hab es brennen lassen.
Als das Buch zu Asche verbrannt war, jenseits jeglicher Reparatur, sagte ich J einmal ordentlich die Meinung, drohte damit, sie zu verlassen, und da lief sie die Treppe hoch, schloss sich im Badezimmer ein und sagte, sie würde sich die Pulsadern aufschneiden. Es hat Stunden gedauert, sie da wieder rauszuholen, ich musste sehr ruhig und gefühlvoll vorgehen. Ich verband ihr Handgelenk. Es war kein tiefer Schnitt, aber überhaupt einen zu sehen,

war schrecklich. Sie schluchzte verzweifelt, als ich sie umarmte. Zwang mich dazu, ihr zu versprechen, sie nie zu verlassen, nie mehr ein Wort darüber zu verlieren, und kein Tagebuch mehr zu führen. Aus Angst, sie würde sich sonst wieder aufregen, stimmte ich allem zu. Und bei meiner Ehre, die ersten beiden Versprechen werde ich auch halten. Aber mir selbst gegenüber habe ich das unbrechbare Versprechen geleistet, ein Tagebuch zu führen, lange bevor sie mich darum bat, keines zu führen, und das lässt sich nicht mehr ändern.

Ich habe mir selbst versprochen, dass ich mich eines Tages mit PP und B hinsetze und ihnen meine Tagebücher zeige, all die Jahre mit ihnen durchsprechen würde, damit sie wüssten, dass ich in Gedanken immer bei ihnen war. Ich werde nicht danebenstehen und dabei zusehen, wie meine Vergangenheit ausgelöscht wird. Morgen werde ich einen sicheren Ort zur Aufbewahrung der Tagebücher suchen.

Als A später von der Uni nach Hause kam, war alles normal im Haus. Sie meinte, dass es in der Küche komisch roch, aber J sagte bloß, ihr wäre ein Toast angebrannt.

21

Pearl

Und so fuhr ich nach Hause. Ich hatte immer gewusst, dass ich das eines Tages tun würde. Ich wusste es jedes Mal, wenn ich das verfallene Flugticket anschaute, das Eleanor mir letztes Jahr geschickt hatte, für die Feier zu ihrem 45. Geburtstag, auf die ich nicht gegangen bin. Ich wusste es, lange bevor ich draußen vor Madame Remards Haus stand und ihr Gesicht sah, als sie Serge an sich drückte. Ich wusste es mit Sicherheit, als ich in Carries sonniger Küche Wein trank und an ein anderes Mal in einer anderen sonnigen Küche denken musste. Mit einer Frau, die mir gegenübersaß und mich so gut wie sonst niemand kannte, der immer das Beste für mich am Herzen lag und vor der ich weggelaufen war.

Eleanor öffnete die Tür und nahm mich sofort in den Arm.

»Ach, Liebes«, begrüßte sie mich, »ich hab dich schon erwartet.«

»Wirklich?«

»Ja, die letzten fünf Jahre über.«

»An deinen letzten Geburtstagen war ich nicht da«, erwiderte ich. »Diesen wollte ich nicht auch noch verpassen.«

»Du bist aber zu früh dran, der ist erst in ein paar Tagen«, antwortete sie und hielt mich immer noch fest im Arm. Ich atmete Wellen von Issey Miyake ein, den Geruch von zu Hause.

In diesen Tagen bestand mein Leben ausschließlich aus Szenen der Wiedervereinigung. Unnötig zu erwähnen, dass diese hier die unkomplizierteste war, mit absurd vielen Entschuldigungen und der Beteuerung »dafür musst du dich doch nicht entschuldigen« auf beiden Seiten.

Aber natürlich konnte man nicht für immer in einem Türrahmen stehen bleiben, sodass wir uns schließlich losließen und sie mich hineinführte.

Greg saß in der Küche, und als er mich sah, stieß er ein »Ooooh!« aus, sprang auf, wodurch sein Stuhl nach hinten umkippte, und umarmte mich so fest, dass ich schon Angst hatte, meine Rippen würden brechen.

In seinen und Eleanors Augen standen große Fragezeichen geschrieben, doch sie drängten mich nicht und fragten auch nicht nach, wo Denny war. Ellie machte Pfefferminztee und Sandwiches, wie in den alten Zeiten. Wie sehr ich es vermisst hatte, in dieser Küche mit den Kupferpfannen und den hellgrauen Fliesen zu sitzen, mit frisch aufgebrühtem Tee. Es war ein Ort, an dem ich einige der glücklichsten Tage in meinem Leben verbracht hatte. Und dann waren da die Kinder. Sie hatten gerade Ferien und stürmten lauthals herein und wieder hinaus, und alle schienen überglücklich, mich zu sehen, sogar Gracie, die mich nicht kannte. Mein Herz zog sich ein bisschen zusammen, weil *so* ein fünfjähriges Mädchen aussah. Sie lächelte mich schüchtern an, als man ihr sagte, wer ich war, und ich lächelte zurück und meinte es auch so.

Olivia, die alt genug war, um sich an unsere letzte Begegnung zu erinnern, brauchte ein bisschen zum Auftauen, doch schon bald redeten sie und Theo mit mir wie mit einer richtigen Freundin. Wie groß und erwachsen sie mit elf und siebzehn schon waren.

Als die Kinder dann zu verschiedenen Freunden und Aktivitäten aufbrachen, erzählte ich Ellie und Greg von Carrie. Greg war verblüfft, als er erfuhr, dass Dad über ihre Mutter den Kontakt zu ihr hergestellt hatte. Doch seine Verblüffung war nichts im Gegensatz zu der von Eleanor, weil sich herausstellte, dass Greg ihr nie etwas von meiner Teenager-Schwangerschaft erzählt hatte. Sie war sichtlich schockiert, dass mir das passiert war, als ich sogar noch jünger als Theo jetzt war und rückblickend wütend auf Greg wegen seiner Abwesenheit während dieser ersten Monate nach Dad.

Eleanor hatte sich in der Vergangenheit oft wegen meiner Kindheit geärgert, weil ich anscheinend keine Wahl gehabt hatte, die Schule abzubrechen und Mums Laden zu übernehmen, aber jetzt konnte sie wirklich nichts mehr halten. »Mein Gott, ich hab's immer gewusst, dass du einvernehmlich von allen Erwachsenen in deinem Leben aufs Kreuz gelegt worden bist. Aber da schau mal einer an. Da wusste ich ja die Hälfte noch gar nicht! Dein Vater hat die Fürsorge für die Familie auf dich abgeladen, deine Ma ist auseinandergefallen, und dein älterer Bruder hat alles schön dir überlassen, und ja, Greg, hier kannst du dich durchaus angegriffen fühlen – du warst schon fast ein erwachsener Mann. Und dann, als du *endlich* nach Hilfe gefragt hast, war jedes verdammte Mannsbild ein kompletter Nichtsnutz!« Sie war stinksauer wegen Ereignissen, die beinahe vierzig Jahre zurücklagen, und ich liebte sie dafür.

Langsam wurde mir klar, dass mich die Schwangerschaft als so junges Mädchen mit einem lang anhaltenden Gefühl zurückgelassen hatte, immer alles falsch gemacht zu haben. Es wäre wohl keine schlechte Idee, bald noch mal ein paar Therapiesitzungen zu vereinbaren. Doch auch ohne die wusste ich, dass sich die Dinge ab jetzt ändern würden. Ich wurde besser darin, die Sachen anzuerkennen, die ich gut machte, und in letzter Zeit waren das recht viele: Ich war für Carrie da, wenn sie mich brauchte; ich hatte Serge dabei geholfen, sich mit seiner Mutter zu versöhnen; und ich hatte meine Arme nach Eleanor ausgestreckt.

Ich unterbrach ihre lange Schimpftirade, um Greg zu fragen, warum er ihr nichts von meiner Schwangerschaft erzählt hatte. Er hatte Erfahrung damit, Eleanors leidenschaftliches Geschimpfe zu beschwichtigen. Er lächelte sie an und erklärte ruhig: »Weil du mir gesagt hast, ich solle es nie jemandem erzählen, also hab ich das auch nicht.«

»Ich glaub's einfach nicht, dass mir keiner von euch beiden das je gesagt hat!«, beschwerte sich Eleanor.

»Denny hab ich es auch nie erzählt«, gab ich zurück, woraufhin sie ein Keuchen ausstieß.

»Oh nein! Aber weiß er es jetzt?«

»Oh ja, und wie.« Ich wandte mich an Greg. »Es tut mir leid, dass ich dir Vorwürfe gemacht habe, weil du mir nichts von deinem Kontakt zu Dad erzählt hast. Ich habe es genauso gemacht, indem ich Denny nicht von wichtigen Dingen in meinem Leben erzählt habe.«

»Schon in Ordnung«, erwiderte er mit seinem großmütigen Älterer-Bruder-Gesichtsausdruck – ach, wie sehr ich mir wünschte, dass Benjy da wäre, um ihn damit aufzuziehen. »Und Ellie, sei nicht zu sauer auf mich. Ich war damals nicht so unnütz, wie du denkst. Ich hab Pearl nach Bristol geholt und das mit der Adoptionsagentur arrangiert.«

»Aber was, wenn Pearl das Baby gerne behalten hätte?«, fragte Eleanor.

»Sie hatte ziemlich deutlich gemacht, dass sie das nicht wollte«, antwortete Greg. Er drehte sich zu mir. »Du warst unerbittlich. Du hast gesagt, dass du nie mehr darüber nachdenken willst, sobald das Baby erst einmal weg und bei seinen Adoptiveltern wäre.«

»Gott, hab ich das wirklich gesagt?« Eindeutig war ich nicht in allen Belangen immer das »graue Mäuschen« gewesen.

»Und, wie ist Carrie so?«

»Sie ist einfach nur wunderbar, Greg. Das ist zwar nicht mein Verdienst, aber ihre tollen Eltern haben sie zu einem tüchtigen, klugen, selbstbewussten und freundlichen Menschen erzogen.«

»Ich kann das einfach nicht fassen«, wiederholte Eleanor. »Das ist wirklich ein dicker Hund, aber was für einer. Du hast eine fünfunddreißig Jahre alte Tochter.«

»Und eine Enkeltochter.«

»Gott im Himmel«, rief Eleanor aus und stieß ihren Tee dabei um, »was zur Hölle ist hier eigentlich los?«

»Die letzten fünf Wochen waren für mich ziemlich komisch«, erklärte ich und wischte den Tisch mit einem Tuch trocken. »Ich habe viel über mich herausgefunden, was ich nicht wusste. Ein bisschen was von Carrie und ein bisschen was aus Dads Tagebüchern.«

»Weißt du schon, warum er wollte, dass du sie bekommst?«, fragte Greg. Er versuchte, beiläufig zu klingen, aber ich wusste, dass er die ganze Zeit über daran geknabbert haben musste. Warum ich und nicht er?

»Ich glaube, dafür hatte er mehrere Gründe. Er hatte das Gefühl, dass er bei dir nicht alles komplett versaut hatte, weil ihr immer noch in Verbindung zueinander standet, egal wie sporadisch. Und bei Benjy hat er vielleicht das Gefühl gehabt, dass es keine ausreichende Verbindung gab, damit der ihm je verzeihen könnte. Aber bei mir ... na ja, als ich sie gelesen habe, hat mich das daran erinnert, dass er und ich uns wirklich nahestanden, als ich größer geworden bin. Er hat sicherlich versucht, es teilweise wiedergutzumachen, dass er damals in der Schwangerschaft nicht für mich da war. Und ich glaube, er wollte, dass ich ihn besser verstehe, generell verstehe, was er getan hat und warum er aus unseren Leben verschwunden ist.«

»Und, hast du es verstanden?«

»Ja. Seine Ehe mit Jeanie war schrecklich schwierig, vielleicht schon von Beginn an. Aber lange Zeit war es ihm unmöglich, das zuzugeben, glaube ich.«

»Steht das in den Tagebüchern?«, wollte Greg wissen.

»Nicht direkt. Aber es gibt einen Teil, der unkenntlich gemacht war«, erklärte ich, »über eine Zeit, in der er sauer geworden ist und gedroht hat, sie zu verlassen, und Jeanie hat daraufhin versucht, sich umzubringen. Ich glaube, danach hat er sich immer bemüht, sie zu beschützen, sicherzugehen, dass sie die Grenze nicht überschreitet.«

»Wie schrecklich, jemandem mit Selbstmord zu drohen, um den eigenen Willen durchzusetzen«, kommentierte Eleanor. »Von da an muss er einen wahrhaftigen Eiertanz aufgeführt haben.«

»Hat er denn nie irgendwas zu dir gesagt, Greg?«, wollte ich wissen.

»Nein! Nie. Aber ich nehme mal an … dass es Hinweise gab. Sobald er ein Handy hatte, war es ganz klar, dass ich nur diese Nummer benutzen sollte und niemals seine Festnetznummer zu Hause. Aber sogar wenn ich auf dem Handy angerufen habe, ist er oft nicht rangegangen oder hat mir geschrieben, ich solle zu einer bestimmten Uhrzeit zurückrufen, wenn er mit dem Hund draußen spazieren war.« Greg sah nachdenklich aus.

»Ich bin mir ziemlich sicher, dass er sich den Hund teilweise zugelegt hat, damit er einen legitimen Grund hatte, um das Haus zu verlassen«, erklärte ich, »und deswegen war er auch so in die ganzen Kirchenaktivitäten mit eingebunden.«

Eleanor schlug die Hand vor den Mund. »Ach Gott, jetzt krieg ich ja wegen dir gleich Mitleid mit dem armen Arsch.«

»Es gibt da aber eine Sache, nach der ich Benjy fragen wollte. In einem Eintrag aus den späten Neunzigern, als Dad mit dir anscheinend gerade keinen Kontakt hatte und er bei jemandem übernachten wollte. Da hat er Benjy angerufen. Das klang alles irgendwie seltsam.«

»Dann fragen wir ihn doch gleich mal«, meinte Greg und holte sein Handy heraus.

»Mach den Lautsprecher an«, verlangte Eleanor.

»Hey, Loser«, ertönte Benjys Stimme laut und deutlich.

»Hey, Rattengesicht«, antwortete Greg und fiel für einen Moment in den Kindermodus zurück. Eleanor und ich verdrehten die Augen. All die Jahre, in denen ich sie nicht gesehen hatte, schrumpften mit jeder Minute, die verging, immer weiter.

»Pearl ist gerade hier bei uns …«

»Wow, was habt ihr angestellt, Denny umgebracht und sie in euren Kofferraum gesteckt?«

»Und wir haben den Lautsprecher an«, informierte ich ihn.

»Hey Pill, na, endlich ’nen Pass bekommen?«, fragte Benjy unbeeindruckt. »Dich gibt’s entweder ganz oder gar nicht, was? Haben wir uns nicht erst vor drei Tagen unterhalten?«

Greg fuhr dazwischen: »Wir wollten dich was zu Dad und Jeanie fragen.«

»Wo gerade schon die Rede von kontrollsüchtigen Partnern war«, kommentierte Benjy.

»Hey!«

Greg hob den Zeigefinger – nicht jetzt – und sagte: »Los, Pearl.«

Für den Moment ließ ich es mit dem »kontrollsüchtigen Partner« auf sich beruhen und übernahm: »Ben, weißt du noch damals, vor ungefähr zwanzig Jahren, als Dad angerufen hat, um dich zu fragen, ob er kommen und das Wochenende über bei dir bleiben könnte?«

»Oh ja, was für eine verdammt heiße Angelegenheit das war. Klar, weiß ich das noch, war ja so ungefähr das einzige Mal, dass er mich überhaupt angerufen hat. Hey, steht das in den Tagebüchern? Endlich bin ich berühmt. Joa, komplett aus dem Nichts. Hatte schon seit Jahren nicht mehr mit ihm geredet, im Gegensatz zu einem anderen seiner arschkriecherischen Söhne, ohne einen Namen nennen zu wollen. Er war ziemlich aufgelöst, der Gute, glaube, er hat geweint, verdammte Scheiße. Wollte kommen und übers Wochenende bleiben. Ziemlich willkürlich, oder? Ich sagte, das ginge nicht, weil Barb schon übers Wochenende da wäre. Er klang so verheult, dass er mir fast leidtat, dachte, er wollte vielleicht etwas wiedergutmachen, zwar ein bisschen zu spät, aber egal, ihr wisst ja, dass ich nicht der nachtragende Typ bin.«

Alle drei lächelten wir uns an.

»Also hab ich gesagt, dieses Wochenende nicht, aber komm doch an dem danach. Aber er sagte, es müsste dieses Wochenende sein, weil Jeanie da ihren fünfzigsten Geburtstag feierte, sie deswegen schlecht drauf war und ihn aus dem Haus haben wollte.«

»Warum?«

»Woher soll ich das wissen, verdammte Scheiße? Er sagte, er wolle ihr Gesicht nicht sehen. Ich hatte angenommen, dass sie sich gestritten hatten. Wie auch immer, ich sagte: ›Ich bin doch kein Hotel, du kannst mich nicht einfach nach hundert Jahren anrufen und sagen, dass du jetzt vorbeikommst.‹ Dann ist er ganz still geworden und hat gesagt: ›Entschuldige, dass ich dich gestört habe‹, und hat aufgelegt! Tage danach war ich deswegen noch sauer – ihr könnt Alice danach fragen. Wobei, die Mühe würde ich mir nicht machen, aber egal.«

»Und danach hat er sich nie mehr bei dir gemeldet?«, fragte Greg.

»Nope, das war anscheinend meine einzige Gelegenheit. Wie auch immer, Jahre später hab ich mir mit Gina eine Dokumentation über Missbrauch angeschaut – das musste sie natürlich wegen einem ihrer Kurse für Sozialarbeit –, und da ist mir der Gedanke gekommen: Wenn Dad eine Frau gewesen wäre und mich mit so einem Anliegen angerufen hätte, wäre mir sofort klar gewesen, was los war. Er hat nach Hilfe gefragt. Aber damals hab ich das nicht erkannt. Ich dachte, er würde einem bloß wie immer den letzten Nerv rauben. Und ich hab mir diese Sendung angeschaut und gedacht: ›Oooh Scheiiiiße, Gina wird dir was erzählen.‹«

»Oh mein Gott«, entfuhr es Ellie.

»Joa, und deshalb hab ich Dad dann angerufen. Das muss ungefähr fünf oder sechs Jahre danach gewesen sein, keine Ahnung, und er hat Tage gebraucht, um mich zurückzurufen. Vielleicht sogar Wochen. Und er klang wirklich gestresst, er sagte: ›Hab nicht lange Zeit.‹ Ich sagte: ›Dad, wenn du Probleme hast und woanders hinwillst, ich bin hier.‹«

»Guter Gott, Ben, warum hast du mir nichts davon erzählt?«, fragte Greg.

»Hatte ja keine Ahnung, dass ich wegen jedem Furz erst mit dir Rücksprache halten muss, großer Junge. Ist sowieso nichts passiert. Er hat nichts darauf geantwortet, sondern einfach aufgelegt. Auf der Beerdigung wollte ich Pill eigentlich davon erzählen, aber dann wurden wir ja von aufregenderen Ereignissen abgelenkt. Egal, damit hatte es sich dann erledigt, das letzte Mal, dass er und ich je miteinander gesprochen haben.«

Wir schwiegen, dann fragte Ben: »Seid ihr noch da? Ich muss jetzt los. Ach ja, übrigens, ich hab Neuigkeiten für euch. Ich werde wieder heiraten.«

»Glückwunsch!«, sagten wir alle.

»Einladungen kommen dann mit der Post. Oder E-Mail. 'ne hübsche Lady, diese Kelly-Anne, hab sie vor ein paar Monaten über eine App kennengelernt. Wunderschön. Erst zweiunddreißig. Der alte Junge hat's immer noch drauf.«

»Ich gebe ihm sechs Monate«, formte Eleanor lautlos mit den Lippen, dann sagte sie laut: »Es ist also nicht Barb?«

»Ellie Bellie, du musst damit aufhören, Barb und mich verkuppeln zu wollen. Okay, Leute, danke für diese neueste Episode von ›Meine kleine gestörte Familie‹, bis dann.« Er legte auf.

»Das war die sinnvollste Unterhaltung, die ich je mit Benjy geführt habe«, merkte Greg an.

»Wie nett von ihm, uns zur Hochzeit einzuladen – bei den letzten zwei oder drei hat er sich die Mühe gar nicht erst gemacht«, kommentierte ich.

»Mir ist immer noch nicht ganz klar, was bei deinem Vater und Jeanie los war«, entgegnete Eleanor. »Wenn sie Angst hatte, dass er sie verlassen würde, warum wollte sie dann unbedingt, dass er über dieses Wochenende das Haus verließ?«

»Keine Ahnung«, antwortete ich, »aber vielleicht wusste sie zu dem Zeitpunkt schon, dass er sie nicht mehr verlassen würde. Sie nicht verlassen konnte. In den späteren Tagebüchern wirkte es so, als hätte sie es aufgegeben, überhaupt noch nett zu ihm zu sein.«

»Ach, Gott möge sich seiner erbarmen«, seufzte Eleanor. »Jetzt tut er mir wirklich leid.«

»Mir auch«, gestand ich. »Je mehr ich von seinem Leben zusammensetze, desto trauriger kommt es mir vor. Aber Greg, du hast ihn doch hin und wieder getroffen. Glaubst du, dass er in Wirklichkeit zufrieden war und bloß die Fantasie mit mir durchgegangen ist?«

»Schön wär's.« Greg stand auf und nahm eine Flasche aus ihrem riesigen Einbauweinregal. »Er wirkte immer beunruhigt und sehr nervös, um ehrlich zu sein.«

»Na toll. Ich hatte gehofft, du würdest mir irgendeine tröstliche Erlösung präsentieren.«

»Vermutlich hat Dad genau darauf gehofft, als er Kontakt zu Carolines Familie aufgenommen hat.« Er holte drei Gläser. »Und das hat er ja tatsächlich geschafft, also reicht das vielleicht für deine Erlösungszwecke?«

»Wahrscheinlich schon.« Ich überlegte einen Moment und setzte mich dann aufrecht hin. »Hey, was hat Benjy damit gemeint, dass Denny kontrollsüchtig sei? Denkt ihr das wirklich alle von ihm?«

»Nein!«, widersprach Greg wenig überzeugend. »Hey, lasst uns doch alle ein Gläschen Wein trinken.« Er schraubte den Verschluss auf und schenkte uns allen Wein ein, als wäre das ein Wettrennen.

»Na ja, vielleicht ein bisschen, manchmal«, gab Eleanor

zu und ignorierte Greg, der sie finster anschaute. »Wir wissen, dass er das Herz am rechten Fleck hat. So war er ja auch nicht vor … du weißt schon.«

»Es war nicht bloß seine Entscheidung, nach Frankreich zu ziehen«, stellte ich klar. »Das war unsere gemeinsame Entscheidung.«

»Natürlich«, sagte Greg und gab mir mein Glas.

»Tatsächlich war ich diejenige, die darauf gedrängt hat«, erklärte ich. »Ich war diejenige, die …«

»Das weiß ich doch, Liebes. Es war unmöglich für euch, in unserer Gesellschaft zu sein«, stellte Eleanor fest. »Und in der der Kinder.«

»Ja. Es tut mir leid. Aber etwas hat sich verändert und jetzt habe ich dieses Gefühl nicht mehr. Ich hab euch alle wirklich vermisst. Es tut mir leid, dass ich euch die kalte Schulter gezeigt habe.« Ich schluchzte kurz auf, was eher wie ein Schluckauf klang, und beide kamen auf mich zu, aber ich wehrte sie ab. »Mir geht's gut.« Ich erhob mein Glas. »Auf die vierte Entfremdung«, verkündete ich, und sie wiederholten es pflichtschuldig, obwohl sie keine Ahnung hatten, was ich damit meinte, dann stießen wir miteinander an.

»Ich muss dir jetzt wirklich das Gästezimmer herrichten«, bemerkte Eleanor und nippte an ihrem Wein. »Du siehst ungefähr so todmüde aus, wie ich mich fühle.«

»Über eine Sache würde ich gerne noch sprechen«, erwiderte ich, »weil ich mir nicht sicher bin, was ich tun soll. Andrea.«

»Was ist mir ihr?«, fragte Greg, aber Eleanor wusste, was ich meinte.

»Gott«, stieß sie hervor. »Diese arme Frau.«

22

Carrie

»Na los«, sagte Henry. »Wünsch dir was.«

Natürlich redete er mit Numa, die Geburtstag hatte, aber ich beschloss einfach, dass er auch mit mir redete, und kam seiner Aufforderung stumm nach.

Numa tat das Gleiche, kniff die Augen fest und konzentriert zusammen und blies dann die drei Kerzen auf ihrem Kuchen aus, wobei sie ihn vor lauter Enthusiasmus mit kleinen Spucketröpfchen besprühte und alle jubelten. Sie rannte mit ein paar anderen Kleinkindern davon und ich setzte mir Emmie höher auf die Hüfte. Sie war ein bisschen überwältigt und anhänglich, da all diese großen Kinder um sie herum waren. Ich sah den anderen Müttern dabei zu, wie sie sich in einem Kreis um Henry aufstellten, der den Kuchen schnitt, ihm Teller reichten und bei allem lachten, was er sagte. Eine tupfte ihm sogar mit einer pinken Serviette einen nicht existenten Krümel vom Mundwinkel.

Als mir Kuchen angeboten wurde, schüttelte ich den Kopf – Numas Spucketröpfchen darauf ließen ihn weniger appetitlich erscheinen – und ging mit Emmie hinaus in den Flur, wo es etwas ruhiger war. Ich setzte mich mit ihr auf dem Schoß auf die Treppenstufen und gab ihr kleine Karottenstückchen und einzelne Chips von meinem Teller zu essen. Sie schmiegte sich an mich, schläfrig und warm, und verstohlen zog ich mein Handy aus der Hosentasche. Während des *Happy Birthday*-Gesanges hatte Pearls besonderes Nachrichtensignal gebingt. Es war ein Foto, das sie mir versprochen hatte zu schicken, von ihr und Eleanor, meiner Tante. Ich freute mich schon, sie kennenzulernen. Vermutlich hatten sie es mit Eleanors Handy gemacht, da es ein Selfie war. Sie grinsten wie zwei Honigkuchenpferde, darüber stand: *Eleanor und ich können gar nicht aufhören, über dich zu reden. So froh.*

Ich lächelte selbst gerade, doch dann bemerkte ich, dass jemand in den Flur gekommen war, und als ich aufsah, blickte ich in Henrys Gesicht. »Kann ich mich zu dir setzen?«

Ich rutschte ein bisschen und er setzte sich neben mich. Sein Arm war so nahe an meinem, dass ich die Wärme spüren konnte, die von ihm ausging. Wenn ich mich nur ein paar Zentimeter bewegte, würden wir uns berühren. Zum ersten Mal seit Jahren spürte ich wieder dieses Kribbeln. Zum Glück können Menschen keine Gedanken lesen, denn angesichts meiner wäre Henry rot angelaufen. Ahnungslos warf er einen Blick auf Emmie und flüsterte: »Sie schläft.«

Ich musste gar nicht erst nach unten schauen, um das zu überprüfen. Das niedliche Gewicht, das ich auf mir spürte, bestätigte es. Wenn sie schlief, wurde sie anscheinend doppelt so schwer.

»Sie hat ziemlich viel durchgemacht in letzter Zeit«, stellte er fest. »Ihr beide.«

»Allerdings. Ich plane gerade, nächsten Monat einen kleinen Urlaub mit ihr zu machen.« Ich wollte ein bisschen was von dem Geld, das Francis mir hinterlassen hatte, dafür verwenden, aber ich würde nicht buchen, bis ich nicht wusste, ob wir in einen bestimmten Teil von Frankreich reisen konnten. Ich wusste nicht, wann oder ob Pearl überhaupt dorthin zurückkehren würde. Doch der Wald, in dem sie wohnte, klang genau nach der richtigen letzten Ruhestätte für Mums Asche. *An einem Ort, der dir viel bedeutet, Carrie.* Noch bedeutete er mir nicht viel, aber ich hatte da so eine Ahnung, dass sich das bald ändern würde.

»Ein Urlaub, das klingt doch super. Numa und ich sollten mitkommen.«

Ich schaute ihn ruhig an, während mein Gehirn hektisch versuchte zu verstehen, was das bedeutete. Meinte er, dass sie *mit uns* in den Urlaub fahren sollten? Oder nur, dass sie das Gleiche tun und sich auch einmal eine Auszeit gönnen sollten? Die erste Interpretation war verrückterweise ziemlich nahe an meinem Geburtstagskuchen-Wunsch dran. Wie lange Wimpern er hatte; wie perfekt die für Schmetterlingsküsse wären. Bei dem Gedanken, diejenige zu sein, die so einen Kuss bekam, kribbelte es in mir so stark, dass ich tatsächlich erschauerte.

»Geht's dir gut?« Er legte mir die Hand auf den Arm, was mich beinahe verrückt werden ließ.

»Ja, alles gut«, antwortete ich automatisch, während eine warme Welle der Verwirrung mein Gehirn überrollte. »Eine schöne Party. Numa hat so viel Spaß.«

»Ja, ich freu mich schon richtig darauf, sie danach wieder beruhigen zu müssen, nach der ganzen Aufregung und dem vielen Zucker.« Er grinste und kam dann wieder auf das vorherige Thema zu sprechen. »Wird Ian denn in deinem Urlaub mitkommen?«

»Oh Gott, nein! Mit Ian bin ich komplett fertig.«

»Da bin ich ja erleichtert.« Nun war er an der Reihe herumzustottern. »Ich meine … wenn du erleichtert bist, dann bin ich das auch. Aber wenn du traurig bist, dann, Gott, was will ich eigentlich sagen?«

Ich dachte daran, wie Pearl gesagt hatte, dass sie mein

Selbstbewusstsein bewunderte, dass ich so deutlich ausdrückte, was ich wollte. Mum hatte das immer anders formuliert – *wenn Carrie erst einmal etwas entschieden hat, ist sie nicht mehr davon abzubringen* –, aber ich wusste, dass sie es auch bewundert hatte. Und so, mit zwei Müttern auf je einer Schulter, die mich anfeuerten, erwiderte ich: »Ich glaube, du versuchst zu sagen, dass wir bald unsere Babysitter koordinieren und zusammen essen gehen sollten.«

Ich konnte nicht so tun, als fiele mir das leicht. Aber ich war froh, es ausgesprochen zu haben, egal wie die Antwort lautete. Zum Glück sah er höchst erfreut aus.

»Ja, verdammt, Gott sei Dank, das ist genau das, was ich schon seit längerer Zeit sagen will.«

Numa kam in den Flur gerannt und schnappte sich Henrys Hand. »Dada! Komm mit! Topfschlagen!«

Henry stand auf und tat so, als hätte sie ihn auf die Füße gezogen. »Du bist so stark«, staunte er und mir raunte er zu: »Nicht weggehen.« Er verschwand im Lärm des Wohnzimmers. Ich schloss meine Arme fester um Emmie, stützte meinen Kopf auf ihrem ab und versuchte, mit dem Lächeln aufzuhören.

5. April 2013

Endlich mal ein paar gute Neuigkeiten! So stolz auf A: Führende Abteilungsleiterin! Sie hat hart gearbeitet und es nicht leicht gehabt. Seit James beschlossen hat, sein letztes Schuljahr zusammen mit Colin in Australien zu absolvieren, habe ich mir Sorgen um sie gemacht. Ich weiß, dass sie ihn schrecklich vermisst. Sie war über dreißig Jahre lang das Licht in meinem Leben. Sie sagt, ich muss nicht auf sie aufpassen, aber ich sehe die Dinge klarer als sie. Sie hat weniger Schutzmechanismen und opfert sich komplett auf, um für ihre Mutter da zu sein. Endlich habe ich sie dazu überreden können, nicht wieder bei uns einzuziehen. Nicht, dass ich das nicht wollen würde, aber es wäre nicht gut für sie. Heute hat sie mir gesagt, dass sie stattdessen das Haus der Familie Jenkins gegenüber von uns kaufen wird. Ich halte das für eine schlechte Idee, es ist immer noch viel zu nahe bei uns, sie wird nicht die Distanz halten können, die sie braucht. Aber immer noch besser, als dass sie wieder einzieht. Sie sagte, sie könnte Snoops nehmen, wenn er J auf die Nerven geht, was eine sehr gute Idee ist. Von einem egoistischen Standpunkt aus wird es schön sein, sie wieder so nahe bei uns zu haben.

23

Pearl

Als Andrea das Restaurant betrat, ordentlich und gestylt in ihrem schicken Anzug und Absatzschuhen, sah ich, wie falsch mein anfänglicher Eindruck von ihr gewesen war. Sie war überhaupt nicht herrisch. Sie war gestresst und in Alarmbereitschaft, ihr Gesicht in diesen überheblichen Ausdruck gepresst, da sie versuchte, immer alles unter Kontrolle zu behalten.

»Danke, dass du den ganzen Weg hierhergekommen bist«, begrüßte ich sie, als sie sich hinsetzte. »Es wäre für mich auch gar kein Problem gewesen, zu dir zu kommen.«

»Schon in Ordnung.« Sie lächelte. »Diese kleinen Ausflüge in gottverlassene Gegenden machen mir Spaß. Wenigstens musste ich dieses Mal nicht durch einen fremden Wald stolpern.«

»Übrigens, da hinten gibt es eine hübsche Raucherzone. Ich hab extra nachgeschaut.«

Sie sah mich an, als ob ich verrückt geworden wäre. »Ich rauche nicht.«

Ach so. Okay. »Was nimmst du? Ich gebe einen aus.«

»Ich hab keinen Hunger«, antwortete sie, während sie die Speisekarte überflog.

Ich bestellte einen Caesar Salad und einen Kaffee. Einen Augenblick später sagte Andrea dann aber doch, dass sie dasselbe nehme. Als der Kellner weg war, lehnte sie sich verschwörerisch nach vorne.

»Du meintest am Telefon, du hättest was für mich?«

»Ja. Ich hab zwar noch nicht viel von der Übersetzung abgetippt, aber ich wollte, dass du das hier bekommst.« Ich gab ihr einen Umschlag. »Das ist ein kurzer Teil des Tagebuchs von vor ein paar Jahren, als du in der Arbeit zur Abteilungsleiterin ernannt worden bist.«

»Führende Abteilungsleiterin.«

»Dad war sehr stolz auf dich.«

Sie zögerte. »Sollte ich mir das jetzt ansehen?«

»Wenn du möchtest.«

Sie zog das Blatt Papier heraus und fing an zu lesen. Versteckt hinter meiner Tasse, beobachtete ich sie. Ungefähr bei der Hälfte wurde ihr Gesicht weicher. Sie war wohl bei *Sie war das Licht in meinem Leben* angekommen.

Als sie das Blatt hinlegte, schimmerten ihre Augen feucht. Ich dachte an dieses ordentlich angezogene kleine Mädchen mit den flauschigen Hausschuhen, das sich in ihrem Zimmer versteckte.

»Er hat dich wirklich geliebt«, stellte ich fest.

»Es hat ein paar Jahre gedauert, bis wir uns aneinander gewöhnt haben«, antwortete sie, »aber ich hab ihn auch wirklich geliebt.« Sie nippte an ihrem Kaffee und versuchte sich wieder zu fangen. »Es tut mir leid, dass er nicht in deinem Leben war, aber ich war immer dankbar dafür, dass er in meinem war.«

»Aus den Tagebüchern geht eindeutig hervor, dass er auch froh war, dich in seinem Leben zu haben.«

Der Kellner brachte unsere Salate, und während er uns Servietten hinlegte und Wassergläser auf den Tisch stellte, setzte ich entschlossen meine selbstbewusste Maske auf, diejenige, die ich laut Carrie trug, wenn ich Französisch sprach. Denn das hier würde jetzt nicht leicht werden.

»Dad erwähnt James in diesem Eintrag, und ich dachte mir bloß, dass es sehr schwer für dich sein muss, dass er so weit weg ist. Wann hast du ihn denn zuletzt gesehen?«

»Vor ein paar Jahren hat er mich mal besucht.« Sie spielte an ihrer Kaffeetasse herum. »Es gefällt ihm hier drüben nicht sehr gut. Sein Vater gibt ihm all die Sonne, das Meer und die Freiheit, die er will.«

»Und besuchst du ihn dort auch?«

»Ach … nein … na ja, es ist schwierig, sich hier loszueisen.«

Als sie das sagte, konnte ich mein altes Ich heraushören. Kim oder Peaches oder Eleanor, die mich fragten, warum ich nicht mal Urlaub machte. *Es ist schwierig, sich loszueisen.* Nicht, dass Mum mich jemals darum gebeten hätte, mich um sie zu kümmern. Es war meine Entscheidung zu bleiben, sie zu priorisieren. Ich fragte mich, was mit James passiert war, wie es dazu gekommen war, dass er bei seinem Vater lebte. War er als Teenager der Familiendynamik überdrüssig geworden? Hatte er sich gezwungen gefühlt, eine große Distanz zwischen sich, seine Mutter und seine Großmutter zu bringen?

Eine Zeit lang aßen wir schweigend, dann, in dem Versuch ganz ungezwungen zu klingen, sagte ich: »Andrea, du erinnerst dich noch an unsere Abmachung, oder? Dass ich dich alles nach deinem Leben mit Dad fragen kann?«

»Ja.« Sie legte ihr Besteck hin. »Was hat er gesagt?«

»Es geht nicht wirklich um das, was er gesagt hat.« Ich hantierte mit meiner Gabel herum, versuchte, so auszusehen wie jemand, der sich unterhält und nebenbei isst. »Ich hab mich bloß gefragt … wie das alles für dich so war? Zu Hause?«

»Was meinst du?«

Ich konzentrierte mich darauf, einen Crouton aufzuspießen. Ruhig sagte ich: »Von dem, was ich so gelesen habe, scheint es, als hätte sich Dad ziemlich viele Sorgen gemacht wegen dir.«

»Ach, du weißt ja, wie er immer war.«

Das wusste ich nicht, fuhr aber stattdessen fort: »Es ist also alles, äh, okay?«

»Ich weiß wirklich nicht, wovon du redest. Natürlich ist alles okay.«

Ihr Gesichtsausdruck war unverändert. Vielleicht hatte ich alles auch einfach ganz falsch verstanden. »Dann bin ich ja froh«, erwiderte ich. »Ziemlich schwierige Zeit nach dem Tod eines Elternteils, oder?«

»Ich komme schon klar.« Sie nahm ein Stück Brot, legte es dann jedoch wieder hin. »Also, weißt du schon ungefähr, wann ich die übersetzten Tagebücher bekommen könnte?«

»Das wird eine Weile dauern. Es sind schließlich zwanzig Stück. Vermutlich in einem Jahr.«

»Ein Jahr!«

»Aber ich kann dir eines nach dem anderen geben, wenn du willst.«

»Ja, das wäre super.«

Ich wappnete mich dafür, das loszuwerden, was Eleanor und ich zusammen besprochen hatten. »Ich würde dich allerdings um eine Sache bitten, wenn ich sie dir gebe.«

»Und die wäre?«

Ich atmete tief durch und sagte schnell: »Dass du sie deiner Mutter nicht zeigst.« So. Erledigt.

»Wie bitte, *was*?« Ihr Blick durchbohrte mich.

»Das liegt natürlich ganz bei dir. Ich kann dich nicht davon abhalten. Aber …« In einem langen Atemzug erklärte ich: »Dad hat sich ziemliche Mühe gegeben, um die Tagebücher vor Jeanie zu verstecken. Er hat sie außerhalb des Hauses aufbewahrt, obwohl sie bereits verschlüsselt waren. Und sogar dann hat er noch Teile unkenntlich gemacht.« Fast knickte ich unter der einschüchternden Intensität ihres Blicks ein, zwang mich jedoch weiterzusprechen: »Er war fest entschlossen, dass sie nicht in der Lage sein sollte, sie zu lesen. Wenn ich sie nicht genommen hätte, hätten sie vernichtet werden sollen, weißt du noch? Und ich würde gerne versuchen, diesen deutlichen Wunsch zu berücksichtigen und sie nur meinen Brüdern und dir zu geben. Er hat wirklich gehofft, dass ich sie mit dir teilen würde.«

Während des darauffolgenden Schweigens schob ich das Essen auf meinem Teller hin und her und lauschte dem Klopfen meines Herzens. Diese zwanzig Sekunden gehörten eher zu den längeren in meinem Leben.

Schließlich erwiderte sie leise: »Aber was soll ich ihr denn sagen?«

Mir wurde kalt. Vielleicht hatte ich es letztendlich doch nicht falsch verstanden. Ich wagte es, sie flüchtig anzusehen. Sie starrte ihren Teller an, mit zusammengepressten Lippen, und auf ihren nach unten gerichteten Wimpern glitzerte eine kristallene Träne.

»Du könntest einfach sagen, dass ich mich geweigert habe, sie dir zu geben? Mir die Schuld geben?«

Andrea schüttelte den Kopf. »Ich weiß nicht. Wenn ich sie habe, na ja, ich glaube nicht, dass ich so etwas verstecken könnte.«

»Oder ich könnte sie für dich aufbewahren? Du könntest mich besuchen kommen und sie dort lesen? Dann wäre es keine Lüge, du hättest sie ja wirklich nicht.«

Sie riss die Augen weit auf und die Kristallträne kullerte

über ihre Wange. Sofort wischte sie sie weg. »Tja. Du bist aber mächtig drauf aus, dass ich in dein kleines Versteck in Frankreich zurückkomme. Wenig Gesellschaft, oder, dort draußen in dem blöden Wald?«

Verunsichert schob ich mir ein Stück Hühnchen in den Mund, das zu groß war, um es elegant kauen zu können. »Das mag schon stimmen«, räumte ich undeutlich ein. »Es wäre schön, dich besser kennenzulernen.«

»Ich brauche keine neuen Freunde«, gab sie zurück.

Ich nahm einen Schluck Kaffee, um das Hühnchen hinunterzuspülen, und antwortete: »Aber vielleicht brauchst du eine ältere Schwester.«

Abrupt stieß sie ihren Stuhl zurück und das Paar am Nebentisch schaute überrascht auf.

»Du glaubst, du kennst mich. Aber das tust du nicht.«

»Du hast recht. Es tut mir leid. Ich will dich nicht verärgern. Vielleicht habe ich Dads Absicht mit den Tagebüchern missverstanden. Vielleicht habe ich sogar missverstanden, was er darin schreibt. Sie erwecken den Eindruck eines schwierigen häuslichen Lebens und ...«, ich hüstelte, peinlich berührt, »einer schwierigen Ehe. Aber vielleicht hat er übertrieben oder sogar Dinge erfunden. Du kannst mir sagen, dass ich unrecht habe, dann akzeptiere ich das auch.«

Andrea verdrehte die Augen und sah sich im Restaurant um, als ob sie nach Zustimmung suchte, dass ich offiziell wahnsinnig sei. Aber dass ich unrecht hatte, bestätigte sie auch nicht.

Da das vielleicht meine einzige Chance war, fuhr ich fort: »Nachdem Dad gestorben ist, hast du mir erzählt, du hättest das Haus von oben bis unten nach den Tagebüchern abgesucht. Warum? Wolltest du sie verstecken?«

»Ich wollte nicht, dass sie in die falschen Hände geraten.« Leise fügte sie hinzu: »Nicht, dass dich das irgendetwas anginge.«

Und dabei hätte ich es belassen, wenn ich nicht denselben Ausdruck wie auf der Beerdigung über ihr Gesicht huschen gesehen hätte, als sie mir mit einer richterlichen Klage gedroht und zu ihrer Mutter hinübergesehen hatte. *Harte Zeiten, Pearl.*

Unter dem Tisch verschränkte ich fest die Hände ineinander und wagte einen weiteren Vorstoß: »Ich würde gerne helfen, wenn ich kann. Dad hat sich Sorgen um dich gemacht und ...«

»Mir reicht's jetzt.« Sie stand auf, nahm das Blatt Papier, das ich ihr ausgedruckt hatte, zerriss es und warf die Schnipsel auf den Tisch. Das erinnerte mich an Jeanie beim Leichenschmaus, die das Tagebuch einmal in der Mitte durchgerissen hatte. »Ich muss nicht hier sitzen bleiben und mir diesen Scheiß anhören.«

Das Paar neben uns tat sein Bestes, um seine eigene Unterhaltung weiterzuführen, doch ich konnte sehen, dass das unmöglich war. Es kostete mich alles von Carries ausgeliehenem Mut um weiterzureden: »Nein, du musst nicht bleiben«, sagte ich. »Bei mir kannst du frei entscheiden. Wann auch immer du Hilfe brauchst, sei dir bitte bewusst, dass ich alles mir Mögliche tun werde. Für Dad war ich zwar nicht da, er hat mich nie um Hilfe gebeten, aber ich bin für dich da. Egal wann, Tag oder Nacht, du kannst mich immer anrufen.«

Ihr Gesicht war so weiß wie das Tischtuch und ausgemergelt vor lauter Anstrengung, es ausdruckslos zu halten. Sie starrte auf mich herunter, und ich war mir ziemlich sicher, dass die Leute neben uns genau wie ich den Atem anhielten. Einen verrückten Moment lang wusste ich nicht, ob sie schreien oder weinen oder mir eine Ohrfeige verpassen würde. Ich umklammerte meine Hände noch fester und spürte, wie sich die Nägel in meine Haut bohrten.

Schließlich zischte sie: »Du weißt *gar nichts* über mein Leben.« In der Mitte des Satzes brach ihre Stimme, sie drehte sich um und verließ das Restaurant.

Ich entkrampfte meine Finger wieder und versuchte, mein Wasserglas in die Hand zu nehmen, doch sie zitterte zu sehr, als dass ich es hätte halten können. Die Frau am Nebentisch fragte: »Ist alles in Ordnung bei Ihnen, meine Liebe?«

»Ja, danke«, antwortete ich. »Eine etwas schwierige Unterhaltung.«

»Sie wirkte zu Tode erschrocken.«

Zittrig machte ich mich auf den Rückweg zu Eleanor und Greg. Obwohl ich erst seit wenigen Tagen da war, hatte ich meinen eigenen Schlüssel, mein eigenes Zimmer und eigene frische Beziehungen zu meinen Neffen und Nichten. Außerdem verstand ich mich wieder mit Greg, und, was am wichtigsten war, ich hatte meine Freundschaft mit Eleanor erneuert. Am Vorabend waren wir zwei zusammen ausgegangen, um ihren Geburtstag zu feiern, und betrunken hatten wir uns oft, vielleicht auch zu oft, versichert, wie viel wir einander bedeuteten. Als Geschenk überreichte ich ihr eine Zeichnung von ihren drei Kindern, an der ich seit meiner Ankunft versteckt gearbeitet hatte. Freundlicherweise hatten sie alle heimlich nacheinander eine Viertelstunde für mich Porträt gesessen, beziehungsweise in Gracies Fall fünf Minuten, da sie nicht länger still sitzen konnte. Die Zeichnung war recht grob, doch Eleanor liebte sie, genau wie ich es erwartet hatte. Ich wollte ihr sagen, dass Denny einen seiner speziellen Rahmen dafür anfertigen würde, aber ich wusste, dass ich kein Versprechen für ihn machen konnte, nicht jetzt, wo alles so unsicher zwischen uns war.

Ellie wartete gerade auf mich, als ich hereingestolpert kam, noch ganz aufgewühlt von dem Treffen mit Andrea. Sie trug Tee und Mitleid auf, und nachdem ich ihr alles erzählt hatte, stellte sie fest: »Du kannst niemanden retten, der nicht bereit dazu ist. Aber eines Tages ist sie es vielleicht, und dann weiß sie, wo du bist.«

»Warum habe ich bloß das Gefühl, dass du dich nicht nur auf Andrea-Situationen beziehst?«

Sie lächelte. Wir hatten immer schon unsere ganz eigene Art der Stenographie gehabt, Ellie und ich; eine Art, auf die wir die wahre Bedeutung hinter dem Lärm ausmachen konnten.

»Na gut«, begann ich. »Ich bin bereit, gerettet zu werden.«

»Ich bin hier«, sagte sie. »Was brauchst du?«

»Ich muss über Tilly reden«, antwortete ich.

»Gut.« Sie legte eine Hand auf meine. »Und ich würde gerne von dir über sie hören.«

»Ich denke jeden Tag an sie, Ell. Aber nicht daran, wer sie jetzt wäre, ein Kind im selben Alter wie Gracie. Sondern daran, wie sie war, als ich sie im Krankenhaus gesehen habe, winzig und perfekt. Ich habe das Gefühl, dass ich nicht weiß, wo sie hin ist.«

»Ach, Liebes. Sprichst du mit Denny denn nie über sie?«

»Nie.«

»Gibt es irgendwelche Dinge, die dich an sie erinnern, im Haus?«

»Nein. Ich hab alles weggeworfen. Sogar die schöne Wiege, die Denny gezimmert hatte. Und was mit den Fotos passiert ist, die sie uns im Krankenhaus gegeben haben, weiß ich nicht.«

»Denny hat sie mir gegeben.«

»Was?« Ich starrte sie an. »Wann?«

»Das letzte Mal, als er hier war. Als du noch im Krankenhaus warst und er zum Duschen gekommen ist. Das war wahrscheinlich der Grund, warum er hierhergekommen und nicht zu dir nach Hause gefahren ist. Er sagte: ›Kann ich das hierlassen?‹ Es war der Umschlag mit den Fotos. Er wollte sie sich nicht ansehen. Und ich habe zugestimmt, sie für euch sicher aufzubewahren.«

Nach Tillys Tod ist mir Denny nie von der Seite gewichen und das wollte ich auch nicht. Doch schließlich merkte eine der Krankenschwestern diskret an, dass er sich einmal waschen gehen sollte. Ich durfte natürlich die Dusche im Krankenhaus benutzen, er aber nicht. Bis jetzt hatte ich nie gewusst, warum er zu Greg anstatt zu uns gefahren war, was doch eigentlich näher gewesen wäre.

»Hast du die Fotos noch?«

»Natürlich! Ich hole sie.« Sie wollte gerade aufstehen.

»Schon in Ordnung. Noch will ich sie nicht sehen. Aber bald.«

»Du hast also gar keine Andenken an Tilly? Erinnert ihr euch denn an ihrem Geburtstag gemeinsam an sie?«

Ich schüttelte den Kopf.

»Hast du je ihr Grab besucht?«

»Nein. Ich weiß, dass es auf dem Friedhof in der Writtle Road ist, aber nicht genau, wo.« Ich vergrub das Gesicht in den Händen. Was für ein Mensch weiß denn nicht, wo das eigene Kind begraben liegt? Fünf Jahre lang hatte es auf meiner mentalen To-do-Liste gestanden, den Friedhof anzurufen und nach Details zum Grab zu fragen. Doch ich habe es nie getan.

»Ich weiß, wo es ist.« Eleanors sanfte Stimme drang von weither zu mir durch. »Ich werde dich hinbringen.«

Ich nahm die Hände von meinem Gesicht. »Woher weißt du das denn?«

»Ich gehe jedes Jahr hin, an ihrem Geburtstag, und lege ein paar Blumen nieder.«

Ich sah sie an, diesen wunderbaren Menschen, der mir immer den Rücken stärkte, sogar wenn ich ihn ihr zudrehte. »Eleanor …«

»Weil Denny mich darum gebeten hat.«

»Das hat er?«

»Er hat mich angerufen. Bloß einmal. Fast ein Jahr, nachdem ihr nach Frankreich gezogen seid. Er meinte, er würde ein bisschen Geld schicken, und fragte, ob ich für Tillys Geburtstag ein paar Blumen kaufen könnte. Ich sagte natürlich, dass ich das sehr gerne tun würde. Und daraufhin meinte er, ob ich das nicht bitte jedes Jahr machen könnte. Damit sie wüsste, dass sie nicht in Vergessenheit geraten ist.«

Ich brachte es nicht über mich, irgendetwas zu sagen, also legte Eleanor erneut ihre Hand auf meine.

»Schon gut, Liebes. Ich tue das, weil ich weiß, dass du es getan hättest, wenn du hier gewesen wärst.«

»Das geht aber weit über den normalen Ruf der Pflicht hinaus.«

»Das sehe ich anders. Du hast Tilly verloren, aber wir anderen genauso. Greg, Gracie, die älteren Kinder, ich. Wir haben sie alle verloren.«

»Ich weiß …«

»Und Denny auch.«

Ich drückte ihre Hand. Nach Tillys Tod versank ich in der Dunkelheit. Mir wurden Therapie, Unterstützung, praktische und emotionale Hilfe angeboten. Mir wurde gesagt, dass ich traumatisiert wäre, dass ich nicht hart zu mir selbst sein und mich nicht übernehmen sollte. Doch Denny hatte denselben Verlust erlitten, und das hat niemand so wirklich anerkannt. Nicht einmal ich. Niemand sagte Denny, dass er vielleicht einen Nervenzusammenbruch gehabt hatte. Niemand fragte ihn, wie es ihm ging. Niemand außer Ellie.

Ich wusste, dass Ellie nach Tillys Tod da war und immer wieder aus den Schatten meines medizinischen Halblebens auftauchte, das sich über mehrere Tage erstreckt hatte. Ich erinnerte mich daran, wie sie in dem Stuhl neben meinem Bett saß, manchmal schwieg, sich manchmal mit mir unterhielt oder mir vorlas. Ich erinnerte mich auch daran, dass sie mit Denny redete und unser beider Hände hielt, mit uns in unserer Traurigkeit vereint war, uns wüten und weinen und sagen ließ, was immer wir wollten, und nicht versuchte, irgendeine Lösung für uns zu suchen, sondern einfach nur da war, wo wir auch waren. Uns zusammenhielt.

Und ich erinnerte mich daran, dass ich zu Denny sagte, ich wolle nicht mehr, dass sie käme. Dass es zu schrecklich wäre, ihren schwangeren Bauch zu sehen. Bis zu diesem Augenblick war es mir nie in den Sinn gekommen, dass ich nicht die Einzige war, um die sie sich kümmerte; nicht die Einzige war, die ich verletzte, indem ich sie wegschickte.

Zur Zeit der Taufe hatte ich sie schon seit Wochen nicht mehr gesehen und Gracie überhaupt nicht.

»Eleanor … die Taufe …«

Sie atmete einmal tief durch, schwieg aber.

»Denny wollte Olivia nicht wegschubsen, weißt du?«

»Jesus, Maria und Joseph, natürlich weiß ich das, Liebes!«, rief Eleanor aus. »Das war alles bloß eine Aneinanderreihung von unglücklichen Umständen, die jetzt alle vergessen sind und …«

»Ich weiß aber, dass Greg das nicht glaubt.«

»Nein, gar nicht. Klar, zu der Zeit hat er das vielleicht nicht geglaubt. Er hat zwar vielleicht auch nicht gedacht, dass Denny sie mit voller Absicht weggestoßen hat, aber generell, dass er uns einfach angreifen wollte. Ich werd dir keinen Mist erzählen, denn das hat er wirklich geglaubt. Aber ich hab's ihm immer wieder gesagt, Denny hat nur versucht, zu dir zu gelangen, dich zu beschützen.«

Jetzt fing ich richtig an zu weinen. Große, schwer zu erstickende Schluchzer, die aus dem Nichts kamen. »Denny würde niemals jemandem wehtun.«

»Ich weiß, Liebling. Ich weiß. Und Greg weiß das auch, schon seit langer Zeit. Es ist alles in Ordnung. Ach, wein doch nicht. Sonst muss ich auch gleich weinen.«

Ich konnte nicht antworten – war zu sehr mit Heulen beschäftigt –, aber es fühlte sich so an, als ob eine Menge angestauter Angst mit den Schluchzern herauskäme, also ließ ich es laufen.

»Ich habe da so eine Theorie«, fing sie nach einer Weile an. »Sie heißt ›Die Hypothese vom extremen Denny‹.«

»Was ist der ›extreme Denny‹?«

»Die Version, zu der er nach Tillys Tod geworden ist. Der Denny, der dich in Watte eingepackt hat. Derjenige, der dich zu einem Häuschen aus *Grimms Märchen* mitten ins Nirgendwo gebracht hat, damit dich dort nie mehr etwas verletzen könnte.«

»Er wollte mich bloß beschützen.«

»Ja, schon, aber er wollte auch sich selbst schützen.«

»Wie meinst du das?«

»Denny ist, glaube ich, wie viele Kerle. Er hat nicht viele Freunde. Verdammt, Greg hat ungefähr einen Freund, und sie machen praktisch nichts anderes, als gegenseitig übereinander herzuziehen.«

»Denny hat nicht mal einen. Er hat Bekannte, aber niemanden, der ihm nahesteht.«

»Außer dir. Er hat seinen Dad vergöttert und er hätte Tilly vergöttert. Das ist so ziemlich die Summe all seiner engen Bindungen. Als sein Dad und Tilly weg waren, bist ihm also nur du geblieben. Meine Theorie ist, dass er schreckliche Angst hat, dass dir etwas zustößt. Alles, was er tut, ist darauf ausgelegt, das zu verhindern.«

»So habe ich das noch nie gesehen.«

»Vielleicht sogar ...« Sie lachte. »Du verzeihst mir doch, oder, dass ich hier meinen inneren Doktor Freud raushängen lasse? Aber vielleicht bringen ihn die Schuldgefühle wegen Tilly, dass er ihr nicht helfen konnte, dazu – vielleicht konzentriert er seine ganze Energie darauf, jetzt auf dich aufzupassen?«

Ich wollte Eleanor nicht erzählen, dass ich glaubte, dass er einen Zusammenbruch gehabt hatte. Ich wusste, das war nicht der richtige Begriff dafür, aber es war trotzdem eine recht gute Beschreibung. Aber was sie sagte, ergab Sinn, auch wenn man nichts vom Zusammenbruch wusste.

Ich nickte. »Du hast deine Berufung verfehlt, Ell. Die Psychotherapie weiß gar nicht, was ihr mit dir entgangen ist.«

»Ach ja, legst du dich jetzt endlich auf die Couch?« Sie lächelte und sagte dann leise: »Es hat mir vielleicht nicht so gut gefallen, wie Denny dich in eurem Märchencottage versteckt hat, Rapunzel, aber ich verstehe es.«

Das ließ sie ein paar Augenblicke auf mich wirken. Und schließlich befand ich: »Ich sollte ihn anrufen.«

»Ja, das klingt nach einer guten Idee.«

An diesem Nachmittag unternahm ich einen Spaziergang in die Stadt, an meinem alten Friseursalon vorbei. Peaches hatte den Namen behalten: Ivory Hair & Beauty. Als sie ihn mir abgekauft hatte, hatte ich ihr gesagt, sie solle ihn nach sich selbst benennen, aber sie widersprach und meinte, die Kunden würden sich stark mit dem Namen identifizieren. Und es lief eindeutig gut. Der Salon war frisch gestrichen, und als ich durch das Fenster hineinspähte, sah ich, dass er voller Kunden war. Peaches stand neben einem Stuhl bei einer Kundin. Sie hatte den Kopf in den Nacken gelegt und lachte, was mich zum Lächeln brachte, weil ich sie mir immer genau so vorstellte. Schnell trat ich einen Schritt zurück, weil ich nicht wollte, dass mich jemand sah. Ich hatte gerade keinen Kopf für noch mehr Wiedervereinigungen, aber ich freute mich, ein geschäftiges, blühendes Unternehmen zu sehen.

Beim Weitergehen klingelte mein Handy, und mein Herz machte einen freudigen Hüpfer, als ich sah, dass es Carrie war.

»Wie geht es dir?«, fragte ich sie. »Und wie geht es Emmie?«

»Ihr geht's gut. Es läuft alles wirklich sehr gut.« Carrie lachte. »Man würde es kaum glauben, dass sie dem Tod von der Schippe gesprungen ist. Sie ist so voller Energie und eine richtige Quasselstrippe. Wir sind jetzt schon bei ganzen Sätzen angelangt, und ein paar davon ergeben auch fast Sinn. Wie läuft es mit Eleanor?«

»Sehr gut. Ich bleibe eine Weile bei ihnen.«

Ich bog in meine alte Straße ein und ging auf das Haus zu, in dem ich fast mein ganzes Leben über gewohnt hatte. Die neuen Eigentümer hatten die weitläufigen Sträucher im Vorgarten herausgerissen und stattdessen einen Kirschbaum gepflanzt. Die Haustür war in einem schönen Dunkelblau gestrichen.

»Und Denny …?«, erkundigte sich Carrie vorsichtig.

»Das ist noch eine Baustelle.«

»Übrigens, ich stelle gerade ein Fotoalbum für dich zusammen. Von mir, zu verschiedenen Zeiten. Das fühlt sich zwar ein bisschen, äh, narzisstisch an, aber du meintest ja, du würdest gern ein paar Bilder sehen …«

»Oh mein Gott, ja, das würde ich wirklich gerne! Knauser nicht mit ihnen rum, kleb so viele ein, wie nur reinpassen. Ob es zwei oder zehn Alben werden, ist mir egal, dann soll es so sein.«

Sie lachte. »Mach ich. Sorry, ich muss jetzt los. Henry und ich gehen mit den Mädchen in den Park. Wir sollten uns bald mal wieder treffen.«

Nachdem wir aufgelegt hatten, schaute ich das Haus an und dachte an all die verschiedenen Zeiten zurück, zu denen ich darin gewohnt hatte. Mit Mum, Dad und meinen Brüdern. Dann ohne Dad. Dann ohne Greg, aber mit Benjy. Nur Mum und ich, für eine sehr, sehr lange Zeit, während der, wenn ich jetzt darauf zurückblickte, ich nicht viel mehr getan hatte, als auf der Stelle zu treten. Eine kurze, strahlende Zeit, als Greg und Ellie bei uns gewohnt hatten, aber davon abgesehen wurde erst alles besser, als Denny einzog. Und nachdem Mum gestorben war, lebten

Denny und ich für eine Weile hier. Und wir waren glücklich.

Ich hörte Vogelgezwitscher und ich schaute nach oben, wo ich eine einsame Amsel auf dem Dach sah. Es war ein Männchen mit einem orangenen Schnabel. Ich holte den Feldstecher aus meiner Handtasche und beobachtete den Vogel eine Zeit lang. Als er mit dem Singen aufhörte, saß er so still da, dass ich mir gedanklich leicht seine Form einprägen konnte, für eine zukünftige Skizze. Ich dachte an die Adler, die oben kreisten, ganz hoch oben im blauen Himmel von Sévérac, an dem Tag, an dem mich Carrie zum ersten Mal angerufen hatte. Dann knallte irgendwo in der Straße eine Tür zu und die Amsel flog weg. Mit einem Gefühl der Leichtigkeit, das ich schon ewig nicht mehr gespürt hatte, ging ich zurück in Richtung Stadt.

Auf dem Weg dorthin rief ich Denny an.

»Es tut mir leid«, stieß er hervor, bevor ich überhaupt irgendetwas sagen konnte.

»Mir auch.«

»Es sind jetzt schon fast zwei Wochen. Ich vermisse dich wirklich.«

»Ich vermisse dich auch.«

»Würdest du dich denn mit mir treffen?«

»Was meinst du?«

»Wenn ich zu dir rüberkomme, würdest du dich dann mit mir treffen? Damit wir reden können?«

»Natürlich.« Ich wollte sagen: »Ich habe dich nicht verlassen«, aber ich wusste nicht, ob das stimmte oder nicht. Stattdessen sagte ich: »Ich liebe dich«, denn das stimmte mit Sicherheit, das wusste ich.

Zwanzig Minuten später bog ich in Eleanors Straße ein und sah jemanden vor ihrem Haus stehen, an das Gartentor gelehnt. Eine vertraute Person, die mein Herz immer noch ein bisschen höher schlagen ließ, genau wie am ersten Tag, als ich ihn kennengelernt hatte. Wie wir zusammen in der Gemeinschaftsküche der Abendschule gestanden und über die Farbe des Kaffees gelacht hatten, wie er mit seinem gutmütigen Blick zu mir heruntergeschaut hatte und mich, Pearl, gesehen hatte, so wie ich wirklich war.

»Hallo«, sagte Denny und lächelte unsicher.

»Hast du dir etwa eine Teleportiermaschine aus feinstem Eichenholz gebaut?«

»Ich hab vor ein paar Stunden im Premier Inn um die Ecke eingecheckt.«

»Das ergibt mehr Sinn.«

»Ich habe es wirklich vermasselt«, gestand er.

»Das haben wir beide.«

»Ich war übervorsichtig.«

»Ich habe es geliebt, dass du auf mich aufgepasst hast.«

»Du sprichst in der Vergangenheitsform.«

»Wir haben beide geglaubt, dass ich eine empfindliche kleine Blume bin«, erklärte ich. »Aber das bin ich nicht.« Ich streckte die Hand aus und er nahm sie. »Ich glaube nicht, dass du immer noch so sehr auf mich aufpassen musst. Ich glaube, dass du vielleicht derjenige bist, auf den jetzt ich aufpassen muss.«

»Darüber habe ich auch nachgedacht. Und ich glaube, du hast recht, ich sollte mit jemandem reden. Wie du.«

»Einem Therapeuten?«, fragte ich.

»Einem Berater, vielleicht.«

»Das ist wirklich eine sehr gute Idee«, stimmte ich zu

und versuchte, angesichts seiner Präferenz des weniger von Therapie aufgeladenen Begriffs nicht zu schmunzeln.

»Eleanor beobachtet uns heimlich vom vorderen Fenster aus«, bemerkte er.

»Sie ist ein Fan von dir.«

»Sie hatte schon immer einen guten Geschmack.« Er blähte die Backen auf. Schnell fuhr er fort: »Seit dein Dad gestorben ist, habe ich nicht mehr kapiert, was mit dir los war, was für Gedanken dir durch den Kopf gingen. Mir hat es gefallen, so wie alles war. Und ich dachte, dir auch.«

»Hat es auch.«

»Ich will dich wirklich, wirklich nicht verlieren. Ist es denn dafür jetzt zu spät?«

»Ich will dir sagen können, dass alles wieder gut wird, aber das weiß ich nicht. Dafür weiß ich aber, dass ich nicht mehr so leben kann, wie wir vorher gelebt haben. Das hat eine Weile lang funktioniert, uns so von allen abzukapseln, aber jetzt bin ich für mehr als das bereit.«

»Dann bin ich bereit, es zu versuchen. Ich will nichts, was dich unglücklich macht, Pearl.«

»Na ja, das ist aber einfach nicht realistisch, oder? Es wird Zeiten geben, in denen ich unglücklich sein werde. So ist das Leben.«

»Du weißt, was ich meine. Wie auch immer die beste Version des Lebens für dich aussieht, die werde ich unterstützen.«

»Wirst du das wirklich? Und wenn ich sage, dass ich wieder hierherziehen will? Auf eine Kunstschule gehen will? Oder nach Sévérac zurückgehen und den Wald für die Öffentlichkeit zugänglich machen will? Wenn ich Carrie jede Woche sehen will?«

»Dann bin ich da. Bei allem. Und jedem.«

»Du warst aber nicht da, als ich dir von Carrie und Emmie erzählt habe. Ich wollte das mit dir teilen, aber du …«

»Ich weiß. Ich war überrumpelt. Ich bin wirklich aus allen Wolken gefallen, dass du mir nie erzählt hast, dass du ein Baby hattest vor …« Er zögerte, und endlich, nach einem langen Moment, sprach er ihren Namen vor mir aus: »Tilly.«

Als er ihn aussprach, stellte ich sie mir vor, wie sie neben Gracie stand. Zum ersten Mal war die fiktive Tilly kein Baby mehr, sondern ein Schulkind, draußen in der Welt. Sie sah ein bisschen wie eine ältere Ausgabe von Emmie aus. Sie wirkte selbstbewusst und fröhlich.

Denny fuhr fort: »Aber ich verstehe, warum du es mir nie erzählt hast, das tue ich wirklich. Ich habe viel Zeit zum Nachdenken gehabt, während du hier warst.«

»Ich habe dir ein paar von den Dingen gesagt, die ich vielleicht in Zukunft will«, fuhr ich fort. »Aber was willst *du*? Manchmal kommt es mir so vor, als hätten wir die letzten sechs Jahre bloß damit verbracht, über mich nachzudenken. Aber was ist mit dir?«

»Du weißt bereits, was ich will, Pearl. Ich will, dass du glücklich bist. Egal, wie das aussieht.«

»Aber es muss doch etwas geben, das du gerne ändern würdest?«

»Na ja …« Er lächelte schüchtern. »Es würde mir Freude machen, wenn du kommen und dir meine Arbeit in der Kapelle in Rodez ansehen würdest. Darauf bin ich wirklich stolz.«

»Die würde ich sehr gerne sehen.« Ich dachte daran, was Ellie gesagt hatte, wer die wichtigsten Menschen in Dennys Leben waren. Es war eine ziemliche Ehre, einer von diesen Menschen zu sein. Doch ich hoffte, dass er auch noch ein paar andere in sein Leben lassen würde. »Hat es dir denn gefallen, dass wir uns so versteckt haben, nur wir zwei, diese ganzen letzten Jahre über?«

»Ich will nicht lügen«, gab er zurück. »Es hat mir schon gefallen. Aber ich weiß auch, dass wir unterschiedlich sind, dass du gerne andere Leute um dich hast, und ich will, dass du das wieder haben kannst.«

»Du gehst gerade ganz schön viele Kompromisse ein, Denny.«

»Du hast fast sechs Jahre lang in dem Haus gelebt, das ich gebaut habe, in dem Land, das ich ausgesucht habe, mit niemandem als Gesellschaft außer mir. Das ist eine ziemlich lange Freiheitsstrafe. Deshalb finde ich es nur gerecht, wenn ich jetzt ein paar Kompromisse eingehe.« Er führte meine Hand an seine Lippen und küsste sie. Dann sagte er: »Ich war nicht untätig, während du weg warst. Schau.«

Er gab mir sein Handy, und ich scrollte durch mehrere Bilder von einem Hochstuhl aus Holz, speziell für ein Kleinkind angefertigt. Er hatte glatte, runde Stäbe, damit es nicht rausfallen konnte, und ein Loch in Herzform in der aufrechten Rückenlehne. Der Stuhl war ein Kunstwerk, wie alle seine Schreinereien. Ich war mit einem Künstler verheiratet.

»Der ist für Emmie«, erklärte er. »Wenn sie kommen und bei uns übernachten.«

»Danke, der ist wunderschön.«

»Aber reicht dieser Stuhl aus?« Sein Gesicht war ein einziges Bild der Traurigkeit. »Wirst du zurückkommen?«

Ich hätte so gerne Ja sagen wollen, dass das ausreichte, und Ja, dass ich zurückkommen würde. Aber ehrlicherweise wusste ich es einfach nicht. Worte kommen einem leicht über die Lippen. Handeln ist schwieriger. Ich liebte ihn, aber wir waren zusammen in eine Krise geraten, zwei Schiffbrüchige, die sich an die Wracks ihrer Eltern geklammert hatten, und dann waren wir in die nächste Krise geschlittert, als wir Tilly verloren hatten. Ich wusste nicht, wie wir zu zweit waren, einfach nur Denny und Pearl, die lieber zusammen in die Zukunft schauten, als sich von der Vergangenheit definieren zu lassen.

»Warum warten wir nicht ein bisschen ab und sehen, wie es so läuft?«, schlug ich vor und küsste ihn. »Ein paar Tage hierbleiben, mit Ellie und Greg rumhängen, und dann können wir nach Bristol fahren, und du lernst Carrie und Emmie kennen?«

Er nickte. »Das würde mir gefallen.«

Meine Mutter sagte immer, dass Greg der Optimist, Benjy der Realist und ich die Pessimistin wäre. Mein Vater sah mich als Peppermint Patty und für Jeanie war ich das »graue Mäuschen«. Doch wenn mich die vergangenen zwei Monate irgendetwas gelehrt haben, dann, dass man nicht immer mit den Vorstellungen, die andere Leute von einem haben, einverstanden sein muss. Man kann sich eine eigene Version von sich selbst und seinen Lebensumständen erschaffen. Ich führte Denny ins Haus, wo wir mit Eleanor und Greg zusammensitzen und über Tilly und Dad und Carrie reden konnten, um zu sehen, ob wir, für uns, damit anfangen konnten, ein neues Bild unserer beider Leben zu malen.

Ein Brief von Beth

Liebe Leserin, lieber Leser,

ich hoffe wirklich, dass Ihnen *Wort für Wort zurück ins Leben* gefallen hat.

Die Geschehnisse in diesem Buch sind hauptsächlich erfunden und ein bisschen mit Vorkommnissen aus dem echten Leben vermischt, inspiriert von Leuten, die ich kenne. Daher wollte ich klarstellen, dass die Heldin Pearl zwar nach meiner Mutter benannt ist, ihr aber keinesfalls ähnelt – mit Ausnahme von zwei Details: Meine Mum, Pearl Cohen, starb 2017, und, genau wie meine erfundene Pearl, war sie ziemlich kunstaffin. Außerdem war sie auch die mittlere Schwester zwischen zwei Brüdern. Doch hier enden die Gemeinsamkeiten auch schon. Sie wurde vor dem Zweiten Weltkrieg geboren und nicht in den Sechzigern, und ihre sanften, liebenden Eltern haben kaum einen Tag getrennt voneinander verbracht. Soweit ich weiß, hatte meine Mum keine geheimen oder verlorenen Kinder, und Frankreich hat sie auch nicht besonders gemocht, genau wie alle anderen Arten von ›Ausland‹ – als gebürtige Bürgerin von Stoke Newington hat sie ihr ganzes Leben in London verbracht. Da dieses Buch von so vielen Eltern und Kindern handelt, wollte ich besonders an einen Elternteil erinnern und hoffe, dass es ihr nichts ausmachen würde, dass ich ihren Namen verwendet habe.

Danke,
Beth

www.bethmiller.co.uk

facebook.com/bethmillerauthor
twitter.com/drbethmiller

Danksagung

Da ich dieses Buch größtenteils während des Lockdowns geschrieben habe, bin ich nach Frankreich gereist, ohne überhaupt mein Zimmer zu verlassen. Stattdessen stellte ich Remy Wheeler und Sevi Lawson viele Fragen zu Sprache, Essen und der Tierwelt in Frankreich, und ihre ausführlichen, lebhaften E-Mails gaben mir das Gefühl, wirklich dort zu sein. Tatsächlich war ich schon seit mehr als dreißig Jahren nicht mehr in Sévérac-le-Chateau, seit ich damals von einem Motorrad gefallen war und die Dorfbewohner wahnsinnig nett zu mir gewesen waren. Aber ich hoffe, eines Tages dorthin zurückzukehren.

Worte reichen nicht aus, um zu beschreiben, was ich meinen Langzeit-Autoren-Freunden Jacq Molloy und Liz Bahs schulde. Ihre unerschöpfliche Unterstützung, ihre kluge und scharfsinnige Kritik, ihre Weisheit und ihr Humor sind Qualitäten, die für mich nie selbstverständlich sind. Diese Qualitäten wurden selbst durch Zoom nicht geschmälert, allerdings kann ich es wirklich kaum erwarten, bis wir uns im echten Leben wieder treffen.

Danke an Saskia Gent, meine entscheidende erste Leserin, die genau weiß, was wichtig ist, und deren Reaktion auf dieses Buch mich überrascht hat.

Danke auch an Amy Lavelle (Autorin des zauberhaften Debüts *Definitely Fine*), dafür, dass sie mit mir ihr unerwartetes Wissen über die Teeline-Kurzschrift geteilt hat.

Danke an die Menschen, die alles über das Leben eines Schriftstellers wissen und ein bitter nötiger Quell der Unterstützung mit Sicherheitsabstand waren: Melissa Bailey, Jo Bloom, Sharon Duggal, Juliette Mitchell, Laura Wilkinson und die Prime Writers.

Sicher in den Hafen gelenkt wurde dieses Buch von zwei hart arbeitenden Lektorinnen bei Bookouture, Mausie Lawrence und Sonny Marr.

An die Menschen, mit denen ich mein Leben teile – John und meine wundervollen Teenager – danke, dass ihr da wart. Wo hätten wir dieses Jahr auch sonst sein sollen? Und auch wenn ich ab und zu lieber woanders gewesen wäre, gab es niemanden, mit dem ich während all der Zeit lieber zusammen gewesen wäre.